NICOLE BRAUN
Heimläuten

NICOLE BRAUN
Heimläuten
Kriminalroman

GMEINER

Bisherige Veröffentlichungen im Gmeiner-Verlag: Osterlämmer (2019),
Elendsknochen (2018), Elsternblau (2017)

Die automatisierte Analyse des Werkes, um daraus Informationen
insbesondere über Muster, Trends und Korrelationen gemäß § 44b UrhG
(»Text und Data Mining«) zu gewinnen, ist untersagt.

Bei Fragen zur Produktsicherheit gemäß der Verordnung über die
allgemeine Produktsicherheit (GPSR) wenden Sie sich bitte an den
Verlag.

Personen und Handlung sind frei erfunden.
Ähnlichkeiten mit lebenden oder toten Personen
sind rein zufällig und nicht beabsichtigt.

Spannung pur – mit unserem Newsletter informieren wir Sie
regelmäßig über Wissenswertes aus unserer Bücherwelt.

Gefällt mir!

Facebook: @Gmeiner.Verlag
Instagram: @gmeinerverlag
Twitter: @GmeinerVerlag

Besuchen Sie uns im Internet:
www.gmeiner-verlag.de

© 2016 – Gmeiner-Verlag GmbH
Im Ehnried 5, 88605 Meßkirch
Telefon 0 75 75 / 20 95 - 0
info@gmeiner-verlag.de
Alle Rechte vorbehalten

Lektorat: Claudia Senghaas, Kirchardt
Herstellung: Mirjam Hecht
Umschlaggestaltung: U.O.R.G. Lutz Eberle, Stuttgart
unter Verwendung eines Fotos von: © E. Schittenhelm – Fotolia.com
Druck: Zeitfracht Medien GmbH, Industriestraße 23, 70565 Stuttgart
Printed in Germany
ISBN 978-3-8392-1860-0

Für Charlie Braun
1941–2010

WICKENRÖDER LIED

Es liegt ein Dörflein im Kaufunger Wald,
an Schätzen reich, an Geschichte alt.
Es liegt dort zwischen Wäldern versteckt,
wo des Hirschbergs kühner Gipfel sich reckt,
wo die Äcker so schmal, doch die Wiesen so grün,
wo die herrlichsten goldenen Trollblumen steh'n.
Ich grüße dich, Dörflein im Wedemannstal,
sei gegrüßt mir viel tausendmal.

Dort oben am Hirschberg sitz' ich so gerne
und schaue zum Dörflein und weit in die Ferne.
Es rauschen die Bächlein dort unten im Tal,
aus des Berges Tiefe dringt dumpfer Hall.
Dort steigt aus dem Stollen der Bergmann herauf,
dem Dörflein gilt sein erstes »Glück Auf«.
Ich grüße dich, Dörflein im Wedemannstal,
sei gegrüßt mir viel tausendmal.

Und drüben im Taufstein lausch ich oft zur Nacht,
wenn im finstren Tann der Waldkauz lacht,
wenn im Siechen im Frühling die Nachtigall singt,
wenn im Herbst im Gemenge der Brunftschrei erklingt.
Wenn der Hirschberg prangt im schneeweißen Kleid
und die Wälder in Raureif Herrlichkeit.
Ich grüße dich, Dörflein im Wedemannstal,
sei gegrüßt mir viel tausendmal.

Und bin ich weit draußen im fernen Land,
mein Blick ist immer zur Heimat gewandt.
Mag die Fremde auch noch so herrlich sein,
niemals, mein Dörflein, vergesse ich dein.
Dir halte ich die Treue, bis in den Tod,
O Heimat, mein liebes Wickenrod'.
Ich grüße dich, Dörflein im Wedemannstal,
sei gegrüßt mir viel tausendmal.

                                                Carl Löwer

WICKENRODE, 1938

Albrecht Schneider sog diesen trügerisch friedlichen Augustmorgen in tiefen Zügen ein, während er mit klammen Gliedern aus seiner Haustür auf den Treppenabsatz trat. Ein leiser Sommerregen glitzerte in der aufgehenden Sonne und waberte in dichten Schwaden über das vom Vortag aufgeheizte Kopfsteinpflaster. Selbst hier draußen breitete sich eine Schwüle aus, die das Atmen schwer und jede Bewegung zu einer schweißtreibenden Angelegenheit machte.

Kurz vor dem Morgengrauen war Johann endlich auf der Eckbank in der Küche eingeschlafen. Ein kleines Wunder, dachte Albrecht Schneider, dass er sich überhaupt beruhigt hatte, nach dem, was am Abend vorgefallen war. Er hatte schon Einiges erlebt, aber so etwas war ihm auch noch nicht passiert. Eine lange Aussprache zwischen Johann Veit und seinem Schwiegervater Karl Wagner wäre noch das Geringste, um das Geschehene wieder geradezurücken. Immerhin war es nur um Haaresbreite gut ausgegangen. Aber wirklich nur um Haaresbreite.

Jetzt schlief der Johann wie ein Säugling auf Albrechts Küchenbank, dabei war er dem Axthieb seines Schwiegervaters nur um Millimeter entgangen, als er sich am Abend zuvor in größter Not in den Hausflur von Albrecht Schneider retten konnte. Es musste eine göttliche Fügung gewesen sein, dass Albrecht just in dem Augenblick die Tür öffnete, als ihm Johann buchstäblich in die Arme fiel. Keine Sekunde später, und der vor Wut rasende Karl Wagner hätte seinem Schwiegersohn mit der Axt den Garaus gemacht. So aber saß Johann völlig verstört in Albrechts Hausflur. Fassungslos starrte er ihn an, während Albrecht noch immer rücklings an der Haustür lehnte, als wolle er sicherstellen, dass Karl Wagner auch bestimmt draußen bliebe. Zu allem Unglück war nun auch noch Albrechts Frau Edith aufgewacht und stand völlig zerzaust im Nachthemd auf dem Treppenabsatz. Alles, was sie sagen konnte, war: »Allemächtcher. Als hätt er dem Leibhaftigen in 'n Schlund geschaut!«

Albrecht und Edith Schneider hatten ihre liebe Mühe, den Johann erst auf die Beine und anschließend in die Küche zu bringen. Obwohl Albrecht Schneider ein gestandenes Mannsbild war, war es alles andere als leicht zu bewerkstelligen, den stämmigen Kerl auf seine Füße zu stellen. Johann hing unhandlich wie ein nasser Sack auf Albrechts Schulter, so sehr steckte ihm der Schock in den Gliedern. Als sie ihn endlich auf der Küchenbank hatten, betrachtete Albrecht Schneider das gesamte Ausmaß des Dilemmas. Eine beträchtliche Platzwunde zierte Johanns Kinn, und ein dunkler Fleck auf seiner Hose stammte offensichtlich nicht vom Blut aus der Kinnwunde.

»Edith, hol doch mal was zum Anziehen«, sagte er und ergänzte nach einem kritischen Blick auf Johann: »Und einen Waschlappen.«

Ein heißer Tee. Das bringt den armen Kerl wieder auf die Beine, dachte Albrecht. Er schürte die restliche Glut vom Abendessen im Ofen und setzte den Kessel auf die Herdplatte, dann wandte er sich dem Häufchen Elend auf seiner Küchenbank zu. »Was ist denn bloß in euch gefahren?«

Johann gelang mit Mühe ein knapper Augenkontakt, dann sank ihm der Kopf zurück auf seine Brust.

»Ach, weißt du was? Morgen sieht die Welt schon wieder ganz anders aus. Dann hat sich alles beruhigt und wir sehen weiter, nicht wahr?« Albrechts Hand ruhte aufmunternd auf Johanns Schulter.

Der Tee war frisch aufgegossen, als Edith Schneider mit einem Bündel Kleidung unter dem Arm die Küche betrat. Johann warf einen kritischen Blick erst auf das Bündel und dann auf Edith, und Albrecht verstand: Sich vor Edith ausziehen zu müssen, würde Johanns Lage kaum angenehmer machen. »Ich mach das schon. Leg du dich nur wieder hin«, sagte er und nahm seiner Frau die Kleidung aus der Hand.

»Und die Magda? Wird die sich nicht sorgen, wenn der Johann nicht nach Hause kommt?«

Albrecht ignorierte die Sorgenfalte auf der Stirn seiner Edith. Keine Frage, Johanns hochschwangere Frau sollte vor unnötiger Aufregung bewahrt werden. Doch ihren Ehemann in diesem Zustand zurückzubekommen, wäre kaum weniger aufregend. »Es ist schon so spät. Sie weiß doch, dass er oft lange in der Kneipe ist. Sie wird schon schlafen. Und morgen schicke ich ihn in aller Frühe wieder heim. Vielleicht merkt sie gar nicht, dass er weg war.« Die bis zum Anschlag hochgezogenen Augenbrauen seiner Edith erinnerten Albrecht Schneider daran, dass jede Ehefrau auf dieser Welt die nächtliche Abwesenheit des Gatten bemerken würde. Doch er wartete vergebens auf einen Kommentar. Offensichtlich zog sie es vor, sich nicht länger als nötig den Kopf über anderer Leute Sachen zu zerbrechen und trotz des Schrecks ihre unterbrochene Nachtruhe fortzusetzen, und verließ kopfschüttelnd die Küche.

Albrecht dachte nicht daran, den großen Johann wieder wie einen nassen Sack herumzuwuchten. Er flößte ihm einen Schluck heißen Tees ein und teilte ihm unmissverständlich mit: »Du musst jetzt schon mithelfen, wenn du aus den dreckigen Klamotten rauswillst!«

Der deutliche Ton weckte in Johann zumindest den einen oder anderen Lebensgeist. Wie ein kleiner Junge ließ er sich von Albrecht Schneider aus den Sachen pellen und mit dem Waschlappen das Gesicht säubern. Und so saß er wenig später, sauber gekleidet und mit leichten Resten verklebten Blutes im Gesicht, am Tisch und starrte in seine Teetasse.

Albrecht Schneider war kein Mann großer Worte. Und da es ohnehin nicht so aussah, als sei Johann auf eine Unterhaltung aus, erschien es ihm das Klügste, ihm stille Gesellschaft zu leisten. So saßen die beiden Männer, der eine im Morgenmantel, der andere in einem zu engen Hemd, am Küchentisch und schwiegen, während die letzte Glut im Ofen erlosch.

Kurz nachdem Johann endlich auf der Bank eingeschlafen war, sank auch Albrecht Schneider der Kopf auf das Kinn. Er hatte kaum ein paar Stunden geschlafen, als ihn das eigene Schnarchen weckte. Ihm tat das Kreuz weh, und obwohl ihm die Augen wieder zuzufallen drohten, beschloss er, die unbequeme Haltung aufzugeben und sich ein wenig nützlich zu machen. Die Bank knarrte bedenklich, als Johann sich darauf umdrehte. Albrecht hielt inne. Er wollte den Jungen noch nicht aufwecken. Ein leises Grunzen aus Johanns Richtung verriet ihm, dass diese Sorge unnötig war – Johann hatte in einen tiefen Schlaf gefunden.

Albrecht Schneider stützte sich auf die Anrichte und lauschte der Stille im Haus. Außer den Wellen gleichmäßiger Atemzüge von nebenan auf der Bank war nichts zu hören. Er knüllte eine herumliegende Zeitung zu einem

Ballen und steckte ihn zusammen mit ein paar Holzspänen in den Ofen. Zwei Streichhölzer streikten, erst das dritte ließ sich entzünden. Vorsichtig hielt er es an die Späne. Eine kleine Flamme rang in dem klammen Holz nach Luft aus dem Schornstein. Blaugraue Schwaden breiteten sich rasch unter der niedrigen Holzdecke der Küche aus, bis der Zunder endlich Feuer fing.

Albrecht bewegte sich so geräuschlos es seine müden Glieder zuließen. Leise ließ er Wasser in den Kessel rieseln, und die Porzellankanne fischte er mit äußerster Vorsicht aus dem Schrank. Kein Geräusch sollte die Ruhe im Haus stören, und so entfernte er auch noch die Pfeife vom Wasserkessel. Er warf einen flüchtigen Blick aus dem Küchenfenster und sah unscharf durch den verdunstenden Regen. Schläfrigkeit trübte seine Augen, doch auch nach ausgiebigem Reiben wurde die Sicht kaum klarer. Der dichte Bodennebel reflektierte die aufsteigende Dämmerung in undurchdringlichem Dunst. Noch einmal rieb er sich die Augen und blickte in den anbrechenden Morgen. Ein Seufzen begleitete den Gedanken an einen arbeitsreichen Tag. Die Heuhaufen hatte er gestern in aller Eile vor dem nahenden Regen zusammengerauft. Nun mussten sie wieder zum Trocknen ausgebreitet werden und so schnell wie möglich im Heuboden verschwinden, bevor sich der nächste Sommerregen einstellte. Beide Hände auf den Herd gestützt, den Blick aus dem Fenster gerichtet, hing er so seinen Gedanken über das bevorstehende Tagewerk nach, bis ihm der Dampf aus dem Wasserkessel heiß in das Gesicht blies. Mit einem Handtuch umfasste er den Henkel des Kessels und ließ das kochende Wasser sorgsam in die Kanne laufen, bis sich am Rand ein See aus schaumigem Kaffeepulver gebildet hatte. Auf das Plätschern des Wassers in der Kanne reagierte seine Blase mit unangenehmem Druck und gab ihm zu verstehen, dass ein dringendes Bedürfnis keinen Aufschub duldete. Bis sich das Kaffeepulver wieder auf den Boden der Kanne gesetzt haben würde, blieb ausreichend Zeit, um diesem erst mal in aller Ruhe nachgehen zu können.

Albrecht haderte kurz mit sich, dann verwarf er die Idee, das Bad im oberen Geschoss zu benutzen. Dort oben hatte er eine Toilette mit Wasserspülung als Zugeständnis an seine Frau Edith einbauen lassen. Nach ihrer Verlobung war sie aus der Stadt zu ihm auf das Land gezogen und hatte genug mit den Unannehmlichkeiten zu kämpfen, die das Leben in einem viel zu winzigen Fachwerkhaus, umringt von Misthaufen und Stallungen, so mit sich brachte. Und als ob das noch nicht genug gewesen wäre, hatte sie Albrechts alten Herrn quasi mit geheiratet. Und bis zu dessen Tod im letzten Jahr hatte sie nun zwei Männer zu umsorgen, von denen einer die Bezeichnung »sturer Bock« mehr als verdient hatte und der andere Albrecht war. »Auf gar keinen Fall!« Das waren ihre Worte, als sie sich bei ihrem ersten Besuch in Wickenrode, auf die Frage nach dem Austritt, in einem Plumpsklo neben dem verwaisten Hundezwinger wiederfand. Und es hatte nicht acht Jahre Ehe gebraucht, bis Albrecht Schneider verstand, dass Edith es auch genauso meinte, wenn sie es so sagte. Also baute er ein Klo ein. Da jedoch die Bauweise seines Elternhauses ungeeignet war, gewisse Geräusche diskret für sich zu behalten, zog er selber den Gang nach draußen vor. Hin und wieder jedoch, wenn er nachts im Winter mal pinkeln musste, leistete er seiner Frau Edith in Gedanken Abbitte und war heilfroh, nicht raus in die eisige Kälte zu müssen. An diesem Morgen jedoch fiel seine Wahl auf das Plumpsklo im Hof. Er hatte keine Lust, angestrengt den unvermeidlichen Morgenfurz unterdrücken zu müssen, und nach dem Schock des Abends sollte seine Familie wenigstens ihre Nachtruhe ungestört beenden können.

Er schlich sich an dem schlafenden Johann vorbei, der auf der Seite auf der Bank lag und ihm das Hinterteil entgegenstreckte. In der Diele hielt er kurz inne und lauschte in das Innere seines Hauses. Nachdem er sich überzeugt hatte, dass alle fest schliefen, streifte er sich die Gummistiefel über, die wie gewöhnlich neben der Garderobe auf der Matte standen, und öffnete vorsichtig die Haustür.

Ihm stockte für einen Augenblick der Atem, während sich seine Lungen an die feuchtigkeitsschwangere Luft gewöhnten. Bedächtig stieg er die Steintreppe hinab. Er umklammerte sorgsam das Geländer. Der Regen hatte die ausgetretenen Stufen in eine verdammt schlüpfrige Angelegenheit verwandelt. Am Fuß der Treppe drehte er sich um und wandte sich den rückwärtig gelegenen Hasenställen zu. In der Drehung, kaum dass er einen Schritt getan hatte, rutschte er mit einem Fuß aus und setzte sich unsanft auf sein Hinterteil. Ein Fluch blieb ihm im Hals stecken. Mit geschlossenen Augen und einem dumpfen Schmerz im Steißbein saß er auf dem Pflaster. Noch im Rutschen, also kaum, dass ein Wimpernschlag verstrichen war, hatte er aus dem Augenwinkel etwas Sonderbares wahrgenommen. So sonderbar, dass er es für klüger hielt, die Augen so lange geschlossen zu halten, bis der beißende Schmerz in seinem Hinterteil ein wenig nachgelassen hatte.

Sein Hosenboden wurde nass und er hob das Bein ein wenig an. Eine Flüssigkeit durchtränkte den Stoff seiner Hose, der sich nur allmählich vom Boden löste. Zähflüssig. Wie geronnenes Blut, schoss es ihm durch den Kopf. Während er versuchte, seinen Atem unter Kontrolle zu bringen, kniff er die Augen fester zusammen, um durch einen winzigen Spalt zu linsen. Das Glitzern der aufgehenden Sonne auf dem feuchten Kopfsteinpflaster blendete ihn durch den Augenschlitz, sodass er den Kopf zur Seite wandte. Endlich zwang er sich, beide Augen zu öffnen.

Da saß er nun und hatte völlig vergessen, welches Bedürfnis ihn ursprünglich nach draußen getrieben hatte. Er glotzte auf den toten Körper, der vor ihm ausgestreckt auf dem Pflaster lag. Die Blutlache, die sich zu einem enormen See mit weiten Ausläufern um das Kopfsteinpflaster ausgebreitet hatte, wirkte wie ein Laken unter dem toten Körper. Albrecht stellte zu seinem Entsetzen fest, dass er auf einem Ausläufer dieses Blutsees ausgerutscht war und mit beiden Händen darin badete. Im letzten Moment widerstand er dem Reflex, die blutverschmierte Hand vor den Mund zu pressen, der statt eines Aufschreis mit zuckendem Unterkiefer Speichelblasen produzierte. Aus seiner trockenen Kehle kroch ein heiseres Keuchen.

Der Tote lag flach auf dem Bauch, die Füße in Albrechts Richtung gestreckt. Nur gut, dachte er, dass ich ihm nicht auch noch in die Augen sehen muss. Schlimm genug, dass die Schneide einer Axt bis zum Anschlag im Hinterkopf des Toten verschwunden war, während der Stiel der Axt in einem grotesken Winkel aus dem Kopf herausragte. Albrecht erhob sich sehr langsam. Schwankend zwischen dem Wunsch wegzulaufen und einer Starre, die vom Ekel herrührte, stand er einen Augenblick so da, bis er sich dem Körper nähern konnte. Es war unnötig, das Gesicht zu sehen; er wusste bereits, dass der Tote sein Nachbar Karl Wagner war.

So stand er bewegungslos da, über die Leiche in dem Blutsee gebeugt, als seine Frau Edith das Fenster öffnete, um nach ihm zu sehen. Es verwunderte Albrecht Schneider keine Sekunde, dass sie beim Anblick dieser bizarren Szenerie einen Schrei ausstieß, der bis in die Hügel auf der anderen Seite des Dorfes schallte. Eben hatte er noch geglaubt, keinen klaren Gedanken fassen zu können. Doch noch während der Schrei seiner Edith zwischen den Häusern verhallte, wusste er, was jetzt zu tun war. Er war hellwach. In Windeseile raste er in sein Haus und brüllte seine Frau an: »Bist du wohl ruhig! Reiß dich gefälligst zusammen!« Er widerstand dem Impuls, sie zu schütteln, als ihm klar wurde, dass er immer noch von oben bis unten mit Blut beschmiert war. Auch Johann hatte augenblicklich seine Schlaftrunkenheit abgeschüttelt und saß senkrecht auf der Bank. Aus starren Augen fixierte er Albrecht.

In ungewöhnlich barschem Ton instruierte Albrecht seine Frau: »Du gehst sofort hoch und sorgst dafür, dass die Mädchen das nicht sehen müssen! Ich kümmere mich hier unten.« Er mochte es selbst kaum glauben, aber Edith schien beinahe dankbar für den ungewohnten Befehlston. Mit wehendem Nachthemd verschwand sie über die Stiege in das Obergeschoss.

Sofort war Albrecht wieder in der Küche bei Johann, der durch das Küchenfenster in die Morgendämmerung starrte. Vor ihm lag das Bild im Innenhof, mitsamt allen grässlichen Details. Genauso rasch, wie er den Blick abwandte, schwand das Rosige aus seinem Gesicht. Albrecht ließ Wasser über seine blutverschmierten Hände laufen, als Johann begann auf der Küchenbank Richtung Ausgang zu rutschen. Albrecht stand über das Waschbecken gelehnt und nahm die Bewegung aus dem Augenwinkel wahr. »Du bleibst, wo du bist!« Mit einem Schlag wurde ihm klar, was für ein Bild er abgeben musste, dass Johann an Flucht dachte. »Herrgott, ich hab den doch nicht umgebracht!«, beschwor er ihn, »der liegt wohl schon die ganze Nacht so da.«

»Ich war das aber au nit«, Johann schüttelte wie wild den Kopf.

»Das weiß ich doch. Als ich gestern die Haustür hinter dir geschlossen habe, hat er noch gelebt.«

»Ja, aber ...«

»Ne, Johann. Nix aber.« In Albrechts Kopf arbeitete es wie wild. Er brauchte dringend Zeit zum Nachdenken, ahnte jedoch, dass ihm diese nicht vergönnt sein würde. »Wer hat dich gestern mit dem alten Wagner streiten sehen?«

»Wieso?« Johann glotzte ihn schlaftrunken an. Offensichtlich verstand er gar nicht, warum das jetzt von Bedeutung sein sollte. Ausgerechnet, wo doch da draußen sein toter Schwiegervater mit einer Axt im Kopf in Albrechts Hof lag.

»Weil du im Moment derjenige bist, der zumindest für alle Unbeteiligten am ehesten als Mörder infrage kommt. Also, noch einmal: Wer hat dich gestern mit dem alten Wagner streiten sehen?«

Im Zeitlupentempo schien es Johann zu dämmern, dass es durchaus möglich war, dass er sich in einer ziemlich bescheidenen Situation befand. »Ja ... alle!«, stammelte er und blickte schuldbewusst auf die Platte des Küchentisches, während sein wurstiger Zeigefinger einen tiefen Kratzer im Holz verfolgte. »Wir hotten Streit inne Kneipe und da bin ich emme nach. Entschuldichen sollt hä sich, auchenblicklich! Hä hot so fiese Sachn gesprochn, dass ...!«

Albrecht schnitt ihm das Wort ab. »Johann, der Wagner hat ständig böse Sachen gesagt. Und ich kenne keinen, der nicht schon des Öfteren mit ihm aneinandergeraten ist.

Aber gestern Abend warst du es, und heute Morgen liegt er mit gespaltenem Schädel in meinem Hof. Also: Wer hat das gestern Abend mitbekommen?«

»Na ja. Wie gesacht: alle. De Kneipe war voll, un ich bin emme hinnerher und mir honn rumgebrüllt. Und na, das honn natürlich alle middebekommn.« Seine Stimme wurde weinerlich, während sein Kopf tief auf die bebende Brust sank.

Albrecht Schneider kämpfte mit dem Impuls, den großen, kräftigen Kerl in den Arm zu nehmen. Zu gern hätte er ihm versichert, dass alles gut werden würde und wieder in Ordnung käme. Doch ein dumpfes Gefühl verriet ihm, dass das nicht die Wahrheit war. Er unterdrückte alle aufsteigenden väterlichen Gefühle und zwang sich, einen klaren Kopf zu behalten. »Pass auf, Johann. Ich bin mir sicher, es dauert keine paar Minuten und wir haben hier den schönsten Menschenauflauf. Und unter denen wird keiner sein, der sich nicht wünschte, selber die Axt in dem Wagner seinen Hinterkopf versenkt zu haben. Die werden dankbar sein, dass es ganz offensichtlich die Folge eures gestrigen Streits war, und sich keinen Pfifferling darum scheren, dass du es nicht gewesen sein kannst.« Er war sich unsicher, wie viel Wahrheit Johann am Stück ertragen konnte. Dessen Augen glotzten aus einem fahlen Gesicht. Aber es half nichts, die Zeit drängte. »Du verschwindest durch die Kohlenstiege und wartest im Nordwald beim Wasserhaus. Ich sorge dafür, dass dein Vater dich findet. Am besten wird es sein, du bleibst so lange weg, bis sich die Gemüter beruhigt haben und wir wissen, wer das hier gewesen sein kann. Kannst du so lange irgendwohin?«

Johann schüttelte den Kopf. »Ich kann doch 's Magda jetzte nit allein lassen.«

»Wenn du nicht schleunigst das Weite suchst, ist das Magdas geringstes Problem!« Albrecht Schneider war nicht weit davon entfernt, nachzugeben. Er hatte Zweifel, ob er die Lage richtig einschätzte, doch sein Gefühl verriet ihm, dass Johann in ernsthaften Schwierigkeiten steckte. Kaum einer im Dorf wäre nicht zumindest verdächtig gewesen, Karl Wagner ans Leder zu wollen. Wie vortrefflich war es da, einen Schuldigen quasi auf dem Silbertablett serviert zu bekommen. Und am allerbesten sorgte man auch gleich dafür, dass der seine Unschuld nicht mehr würde beweisen können. Geradezu ein Glücksfall: Der Fall Karl Wagner hätte sich ein für alle Mal erledigt, und wen interessierte schon, wer in Wahrheit die Axt geschwungen hatte. Und Magda? Albrecht überlegte: Vermutlich war ein flüchtiger Ehemann weniger schwer zu verkraften, als innerhalb eines Tages einen ermordeten Vater und obendrein noch einen gelynchten Kindsvater beklagen zu müssen. »Ich verspreche dir, wir werden uns um die Magda kümmern, bis du wieder da bist. Es wird ihr an nichts fehlen. Aber in Gottes Namen … sieh zu, dass du hier wegkommst!« Er hatte den kräftigen Kerl bei den Schultern gepackt und schüttelte ihn so heftig, dass sein weißblondes Haar tanzte. Dieser Eindringlichkeit konnte sich Johann nicht länger widersetzen. Er erhob sich, widerwillig, aber stetig. Albrecht Schneider versorgte ihn noch mit Gummistiefeln, dem Rest Brot aus der Lade und den Groschen aus der sorgsam gehüteten Blechdose mit dem Haushaltsgeld seiner Edith, bevor er ihm die Kohlenstiege im Kriechkeller öffnete, durch die der stämmige Johann mit Mühe und Not im Morgengrauen das Fachwerkhaus am Dorfrand verließ. Albrecht Schneider sah ihm noch die wenigen Meter nach, die er über das freie Feld lief, bis der riesige Kerl vom Schatten des nahe liegenden Waldrands verschluckt wurde. Eine bleierne Traurigkeit überkam ihn. Er rechnete nicht ernsthaft damit, Johann noch einmal wiederzusehen. Er schüttelte den Gedanken schweren Herzens ab und stieg gebückt die schmale Steintreppe hinauf.

Kaum war er aus dem Keller wieder nach oben gekommen, vernahm er schon das Stimmengewirr einer größeren Menschenmenge, deren Gemurmel sich in seinem Hof breitmachte. Zumindest in diesem Punkt, dachte Albrecht, war seine Einschätzung richtig gewesen. Zufrieden machte es ihn trotzdem nicht. Es gab bessere Gelegenheiten, um recht zu behalten.

Teilweise noch in Pantoffeln und Morgenmantel, so standen die Nachbarn in sicherem Abstand zu dem enormen Blutsee in seiner Hofeinfahrt und gafften unverhohlen auf das grausige Bild, das der Tote mit der Axt im Hinterkopf abgab.

In weiser Voraussicht zog Albrecht Schneider fahrig den grauen Arbeitskittel vom Haken in der Diele über seine blutbesudelte Kleidung. Nicht auszudenken, wenn er selber in Verdacht geriet, das würde ihm Edith noch zur Goldhochzeit nachtragen. Als er aus dem Haus trat, schenkte ihm jedoch keiner der Anwesenden auch nur einen Augenblick Beachtung. Ganz im Gegensatz zu der Axt im Kopf von Karl Wagner. So viel Aufmerksamkeit hätte der sich zu Lebzeiten gewünscht. Nun, dachte Albrecht, hätte er sich anständiger verhalten, hätte er nicht auf Anteilnahme warten müssen, bis er mit gespaltenem Schädel auf dem Boden lag.

Albrecht musste sich zwingen, nicht auf den Körper zu starren. Doch auch ein kurzer Blick genügte, um ihm sämtliche Härchen aufzustellen. Obendrein begann das

Blut einen unangenehmen Geruch zu verströmen, der durch die aufsteigende Schwüle des beginnenden Tages in der Luft klebte wie billiges Parfüm. Vermutlich war es dieser Geruch, der Albrechts Nachbar Friedberg Söder in die Nase stieg, als er um die Ecke bog. Knapp vor der Blutlache kam er stolpernd zum Stehen, um sich ohne Umschweife geräuschvoll an der Ecke von Albrechts Haus zu übergeben. Sein Sohn Lukas sah sich beschämt um, während er seinem Vater die Arme stützte. Doch der berappelte sich und stand bald wieder, wenn auch mit einer ungesunden Gesichtsfarbe, aber immerhin aufrecht auf den Beinen. Albrecht Schneider sah Friedberg Söder nicht an, als der an ihm vorüberschritt, um die Leiche aus der Nähe zu betrachten. Er wich ihm einen Schritt aus und ließ sich, dankbar für die Unterstützung im Rücken, gegen das Treppengeländer fallen. Tapfer widerstand er dem Bedürfnis, seinen Knien das Nachgeben zu gestatten.

Friedberg Söder ging in großem Bogen um die Blutlache herum und kniete sich kopfschüttelnd neben die Leiche. »Ganze Arbeit ... Wo isser?« Er hob den Blick und fixierte Albrecht Schneider, dem die weichen Beine schlussendlich doch den Dienst versagten. Aus der Hocke antwortete er: »Wer?«

»Frag doch nit so blöde. Der Johann, wer sonst?«

»Keine Ahnung ... weg halt.«

»Seit wann?«

»Als ich heute Morgen aufgewacht bin, war er nicht mehr da.« Albrecht Schneider hoffte, dass diese plumpe Lüge im Augenblick nicht weiter auffiel. Nicht in Anbetracht der Gesamtlage.

»Hmmm.« Friedberg Söder schürzte die Lippen und blickte Albrecht abschätzig an. Dann senkte er seinen Blick wieder auf den Toten. »Schwinnkrom dos. Wir sollten den Pfarrer rufen.«

»Und einen Doktor«, bemerkte einer der Schaulustigen. Friedberg Söder rollte die Augen. »Wozu soll dann das nutze sein?« Er deutete auf die Leiche zu seinen Füßen. »Hä is allerwejen tot. Da kann auch der Doktor nit mehr ville wos machen, oder?« Er schüttelte den Kopf. »Mer sollten de Axt russziehen un emme zumindest zudecken.« Er schaute auffordernd in die Runde. In Sekundenschnelle sanken die Blicke, und das allgemeine Raunen wich einer bedrückenden Stille. Friedberg Söder hob gerade zu einer weiteren Rede an, und Albrecht erwartete, dass er wie üblich ein paar deutliche Ansichten über untermenschliche Feigheit und urdeutsche Courage zum Besten geben würde, als er jäh unterbrochen wurde.

»Ich mach das!« Conrad Brix war eben gerade um die Ecke gebogen. Seine Söhne Gutmund und Edgar waren ihm gefolgt, und blieben mit einigen Metern Sicherheitsabstand hinter ihrem Vater stehen.

»Der Herr Doktor. Sie sin aber schon gewahr, dass hier nit mehr ville wos zu machen is?« Friedberg Söder gab sich keine Mühe; die Häme in seinen Worten war nicht zu überhören.

Conrad Brix blickte Friedberg Söder gelangweilt an. »Nun, anscheinend gibt es ja doch etwas zu tun. Oder hat sich schon jemand bereit erklärt, den Toten hier zumindest menschenwürdig zuzudecken?«

»Du sprichest mir nix von Menschenwürde!« Friedberg Söder erhob sich drohend in Richtung Conrad Brix. Während er ihn vorne starr fixierte, packte seine Hand rücklings den Stiel der Axt und zog sie ruckartig aus dem Schädel des toten Karl Wagner. Ein Chor aus entsetztem Keuchen verließ die Kehlen der Umherstehenden, als sich Karl Wagners

Kopf mit einigem Widerstand von der Axt löste, um kurz darauf mit dem Geräusch eines reifen Kürbisses auf dem Pflaster aufzuschlagen. Friedberg Söder hielt die Axt, an der noch undefinierbare Teile von Karl Wagners Schädel hingen, hoch erhoben. So stand er vor Conrad Brix und fixierte ihn. Albrecht Schneider schwand endgültig die letzte Kraft aus den Beinen und er setzte sich auf den Hosenboden zu Füßen seiner Treppe. Der kleine Lukas Söder verbarg leise wimmernd den Kopf im Schoß seiner herbeigeeilten Mutter, während die übrigen Zuschauer nicht wussten, wohin sie zuerst schauen sollten.

»Ich denke, es reicht! Für heute ist wohl genug Blut geflossen!« Dankbare Blicke begegneten dem Pfarrer Karl-Friedrich Hochapfel, während der sich, noch keuchend von seinem Gewaltmarsch die Gasse herauf, zwischen die beiden Männer stellte und sich fahrig bekreuzigte.

»Sie sind hier recht zur Stelle. Un dieses Judenpack«, Friedberg Söders abfällige Geste in die Richtung von Conrad Brix ließ keinen Zweifel daran, dass er den Arzt damit meinte, »kann sich hier schleunigst widder vom Acker machen.«

Dank dieser Worte besiegte Albrecht Schneiders Gerechtigkeitssinn seine schwachen Beine. Erstaunt, wie schnell er wieder aufrecht stand, wuchs sein Mut, als er feststellte, dass er Friedberg Söder um einen guten Kopf überragte. »Du bist hier auf meinem Grund, Friedberg. Und deine Meinung kannst du gerne woanders kundtun, aber noch entscheide ich, wer sich hier aufhalten darf und wer nicht. Und deine Stänkereien dulde ich hier nicht!«

»Aber Mord tust du hier dulden, oder was? Host einem Mörder Unnerschlupf gewährt und machst dich jetzte noch für diese Schässmade stark?« Spuckebläschen landeten in Albrechts Gesicht. »Wir werden wos zum Bereden haben, mein Lieber!« Mit diesen Worten drückte Friedberg Söder Albrecht die Axt in die Hand, wandte sich ab und trat vor sich hin fluchend den Rückzug an. Albrecht hielt nun das grausige Beil mit beiden Händen von sich weg, als drohte es, ihn anzufallen, während Friedberg Söder in einiger Entfernung verkündete: »Wer kimmet midde, den Johann suchen?« Auffordernd blickte er in die Menge. Einige Männer wurden von ihren Frauen in die Seite geknufft, und tatsächlich bewegte sich der eine oder andere, wenn auch widerwillig, in Friedberg Söders Richtung. Die Übrigen suchten ihr Heil im Fixieren einer unglaublich interessanten Stelle zu ihren Füßen und blieben stehen, wo sie waren. Trotzdem scharte sich innerhalb kürzester Zeit eine Traube mehr oder weniger Freiwilliger um Friedberg Söder. Voller Inbrunst verkündete dieser den Schlachtplan: »Mir durchkämmen den Wald Richtung Hirschberg. Entweder hä verstecket sich do in den Stollen oder hä is bis nach Friedrichsbrück geflohen. Wie dem auch sei, hä hot nit genuch Vorsprung, dass mir emme nit einholen könnten.« Während er die Worte im Befehlston bellte, ließ er Albrecht Schneider nicht aus den Augen.

Der hoffte inständig, dass Friedberg Söder das Zucken unter seinem Auge als verräterische Zustimmung missdeutete. Und tatsächlich: Die Verfolger setzten sich genau in die entgegengesetzte Richtung in Marsch, zu der, in die er Johann Veit auf die Flucht geschickt hatte. Während sich die Gruppe der Verfolger entfernte, trafen sich die Blicke von Albrecht Schneider und Conrad Brix. Albrecht dachte nicht lange nach und winkte die Söhne des jüdischen Arztes heran. Er nahm sie einige Schritte zur Seite und instruierte sie flüsternd: »Ihr folgt denen in sicherem Abstand, und wenn die ihre Suche in die andere Richtung fortsetzen wollen, dann kommt ihr schleunigst zurück und sagt es mir. In Ordnung?« Er wollte sich bereits abwenden, als er sich erneut zu dem älteren Knaben hinabbeugte: »Ach, und vorher holt ihr den alten Veit aus dem Bett und sagt ihm, dass sein Sohn am Wasserhaus im Nordwald auf ihn wartet. Kein Wort zu Magda, wenn sie euch begegnet, haben wir uns verstanden?«

Der ältere Junge, Gutmund, wechselte einen kurzen Blick mit seinem Vater, der ihm unmerklich zunickte. Gutmund packte den kleinen Edgar am Schlafittchen und zog ihn davon, während Albrecht und der jüdische Arzt ihnen hinterherblickten.

Karl-Friedrich Hochapfel wandte sich an die Menge. Das massive Kreuz, das für gewöhnlich an einer grobgliedrigen Kette um seinen Hals baumelte, hielt er so mit einer Hand umklammert, dass die Knöchel weiß hervortraten. »Hat jemand daran gedacht, die Anne zu informieren?« Sein Blick deutete auf die Rückseite des Wagner'schen Bauernhauses, das sich in gerader Flucht auf der anderen Seite der Gasse befand. Jetzt, wo es daran ging, dass unangenehme Aufgaben zu erledigen waren, machte sich erneut betretenes Schweigen breit.

Albrecht seufzte. »Ich mache das. Nur ... sollten wir nicht die Leiche erst fortschaffen und ein wenig zurechtmachen? Das«, er deutete auf den klaffenden Schädel, »muss die Anne ja nicht unbedingt sehen.«

Conrad Brix teilte seine Meinung, und so machten sich die beiden Männer ans Werk. Unter der Beobachtung einiger Neugieriger rollten sie den durch das gerinnende Blut schlüpfrig gewordenen Körper in eine Decke, verschnürten ihn wie ein Paket und hievten ihn auf den Heuwagen. Neben dem eingewickelten Körper verstaute Albrecht noch schnell die schwere Axt. Erleichterung überkam ihn, beide nicht mehr länger in der Nähe seiner Familie zu wissen.

Während Conrad Brix und der sich fortwährend bekreuzigende Pfarrer den Karren über das unebene Kopfsteinpflaster in Richtung Leichenhalle holperten, folgte ihnen in sicherem Abstand die murmelnde Menschentraube. Albrecht Schneider sah ihnen noch eine Weile hinterher, als ihm bewusst wurde, dass ihn das dringende Bedürfnis, welches ihn ursprünglich nach draußen getrieben hatte, noch immer plagte. Und mittlerweile duldete es keinen weiteren Aufschub. Bevor er den schweren Gang zu Karl Wagners Witwe antreten konnte, verschwand er im Laufmarsch auf das Plumpsklo.

In hastig übergeworfener Kleidung stand Albrecht Schneider kurz darauf an der Haustür des Wagner'schen Hauses. Zaghaft schlug er die Knöchel gegen die massive Tür. Er hatte sich keine Gedanken darüber gemacht, was er Anne Wagner sagen würde, und das bereute er augenblicklich. In solchen Situationen sollte man besser vorbereitet sein. Doch ihm blieb keine Zeit, weiter darüber nachzudenken. Als würde er bereits erwartet, wurde die Haustür aufgerissen. Anne Wagner stand ordentlich in Schwarz gekleidet in der Tür. Die Haare waren zu einem festen Knoten frisiert und eine Handtasche baumelte an ihrem dürren Arm. Noch ehe Albrecht irgendetwas sagen konnte, war sie bereits auf dem Treppenabsatz und zog die Haustür hinter sich zu. Sie prüfte mit einem kurzen Ruckeln, ob diese auch fest verschlossen war, und war schon fast an Albrecht vorbeigegangen, als sie fragte: »Gehen wir? Ich denke, du begleitest mich?« Und während Albrecht noch immer verdutzt verharrte, ergriff sie seinen Arm und führte ihn zielsicher in Richtung Leichenhalle.

WICKENRODE, IM JULI 1964

1

Blume schnüffelte wie von Sinnen unter der Tür des Schuppens. Die Nase an den Bodenspalt gepresst, schnaubte sie derart angestrengt, dass die trockene Erde aufwirbelte und sie zum Niesen brachte. Doch der Inhalt des Schuppens fesselte sie so sehr, dass sie das Kitzeln ignorierte und die Nase erneut in den Türspalt quetschte, während ihr Schwanz wie wild von rechts nach links peitschte. Sie spitzte die Ohren, und ihr Nackenfell sträubte sich zu einer Bürste. Ein leises Knurren entwich ihrer Kehle. Hin- und hergerissen zwischen dem, was sich in dem Schuppen befand, und den entfernten Rufen ihres Herrn, entschied sie, den Schuppen aus dem sicheren Abstand einiger Meter anzuknurren und die Ankunft des Schäfers abzuwarten.

»Blume!«, schallte es in einiger Entfernung durch den Nadelwald. »Bluuume!« Das Knirschen auf dem dicken Belag von Tannennadeln wurde lauter, als sich die Schritte eilig näherten.

»Verdammich, du ahle Dreckstöle. Du host zu kommen, wenn ich dich rufen tu!« Noch völlig außer Atem baute sich Nathan Gunkel über seinem Hund auf und drohte mit dem Schäferstab. Blume kannte diese Geste und zog schon mal sicherheitshalber den Kopf mit nach hinten geklappten Ohren ein. Doch die altdeutsche Schäferhündin war nun einmal ihrem Pflichtbewusstsein selbst in Bedrängnis hilflos ausgeliefert. Sie robbte, einem Soldaten gleich, dicht an den Boden gepresst, etwas näher an den Holzschuppen heran und unterwanderte geschickt den Befehl ihres Herrn.

Nathan Gunkel arbeitete jetzt seit acht Jahren mit seiner Schäferhündin Blume und kannte sie gut genug, um zu wissen, dass sie die Strafe sogar in Kauf nehmen würde, wenn ihr Instinkt etwas als bedrohlich eingestuft hatte. Er ließ den Schäferstab sinken. Kaum, dass der Stab den Boden berührte, umkreiste Blume die Hütte erneut eifrig, wenngleich in sicherem Abstand. Immer wieder sprang sie vor und zurück, und Nathan Gunkel kam zu dem Entschluss, dass es an der Zeit war, den Hund anzubinden und sich in aller Ruhe einen eigenen Eindruck zu verschaffen. Er legte einen Strick um eine nahe stehende Tanne und band das andere Ende mit einer Schlaufe um Blumes Hals. Kaum dass sich Nathan Gunkel von ihr abwandte, begann die Hündin, noch immer vom angeborenen Eifer beseelt, den Strick durchzunagen.

Der Schäfer näherte sich langsam dem Holzschuppen. An einer aus Holzresten zusammengeschusterten Seitenwand lehnte ein Stapel Brennholz, und er konnte kaum mit Sicherheit ausmachen, ob die Hütte den Stapel stützte oder umgekehrt. Das Dach war von einer Sammlung alter Schindeln bedeckt, und offensichtlich schützte nur noch eine dichte Schicht aus Moos und Tannennadeln das Innere vor eindringendem Regen.

Ein muffiger Geruch schlug Nathan Gunkel entgegen

und verdichtete sich mit jedem Schritt, den er sich der Hütte näherte. Der Geruch war ihm vertraut. Eine Mischung aus verwittertem Holz und den dumpfen Ausdünstungen stockfauler Decken. So weit war an dieser Situation alles normal. Doch an dieser Hütte hing ein großes Schloss vor dem Türriegel. Ungewöhnlich. In der Regel nahmen die Waldarbeiter nach dem Holzeinschlag ihr Werkzeug wieder mit und ließen ihren Unterstand unverschlossen zurück. Vielleicht musste hier jemand überraschend seine Arbeit unterbrechen?, dachte Nathan Gunkel, während er lauschend um den Holzverschlag herumschlich. Hinter ihm protestierte Blume ungemindert lautstark darüber, dass der unsägliche Strick sie nach wie vor an der Ausübung ihrer Aufgabe hinderte.

»Verdammich! Halt endlich die Gosch!«, zischelte ihr Nathan Gunkel zu. Ihn überkam ein Unwohlsein und etwas Stille wäre hilfreich gewesen, um der Sache in aller Ruhe auf den Grund gehen zu können. Nah am Schuppen presste er ein Auge an eine etwas breitere Lücke zwischen zwei Schwartenbrettern. Doch er sah nichts außer Finsternis. Seine Nase hatte sich zwar an den Geruch gewöhnt, dennoch glaubte er, hier, so nah am Ursprung, außer dem üblichen Muff noch etwas Ungewöhnliches zu erschnüffeln. Er sog die Luft durch die Nase. Es roch nach Adrenalin und Moschus, ohne dass Nathan Gunkel es hätte so genau benennen können. Es roch nach Angstschweiß.

Kaum wahrnehmbar drang ein Geräusch an sein Ohr. Er presste seine Wange an die Holzbretter und vernahm ein schwaches Röcheln. Könnte glatt ein verwundeter Hirsch sein, den ein Wilderer hier zurückgelassen hat, dachte er und lauschte erneut. Das Röcheln wurde schwächer, schließlich versiegte es. Er überlegte einen Augenblick.

Nathan Gunkel bezeichnete sich nicht als ausgesprochener Menschenfreund. Die Einsamkeit des Schäferdaseins war ihm mehr als lieb und er ging menschlicher Gesellschaft, wann immer möglich, aus dem Weg. Aber Nathan Gunkel war ein Tierfreund. Nicht so einer von der sentimentalen Sorte, die sich neuerdings mit einer seltsamen Art von Tierliebe überall breitmachte und ihn für die Art und Weise, wie er mit seinen Hunden und Schafen umging, offen verurteilte. Nein, er tat immer, was getan werden musste. Er unterschätzte niemals die Wildheit einer Kreatur, und Töten stellte ihn vor keine größere Herausforderung. Wenn es sein musste. Niemals würde er ein Lebewesen ohne Not leiden lassen. Schnell und sauber und ohne Vorahnung: So tötete man ein Tier. Und vor allem: Man tötete es richtig. Er wurde wütend bei dem Gedanken, dass ein angeschossenes Wild in dieser Hitze in der Hütte vielleicht seit Stunden um sein Leben rang, und stellte sich vor, dass man es mit dem Wilderer, der so wenig Respekt hatte, am besten genauso machen sollte.

»Haste guuut gemacht, Blume«, versöhnte er sich mit seinem immer noch wild am Baum tänzelnden Hund und rüttelte prüfend am Schloss. »Dem Wilderer tu ich einen ordentlichen Denkzettel verpassen!«, grummelte er vor sich hin.

Während er noch mit aller Kraft am Schloss zerrte, überschlugen sich die Ereignisse. Im selben Augenblick, als es Blume endlich gelang, den Strick durchzunagen, spürte Nathan Gunkel einen stechenden Schmerz in seiner Schulter. Dass der von einem Schlag mit einem Holzscheit herrührte, wurde ihm erst klar, als er sich auf den Knien wiederfand. Wenn er sich nicht nach Blume umgedreht hätte, hätte der Schlag kaum seinen Kopf verfehlen können. Mit allerletzter Kraft gelang es ihm, seinem Angreifer das Scheit aus der Hand zu schlagen. Gerade rechtzeitig, denn das Holz befand sich in vollem Schwung Richtung Blume, die sich mit Feuereifer in den Unterschenkel des Mannes verbissen hatte und ihn schlussendlich zu Fall brachte.

Beim Versuch, das Holz am Boden zu greifen, schoss Nathan Gunkel ein so heftiger Stich durch die Schulter, dass er seinen Schmerz herausschrie. Das wiederum veranlasste seinen Hund dazu, für den Bruchteil einer Sekunde von dem Angreifer abzulassen. Dieser packte Blume am Kragen und hielt sie mit ausgestrecktem Arm möglichst weit von sich weg. Und während er damit beschäftigt war, das keifende Tier, das sich unter seinem Griff wie ein Aal wand, in sicherem Abstand zu halten, nutzte Nathan Gunkel die Gelegenheit, mit der anderen Hand das Holz vom Boden zu klauben und sich über seinem Angreifer aufzubauen.

»Lass sofort meinen Hund los!«

»Ich bin doch nit verrückt. Der hot mich gebissen!«

»Ja, wohl zu Recht, oder nit! Wolltest du mich umbringen?«

Sein Angreifer öffnete kurz den Mund, aber es war zu spät für eine Ausrede. Er schwieg und senkte den Blick, in der Hoffnung, durch diese reumütige Geste Zeit zu schinden. Vorsichtig ließ er Blume ab, die mit allen vier Läufen ruderte, bis sie festen Boden spürte. Ein scharfes »AUS!« von Nathan Gunkel sorgte dafür, dass sie, wenn auch widerwillig, in einiger Entfernung in Position ging, um den Angreifer keine Sekunde aus den Augen zu lassen.

»Lässt du Arschgesichde ein Tier da drin elendig verrecken? Hättstes nit wenigstens anständig tot machen können?« Nathan Gunkel war derart in Rage, dass sich Speicheltropfen aus seinem Mund lösten, während er immer noch drohend mit dem Holzscheit wedelte.

Der Angreifer fixierte den Schäfer eine Weile nachdenklich, sichtbar im Zwiespalt, ob dieser sich wohl mit einer Halbwahrheit begnügen würde. Doch die Wut stand Nathan Gunkel überdeutlich in das Gesicht geschrieben, und die beiden Männer kannten sich gut genug, um zu wissen, dass jede weitere Lüge ein Funken an dem Pulverfass namens Nathan Gunkel sein konnte. Und da der Mann, der sich die schmerzende Wade hielt, genau zu wissen schien, was das bedeutete, rang er sich dazu durch, die Wahrheit preiszugeben. »Da in der Hütte«, er legte eine kurze Pause ein, schien seinen Entschluss noch einmal zu überdenken, doch im Angesicht des Funkelns in Nathan Gunkels Augen und dem knurrenden Hund zu seinen Füßen blieb das Ergebnis dasselbe, sodass er stockend mit der Wahrheit herausrückte. »Da in der Hütte, das«, er stieß einen tiefen Seufzer aus, doch jetzt gab es kein Zurück mehr, »das is ja gar kein Tier.«

EINIGE WOCHEN SPÄTER

2

Edgar Brix hing, wie so oft, noch eine Weile schlaftrunken seinen Gedanken nach, bevor er sich überwinden würde, sich aus dem Bett zu quälen und mit einem einzigen Wunsch in Richtung Küche zu schlurfen: Kaffee! Vielleicht hätte er sich an diesem Morgen weniger Zeit gelassen, wenn er geahnt hätte, dass ihn die Ereignisse des heutigen Tages um seinen geliebten Morgenkaffee bringen würden. Doch noch deutete nichts darauf hin, dass dieser Tag nicht genauso gleichmütig verlaufen sollte wie alle Tage zuvor, seit er vor einem halben Jahr das Haus in Wickenrode bezogen hatte. Noch halb im Dämmerzustand des Schlafes, tauchte vor seinem inneren Auge das Gesicht seines Vaters auf. Eine Falte zog einen Graben in die Mitte seiner Stirn, während er seinen Sohn fassungslos anstarrte. »Ausgerechnet Wickenrode?« Mehr hatte er dazu nicht zu sagen. Ein wenig Unterstützung wäre schön gewesen, aber Edgar Brix war sich von Anfang an sicher, dass die Idee, die alte Familienpraxis in Deutschland wiederzueröffnen, bei seinem Vater auf wenig Gegenliebe stoßen würde.

Immerhin hatte der Brief, in dem ihm die Rückübereignung des Familienbesitzes in Deutschland mitgeteilt wurde, seit Wochen unbeachtet auf der Kommode im Flur neben dem Teller gelegen, auf den er achtlos die Haustürschlüssel warf.

Teil des Brix'schen Familieneigentums war das kleine Haus in Wickenrode, in dem sein Vater eine Hausarztpraxis betrieben hatte. Zumindest so lange, bis ihm von den Nazis das Verbot erteilt wurde zu praktizieren und er es für die gebotene Zeit hielt, sich und seine Familie bei der Verwandtschaft in den Vereinigten Staaten in Sicherheit zu bringen. Eine weise Entscheidung, wie sich bald herausstellen sollte, denn auf diese Art rettete er vermutlich nicht nur seiner Familie das Leben, sondern ermöglichte seinen Söhnen Gutmund und Edgar auch noch eine ordentliche medizinische Karriere, ganz in der guten Brix'schen Familientradition.

Was ist bloß schiefgelaufen, fragte sich Edgar Brix, den Kopf immer noch tief in das Kopfkissen gedrückt, dass ausgerechnet ich jetzt hier am Ende von nirgendwo eitrige Furunkel verarzte? Und das in einer Praxis, die ihre besten Zeiten auch schon hinter sich hat? Die Antwort schmerzte immer noch mehr, als er ertragen konnte. Er drückte das Gesicht in das Kissen und zog die Decke enger um seinen Körper, um dem entsetzlichen Gefühl von Verlust eine kleine, warme Heimat zu geben. Die Entscheidung, ob er sich diesem Gefühl noch eine Weile hingeben sollte oder es besser wäre, es abzuschütteln und sich durch Geschäftigkeit abzulenken, wurde ihm durch ein heftiges Klopfen an seiner Haustür abgenommen. Er zog die Decke ein wenig höher, doch ein eindringliches Rufen drang gedämpft, aber unablässig an sein Ohr: »Herr Dooooktoooor! Herr Dooooktooooor! Sind Se schon wach?« Das

Klopfen wurde zu einem unaufhörlichen Hämmern. »Is dringend, hörn Se?«

Fast wäre ihm der Schäfer Nathan Gunkel in die Arme gefallen, als Edgar mit einem Ruck die Haustür aufriss und bellte: »Ja, jetzt bin ich wach!«

»Oh, Mann. Tut mir echt leid. So früh am Morjen.«

Riesige Augen unter einem Schlapphut und das massive Zittern der Schäferbeine lenkten Edgar Brix von dem zähen Geruch nach Schaf und Alkohol ab, der über seine Schwelle schwappte. »Geht's Ihnen nicht gut?« Er sah den Schäfer durchdringend an, konnte aber zumindest äußerlich nichts feststellen, was diesen morgendlichen Überfall gerechtfertigt hätte.

»Mir geht's gut, aber demm Toten do oben«, er deutete mit dem Daumen hinter sich in Richtung Wald, »demm geht's gar nit gut!«

Edgar Brix fuhr sich durch den zerzausten braunen Haarschopf. »Jesus!« Er war, ohne es zu merken, ins Englisch verfallen, was ihm einen skeptischen Blick des Schäfers einbrachte. Der Schäfer schwieg und wartete ab, bis Edgar fortfuhr: »Das haben Leichen so an sich, dass es ihnen nicht sonderlich gut geht. Um wen geht es denn?« Er durchforstete seine morgenträgen Gedanken nach den Dorfbewohnern, bei denen man am ehesten mit einem baldigen Ableben rechnen musste, wurde aber zu seiner Überraschung mit den, durch die hohle Hand geflüsterten Worten: »Is kinner von uns«, in seinen Überlegungen unterbrochen.

»Aha. Und warum flüstern Sie jetzt?«

»Alldieweil es besser is, wenn Se sich das erschdemoh angucken tun und noch nit so 'n Gewese drum gemacht wird.« Immer noch war die Stimme des Schäfers gesenkt, sodass Edgar Brix sich gegen seinen Willen weiter in die

Richtung beugen musste, in der der Geruch nach Mist und Wollwachs kaum noch auszuhalten war.

»Und warum sollte man um einen Toten ein, wie nennen Sie es, ›Gewese‹ machen? Ist ja nicht so was Ungewöhnliches.«

»Der schon.« Bedächtiges Nicken unterstrich die Gewichtigkeit dieser Worte.

»Gut. Nachdem das alles ja sehr geheimnisvoll ist, will ich mal mitgehen. Aber da es sich ja hoffentlich um einen *wirklich* Toten handelt«, er zog die Augenbrauen hoch und blickte den Schäfer eindringlich an, »habe ich doch noch Zeit, mich in Ruhe anzuziehen, oder?«

Leider wurde von der Antwort des Schäfers auch noch der letzte Funke Hoffnung zunichtegemacht, diesen Morgen mit einer ordentlichen Tasse Kaffee zu beginnen. »Ja, tot isser auf jeden Fall. Aber ville Zeit hamm wir nit.« Der rechte Fuß des Schäfers wippte aufgeregt auf der Steinstufe vor der Haustür und die lose Ledersohle schlappte im Takt. »Blume ist mit denne Schofen da oben und ich honn kein Schimmer, wie lange sie sich bei der Leiche beherrschen tut.« Er guckte sich rechts und links über die Schulter um, als erwartete er, jeden Augenblick vom Fleck weg verhaftet zu werden.

Edgar Brix konnte dem Reflex nicht widerstehen, ebenfalls die menschenleere Straße rauf und runter zu spähen. Bei dem Gedanken, dass eine Leiche und ein Schäferhund mit knurrendem Magen alleine gelassen worden waren, gewann die Lage für ihn doch eine etwas andere Brisanz. »Warten Sie kurz, ich bin gleich fertig.« Er schmiss dem Schäfer die Tür vor der Nase zu. »Verdammt!« Er warf der Kaffeekanne in der Küche einen kurzen, sehnsüchtigen Blick zu, dann schlüpfte er in die Sachen, die vom Vortag noch auf dem Boden des Badezimmers lagen. Nach einer kurzen Geruchsprobe überwand er sich sogar, die Socken noch einmal anzuziehen. Ein flüchtiger Blick in den Spiegel verriet ihm, dass eine weitere Stunde Schlaf nicht geschadet hätte, und für Verschönerungsaktionen war nun keine Zeit. Er kippte sich eine Handvoll kaltes Wasser ins Gesicht, wuschelte sich kurz durch das lockige Haar, rieb sich die Bartstoppeln am Kinn und machte sich auf den Weg.

An der Hauswand neben der Tür lehnte Edgar Brix' Fahrrad. Ein kurzer Blick auf den platten Reifen, und er ärgerte sich, dass er mal wieder eine unliebsame Angelegenheit, wie das Flicken eines Reifens, auf später verschoben hatte. »Shit. Wir müssen wohl zu Fuß gehen.«

»Ham Se kinn Auto?« Der Schäfer guckte ihn ungläubig an, während er sich hinter dem Ohr kratzte.

»Nein!«, war die knappe Antwort.

Der Schäfer schluckte eine Bemerkung herunter, machte auf dem Absatz kehrt und war schneller verschwunden, als Edgar Brix es, in Anbetracht der Alkoholfahne, die er hinterließ, vermutet hätte. Er hatte seine liebe Mühe, hinter dem Schäfer den Anschluss nicht zu verlieren, der offensichtlich nicht nur über eine bessere Kondition verfügte, sondern es auch verdammt eilig hatte. Als sie den Fuß der Anhöhe erreichten, die sich wie ein Gürtel aus saftigem Grün um das Dorf schmiegte, war Edgar Brix bereits schweißgebadet. Zwar schickte die Morgensonne lediglich zaghaft erste Strahlen über die Hügel, doch die Luft hatte sich in der Nacht kaum abgekühlt und die Erde strahlte die verbliebene Wärme des gestrigen Tages ab.

Edgar Brix konnte die blökende Schafherde von Nathan Gunkel bereits in einiger Entfernung ausmachen, als er stehen blieb, um Luft zu holen. Der Schäfer ließ dem Arzt diese Schwachheit nicht durchgehen. Er machte kehrt, henkelte Edgar Brix am Ellenbogen unter und zog ihn mit einem befehlsartigen »Kommn Se schon!« hinter sich her. Edgar Brix fehlte der Atem, zu antworten oder sich zu wehren, und so ergab er sich seinem Schicksal und ließ sich im Schlepptau vom Schäfer den Hügel hinaufzerren. Als sie die Wiese erreicht hatten, hoben Hunderte von Schafen zu einem ohrenbetäubenden Lärm an. Blume sprengte wie wild durch die Herde, um voller Überschwang ihren Herrn zu begrüßen.

»Holy …« Edgar Brix hielt keuchend mehrere Minuten die Hände auf die Oberschenkel gestützt und rang nach der Luft, die ihm fehlte, um seinem Ärger über diesen morgendlichen Gewaltmarsch lautstark Ausdruck zu verleihen. Von seiner Stirn tropfte der Schweiß und sein weißes Hemd klebte wie eine zweite Haut am Körper und dünstete Schweißgeruch in die aufsteigende Wärme des Tages aus.

»Do!« Der Schäfer deutete mit ausgestrecktem Arm in Richtung Böschung, auf die eine dichte Traube von Schafen den Blick verstellte.

Edgar Brix war gewiss kein Feigling, aber nach dem morgendlichen Marsch verspürte er wenig Lust, sich mühsam den Weg durch diese undurchdringliche Menge an Schafen zu bahnen. Er sah den Schäfer auffordernd an: »Wäre es wohl möglich, die Tiere woandershin zu treiben?«

Einem knappen »Klar!«, gepaart mit einem Schulterzucken, folgten umgehend Taten. Zwei spitze Pfiffe, und Blume machte sich daran, die Herde auf die andere Seite der Wiese zu treiben und sie dort, mit scharfem Blick und gespitzten Ohren, keine Sekunde aus den Augen zu lassen.

Edgar bahnte sich den Weg in das Unterholz, während über ihm ein Eichelhäher lautstark über die morgendliche Störung protestierte. Von dem Krächzen abgelenkt, wäre er um ein Haar über das gestolpert, was sich erst nach genauem Hinsehen als menschlicher Körper zu erkennen gab. Er schreckte zurück, als eine Wolke von Fliegen wütend aufstob. Ein Blick zurück verriet ihm, dass der Schäfer in sicherem Abstand wartete und gelangweilt in die Gegend starrte.

Edgar Brix mochte nicht glauben, was dort zu seinen Füßen lag. Er beugte sich tiefer und wich unwillkürlich zurück, da ihm ein Geruch entgegenschlug, der jetzt schon kaum auszuhalten war, und dabei lag die Hitze des Tages noch vor ihnen. Nachdem er sich einen Augenblick gesammelt und den Versuch, sich an den Geruch zu gewöhnen, als Fehlschlag verbucht hatte, nahm er sich zusammen und kniete sich neben dem Körper nieder. Der Tote sah aus wie eine riesengroße Trockenpflaume, in die sich eine große Anzahl an Hufabdrücken eingepresst hatte. So zugerichtet, wie der Tote dalag, konnte Edgar Brix noch nicht mal auf Anhieb sagen, ob Blume nicht auch schon ihren Teil abbekommen hatte, doch den Gedanken schob er rasch beiseite. Unmöglich zu sagen, ob er den Toten kannte. Die Haut war derart vertrocknet, dass die geschrumpften Lippen gekräuselt die Zahnreihen freigaben, und was die leeren Augenhöhlen anging, hatte er unweigerlich den Eichelhäher in Verdacht. Ihm lief ein Schauer den verschwitzten Rücken hinunter.

»Wie lange hat es nicht geregnet?« Er drehte sich zum Schäfer um, der, anders als erwartet, nicht mehr in sicherer Entfernung, sondern direkt hinter ihm stand und sich mit angeekelter und gleichzeitig faszinierter Miene über ihn beugte.

»Nu, so unnenwech drei Wochen nit.«

»Dann könnte der schon fast so lange hier liegen. Der geringe Schädlingsbefall deutet darauf hin, dass er die ganze Zeit zumindest trocken gelegen hat. War denn die Herde zwischenzeitlich hier schon mal auf der Weide?«

»Ne, die Schofe war'n das letzte Mal im April hier oben.«

»Wie dem auch sei: Wir sollten die Polizei verständigen. Und ich glaube, dass wir in Anbetracht der Sachlage«, er deutete mit einer ausladenden Armbewegung auf den zertrampelten Fundort, »keinen großen Fehler begehen, wenn wir den Toten in die kühle Leichenhalle beim Friedhof transportieren. Können Sie noch einen Helfer mit einer Pritsche herbeiholen? Am besten einen, der vielleicht nicht schon auf dem Weg hierher das ganze Dorf informiert. Und«, er beugte sich dicht an das Gesicht des Schäfers und stippte ihn mit dem Zeigefinger an die Schulter, »außer dem, will ich hier oben keinen anderen sehen. Das heißt, auch Sie werden sonst keinem was von der Leiche hier erzählen. Sind wir uns da einig?«

Der Schäfer blickte ob der ungeheuerlichen Unterstellung ein wenig beleidigt drein, hauchte aber im Flüsterton dem nahen Gesicht von Edgar Brix entgegen: »Ich bin stille wie 'n Grob!« Dann zog er ab, während seine Alkoholfahne noch in der Luft klebte.

Edgar Brix versuchte seine Gedanken zu sammeln, während er das Bild in sich aufsog, das vor ihm lag. Die ganze Szenerie strahlte einen Frieden aus, der den grotesken Körper zu seinen Füßen noch viel befremdlicher erscheinen ließ, als er ohnehin schon war. Die Schafe blökten zufrieden, während sie noch immer von Blume in Schach gehalten wurden. Die Sonne zauberte ein märchenhaftes Glitzern auf die in Morgentau getunkten Wiesen, und die Vögel begrüßten den Tag mit ihrem Lied. Von hier oben breitete sich das Dorf in seinem Taleinschnitt wie ein bunter Flickenteppich aus und atmete kalten Rauch in die feuchte Morgenluft. Nichts regte sich dort unten, und auf der anderen Seite des Tals zeichnete sich gleißend rot die Stelle ab, an der in wenigen Minuten die Sonne über die Bäume kriechen würde. Die Luft war ein süßliches Gemisch aus verblühenden Blumen und getrocknetem Moos, in das sich der Geruch der Leiche zu einer bizarren Komposition mischte. Und da Edgar Brix es für unwahrscheinlich hielt, dass er irgendwelche Spuren vernichten konnte, die nicht bereits den Huftieren zum Opfer gefallen waren, entschied er, den Geruch und die Leiche zu verlassen und sich ein wenig umzusehen. Unweit oberhalb des Fundortes, nur wenige Schritte durch das dichte Unterholz, traf er auf den Waldweg, der sich wie ein Band um den unteren Rand des Waldes legte. Er suchte nach Spuren, die etwas über den Weg sagen könnten, den der Tote in die Böschung genommen hatte, doch er musste rasch einsehen, dass der Wald alle Spuren bereits getilgt hatte, sofern sie überhaupt vorhanden gewesen waren. Ob der Tote den Weg auf seinen eigenen Füßen gegangen war oder dort abgeladen wurde, war zumindest auf diese Weise nicht zu klären. Falls der Körper schon Wochen dort unbemerkt gelegen hatte, wäre auch das kaum ein Wunder, immerhin war die Böschung an dieser Stelle derart dicht bewachsen, dass weder vom Waldweg noch vom Feld etwas auszumachen war. Doch was um alles in der Welt brachte irgendjemanden dazu, sich hier in das Unterholz zu schlagen, um dort zu sterben? Und vor allem: Wer verirrte sich denn hierher, ohne dass das halbe Dorf davon Wind bekam? Edgar Brix konnte sich gar nicht vorstellen, dass sich ein Fremder in unmittelbarer Nähe des Ortes herumtrieb, der nicht in kürzester Zeit Dorfgespräch war. Er rieb sich gedankenverloren das Kinn und nahm sich die Zeit, den Fundort aus allen Richtungen anzusehen. Es war keine Eile geboten. Bis zur Rückkehr des Schäfers würde eine gute Weile vergehen, sodass er in aller Ruhe die Eindrücke sammeln konnte, die sich ihm boten.

Der Tote lag gerade ausgestreckt auf dem Rücken. Seltsam, deutete es doch darauf hin, dass er aus vollem Stand umgefallen sein musste. Während Edgar Brix sich über die Lage des Körpers Gedanken machte, fiel ihm ein Detail auf, das ihm wegen des verheerenden Zustandes der Leiche bisher entgangen war: Der Tote war barfuß. Er machte sich erneut daran, die nähere Umgebung abzusuchen, doch von Schuhen war weit und breit nichts zu sehen. Er betrachtete neugierig die Fußsohlen des Toten, von denen leider auch nicht mehr viel zu sehen war. Ein leiser Zweifel kam ihm, ob es tatsächlich eine gute Idee gewesen war, die Polizei nicht sofort hierherzubeordern. Der Zweifel verstummte, als er von Blumes Gebell und dem Holpern eines Wagens auf dem Feldweg aus seinen Gedanken gerissen wurde. Er bahnte sich einen Weg durch die Böschung auf das freie Feld, wo Blume pflichtvergessen ihren Herrn begrüßte, der sich auf dem Bock eines Pritschenwagens von einem Kaltblut den Hügel hinaufziehen ließ. Neben ihm saß ein alter Mann und blickte mürrisch drein, während er die Zügel hielt und den Wagen in Schlangenlinien den Berg hinauf lenkte. Edgar hoffte inständig, dass die Wahl des Schäfers auf einen verlässlichen Helfer gefallen war. Erst als das Fuhrwerk sich bis auf wenige Meter genähert hatte, erkannte er, dass es sich um den alten Albrecht Schneider handelte. Er war ihm seit seiner Rückkehr bei einigen wenigen Gelegenheiten begegnet und sie hatten höflich Grüße ausgetauscht, mehr nicht. Doch in Edgars Erinnerung war

Albrecht Schneider einer der wenigen gewesen, über die sein Vater beim Abendessen stets mit Respekt sprach. Er entspannte sich. Albrecht Schneider hingegen blickte verkrampft, als er sich ächzend von seinem Karren herunterbemühte. Edgar sah, wie die Knochen des alten Mannes noch etwas morgensteif ihren Dienst versagten. Ungelenk schwang er sich vom Bock des Karrens. Dann streckte er sich, und Edgar erinnerte sich an das gestandene Mannsbild, das Albrecht Schneider einmal gewesen war. Jetzt prangte ein kleiner Kugelbauch zwischen Hosenträgern, die eine schlaffe, ausgebeulte Hose hielten. Weiße Bartstoppeln stachen aus der sonnengegerbten Haut, und feine rote Äderchen zeichneten ein Muster auf seine Knollennase, neben der sich helle, freundliche Augen unter dicken Tränensäcken versteckten. Er grummelte leise vor sich hin und wich Edgars Blick aus, während sich dieser zur Begrüßung auf ihn zubewegte. »Sehr freundlich von Ihnen, dass Sie sich die Mühe machen.« Er streckte Albrecht Schneider die Hand entgegen.

Dieser zog sich eine Kappe aus grünem Cord vom Kopf und kratzte sich die Halbglatze. Während er die ausgestreckte Hand ignorierte, packte er sein Pferd beim Halfter und führte das Fuhrwerk näher an die Böschung. »Muss ja wohl.«

Edgar Brix verspürte wenig Lust, sich die Schuld für diesen frühmorgendlichen Arbeitseinsatz in die Schuhe schieben zu lassen. »Ich wurde genauso aus den Federn gerissen wie Sie. Wenn ich es mir aussuchen könnte, hätte ich jetzt auch was Besseres zu tun!« In dem Augenblick, als die Worte seinen Mund verließen, tat es ihm leid, dass sie ärgerlicher klangen, als es der freiwillige Einsatz des ordentlich betagten Mannes verdient hatte, und so lenkte er ein. »Wenn wir uns beeilen, sind wir zum Frühstück wieder zu Hause.«

»Hm. Is gut.« Albrecht Schneider schenkte Edgars Worten kaum Beachtung. Sein Adamsapfel hüpfte bei jedem Schlucken auf und ab, während er skeptische Blicke in das Gebüsch warf. »Ist ja nicht Ihre Schuld«, sagte er schließlich und ging in Richtung der Böschung.

Während Edgar Brix die bedächtigen Schritte von Albrecht Schneider verfolgte, überlegte er, ob es nicht klüger gewesen wäre, ihn auf das vorzubereiten, was dort im Gebüsch auf ihn wartete. Die Frage beantwortete sich von selbst: Wenige Augenblicke später taumelte der alte Mann »Heilige Mutter Gottes!« rufend rückwärts aus der Böschung.

Der Schäfer verfolgte die Szene in sicherem Abstand. Er kraulte seine Hündin im Nacken, während sein Blick zwischen Edgar und dem kreidebleichen Albrecht Schneider hin- und herpendelte.

»Ist alles in Ordnung?« Edgar legte Albrecht Schneider sanft eine Hand auf die Schulter.

Der schüttelte die Hand wie ein lästiges Insekt ab und entgegnete patzig: »Ne. Ist nicht in Ordnung. Herrgott. Das ist doch nicht etwa einer …?«

Edgar Brix ahnte, was ihn umtrieb. »Ich denke nicht, dass es einer aus dem Ort ist. Wir wüssten doch, wenn jemand vermisst würde. Und der liegt hier bestimmt schon einige Wochen. Und ob es ein gewaltsamer Tod war«, es widerstrebte ihm, den Satz zu beenden, »nun, das wird die Polizei klären müssen.«

Albrecht Schneider hatte sich wieder einigermaßen gesammelt. Offensichtlich wild entschlossen, die Sache möglichst schnell hinter sich zu bringen, krempelte er die

Ärmel hoch und ließ die verschränkten Finger knacken. »Können wir?« Er blickte Edgar entschlossen an. »Heute Abend ist das Ganze hier nur noch eine schlechte Erinnerung und einen Schnaps wert.«

Edgar Brix wurde den leisen Verdacht nicht los, dass der alte Mann damit im Irrtum war, doch er nahm dessen Tatendrang dankbar an. »Ich nehme das Kopfende«, sagte er, während er mit ausladenden Schritten um den Toten herumstakste. Er beobachtete, wie Albrecht Schneider zurückwich, als das volle Ausmaß der Ausdünstungen auf seinen Geruchsnerv traf. Dann beugte er sich von der Neugier getrieben zu der stinkenden Fleischmasse herunter, während er sich sicherheitshalber die Nase zuhielt. »Der hat keine Schuhe an!«

»Ist mir auch schon aufgefallen. Sonderbar, nicht? Ich hab auch die nähere Umgebung abgesucht und keine Schuhe gefunden. Da wird die Polizei noch etwas zu tun haben.«

»Er könnte ja auch ohne Schuhe unterwegs gewesen sein, oder? Vielleicht ein Landstreicher.«

»Daran habe ich auch schon gedacht. Und ganz ehrlich? Es wäre mir auch das Liebste, wenn es so wäre.«

Keinen halben Meter von der Leiche entfernt fiel Edgar Brix das Atmen schwer. Und obwohl ihn vor dem nächsten Schritt grauste, drängte es ihn, die Sache zu erledigen, und so schob er seine Hände unter die Schultern der Leiche. Die löste sich zwar leicht vom Erdboden, machte aber dabei ein widerlich schmatzendes Geräusch. Edgar Brix zögerte einen Augenblick, schluckte und schüttelte sich. Während er den Oberkörper des Toten anhob, fiel dessen Kopf in den Nacken, und die Wirbelsäule knackte wie dürre Äste. Er warf Albrecht Schneider einen besorgten Blick zu. Doch dieser hatte sich ein Herz gefasst und ignorierte alles, außer der Aufgabe, die Beine des Toten bei den Oberschenkeln zu fassen und sich rechts und links unterzuhenkeln. Die Blicke der beiden Männer trafen sich, als sie annähernd gleichzeitig feststellten, dass der Körper trotz der enormen Austrocknung viel schwerer wog, als anzunehmen war. Die Anstrengung, den Körper in gebückter Haltung aus der Böschung zu wuchten, vereitelte jeden Versuch, die Luft anzuhalten, und trieb ihnen den bestialischen Gestank der Leiche unmittelbar in die Nasen. Kaum hatten sie die Böschung hinter sich gelassen und konnten zumindest aufrecht weitergehen, wartete bereits die nächste Hürde: Mit winkenden Armen wehrte der Schäfer jede Hilfe beim Aufladen ab, dabei war er noch nicht mal gefragt worden. Und so blieb den beiden tatsächlich nichts anderes übrig, als mit leidlich Schwung den Körper unsanft längsseits auf die Pritsche zu werfen. Die Glieder klatschten auf den Holzboden, als seien sie nicht am Rumpf befestigt, und die Leiche kam in einer grotesken Haltung zum Liegen, die fast unerträglich, aber nun auch nicht mehr zu ändern war. Albrecht Schneider nahm eine alte Decke und wollte sie gerade über den Toten werfen, als er in der Bewegung stockte. Wie gebannt starrte er auf den Körper, dann warf er die Decke fahrig darüber.

»Ist etwas nicht in Ordnung?«, fragte Edgar Brix.

»Nein. Alles gut. Ist Ihnen auch aufgefallen, wie außergewöhnlich groß der Kerl ist?«

Edgar verwunderte diese Feststellung des Offensichtlichen. Das konnte kaum der wirkliche Grund für diesen kurzen Augenblick der Verwirrung sein. »Hmm, außergewöhnlich groß.« Er schluckte eine weitere Bemerkung hinunter und nickte dem Sonnenaufgang entgegen: »Wir sollten uns beeilen. Es wird bald unerträglich warm sein.«

Albrecht Schneider machte sich daran, den Wagen von der Wiese in Richtung der aufgehenden Sonne zu führen. Er hatte die Zügel seines Kaltblutes fest im Griff, als Edgar Brix die Gelegenheit nutzte, den Schäfer noch einmal zu instruieren: »Kein Wort. Zu niemandem!«

Der Schäfer widmete dem erhobenen Zeigefinger einen gelangweilten Blick und zuckte nur die Achseln. »Dos könnt ihr doch niemals nit geheim halten. Aber ich tu schweigen.« Und mit einem verschmitzten Grinsen fügte er flüsternd hinzu: »Wie 'n Grob.«

Albrecht Schneider war bereits einige Hundert Meter mit dem Pferdefuhrwerk voraus, und so machte sich Edgar Brix mit schnellen Schritten daran, ihm hinterherzueilen. Bergab kam das Pferdefuhrwerk schnell voran, sodass er es erst kurz vor der Friedhofsmauer einholte. Die kleine Kapelle war gerade erst fertiggestellt worden. In jungfräulichem Weiß schmiegte sie sich an die Leichenhalle. Hinter zwei massiven Holztüren verbarg sich ein schmuckloser Raum, dessen Mauern der Sommerhitze erfolgreich die Stirn boten.

Kaum war der Körper vom Karren auf den Tisch gehievt, waren die beiden Männer schweißgebadet. Doch kurz nachdem sich die Türen hinter ihnen geschlossen hatten, jagte der trocknende Schweiß Edgar einen Schauer über den Rücken. Er schritt bedächtig mehrere Runden um den Körper auf dem Tisch. Albrecht Schneider lehnte an der Tür und verfolgte jeden seiner Schritte aufmerksam. Es war weder der richtige Ort noch der passende Anlass, um einen so wunderschönen Sommermorgen zu beginnen, dachte Edgar Brix, während er Runde drei beendete. Dann blickte er Albrecht Schneider direkt in die Augen. »Ich weiß nicht, warum, aber Sie haben eine Vermutung.

Ihr Zögern vorhin … es lag nicht daran, dass der Tote so ein ungewöhnlich großer Kerl ist, oder?« Augenblicklich wurde Edgar Brix klar, dass er ins Schwarze getroffen hatte.

Der alte Mann schien förmlich in sich zusammenzusacken, und nach einer schier endlosen Pause sagte er: »Ich denke«, er suchte hinterrücks Halt an der eisernen Türstange, »ich denke, es könnte der Johann sein.« Er blickte zu Boden.

»Wer?«

Albrecht Schneider hob den Kopf. »Na, der Johann. Der Johann Veit.«

Edgar Brix zuckte entschuldigend die Schultern.

»Sie müssen sich doch daran erinnern. Sie waren doch mit Ihrem Vater und Ihrem Bruder dabei, an diesem Morgen, als der Karl Wagner erschlagen in meinem Hof gefunden wurde.«

Es dämmerte Edgar Brix. Seine Augen weiteten sich: »Sie denken, das«, er deutete auf den Toten, »könnte der junge Mann sein, der damals geflohen ist? Wie kommen Sie darauf?«

»Nun, wie Sie ja selbst schon bemerkt haben, ist es ein außergewöhnlich großer, kräftiger Mann. Aber was noch außergewöhnlicher ist, ist das weißblonde Haar. So was hab ich bisher nur bei Johann gesehen.«

Edgar Brix wandte sich um und schritt zum Kopfende des Tisches. In der Tat. Auf der vertrockneten Kopfhaut konnte er inmitten einer Mischung aus Dreck und Tannennadeln weiße Haare ausmachen. »Ich kann mich nicht erinnern. Ich meine … ich kann mich natürlich an diesen Morgen erinnern. Aber ich kann mich nicht an Johann Veit erinnern.« Er blickte auf den Toten, als bäte er ihn um Verzeihung, dass er leider nicht in seiner Erinnerung auftauchte.

»Na ja, wie alt waren Sie damals? Zehn?«

»Acht. Mein Bruder Gutmund war zehn.«

»Ach, stimmt. Gutmund.« Edgar beobachtete, wie der Blick des alten Mannes in der Unendlichkeit der Erinnerung verschwand, und vermutete, dass der sein Hirn genauso angestrengt nach einem Bild durchwühlte wie er zuvor, als der Name Johann Veit fiel. »Wie alt wäre der Johann jetzt?«

Albrecht Schneider kramte offensichtlich noch immer in seiner Erinnerung. Nach einer Weile sagte er: »Nun, als er verschwand, war er ungefähr Mitte 30. Also müsste er jetzt wohl in den Sechzigern sein.«

»Ich bin kein Gerichtsmediziner, und das wird sicher noch abzuwarten sein, aber sehen Sie die Zähne des Toten?«

Albrechts Blick fiel auf zwei Reihen gebleckter weißer Zähne. Eine Antwort erübrigte sich, und so beließ er es bei einem erwartungsvollen Blick.

»Das sind nicht die Zähne eines 60-Jährigen. Unser Mann hier ist deutlich jünger. Das kann auf keinen Fall Johann Veit sein.«

Albrecht Schneider nickte resigniert, und Edgar konnte dessen Erschöpfung beinahe greifen, als der alte Mann sagte: »Hören Sie, ich bin müde und muss die Tiere noch versorgen, bevor die Hitze ihnen zu sehr zusetzt. Sie werden die Polizei informieren?« Und da dies nicht wirklich eine Frage war, wartete er auch keine Antwort ab und fügte nahtlos an: »Ich würde heute Abend noch mal bei Ihnen hereinschauen, dann können Sie mir ja mitteilen, ob es etwas Neues gibt.«

»Ja, gerne. Ich werde zu Hause sein.« Edgar Brix hätte sich mehr gefreut, wenn sich dieser Besuch unter anderen

Umständen ergeben hätte. Seit er wieder im Ort war, verbrachte er die meisten Abende alleine vor dem Fernseher oder beim Aufarbeiten seiner Patientenakten. Ihn ließ die Ahnung nicht los, dass eine Unterhaltung mit Albrecht Schneider viel Interessantes zutage fördern würde, und so erfasste ihn eine Art von Vorfreude, die so gar nicht zu der Situation passte, in der er sich gerade befand. »Falls die Polizei noch Fragen hat …?«

Albrecht Schneider beendete den Satz für ihn: »… bin ich zu Hause oder im Stall zu finden.« Die Worte plumpsten vor Erschöpfung förmlich aus seinem Mund und ließen keinen Zweifel daran, dass er auf einen Besuch der Polizei verzichten konnte.

»Wir werden sehen.« Edgar Brix hielt dem alten Kerl die schwere Eichentür auf, dann schloss er sie, so schnell er konnte, um die Hitze auszusperren.

Er drehte noch einige Runden um die Leiche auf dem Tisch. Bedächtig schlich er um den Körper und sog jedes Detail auf. Er würde später keine Gelegenheit mehr bekommen, wenn er den Toten der Polizei übergeben hatte, und so versuchte er, zumindest mit Blicken dessen Geheimnisse zu erraten. Er lauschte, während er sich um den Körper herumbewegte. Die Stille im Raum dröhnte. Und so unterbrach er sie, indem er laut aussprach, was ihn umtrieb: »Was ist mit dir geschehen?« Wieder Stille. Er fühlte sich an diese Suchspiele in den Zeitschriften erinnert: Finde den Fehler. Doch so übel die Leiche auf dem Tisch auch zugerichtet war, alles an ihr glich einem Fall aus dem Lehrbuch: Tierfraß durch wochenlange Liegezeit im Freien, kaum Madenbefall durch frühzeitiges Eintrocknen des Gewebes als Folge der extremen Temperaturen. Der Sommer hatte den Körper tatsächlich in makabres Trockenobst verwandelt.

Er lehnte sich mit dem Rücken an ein schweres Holzregal, und dank dieser Unterstützung wich die Anspannung das erste Mal an diesem Tag aus seinem Körper. Zwei Gedanken kämpften in Edgars Hirn um das Vorrecht auf Beachtung: Der eine war »Kaffee!« und der andere die drängende Verpflichtung, den ungeheuerlichen Fund endlich der Polizei zu melden. Und da, wie nicht anders zu erwarten war, der Tote keine Anstalten machte, seine wenig auskunftsfreudige Haltung spontan zu ändern, gönnte Edgar dem traurigen Anblick einen letzten Seufzer und überließ ihn der Kälte und der Stille.

Die Hitze vor der Halle traf ihn wie ein Hammerschlag, und noch während die schwere Tür hinter ihm in das Schloss fiel, lief ihm der Schweiß am ganzen Körper hinunter. Jetzt schnell in die kühle Praxis, dachte er, doch er kam nicht weit. Kaum um die Ecke gebogen, hätte er fast den Schäfer umgerannt, der mit angewinkeltem Bein lässig an der Kapellenwand im Schatten lehnte. »Mann, haben Sie mich erschreckt!«

»'Tschuldigung. War nit minne Absicht.«

Eine unangenehme Pause entstand. Brix hatte keine Lust, den Schäfer zu fragen, warum er nicht oben auf der Weide bei seinen Schafen war, und entschied sich, nach einem kurzen »Na, dann. Bis die Tage« am Schäfer vorbei seinen Heimweg anzutreten.

»Un? Issers?«

Brix stoppte unversehens. Dem Schäfer noch den Rücken zugewandt, so als ahne er nicht, worauf dieser anspielte, fragte er: »Wer?«

»Na, der Tote! Isses der Johann?«

Edgar Brix kroch ein Gefühl den Hals hinauf, das er nicht mochte. »Wie kommen Sie denn auf diese Idee?«

»Der Albrecht hat's au bemerkt. Honn ich genau gesehen. Vorhin beim Uffladen.«

»Ja, und der Herr Schneider hat seinen Irrtum bereits eingesehen.« Brix machte zwei schnelle Schritte auf den Schäfer zu. Die bewirkten zumindest, dass dieser seine lässige Haltung an der Kapellenmauer aufgab und den Fuß von der Wand nahm. »Und das hat er Ihnen doch bestimmt auch schon mitgeteilt, oder?«

»War nit so gesprächig, der Albrecht.«

»Na, dann sag ich es Ihnen jetzt: Der Tote ist nicht Johann Veit. Und ich erinnere Sie noch mal an Ihr Wort, mit keinem zu reden, bevor die Polizei hier war.« Mit dem Zeigefinger tippte er auf das Brustbein des Schäfers.

»Na, na, na.« Die Augen blitzten, als er auf Edgars Finger starrte. »Nu tun Se sich ma nit uffregen. Ich sprech's doch: Ich schweig wie 'n Grob.«

Fahrig zog Edgar Brix die Hand zurück. Während er sich abrupt umwandte, um seinen Weg fortzusetzen, maulte der Schäfer noch hinter ihm her: »Alldieweil de Polizei mit mir sprechen will – ich bin uff de Weide.«

Edgar Brix rang sich gerade noch ein Nicken ab. Ohne sich umzudrehen, ging er weiter und ignorierte das hinter seinem Rücken eilig durch die Zähne gepresste: »Ussländischer Schnösel!«

Zum zweiten Mal an diesem Tag bereute er seine Faulheit und den nicht reparierten Fahrradreifen. Der Drahtesel hätte ihm jetzt einen ebenso schnellen wie eleganten Abgang verschafft. Schritt für Schritt drang die Hitze des Pflasters durch seine Schuhsohlen, und von oben knallte die Sonne auf seinen Kopf. Während er mit gepresstem »Morgen« den einen oder anderen Dorfbewohner passierte, war es weniger eine Ahnung als mehr Gewissheit, dass sich die Neuigkeiten im Dorf bereits schneller herumgesprochen haben würden, als er bis drei zählen konnte. An seinem Haus angekommen, sperrte er rasch die Tür zu seiner Praxis auf. Für den Fall, dass der alte Möller wie jeden Morgen zum Blutdruckmessen kommen würde, sollte er auf keinen Fall mit seinem Bluthochdruck in der Hitze auf Einlass warten. Für Edgars Gefühl hatte dieser Morgen bereits genug Opfer gefordert. Doch zunächst hatte er noch etwas zu erledigen, und der alte Möller würde sich wohl eine Weile im kühlen Wartezimmer gedulden müssen. Er schnappte sich das Telefon im Flur und trug es, so weit die kurze Strippe zuließ, um die Ecke in die Küche, wo er einen kurzen, sehnsüchtigen Blick auf die Kaffeekanne warf. Seine Finger umrundeten bereits die Wählscheibe. Der Kaffee musste warten.

3

Albrecht Schneider verrichtete seine Arbeiten mechanisch. Er arbeitete eine Pflichtübung nach der nächsten ab, in einem Tempo, das ihm eigentlich für sein Alter zu wenig Zeit zum Verschnaufen ließ. Doch genau das war es, was er beabsichtigte. Keine Zeit zum Nachdenken. Er war hundemüde, aber gönnte sich selbst zum Kauen des Butterbrotes keine Pause, das er sich auf dem Weg vom Hühnerstall zum Kartoffelacker hastig in den Mund schob. Jetzt kniete er auf seinem Kartoffelacker, und obwohl ihm das Butterbrot immer wieder sauer aufstieß, haute er mit aller Gewalt die Harke in den knüppelharten Boden. Die nachmittägliche Sonne knallte ihm unerbittlich auf den Kopf.

Du alter Idiot, dachte er, hast dich mal wieder schön einspannen lassen in die Probleme der anderen. Immer kommen sie zu dir, wenn es was Unangenehmes zu erledigen gibt. Immer nur zu dir. Und du, du hast nicht den Schneid, Nein zu sagen. Wie alt willst du denn werden, bis du das endlich gelernt hast, du erbärmliches Schaf? Wieder und wieder flog die Harke mit Wucht in die verkrustete Erde, und das Unkraut zwischen den Kartoffelreihen zahlte so lange den Preis für Albrecht Schneiders Wut auf sich selber, bis dieser einen Schwindel verspürte, den er trotz seiner Erregung nicht ignorieren konnte. Es wurde noch schlimmer: Als er aufstand, ließ er, ohne es zu merken, die Harke fallen, da er erst mal genug damit zu tun hatte, sich gerade auf den Beinen zu halten. Während er den schmalen Weg entlang des Grabelandes zu seinem Haus torkelte, hielt er sich rechts und links an den Zäunen fest. Mit Mühe und Not zog er sich die Stufen zu seiner Haustür hinauf. In der kühlen Diele musste er ein paar Atemzüge lang auf der Stiege verschnaufen, bis der Schwindel in seinem Kopf ein Aufstehen zuließ. Als er sich erhob, um in die Küche zu wanken, erschrak er: Ein feuerrotes Gesicht schaute ihm aus dem Spiegel der Ankleide entgegen und unter seiner grünen Cordkappe stand kalter Schweiß auf seiner Halbglatze.

Er drehte den Wasserhahn in der Küche bis zum Anschlag auf und hielt den ganzen Kopf darunter. Das kalte Wasser brannte auf seiner Haut, während ein Schauer seinen Rücken hinabkroch. Er hielt den Mund in den Wasserstrahl und trank gierig. Als er sich rücklings auf die Küchenbank fallen ließ, war es ihm egal, dass seine tropfnassen Haare und der Staub auf seiner Kleidung das Polster verschmutzten. Um seinen Kopf drehte sich die Küche, und für einen Augenblick fürchtete er, sich auch noch des Butterbrotes zu entledigen, doch allmählich ließ der Schwindel nach. Ein paar wirre Gedankenfetzen rasten an seinem inneren Auge vorbei, bevor er erschöpft in einen traumlosen Schlaf sank.

*

»Herr Schneider? Hallo? Geht es Ihnen gut?« Das Gesicht von Edgar Brix tauchte aus unscharfem Nebel auf, während Albrecht Schneider die Augen aufschlug. Erschrocken über diese jähe Unterbrechung seines Nickerchens, versuchte er sich rasch aufzusetzen, doch ein pochender Schmerz in seinem Kopf entlockte ihm ein Stöhnen und ließ ihn unvermittelt wieder auf die Bank sinken.

»Sie haben einen Sonnenstich.« Edgar Brix fühlte die Stirn von Albrecht Schneider.

»Das weiß ich selber«, ächzte dieser und griff sich an den schmerzenden Kopf.

»Hier: Trinken Sie.« Edgar Brix hielt ihm ein Glas Wasser an den Mund und stützte ihm den Kopf mit der anderen Hand.

»Danke«, sagte Albrecht Schneider, nur um unmittelbar nach dem nächsten Schluck hinzuzufügen: »Was machen Sie denn eigentlich hier?«

Edgar Brix ignorierte den gereizten Unterton. »Ich habe mir Sorgen gemacht, nachdem Sie nicht wie verabredet bei mir vorbeigekommen sind.«

»Ich habe Telefon. Sie hätten anrufen können.« Es war Albrecht Schneider unangenehm, dass der Arzt sich den Weg gemacht hatte. »Wie spät ist es?«

»Neun durch. Es tut mir leid, dass ich so einfach in ihr Haus gekommen bin, aber ich habe das Schild an der Tür gesehen und bin erst mal rauf zum Acker. Und nachdem Sie dort nicht waren, hab ich gedacht, ich sehe einfach mal nach.«

Das Schild. Albrecht Schneider konnte sich ein leises Schmunzeln nicht verkneifen. Ein gebasteltes Geschenk seiner Enkel. Nachdem seine Töchter ein ums andere Mal das halbe Dorf nach ihm abgesucht hatten, bastelten ihm die Enkel aus Salzteig ein Schild, auf dem er mit einem Holzspießchen markieren konnte, ob er im Stall, auf dem Acker oder in der Kneipe war. Seine jüngere Tochter Fiona hatte ihm das Versprechen abgenommen, dass er nicht nur das Schild benutzen würde – was er tat –, sondern auch künftig die Haustür verschließen würde – was er sich in seinem Alter einfach nicht mehr angewöhnen konnte.

»Sorry, ähm … Es tut mir leid«, korrigierte Edgar sich. »Ich bin vielleicht einfach schon zu oft in unverschlossene Häuser gegangen. Berufskrankheit.«

»Ist schon in Ordnung. Aber das nächste Mal rufen Sie an.« Ächzend erhob sich Albrecht Schneider, um mit verzerrtem Gesicht und einer wagen Armbewegung eine Anweisung zu erteilen: »Da oben! Rechte Tür. Da sind Kopfschmerztabletten drin.«

Der junge Arzt kramte eine Blechschachtel aus dem Aufsatz der Anrichte und fischte neben einer ausgelaufenen Flasche Hustensaft je eine verklebte Packung Salbeibonbons und eine Papiertüte hervor. »Dezember 1955«, war handschriftlich auf der Tüte vermerkt. Albrecht bemerkte

Brix' kritischen Blick. Das Kopfschmerzmittel war vermutlich seit einer halben Ewigkeit abgelaufen. Trotzdem, schaden würde es kaum. Edgar Brix entnahm der Tüte zwei Tabletten und steckte sich den Rest in die Tasche. »Ich bring Ihnen morgen neue vorbei«, sagte er, dann reichte er Albrecht Schneider die Tabletten, die dieser mit einem Schluck Wasser herunterspülte. Das puterrote Gesicht in den Händen vergraben, wartete er darauf, dass die Wirkung einsetzte.

»Die Polizei war da.«

»Und?«, murmelte Albrecht Schneider zwischen den hohlen Händen hervor.

»Na ja. Erst hab ich mir ganz schön was anhören dürfen, dass wir den Leichnam vom Fundort entfernt haben. Aber nachdem sich die Polizisten beides angesehen hatten, haben sie eingesehen, dass wir keinen allzu großen Schaden damit angerichtet haben.«

»Sie!« Albrecht Schneider fühlte sich sicher im Schutz seiner Hände. »Dass *Sie* keinen größeren Schaden angerichtet haben!«

»Wenn Sie so wollen.« Edgar Brix zuckte die Schultern. »Der ermittelnde Kommissar heißt wohl Matthias Frank. Hat sich selber noch nicht hier rausbemüht. Er hat den Leichnam in die Gerichtsmedizin überstellen lassen. Die Polizisten haben mir versprochen, dass sie ihm meine Telefonnummer geben und wir die Ergebnisse erhalten. Den Fundort haben sie nicht abgesperrt. Sie meinten, das würde sich nicht lohnen, so wie die Schafherde ihn zugerichtet hat. Sie gehen davon aus, dass der Kommissar die Spurensicherung noch vorbeischicken wird, obwohl sie das für vergebene Liebesmüh halten. Sie teilen unsere Einschätzung, dass die Leiche schon längere Zeit da gelegen haben muss.«

Albrecht Schneider horchte eine Weile in sich hinein. Er erwartete ein Gefühl der Erleichterung, das sich aber nicht einstellte. Keine Sekunde später wusste er auch bereits, warum.

»Ich wollte der Polizei von der Sache mit Johann Veit erzählen«, sagte Edgar Brix. Er wartete eine Weile vergeblich auf eine Reaktion. »Leider ist meine Erinnerung so lückenhaft, dass ich dachte, es sei besser, dass Sie vielleicht …«

Jetzt war es genug. Albrecht konnte nicht eine Sekunde länger an sich halten: »Wieso *ich*?« Er hatte seinen Kopf ruckartig gehoben. »Wieso *immer* ich? Herrgott, ich bin es so leid. Fragen Sie doch, wen Sie wollen. Die können Ihnen *alles* erzählen. Hier – nebenan der Söder. Oder der Vater vom Kneipenwirt, der Noll, oder noch besser: der alte Veit! Der hat doch seinen Sohn zuletzt gesehen!« Albrecht Schneider zahlte für diesen Gefühlsausbruch den Preis eines Schmerzes, der sich wie ein Hammerschlag auf seinem Schädel anfühlte. Doch das war es wert. Er hatte endgültig genug. Nur weil das Schicksal vor 20 Jahren die beiden Streithammel vor seine Tür gespült hatte und er getan hatte, wozu er sich nun mal als Mensch verpflichtet fühlte? Nur deswegen schlief er seit 20 Jahren schlecht und nur deswegen sollte er weiter den Schwarzen Peter in Händen halten? Und es war doch auch wahr: Das halbe Dorf konnte wohl mehr zur Aufklärung des Sachverhaltes beitragen als er. Nein, Albrecht Schneider hatte ein für alle Mal genug.

Edgar Brix schluckte und überlegte kurz, ob es klug war, jetzt den Mund zu halten. Doch sein Gespür verriet ihm, dass er in eine Wunde gestochen hatte, die sich nicht dadurch schließen würde, dass man sie ruhen ließ. Er wusste das besser, als ihm lieb war. Es gab Wunden, die verheilten nicht von alleine, schwärten und faulten, und wenn man nicht irgendwann einen Schnitt machte, das ganze alte Wundfleisch noch einmal auffrischte, dann heilten sie nie richtig aus. Edgar Brix seufzte schwermütig und nahm seinen Mut zusammen, als er Albrecht Schneider vorschlug: »Lassen Sie uns darüber reden.«

Albrecht Schneider schüttelte den gesenkten Kopf. »Was soll das bringen? Die Vergangenheit ist nun einmal so, wie sie ist. Reden ändert daran gar nichts mehr.«

»Das ist wahr. Reden alleine ändert wenig. Aber vielleicht haben wir die einmalige Gelegenheit, einen Schlussstrich unter die Vergangenheit zu ziehen?«

Albrecht Schneider blickte Edgar Brix mit einem Ausdruck an, der so viel Resignation ausstrahlte, dass der Doktor um ein Haar aufgegeben hätte. Doch Edgar Brix war kein Mann, der vorschnell das Handtuch warf. Aber Albrecht Schneider war ein harter Brocken. Edgar Brix spürte die Last der Schuld auf dessen Schultern, als würde er sie selber tragen. Er wusste, dass man sich irgendwann so sehr an das Gewicht gewöhnt hatte, dass die Aussicht darauf, es loszuwerden und endlich frei atmen und aufrecht gehen zu können, mehr ängstigte als der Gedanke, in Ewigkeit mit der Last auf den Schultern herumlaufen zu müssen.

Albrecht Schneider hatte ihn sorgsam beobachtet. Als ob er seine Gedanke erraten könnte, sagte er: »Was ist denn mit Ihrer Vergangenheit?«

Edgar Brix wusste genau: Das Fünkchen Vertrauen, das Albrecht Schneider vielleicht mittlerweile entwickelt hatte, wäre mit billigen Ausflüchten im Bruchteil einer Sekunde wieder zunichtegemacht. Jetzt, wo die Frage zu ihm gewandert war, spürte er, wie schwer die Last auf seinen eigenen Schultern noch wog. »Sie wollen wissen, was mich hierher verschlagen hat?«

»Unter anderem. Was ist aus Ihrer Familie geworden? Wir waren alle überrascht, als das Haus plötzlich leer stand und Sie ohne eine Nachricht verschwunden waren.«

»Waren Sie wirklich überrascht?« Edgar Brix versuchte gar nicht erst, das Gereizte in seiner Stimme zu unterdrücken.

Albrecht Schneider schwieg eine Weile nachdenklich. »Sie haben recht. Wir haben es alle so kommen sehen und die Augen verschlossen. Es war eigentlich nur eine Frage der Zeit, bis ein kluger Mann etwas unternehmen musste. Und ein kluger Mann, das war Ihr Vater.«

»Wussten Sie, dass er Berufsverbot hatte? Jedes Mal, wenn er einen Patienten behandelt hat, machte er sich strafbar. Und auch hier im Ort gab es mehr als genug, von denen man befürchten musste, dass sie sich mit einer Denunzierung einen Vorteil verschaffen würden. Früher oder später hätte ihn jemand angeschwärzt und dann wären wir alle ins KZ gegangen.«

»So schwer es mir auch fällt, das zuzugeben, aber genau so wäre es vermutlich gekommen. Die Menschen hatten sich verändert in dieser Zeit. Ich habe das auch nicht glauben wollen, aber so war es. Sie haben sich verändert. Man konnte ja keinem mehr trauen. Und verroht sind sie. Die gleichen Nachbarn, die einem vor Jahren noch aus der größten Notlage geholfen hätten, hätten doch keinen Finger mehr gekrümmt, wenn ihre Familie in Gefahr war. Sie wurden … ja, misstrauisch, manchmal sogar feindselig. Verstehen Sie jetzt, warum ich damals so handeln musste? Es ging mir wie Ihrem Vater. Ich hatte kaum eine Wahl.« Die

Stimme von Albrecht Schneider brach und seine Augen glitzerten.

Edgar Brix schämte sich dafür, den alten Mann so weit gebracht zu haben. Doch es war gut, der Wahrheit ins Auge zu sehen, wenngleich die Erinnerungen schmerzlich waren. »Ich kann mich kaum erinnern. Ich weiß noch, dass Gutmund und ich dem Friedberg Söder und einigen anderen bis auf den Hirschberg gefolgt sind. Wir haben beobachtet, wie sie alle Stollen untersucht haben. Ich hatte furchtbar Angst, weil der Söder die ganze Zeit mit seinem Gewehr herumfuchtelte. Und ich glaube, Gutmund hat mich dann nach Hause gebracht, weil ich anfing zu weinen.«

»Ja, die Gruppe ist unverrichteter Dinge wieder zurückgekehrt. Gott sei Dank hatten die keine Ahnung, dass Johann in eine ganz andere Richtung unterwegs war. Ich habe ihm am Morgen aus der Kohlenstiege zur Flucht verholfen und ihm versprochen, dass ich seinen Vater benachrichtige und ihn zum Wasserhäuschen im Nordwald schicke, wenn er dort wartet. Ich hätte doch niemals geglaubt, dass ich den Jungen für immer aus dem Dorf treibe.« Albrecht Schneider hielt sich tapfer, doch das Sprechen wurde ihm schwer.

Edgar Brix tätschelte seine Schulter. »Es war eine Zeit, in der viele Menschen für lange Zeit verschwinden mussten. Das ist nicht Ihre Schuld gewesen. Wie Sie schon sagten: Die Menschen waren nicht mehr dieselben. Sie haben dem Johann das Leben gerettet, ist Ihnen das klar?«

»Ich habe den armen Jungen ins Nirgendwo geschickt. Er hat alles verloren und seine Frau hat ihren Mann verloren und ihr Kind. Sie sind beide gestorben. Das Kind bei der Geburt, die Magda kurz drauf. So viel Leid habe ich über diese Familie gebracht.« Er wischte sich mit der flachen Hand über das Gesicht. »Kämpfen hätte ich sollen. Den Johann beschützen oder im Haus verstecken. Das hätte ich tun sollen. Aber nein, ich hab nur an mich und meine Familie gedacht und den armen Teufel ins Verderben gejagt. Ein Feigling war ich, ein elendiger.« Seine Stimme versagte. Tränen und Rotz mischten sich auf seinem Gesicht, und sein Oberkörper bebte vor unterdrücktem Schluchzen.

Bei allem Mitgefühl, aber als der Mann neben ihm alles Würdevolle einbüßte, spürte Edgar Brix ganz deutlich, dass das Beben im Innern etwas löste, was nun mit Macht nach außen drang. »Sie haben genau so gehandelt, wie sie es in der Situation tun konnten. Sie haben das absolut Richtige getan. Ich erinnere mich gut, wie viel Angst ich vor Friedberg Söder mit dem Gewehr hatte. Der hätte keine Sekunde gezögert und hätte den Johann aus ihrem Haus gezerrt. Und wer weiß, er hätte auch keine Rücksicht auf Ihre Familie genommen.« Unter dem Schluchzen und Beben nahm Edgar Brix ein kleines Nicken wahr. »Sie haben sich vorbildlich benommen. Immerhin konnten Sie ja nicht wissen, ob der Johann nicht doch etwas mit dem Tod von Karl Wagner zu tun hatte.«

Mit einem Ruck hob Albrecht Schneider den Kopf. Aus dem verheulten Gesicht fixierte Edgar Brix ein entschlossener Blick: »Johann Veit war unschuldig. Dafür hätte ich meine Hand ins Feuer gelegt. Ich hab doch beide noch lebendig am Abend gesehen. Und da war die Sachlage ja eher umgekehrt. Wenn sich der Johann nicht in mein Haus geflüchtet hätte, hätte ihn der Wagner mit der Axt erschlagen!«

»Das wusste ich nicht. Ich dachte, es sei nicht klar, ob Johann der Täter war.«

»Ach was. Das wollte nur keiner hören. Ich hab es ja versucht zu sagen, aber es hat keinen interessiert.« Er hielt inne. Ein Ausdruck huschte über sein Gesicht, als hätte er in eine Zitrone gebissen. Er schwankte eine weitere Sekunde, doch die Zeit schien gekommen, um es auszusprechen: »Das war nicht die ganze Wahrheit.« Er zermalmte die Worte in seinem Mund. »Ich habe nicht versucht, den Johann zu verteidigen. Ich hatte Angst und wollte meine Familie schützen. Die standen doch alle auf meinem Hof. Und der Söder hat Stimmung gemacht. Ich hab mich einfach nicht getraut.«

Das war die unverblümte Wahrheit. Das konnte Edgar Brix hören. Und es tat ihm augenblicklich in der Seele weh, dass ein herzensguter Mensch wie Albrecht Schneider sich seit Jahren mit dieser Schuld quälte. Dabei hatte er weitaus mehr getan, als es vermutlich die allermeisten anderen je zu tun bereit gewesen wären. Edgar Brix entschied, dass es nun angebracht war, einfach mal nichts zu sagen. Und nachdem er überzeugt war, dass ihm als Arzt diese allzu vertrauliche Geste erlaubt war, legte er einen Arm um Albrecht Schneiders Schultern. So saßen die beiden Männer eine Weile schweigend da, während die Sonne blutrot hinter den Gipfeln der Wälder verschwand und die kleine Küche durch die gehäkelten Vorhänge in ein schummriges Licht tauchte, bevor es allmählich dunkel wurde.

Nach einer Weile stand Edgar Brix auf und ging zu dem Lichtschalter neben der Tür, die zur Diele führte. Albrecht Schneider winkte ihn zurück. »Seien Sie doch so gut und machen die kleine Lampe auf der Anrichte an. Die hier blendet so.« Er hielt sich die Hand schützend über die Augen.

»No, äh … kein Problem. Haben Sie noch schlimme Kopfschmerzen?«

»Geht so. Brummt ordentlich.«

Nachdem die kleine Lampe auf der Anrichte angeknipst war, ließ Edgar Brix den Blick in den schwach beleuchteten Raum schweifen. Er blieb an einigen gerahmten Fotografien hängen. Er ging einen Schritt darauf zu. »Ist das Ihre Frau?« Eine junge Frau mit streng gewelltem Haar und ebenso strengem Blick und artig übereinandergeschlagenen Beinen bildete den Mittelpunkt einiger vergilbter Schwarz-Weiß-Aufnahmen. Frauen und Kinder lächelten unsicher mit steifen Rücken in eine Kamera. Ein Gruppenfoto mit Männern in schwarzen Anzügen stach aus der Reihe. Ein wenig seltsam, wie die Männer in Reih und Glied todernst in die Kamera starrten. Eine unheimliche Versammlung, dachte Edgar Brix und deutete mit dem Finger darauf, kam allerdings nicht mehr dazu, die Frage zu stellen, die ihm auf der Zunge lag.

»Ja, das ist die Edith. Da war sie 20. Ein bildhübsches Ding. Ich war so glücklich, dass ein gebildetes Mädchen aus der Stadt sich für mich Dorftrottel interessierte. Wir haben uns beim Tanz in den Mai auf den Fullewiesen kennengelernt. Man kam ja nicht oft in die Stadt damals, aber da gab's einfach die schöneren Mädchen.« Er seufzte und blickte rührselig. »Rechts daneben ist die Fiona, meine Jüngste, und links, das ist die Katharina beim Abiturball. Und darüber, das ist Katharina mit ihrer Familie. Ihrem Mann und den beiden Jungs.«

Edgar Brix widerstand dem Impuls, aus reiner Höflichkeit weiter in die Geschichte der Fotografien einzutauchen. Ihn interessierte, was es über den schicksalhaften Abend vor 26 Jahren zu berichten gab. Während er noch überlegte, wie er elegant eine Überleitung zustande bekam, warf Albrecht Schneider unvermittelt ein: »Ach herrje. Ich bin ja auch ein alter Stoffel. Sie haben doch bestimmt Hunger, oder?«

Edgar Brix konnte ihn gerade noch an der Schulter wieder zurück auf die Bank drücken, um den unvermittelten Anflug von Gastgeberpflicht auf diese Weise zu stoppen. »Sie bleiben schön, wo Sie sind. Aber wenn es Ihnen nichts ausmacht, würde ich mir ein Glas Wasser nehmen.«

Albrech Schneider schüttelte heftig mit dem Kopf, schien diese unbedachte Reaktion aber sofort zu bereuen. Er fasste sich an die Stirn, dann murmelte er: »In der Anrichte sind Gläser und eine Flasche selbst gemachter Kirschwein. Und in der Lade ist Brot und im Kühlschrank Belag. Nehmen Sie sich, was Sie wollen.«

Der Kirschwein reizte Edgar Brix zu sehr, um dieses Angebot auszuschlagen, obwohl er bereits jetzt ahnte, dass er diese Entscheidung am nächsten Morgen bitter bereuen würde. Zwar spürte er einen Anflug von Hunger, doch die Gastfreundschaft von Albrecht Schneider überzustrapazieren, war das Letzte, was er wollte. In der Absicht, diesem das Glas mit frischem Wasser zu füllen, langte er über den Tisch.

Mit einem Griff an sein Handgelenk wurde er jäh unterbrochen: »Sie wollen mich wohl vereiern. Wenn Sie mir hier ein Glas Wasser auf den Tisch stellen, setz ich Sie eigenhändig vor die Tür!« Das Zwinkern in Albrecht Schneiders Augen verriet, dass er das nicht wirklich ernst meinte. Edgar Brix warf kurzerhand seine ärztlichen Bedenken über Bord, während er ein zweites Glas mit Kirschwein füllte und sich wieder an den Tisch setzte. Er sah Albrecht Schneider auffordernd an, während dieser einen großen Hieb von dem Kirschwein nahm, kurz die Augen schloss und anhob, Edgar Brix die ganze Geschichte zu erzählen.

*

Es war mittlerweile um Mitternacht. Edgar Brix schwirrte der Kopf. Schuld daran war das vierte Glas Kirschwein, aber auch die Geschichte, die Albrecht Schneider ihm in aller Ausführlichkeit erzählt hatte. In Anbetracht seines Sonnenstichs und der zunehmenden Wirkung des Kirschweins zumindest erstaunlich. In Edgar Brix häuften sich die Fragen und zugleich die Gewissheit, nicht auf jede eine Antwort zu erhalten. Nicht, weil der alte Schneider sie nicht würde beantworten wollen, sondern weil er es vermutlich gar nicht konnte. Wohl oder übel würde er die übrigen Beteiligten fragen müssen, sofern Sie noch am Leben waren. Doch zwei Fragen drängten auf Antwort, und obwohl es Edgar Brix unverschämt vorkam, den alten Mann ob der fortgeschrittenen Stunde und der offensichtlichen Folgen von Sonneneinstrahlung und Alkohol noch länger zu belästigen, konnte er sie sich nicht verkneifen: »Und Sie hatten die Anne Wagner nicht in Verdacht? Es war doch seltsam, dass sie Sie … ja, man möchte fast meinen … erwartet hat an diesem Morgen. Und dann so gar keine Reaktion? Noch nicht mal, als sie ihren übel zugerichteten Mann in der Leichenhalle gesehen hat?«

»Sehen Sie, daran merkt man, dass Sie den Karl Wagner nicht kannten. Das Herz hat er der Anne gebrochen. Sie war ihm eine gute Ehefrau. Aber er hat sie wie Dreck behandelt. Sie hat immer alles getan, um die Familie zu schützen, aber sie war innerlich tot. Sie war eine herzensgute Frau, aber der Wagner hat das letzte bisschen Seele aus ihr herausgeprügelt.«

»Gerade dann wäre sie doch verdächtig gewesen. Sie hatte ja wohl am ehesten Grund, sich seiner zu entledigen.«

Albrecht Schneider lächelte wissend. »Wenn Sie die Anne besser in Erinnerung hätten, wüssten Sie, dass sie niemals die schwere Axt mit so viel Wucht in dem Wagner seinen Kopf hätte schlagen können. Sie war so eine zierliche Frau, das hätte sie niemals ohne Hilfe geschafft.«

Edgar Brix musste es einsehen: In den allermeisten Fällen war die offensichtlichste Erklärung die Zutreffende, aber in diesem Fall schien die Wahrheit in der Tat anders zu liegen. »Und was hat Ihnen der Fritz Veit über das letzte Treffen mit seinem Sohn berichtet?« Edgar Brix spürte, dass diese Frage einen wunden Punkt berührte.

Albrecht Schneider senkte unvermittelt den Kopf. Nach einer kurzen Pause rang er sich durch, zu entgegnen: »Der Fritz und ich haben seit dem Tag kein Wort über die Sache gesprochen.«

»Wie bitte?« Edgar Brix war entrüstet. »Es hat Sie nicht interessiert, wie es mit Johann weiterging? Und was noch schlimmer ist: Er wollte nicht von Ihnen wissen, wie sich die Sache mit seinem Sohn in Wirklichkeit abgespielt hat?«

Albrecht Schneider warf einen trotzigen Blick über den Tisch: »Sie haben ja gar keine Ahnung.« Und mit einem Anflug des Verzeihens für die unverschuldete Ahnungslosigkeit seines Gegenübers fügte er hinzu: »Dem Fritz Veit war alles genommen worden. Die Frau war gestorben, dann die Sache mit Johann. Darauf starb der Enkel kurz nach der Geburt, und die Magda folgte ihm wenige Wochen später. Er war ein gebrochener Mann. Kaum jemand hat seither mit ihm ein paar Worte gewechselt. Er hat das Haus im Dorf aufgegeben und haust in seiner Jagdhütte. Sie können ja gerne Ihr Glück versuchen und sehen, was Sie aus ihm rausbekommen. Nur eins: Das machen Sie dann aber schön alleine.« Das Tippen des Zeigefingers auf dem Küchentisch unterstrich die Ernsthaftigkeit dieser Worte.

Edgar Brix beschäftigten noch so viele Fragen, doch die Müdigkeit ließ sich nur noch schwer unterdrücken. Obendrein plagte ihn das schlechte Gewissen, die Gastfreundschaft von Albrecht Schneider bereits über die Maßen strapaziert zu haben. Schweren Herzens vertagte er seinen Wissensdurst und erhob sich vom Tisch. »Ich danke Ihnen für die Offenheit. Und für den Wein. Kann ich noch etwas für Sie tun, bevor ich gehe?«

»Alles in Ordnung. Lassen Sie alles so stehen, ich räume das morgen weg. Wird Zeit fürs Bett.«

»Ich finde alleine raus. Bleiben Sie ruhig sitzen«, verabschiedete sich Edgar Brix, indem er Albrecht Schneiders Schulter drückte. Dann verließ er mit gemischten Gefühlen den alten Mann am Küchentisch. Nachdem die Haustür hinter ihm in das Schloss gefallen war, sog er die sich abkühlende Nachtluft in seine Lungen. Ordentlich betrunken machte er sich auf den Weg zu seinem Haus, während das Dorf in tiefem Schlaf versunken war.

4

Zumindest war Edgar Brix vergönnt, diesen Morgen mit einer dampfenden Tasse Kaffee zu beginnen. Er verdankte dem Kirschwein vom Abend zuvor einen ordentlichen Kater, den der Kaffee allenfalls zu lindern vermochte. Er hatte unruhig geschlafen, die Gedanken überschlugen sich in seinem beduselten Kopf, und als er endlich eingeschlafen war, rasten wirre Bilder durch einen hektischen Traum. Trotzdem fühlte er sich an diesem Morgen besser als an dem vergangenen, denn er saß mit seiner geliebten Tasse Kaffee und frisch gebraust in seinem Sprechzimmer.

Während er auf den unvermeidlichen Besuch des alten Herrn Möller wartete, schaute er aus dem Fenster und ließ die Gedanken schweifen. Sein Blick verlor sich im Blau des wolkenlosen Himmels. Auch dieser Tag versprach keine Abkühlung. Er würde einige Hausbesuche machen müssen, um den älteren Patienten den beschwerlichen Weg durch die Hitze zu ersparen. Normalerweise vermied er es, die Privatsphäre seiner Patienten mehr als nötig zu verletzen, doch heute spürte er bei diesem Gedanken sogar eine kleine Vorfreude. Außerdem erwartete er gespannt die Neuigkeiten von der Polizei. Doch der beigefarbene Apparat in der Diele blieb stumm.

Viel Zeit blieb ihm nicht, seinen Gedanken nachzuhängen. Ein zögerliches Klopfen an der geöffneten Tür ließ ihn aufmerken. Der alte Möller stand in den Türrahmen gelehnt und eröffnete die Unterhaltung wie jeden Morgen. »Tach, Herr Doktor, sind Se frei?«

»Aber für Sie doch immer, Herr Möller. Kommen Sie mal rein.« Edgar Brix hatte sich erhoben und schloss die

Tür, nachdem der alte Mann im Schneckentempo in den Behandlungsraum geschlichen war. Durch den letzten Türspalt watschelte ein Dackel in den Raum, dessen Ohren in Zeitlupe mit jedem wohlbedachten Schritt wippten.

»Setzen Sie sich mal hin.« Edgar Brix legte ihm die Blutdruckmanschette an und konnte sich einen besorgten Unterton nicht verkneifen. »190 zu 100. Immer noch viel zu hoch. Ich kann morgen früh gerne zu Ihnen nach Hause kommen. Dann können Sie sich einen Gang in diese Hitze ersparen.«

»Kimmet gar nit infrage. Der Tach, an dem der alte Möller morgens nit sinnen Gang mit dem Erdmann macht, wird sinn Letzter gewesen sinn! Ich sprech immer: tausend Schritte und ein gepflegter Schäß am Morjen. Mehr braucht's nitte. Erdmann hier tut das genauso sehen.« Ein zahnloser Mund grinste Edgar Brix breit an.

Der war zwischen einer, beruflich bedingt milden, Form des Angewidertseins und dem Gefühl von Zuneigung hin- und hergerissen. »Wie Sie meinen. Ich kann es Ihnen ja nur anbieten.«

»Danke auch, aber is nit nötig. Ich bin jetzte fünfenachzich und der Erdmann hier is wahrscheinlich schon über die Hunnert wech. Wenn uns der Bluthochdruck umbringen tut, ist das allerwejen noch das Beste, was uns in demm Alter passieren kann, oder?«

Edgar blieb eine Antwort schuldig und schmunzelte. Er hatte es schon lange aufgegeben, alte, dickköpfige Patienten zu irgendetwas überreden zu wollen. Und bei Licht betrachtet, hatte der alte Möller tatsächlich recht: Wieso einem Schicksal aus dem Weg gehen, das ohnehin hinter der nächsten Tür lauerte? Erdmann grunzte leicht und verteilte seinen modrigen Althundegeruch im Behandlungsraum. Es würde ohnehin nicht der Bluthochdruck, sondern eher die Trauer über den Verlust seines geliebten Erdmanns sein, die dem alten Möller den Rest geben würde, schoss es Edgar Brix durch den Kopf. Also, was sprach dagegen, dass die beiden jeden Tag auf ihre Weise genossen, an dem sie die Sonne in aufrechter Haltung begrüßen durften.

»Na dann, Herr Möller. Sehen wir uns morgen wieder?« Edgar Brix geleitete die beiden zur Tür.

»Das tut ganz an Ihnen liegen. Ich werd hier sinn!«, knarzte der alte Möller, und Edgar Brix zweifelte keine Sekunde daran. Während er ihm zusah, wie er durch das leere Wartezimmer zum Ausgang schlurfte, konnte er gerade noch dem Impuls widerstehen, den alten Mann zurückzurufen. Nein, Edgar, dachte er bei sich, hab etwas Geduld. Du wirst noch früh genug die Gelegenheit bekommen, deine Neugier zu stillen.

Er warf einen Blick in sein Wartezimmer. Wie er es befürchtet hatte: Das Wetter war einfach zu gut, um krank zu sein. Der eine Teil seiner Patienten hatte seine Hilfe nötig, stand aber vermutlich auf dem Feld und nutzte das gute Wetter, um Getreide oder Heu einzuholen. Der andere Teil brauchte seine Hilfe nicht ganz so dringend und wartete mit dem Gang zum Arzt, bis das Wetter wieder schlechter wurde und ohnehin nichts Besseres zu tun war. Er kramte ein kleines Notizbuch mit einem schwarzen Einband und einem in Gold geprägten gekreuzten Schriftzug der »Beyer-Pharma« aus seiner Schreibtischschublade, das dort seit dem letzten Besuch des Vertreters auf seinen Einsatz wartete. Er begann es sorgsam mit den Stichworten zu füllen, die ihm vom gestrigen Abend im Gedächtnis geblieben waren. Die Zeit ging schnell herum, und als die Sprechstunde um zwölf ohne weitere

Patienten beendet war, packte er seine Tasche und machte sich auf den Weg.

5

Während Edgar Brix mit seinen Patientenbesuchen beschäftigt war, erledigte Albrecht Schneider etwas, was ihm unter den Nägeln brannte. Es hatte ihm den ganzen Vormittag keine Ruhe gelassen. Sein Brummschädel plagte ihn noch immer und er hatte den Verdacht, dass die abgelaufenen Tabletten nicht mehr wirkten. Der junge Doktor hatte sein Versprechen noch nicht eingelöst. Und mangels einer Alternative hatte er auf Tabletten zurückgegriffen, die er in dem kleinen Schränkchen im Bad gefunden hatte. Nun hoffte er, dass die doppelte Dosis keinen allzu großen Schaden anrichten und sich mit dem kalten Bier vertragen würde, das in wenigen Minuten seine Kehle hinablaufen sollte.

Er betrat den kühlen Schankraum des Wirtshauses »Zum Brauborn«, in dem eine Dunstglocke aus Rauchschwaden unter der Decke hing. Es überraschte ihn, wie viele Dorfbewohner sich an einem Mittwochmittag hierhin verirrt hatten. Nach kurzer Überlegung nahm er an der Theke Platz. Ihm war nicht entgangen, dass seit seinem Eintreten die Gespräche ins Stocken geraten waren. Auf jeden Fall brauchte er erst einen kräftigen Schluck Bier, bevor er das hinter sich bringen konnte, was er sich vorgenommen hatte. Mit der Hand schob er einen vollen Aschenbecher aus seinem Gesichtsfeld. »Einen Schoppen und eine große Portion Bratkartoffeln, bitte.«

Der Wirt Reinhold Noll nickte ihm zu, während er mit seinem Handtuch die Theke vor Albrecht Schneider abwischte. Der dicke Bauch des Wirtes schabte am Schanktisch, während der Arm mit dem Handtuch gerade noch das vordere Drittel der Theke erreichte. Albrecht war nicht in der Stimmung für Kleinkrämerei und verkniff sich einen Kommentar.

»Binie, Bradkarduffeln!«, brüllte der Wirt im Befehlston in die rückwärtige Küche.

Albrecht Schneider spähte in die Durchreiche, um zu erkennen, ob sich Sabine Noll überhaupt in der Küche befand, wurde jedoch abgelenkt, als der Wirt ein großes Glas Bier vor ihm auf dem Tresen platzierte. Der Schaum lief über den Rand und sammelte sich auf dem Bierdeckel mit der Aufschrift »Hütt«. Das Wasser lief Albrecht Schneider vor lauter Vorfreude im Mund zusammen. Er ließ alle Vernunft fahren, leerte das Glas mit einem einzigen Zug und bestellte nach einem leisen Rülpsen sofort ein Neues. »Herrlich!« Mit diesem Ausspruch des Vergnügens wandte er sich lächelnd an die übrigen Gäste. »So ein kühles Bier ist doch das Schönste, was einem an einem Sommertag passieren kann, oder?« Er schaute auffordernd in die Runde und war nicht verwundert, dass die meisten seinem Blick auswichen. Warum also länger als nötig hinauszögern, was er zu sagen hatte, wo doch ohnehin alle Anwesenden ahnten, dass es jetzt ungemütlich werden könnte. »Ihr habt doch sicher von dem Toten gehört?«, sagte er.

Betretenes Schweigen.

Albrecht Schneider entschied sich, deutlicher zu werden, auch wenn es ihm selber nicht leichtfiel. »Hört zu, ich habe den Leichnam gesehen. Und egal, welche Gerüchte hier kursieren …«, er legte eine kurze Pause ein, um seinen Worten Gewicht zu verleihen, »sie sind nicht wahr.«

»Du host doch selber gesprochen, dass es möglich sinn könnte!« Franz Jakob hatte sich von seinem Stuhl erhoben und stand nun neben Albrecht an der Theke.

Der überlegte, wie er es anstellen könnte, dem Schäfer die Gurgel umzudrehen, sodass es wie ein Unfall aussah. Während Albrecht auf einer Antwort rumdachte, mischte sich der Wirt ein. »Wenn nix dranne is, warum machst dir dann de Mühe und kimmest hierher, häh?«

Albrecht Schneiders Stirn runzelte sich. Das war nicht von der Hand zu weisen. Aber es gab darüber hinaus noch etwas, was er unbedingt loswerden musste. »Ich habe gedacht, es hätte der Johann sein können, weil der Tote eine ähnliche Statur und die gleichen weißblonden Haare wie der Johann hatte. Doch das Alter passt nicht. Johann wäre mittlerweile viel älter.« Gelassen begegnete er den skeptischen Blicken. Damit hatte er gerechnet. »Ich will euch gar nicht davon überzeugen, dass der Tote nicht Johann Veit ist. Das wird schon die Polizei übernehmen. Ich will nur eins: Verhindern, dass mit dieser Leiche eine alte Sache begraben wird, die schon längst hätte geklärt werden müssen.« Alle Anwesenden glotzten ihn regungslos an. Auch wenn es ihm schwerfiel, er musste wohl oder übel deutlicher werden: »Der Johann Veit hat den Karl Wagner nicht umgebracht. Wer auch immer es war – er läuft hier vielleicht noch frei herum.« Albrecht Schneider war so erleichtert, das endlich los zu sein, dass es ihn kaum schockierte, als nach einer kurzen Stille ein Stuhl mit Gepolter umgerissen wurde.

Lukas Söder stand abrupt auf, um mit erhobener Faust auf Albrecht Schneider zuzugehen. »Und das sprichst du erst jetzte?« brüllte er ihn an und ließ die Muskeln seines Oberarmes unter dem viel zu engen, hochgekrempelten Hemdsärmel spielen. »Nach all den Jahren kommst du ussgerechnet heude inne Kneipe, um solche Lüjen zu verbreiten?« Lukas Söder steigerte seine Lautstärke noch einmal: »Du schimpest meinen Vadder nen Lüjner?« Durch eine Haarsträhne, die ihm in das Gesicht hing, fixierte der junge Heißsporn Albrecht Schneider. Die Zigarette wippte lässig in seinem Mundwinkel, während er Albrecht Rauch in das Gesicht blies.

Erstaunt stellte der fest, wie ruhig er blieb, während die geballte Faust von Lukas Söder wenige Zentimeter vor seinem Gesicht pendelte. »Nein, Lukas. Dein Vater hat dich nicht angelogen. Er hat dir das erzählt, von dem er glaubte, dass es die Wahrheit sei. Von dem *alle* glaubten, dass es die Wahrheit sei. Von dem *alle* wollten, dass es wahr wäre.« Er senkte die Stimme und schaute Lukas Söder geradewegs in die Augen. Seine Worte hatten ihre Wirkung nicht verfehlt. Die Gäste, die sich erhoben hatten, um im Notfall wahlweise einschreiten oder mitmischen zu können, setzten sich langsam wieder auf ihre Plätze, und auch Franz Jakob setzte sich auf einen Barhocker an den Tresen, nachdem er ihn näher zu Albrecht Schneider gezogen hatte.

»Un warum jetzte? Warum machst du ussgerechnet heute hier so ein Geschwätze?«, fragte Lukas Söder, nun deutlich leiser.

»Weil es die Wahrheit ist, Lukas. Und weil es für die Wahrheit nie zu spät ist.« Albrecht Schneider wandte sich an alle Anwesenden. »Ich war ein Narr zu glauben, dass es besser sei, die Sache auf sich beruhen zu lassen. Und ein Feigling war ich. Ich hatte Angst. Alle waren so aufgebracht an diesem Morgen.«

»Un zu Recht!«, mischte sich eine knarzige Stimme ein. Sie stammte von Hermann Noll, dem Vater des Wirtshausbesitzers. Der alte Mann kam gebückt aus der Küche geschlichen und überragte kaum die Theke mit seinem lichten Haarschopf. »Reinhold, sei ein guder Junge und mach dinnem Vadder ein Schoppen.« Eine scheinbare Ewigkeit verging, bevor Hermann Noll hinter der Theke hervorgeschlichen kam. Er ließ sich umständlich an einem der Tische nieder. Geduldig verfolgten die Anwesenden seinen Auftritt und warteten gespannt. Selbst Lukas Söder hatte die Faust sinken lassen, und da seine Aufmerksamkeit gerade nicht Albrecht Schneider galt, atmete dieser mehrmals tief durch.

»Ich mach dich dod, hot der Johann allszus gesprochen. Ich honn gedacht, de machen gleich hier an Ort und Stelle Ernst, un weil ich Schäß wegen der Innrichtung hotte, honn ich erschdemoh den Karl vor die Döre gesetzt. Hä war so hachde, dass hä kaum uffrecht stehen konnte. Ingeredet honn ich uff den Johann. Hä solle doch kinnen Pfifferling geben uff das Geschwätz von dem Suffbold. Beschworen honn ich emme, de Dinge uff sich beruhen zu lossen. Doch hä war nit zu beruhigen. Der Friedberg Söder hot es ebbenfalls versucht. Gepumpet wie ein Osse hot der Johann, als hä abdampfte. Wennde mich fragen tust: Es hot kinnen Unschuldchen getroffen.« Der krumme Zeigefinger von Hermann Noll tippte heftig auf die Tischplatte.

»Wer war nicht unschuldig? Karl Wagner oder Johann Veit?« Albrecht Schneider konnte einen Anflug von Hohn in seiner Stimme nicht unterdrücken.

Da der alte Noll den Kopf nicht drehen konnte, rutschte er mit einer steifen Drehung auf dem Stuhl in Richtung Albrecht Schneider. »Zu wos soll das gut sinn, Albrecht? Mer honn alle nit getrauert, als der Karl Wagner tot war. Aber was recht is, muss recht blibben. Und dem Johann hätt sich an dem Obend kinner in den Weg gestellt. Hä war ja völlich querch im Kobbe.«

»Aber was um alles in der Welt hat denn den Johann so aufgebracht, dass ihr ihm so etwas zugetraut habt?« Albrecht Schneider schaute ratlos.

»Ohne Schäß, Albrecht: Vermutlich hättste ebbenso gehandelt, wenn dir dinn Schwiechervadder grad gesprochen hätt, dass des Blag, mit dem dinne Frau schwanger is, von emme is.«

Albrecht Schneider war für einen Moment sprachlos. Den übrigen Anwesenden erging es nicht viel anders. In die bedrückende Stille hinein sagte er vorsichtig: »Aber die Magda war doch seine Tochter. Der alte Wagner hat doch nicht ernsthaft …?« Die Worte blieben Albrecht Schneider in der Kehle stecken. Selbst Lukas Söder musste sich nun setzen, als überraschend von hinten aus der Küche tönte: »Die Bratkarduffeln sin feddisch!« In der Durchreiche tauchte das erhitzte Gesicht von Sabine Noll auf, die in die bedröppelte Runde schaute. Reinhold Noll guckte Albrecht Schneider auffordernd an, der mit einer fahrigen Handbewegung abwinkte. »Tut mir leid, aber mir ist gerade der Appetit vergangen. Vielleicht möchte jemand anders die Bratkartoffeln.« Der Blick in die Runde verriet ihm, dass der Schock allen in den Gliedern saß. Hier und da wurde sich fahrig bekreuzigt, und Albrecht Schneider vernahm ein gemurmeltes »Um Gottes willen.«

»Hobt ihr's jetzte? Wer außer dem Johann hätt ussgerechnet an dem Abend den Karl Wagner umbringen solln?« Hermann Noll erntete zustimmendes Nicken.

»Ja, aber«, Albrecht Schneider ignorierte die Befürchtung, dass seine Bedenken erneut ungehört verhallen würden, »als der Johann abends bei mir ankam, hat der Karl Wagner noch gelebt. Ganz sicher. Ich hab ihn doch noch gesehen, wie er mit der Axt hinter dem Johann her ist. Und überhaupt: Er war es doch, der den Johann mit der Axt verfolgt hat. Und von da an war der Johann die ganze Zeit bei mir.«

»Dann is hä halt späder wieder russ und hot zum Ende gebrocht, wos hä sich vorgenommen hotte.« Lukas Söder hatte sich wieder ein wenig gefangen und gab seine Überlegungen zum Besten.

»Aber ich hab ihn doch kaum aus den Augen gelassen. Wann hätte er denn das tun sollen?«

»Du bist doch bestimmt nit die ganze Nacht uffgeblieben, oder?«

Albrecht Schneider starrte ins Leere, während er seine Erinnerung befragte. »Ich hab kurz geschlafen, ja.«

»Na, siehste. Bestimmt hot der Wagner vor dinnem Haus uff den Johann gewartet. Und der wusst sich kinnen Rat und hot die Sache zu Ende gebrocht.«

Im Kopf von Albrecht Schneider hämmerte es. Ihm wurde schwindelig. Konnte das sein? War es möglich, dass Johann tatsächlich noch einmal unbemerkt das Haus verlassen hatte? Er schüttelte resigniert den Kopf. Während er versuchte, den aufkeimenden Zweifel zu ignorieren, schwand seine Hoffnung, dass der Besuch in der Kneipe zur Wahrheitsfindung beitragen würde. Er legte vier Markstücke auf den Tresen und rutschte vom Barhocker.

»Ich muss jetzt nach Hause. Ich hab Kopfschmerzen.«
Lukas Söder machte keine Anstalten, ihn aufzuhalten, und so verließ Albrecht Schneider im Eiltempo die Wirtschaft.

Bevor er die Tür in das Schloss zog, hörte er noch, wie der Gastraum sich mit lautem Gemurmel füllte. Er stockte kurz, doch dann zog er die Tür hinter sich zu. Er blieb einen Augenblick so stehen, während er seinem Atem lauschte und den Blick über die menschenleere Straße schweifen ließ.

6

Frederike Jungmann stand heute als dritte Patientin auf seiner Liste. Normalerweise hätte er die pensionierte Lehrerin erst wieder besucht, wenn die betreuende Gemeindeschwester ihm einen Anlass gegeben hätte. Doch die Neugierde trieb ihn. Und da er bei den vorhergehenden Patienten mit seinen Fragen auf Granit gebissen hatte, erhoffte er sich von der alleinstehenden Dame etwas mehr Auskunftsfreude. Auf dem Weg zum Haus von Frederike Jungmann ließ Edgar Brix Albrecht Schneiders Grundstück hinter sich und ging dann vorbei an der rückwärtigen Seite des leer stehenden Wagner'schen Hauses. Der schmale Weg verengte sich zu einer Gasse und knickte schließlich in einem spitzen Winkel in die Sackgasse ein. Dort, wo das befestigte Pflaster endete, säumten einige windschiefe Schuppen den Weg. Früher hatten sie vermutlich Vieh beherbergt, doch nun dienten sie als Lagerstätte für Brennholz und ausgedienten Hausrat. Es sah aus, als hätte dort seit Jahren niemand den Versuch unternommen, aufzuräumen. Die Brennnesseln standen mannshoch um den Schuppen, an den sich ein einzelnes Wohnhaus anschloss. Zwischen dem Fachwerk fehlten ganze Stücke Putz, und die Farbe auf den Balken war bestimmt schon seit Jahrzehnten nicht aufgefrischt worden. Es gab keinen Vorgarten. Ein verblühter Sommerflieder stand einsam auf dem staubigen Vorplatz neben der Treppe zur Haustür, deren unterste Stufe direkt auf der Gasse ruhte. Die Haustür war nur angelehnt. Edgar Brix hämmerte mit der Faust auf die Holztür. »Hallo? Frau Jungmann? Sind Sie zu Hause?« Er öffnete die Tür einen Spalt und sein Rufen hinterließ ein Echo im Flur. Keine Antwort. Er zögerte kurz, nahm dann die Hand vom Türknauf und ging um das Haus herum.

Er drückte sich durch den engen Gang zwischen Haus und dem angrenzenden Holzschuppen und gelangte in einen winzigen Garten. Schmale Wege aus schiefen Platten säumten kleine mit Steinen gefasste Blumenrabatten. Frederike Jungmann hockte mitten darin auf einem kleinen Holzschemel und kratzte in aller Seelenruhe mit einem Messer Unkraut zwischen den Steinen heraus. Ein Strohhut bot ihrem zusammengesunkenen Körper Schatten. Da sie Edgar Brix den Rücken zukehrte, ging er zunächst einen Bogen um sie herum, damit sie ihn aus den Augenwinkeln wahrnehmen konnte. Sie drehte sich um, legte das Messer weg und sah den Arzt mit zusammengekniffenen Augen an.

»Hallo, Frau Jungmann, was machen Sie denn hier

draußen, bei dieser Hitze?« Edgar Brix reichte ihr die Hand und wurde wider Erwarten nicht mit einem Handschlag begrüßt.

Die alte Frau wedelte mit einem Arm Richtung Schuppen, wobei einige Stückchen lehmige Erde in weitem Bogen davonflogen. »Da machen Sie sich doch gleich mal nützlich und holen mir den Eimer von da drüben her, ja?«

Edgar erfasste sofort, dass das Objekt ihrer Begierde ein alter, löchriger Zinkeimer war, der zwischen Blumentöpfen neben dem Schuppen inmitten der Brennnesseln stand. Er fischte den Eimer vorsichtig aus den Nesseln und stellte ihn direkt neben der alten Frau ab.

»Das freut uns aber, dass sich mal jemand zu uns raus verirrt, nich Kasper?«, brummelte sie unter ihrem Sonnenhut hervor.

Edgar Brix blickte sich um, konnte aber sonst niemanden im Garten entdecken. Vielleicht war die alte Frau doch verwirrter, als er befürchtet hatte. Gerade als seine Hoffnung schwand, was das Erkunden einiger Details aus der Vergangenheit anging, entdeckte er ein in der Sonne auf einem alten Kissen zusammengerolltes Fellbündel. Kaspar war offensichtlich ein Kater. »Frau Jungmann, ich würde gerne Ihren Zucker messen und mich ein wenig mit Ihnen unterhalten. Vielleicht sollten wir dazu besser in den Schatten gehen?« Er sprach lauter und deutlicher als üblich und beugte sich ein wenig nach unten, damit seine Worte ihr Ziel unter der Hutkrempe erreichen konnten.

»Ach, junger Mann, das ist aber nett, dass Sie sich um uns Gedanken machen.« Sie legte das Messer in den Eimer, nachdem sie die Erde mit dem Zeigefinger von der Klinge gewischt hatte. »Wenn Sie uns aufhelfen, können wir auch reingehen.« Sie hielt ihm beide Hände entgegen, ohne sich vorher die Mühe zu machen, die Erde an ihrer Kittelschürze abzustreifen. Schließlich erfasste Edgar Brix nach kurzem Zögern beide Hände und zog sie mit aller Kraft nach oben. Sie ächzte laut und schnaufte kräftig durch, als sie endlich stand.

»Ach je, is alles so schwer geworn. Aber ein Glücke, dass Sie vorbeigekommen sind. Womöglich wärn wir von alleine gar nich mehr hochgekommen.« Ein leises Kichern kroch aus ihrem zahnlosen Mund. Der Gedanke schien sie auf eine Weise zu amüsieren, die in Edgar Brix den Verdacht erweckte, dass die alte Frau womöglich doch zu verwirrt war, um ihm weiterzuhelfen.

»Kommn'Se mit rein. Da können wir uns setzen.« Frederike Jungmann ging mit vornübergebeugtem Oberkörper. Sie stapfte langsam voran, während ihre Füße in den ausgetretenen Pantoffeln schlappten. Die Stützstrümpfe waren runtergerutscht und schlabberten um die Knöchel. Nachdem sich auch die Katze umständlich von ihrem Kissen erhoben hatte, folgte sie ihnen im gleichen gemächlichen Tempo. Kurz vor der Haustür tasteten Frederike Jungmanns Finger blind nach der Haarnadel, die den Strohhut auf ihrem Kopf fixierte. Darunter verbarg sich ein dünner Haarknoten, die sonnenverbrannte Kopfhaut schimmerte durch das weiße Haar. Edgar vermutete, dass Frederike Jungmann häufiger ihren Sonnenhut vergaß, und die Frage drängte sich auf, wie die alte Frau überhaupt zurechtkam, so ganz ohne Hilfe. Er stieg hinter ihr die schmale Stiege durch den Hintereingang hinauf, immer auf dem Sprung, sie zu stützen. Sie gelangten unfallfrei bis in die Küche, wo die Katze jammernd vor der Küchenbank stehen blieb. Die fadenscheinige Bankunterlage starrte vor Dreck.

»Helfen Sie dem Kaspar rauf? Der alte Kerl kann auch nicht mehr so, wie er will. Nich, mein Alter?«

Edgar Brix hob die Katze, die für sein Empfinden zu sehr aus dem Maul stank, auf die Bank. Dann setzte er sich auf einen Stuhl, den er an den Tisch gezogen hatte. Frederike Jungmann quetschte sich ächzend hinter den Küchentisch und kraulte beiläufig den breiten Katerschädel, was mit einem wohligen Schnurren quittiert wurde.

»Wissen Sie, dass Ihre Haustür offen steht?«

»Jaaaaa. Die machen wir seit Jahren nicht mehr zu. Hier gibt's ja nix zu klauen. Und als ich das letzte Mal die Treppe runtergestürzt bin, hat der Albrecht die Tür aufbrechen lassen. Hatte Glück, dass der überhaupt vorbeigekommen war. Wissen Se, wir haben uns früher öfters ausgesperrt. Und da ham wir uns gedacht, wir lassen die Tür einfach auf. Das Schloss is ja eh hinüber und machen lassen lohnt doch nich mehr.«

Völlig verschroben, die alte Schachtel, schoss es Edgar Brix durch den Kopf, dennoch: erstaunlich gut beieinander. Er packte seine Utensilien aus der Tasche und stellte beim Blick auf ihre erdverkrusteten Hände sicherheitshalber eine volle Flasche Desinfektionsmittel auf den Tisch. Während er noch in seiner Tasche kramte, bemühte er sich, möglichst beiläufig zu klingen: »Frau Jungmann, können Sie sich an die Nacht erinnern, in der Karl Wagner starb?«

»Ja, kann ich. Tut mir leid, aber ich kann Ihnen gar nichts zu trinken anbieten, höchstens ein Glas Wasser, wenn Sie möchten?«

»Nein, vielen Dank. Haben Sie verstanden, was ich Sie gefragt habe?« Es war ihm unangenehm, zu bohren, doch gleichzeitig widerstrebte es ihm, diese Unterhaltung unnötig in die Länge zu ziehen.

»Ich hab Sie sehr gut verstanden. Nich, Kaspar, wir sind zwar schwerhörig, aber nich blöde.« Die Katze hatte die Augen geschlossen und genoss schnurrend die Streicheleinheiten auf ihrem Kopf. Edgar Brix beobachtete, wie der tüddelige Ausdruck aus dem Gesicht der alten Frau verschwand, während die Erinnerung zurückkehrte.

»Sie woll'n wissen, was an diesem Tag war? Nun, ich will es Ihnen sagen. Es war genauso ein Tag wie jeder andere auch, außer, dass der Wagner am Ende tot in Albrecht sein Hof lag.«

Edgar versuchte vergeblich, ihren Worten eine Spur von Mitleid zu entnehmen, doch sie fuhr unvermittelt fort. »Seit meine Eltern selig nich mehr da sind, bin ich allein hier – mit meinen Katzen natürlich. Die letzten Jahre ist mir nur der tapfere Kaspar hier noch geblieben. Die anderen liegen alle im Garten. Wissen Sie, ich hatte nie viel Geld. Dorflehrerin ist ein dankbarer, aber ein schlecht bezahlter Beruf. Und Sie könn' glauben, dass der alte Wagner sein Brennholz nich aus Nächstenliebe verteilt hat. Also ließ ich ihn ran«, sie guckte Edgar Brix herausfordernd an, »Sie wissen schon.«

Edgar Brix ahnte, was sie meinte, während sich etwas in ihm sträubte, den Gedanken zuzulassen.

»Der Johann, was der Handlanger vom Wagner war, brachte das Holz in den Schuppen, und der alte Wagner machte sich in der Stube über mich her. Irgendwann hatte ich raus, dass es schneller ging, wenn er vorher ein paar Schnaps hatte. Manchmal ging es dann gar nich mehr.« Sie hob den Zeigefinger. »Denken Sie mal nich schlecht über mich – zu der Zeit kannten fast alle Frauen die kleinen Geheimnisse im Umgang mit Karl Wagner. Als der Wagner seine Eber abschaffte und nur noch Holz fuhr, blieb den Frauen wenigstens erspart, ihr Brennholz neben den

Schweinen in seinem Stall zu bezahlen. Wenn Sie wissen, was ich meine.« Sie beugte sich über den Tisch, winkte Edgar Brix mit gekrümmtem Zeigefinger vertraulich näher und flüsterte: »Von da an machte er Hausbesuche.«

Edgar Brix stand die Ungläubigkeit in das Gesicht geschrieben. Das, was er hörte, war schon unfassbar genug, aber die Selbstverständlichkeit, mit der die alte Frau diese Abscheulichkeit schilderte, während sie liebevoll den Kopf ihrer Katze kraulte, verursachte ihm Übelkeit. »Ja, hat denn niemand was unternommen? Das müssen doch die Männer der Frauen mitbekommen haben?« Die Worte fühlten sich wie Klumpen in seinem Mund an.

»Junger Mann, das war damals eine andere Zeit. Man hat nicht viel über die Dinge geredet. Anders als heute. Heute reden alle über Sachen …« Frederike Jungmann schüttelte den Kopf. »Die Frauen wussten, wie sie dafür sorgten, dass die Familie nicht verhungerte. So viele Männer waren irgendwie verändert aus dem Krieg zurückgekehrt. Und ach, so viele kamen auch gar nicht wieder.« Sie sah Edgar Brix durchdringend an: »Wenn Sie die Wahl haben, Ihr Kind verhungern zu lassen oder sich von Karl Wagner besteigen zu lassen – nun …« Der Satz blieb unbeendet im Raum stehen.

»Und seine Frau? Die muss doch davon gewusst haben. Wie hat sie das bloß ausgehalten?« Edgar Brix war völlig aufgewühlt und versuchte seine Gedanken zu ordnen.

»Nun, anmerken lassen hat sie's sich nich, aber die Anne war ja nich blöde. Die hat doch gemerkt, wenn der Karl ohne Geld zurückkam, und er hat sich wahrlich keine Mühe gegeben, ein großes Geheimnis draus zu machen.«

Edgar Brix spürte den kurzsichtigen Blick von Frederike Jungmann auf sich ruhen, doch er war unfähig, sich zu rühren. Sie beobachtete ihn eine Weile und er sah ihr an, dass sie ahnte, was er dachte, als sie sagte: »Glauben Sie mal nich, dass sich die Menschen wirklich verändert ham. Im Innern sind es immer noch die Gleichen. Jeder ist sich selbst am nächsten in der Not. Das wär heut nich anders als damals.«

*

Edgar saß in seiner Küche vor einem halb vollen Teller Suppe, der mittlerweile kalt geworden war, und starrte gedankenverloren aus dem Fenster. Wäre es denn wirklich so unmöglich, diese Sache einfach auf sich beruhen zu lassen? Er versuchte zu ergründen, woher der massive Widerstand kam, den er bei diesem Gedanken verspürte. Und je länger er darüber nachgrübelte, desto mehr drängte sich das Gefühl von Einsamkeit in den Vordergrund, dem er nicht zu entfliehen vermochte. Die Unterhaltung mit Frederike Jungmann hatte ihm etwas vor Augen geführt, was er in den Monaten seit seiner Rückkehr in der Geschäftigkeit seines Arbeitsalltags verdrängt hatte. Er war gestrandet, hier im Nirgendwo. Und bei aller Freundlichkeit blieb er doch ein Fremder. Man brachte ihm eine höfliche Wertschätzung entgegen, dem Herrn Doktor. Doch Edgar Brix war nicht als der Sohn des geschätzten Dorfarztes zurückgekehrt. Er hatte schlichtweg unterschätzt, dass die Geschichte in der Zwischenzeit ohne ihn weitergegangen war. Klar, alle hatten sich wieder einen Arzt im Dorf gewünscht. Doch vielleicht wäre ihnen einer lieber gewesen, der sie nicht durch seine pure Anwesenheit an die Vergangenheit erinnerte. Da hatten sie wenigstens etwas gemeinsam. Bloß nicht über die Vergangenheit grübeln.

Edgar Brix schob den Teller resigniert zur Seite, stützte den Kopf in die Hände und knetete sich mit den Fingerspitzen den Haaransatz. Nicht grübeln, Edgar. Nicht grübeln. Und mit welchem Recht mischte er sich nun in die Angelegenheiten dieser Leute ein? Wer gab ihm das Recht, zu urteilen, was mit der Vergangenheit begraben bleiben sollte und was nicht? Es tat ihm leid, dass er die Erinnerung in der alten Frederike Jungmann geweckt hatte, die in der gnädigen Welt des Vergessens halbwegs unbeschadet überlebt hatte. »Schande über dich, Edgar«, konnte er innerlich die Stimme seines Vaters hören. Der unfehlbare Conrad Brix. Die Tugendhaftigkeit in Person. Der Mann des sicheren Urteils. *Er* hätte gewusst, was richtig war in so einer Situation. Er wusste immer, was richtig war. Ihm verdankten sie *alle* ihr Leben. Wenn doch nur irgendjemand eine Ahnung hätte, wie schwer dieses Erbe auf der Seele lastet, dachte Edgar. Wenn die Familie mal wieder in gedrückter Stille beim Abendessen saß. Und sein Bruder Gutmund vor Schmerzen kaum auf dem Stuhl sitzen konnte, weil der Vater ihm die Tugendhaftigkeit mit dem Lederriemen eingeprügelt hatte. »Aber wir verdanken ihm doch so viel«, hörte er die beschwichtigenden Worte der Mutter, die ihn daran hinderte, dem Vater mit erhobener Faust entgegenzutreten. »Er ist kein schlechter Mensch. Er hat für uns so viel aufgegeben, Edgar«, sagte sie, während sie ihm liebevoll die Haarsträhnen aus dem verweinten Gesicht strich.

Edgar Brix schüttelte die Erinnerung ab. Wir haben alle viel aufgegeben, dachte er. Und noch mehr verloren. Er stellte den Teller in die Spüle und überlegte einen Moment, ob er diese Gedanken ziehen lassen sollte. Ein wenig Ablenkung würde ihm guttun, obgleich er sich im Klaren war, dass er diese Überlegungen irgendwann zu einem Ende führen musste. Doch nicht jetzt. Er entschied sich gegen einen Mittagsschlaf, obwohl seine Augen schwer waren. Ein Spaziergang würde die trüben Gedanken vertreiben.

Die größte Mittagshitze war vorüber, als er sich auf den Weg machte, dem Siegenbach auf seinem Weg von der Mündung in den Giesenbach bis zu seiner Quelle im Wald zu folgen. Ein Weg, der ihn genau auf die entgegengesetzte Seite und weit weg von dem Fundort der Leiche und somit weit weg von trüben Gedanken führen würde. So hoffte er zumindest, als er sich den alten Panamahut vom Kleiderhaken schnappte und die Haustür hinter sich zuzog.

Kaum hüllte ihn der Schatten des Waldes ein, fuhr ihm eine leichte Brise über die verschwitzte Haut. Im kleinen Taleinschnitt, wo früher Grunewaldsmühle von Kinderlachen und schnatternd ausgetauschtem Sonntagstratsch dröhnte, hielt er an. Jetzt war der kleine Ausflugsort mit der malerischen Aussicht nur noch eine Erinnerung. Der Wald hatte sich die Lichtung zurückerobert, und nur der glucksende Bach in seinem befestigten Bett erinnerte daran, dass sich hier einmal ein kleines Wasserrad und ein Kinderkarussell gedreht hatten. Er wandte sich um und wischte sich den Schweiß mit dem Unterarm von der Stirn, während er den Panamahut gegen die Sonne hielt und in das Tal blinzelte. Seltsam, dachte er, wie sich die Dinge veränderten. Unzählige Male waren sie als Kinder hier gewesen. Hatte er damals einen Blick für die Landschaft übrig gehabt? Viel zu beschäftigt waren sie damit, dem Wald die Geheimnisse abzuringen und Abenteuer zu erleben. So frei und lebendig hatte er sich nie wieder gefühlt. Alles veränderte sich nach diesem Sommer, 1938.

Eines Abends erfasste Hektik das ganze Haus. Niemand beantwortete Edgars Fragen. Dabei hatte er so große Angst. Keiner hatte Zeit, sich um ihn zu kümmern. Sein Bruder Gutmund war seltsam still und packte ein Kleidungsstück nach dem anderen in den aufgeklappten Koffer auf seinem Bett. Edgar saß neben einem weiteren Koffer auf dem Bett und schaute seinem Bruder zu.

»Herrgott, Edgar! Wir haben nicht viel Zeit und ich kann deinen Koffer nicht auch noch packen!«

Wie in Trance begann Edgar, eine Schublade nach der nächsten in seinen Koffer zu packen. Doch kaum war das Notwendigste verstaut, war der Koffer schon voll. Er konnte ihn nicht alleine schließen und sein Bruder Gutmund half ihm, nachdem ein Teddy und zwei Bücher aus dem Koffer achtlos auf dem Fußboden landeten.

»Wenn wir in Sicherheit sind, bekommst du neue Bücher.« Edgar verstand nicht, was »in Sicherheit« bedeutete, und klemmte sich den Teddy noch rasch unter den Arm, während ihn sein Bruder am Ärmel die Treppe hinunterzerrte. Dort liefen die Eltern hektisch umher. Edgar beobachtete, wie die Mutter den einen oder anderen Gegenstand nach einer kurzen Prüfung mit einem Ausdruck des Bedauerns auf seinen Platz zurückstellte.

Sie verließen das Dorf in der Nacht. Edgar konnte seine Augen kaum aufhalten, doch das beständige Schluchzen der Mutter hielt ihn wach. Zu dritt saßen sie auf der Rücksitzbank eines schwarzen Wagens, der von einem Mann gefahren wurde, den Edgar noch nie gesehen hatte. Schweigend saß sein Vater mit finsterer Miene auf dem Beifahrersitz. Seine Mutter drückte ihn an ihre Brust und seine Haare wurden nass von ihren Tränen. Gutmund kaute auf den Fingernägeln und starrte geistesabwesend aus dem Wagenfenster in die Finsternis. Im Dunkeln konnte Edgar nur schemenhaft die Häuser erkennen, die er so lange nicht wiedersehen sollte.

Edgar Brix gab auf. Sich gegen die Schwermut dieses Tages zur Wehr zu setzen, schien ihm ein sinnloses Unterfangen zu sein. Er durchstreifte den Wald, soweit es das Gelände zuließ, immer dicht am Lauf des Siegenbaches entlang. Jetzt im Hochsommer führte der Bach kaum Wasser und bahnte sich seinen Weg mit leisem Glucksen in das Tal. Edgar Brix war seinem Lauf oft gefolgt, dennoch überraschte es ihn, wie zielsicher er den Weg bis zur Quelle fand. Die letzten 100 Meter gestalteten sich schwierig. Viel steiler und steiniger als der Rest des Weges, war es für einen erwachsenen Mann eine rechte Kraxelei.

Dann war er angekommen. Er hockte sich auf einen großen Stein und atmete tief, während er den Blick talwärts richtete. Durch die Tannenwipfel waren allenfalls grobe Umrisse der Landschaft zu erkennen, doch der gegenüberliegende Buchberg war sicher auszumachen. Von dort aus hatte sein Bruder Gutmund mit einem Spiegel Lichtzeichen in einer klaren Novembernacht gemacht, und Edgar hatte ihm von hier geantwortet, während ihre Eltern, fast verrückt vor Sorge, das ganze Dorf nach ihnen absuchten. Edgar Brix musste ein wenig schmunzeln, als er daran dachte, dass Gutmund anschließend zwei Wochen kein Wort mit ihm sprach, weil er eine ordentlich Abreibung von ihrem Vater erhalten hatte, während Edgar, wie so oft, straffrei ausgegangen war.

Hier im Wald war die Hitze gut auszuhalten und so blieb Edgar Brix eine Weile auf dem Stein sitzen. Er lauschte dem sanft gurgelnden Geräusch der Quelle, während sie sich aus der Tiefe ihren Weg durch das Gestein bahnte.

»Das is nit ganz ungefährlich, so fernab des Weges«, die Stimme in Edgars Rücken klang wie ein Schuss. Unsanft aus seiner Tagträumerei gerissen, öffnete er erschrocken die Augen. Ein Mann stand vor ihm, den Rücken der Sonne zugewandt. Geblendet konnte Edgar nicht ausmachen, ob er den Mann kannte. »Goodness, Sie haben mich aber erschreckt!«

»Keine Ahnung, wer Guttniss is, aber Se können von Glücke sprech'n, dass Sie mir nit vor de Flinde gelaufen sind.«

Edgar Brix bemerkte das Jagdgewehr, das an einem Riemen um seine Schulter hing. »Ich sitze doch ganz ruhig hier. Sie werden doch wohl vorsichtig sein beim Schießen, oder?«

Die Person trat aus dem Sonnenschein, und Edgar Brix erkannte einen greisen Mann. Das Gewehr an seiner Schulter machte noch den besten Eindruck. Seine Kleidung starrte vor Dreck und auf dem Kopf hing eine speckige Kappe. Die ausgebeulte Hose war an einigen Stellen allenfalls provisorisch geflickt und die ausgetretenen Lederstiefel sahen aus wie Modelle aus dem Ersten Weltkrieg. Edgar kamen die Gesichtszüge bekannt vor, ohne dass er sie einem Namen zuordnen konnte. Er spürte den Blick des Mannes prüfend an sich rauf- und runterwandern.

»Sie wär'n nit der erste Wannersmann, den es im Wald erwischen tut«, sagte der Mann, ohne sich die Mühe zu machen, einen abschätzigen Unterton zu verbergen.

»Macht es Ihnen Spaß, mir Angst einzujagen?«

Der Alte grübelte eine Weile, winkte dann ab und wandte sich zum Gehen um.

»Moment! Jetzt bleiben Sie doch stehen.« Edgar Brix war aufgesprungen und ihm wenige Schritte hinterhergegangen, als sich der Mann wider Erwarten blitzschnell umdrehte. Edgar blickte direkt in den Gewehrlauf.

»Ich geh jetzte minner Wege. Und Se bleibn, wo Se sinn!«, sagte er, während er sich, das Gewehr immer noch im Anschlag, rückwärts von Edgar fortbewegte.

Der blieb mit erhobenen Händen wie festgenagelt stehen. »Ich wollte doch nur ...«

»Ist mir wurscht, was Se wolldn. Se bleibn, wo Se sinn, oder mäh honn nochn Wandersmann, der nit heimkimmet.«

Edgar Brix blieb überrumpelt stehen und sah zu, wie der alte Mann sich auf seinen krummen Beinen durch das Unterholz entfernte. Erst als der ganz sicher verschwunden war, holte er Luft.

»What the ...« Edgar Brix schüttelte entgeistert den Kopf. Selbst die Orte mit den schönen Erinnerungen sind nicht mehr das, was sie einmal waren, dachte er.

Sicherheitshalber warf er auf dem Heimweg in regelmäßigen Abständen einen Blick über die Schulter. Man konnte ja nie wissen.

*

Die Kirchturmglocken läuteten 18 Uhr, als Edgar Brix seine Haustür aufschloss. Er wollte gerade im Reflex seinen Hut an den Kleiderhaken hängen, als er feststellte, dass er ihn wohl im Wald verloren hatte. Er nahm sich vor, bald dorthin zurückzukehren, um danach zu suchen. Womöglich würde der ungehobelte Waldschrat seinen Hut sonst als Jagdtrophäe behalten, und das gönnte Edgar Brix ihm nicht. Ein unmöglicher Kerl, dachte er, ihm so einen Schrecken einzujagen. Die Bezeichnung »Waldschrat« war noch viel zu harmlos für ein derart unmögliches Verhalten. Die

Kühle in seinem Haus beruhigte schließlich sein erhitztes Gemüt. Erschöpft ließ er sich im Wohnzimmer in den Sessel fallen und spielte mit dem Gedanken, den Fernseher anzustellen. Doch ein zaghaftes Klopfen an seiner Haustür kam ihm dazwischen.

Albrecht Schneider stand vor seiner Tür und trippelte etwas unsicher von einem Bein auf das andere.

»Ich hoffe, ich störe Sie nicht?«

»Aber nein. Kommen Sie ruhig herein. Ich habe gerade überlegt, ob ich mir ein Bier aufmache. Wollen Sie auch eins?«

»Das wäre sehr freundlich. Wenn es keine Umstände macht?«

Edgar Brix wies ihm den Weg in das Wohnzimmer, während er einen Umweg über die Küche machte und zwei Bier aus dem Kühlschrank nahm.

»Setzen Sie sich doch!«, bot er Albrecht Schneider einen Platz auf dem anderen Sessel an. Edgar Brix öffnete die Flaschen am Tisch und schob eine auf die andere Seite zu Albrecht Schneider. Der war fast zur Gänze in das Polster des Sessels verschwunden und blickte den Arzt etwas verunsichert an.

»Sie trinken auch aus der Flasche, oder?«, fragte Edgar Brix, und Albrecht Schneider nickte, während er die Hände in seinem Schoß knetete. »Ich habe noch gar nicht gefragt: Geht es Ihnen heute besser?«

»Ja, danke. Ich hatte einen ausgiebigen Mittagsschlaf. Jetzt sind die Kopfschmerzen erträglich.«

»Ach, ich Esel. Ich wollte Ihnen doch Tabletten vorbeibringen. Erinnern Sie mich daran, bevor Sie gehen!«

Albrecht Schneider nickte schweigend und überbrückte die unangenehme Stille, indem er sich umständlich im Polster nach vorne beugte und nach der Flasche fischte. Er nahm einen kräftigen Schluck. »Das tut gut.« Er sah sich in dem kleinen Wohnzimmer um und sein Blick blieb an dem Fernseher hängen. »Ich hab auch überlegt. Aber ich habe gar nicht genug Platz für einen Fernseher. Und ich kann auch gut ohne.«

Edgar Brix nickte. Er beobachtete seinen Gast dabei, wie dieser versuchte, davon abzulenken, was ihn in Wahrheit zu ihm geführt hatte. Auf keinen Fall würde er ihn jetzt drängen. Er nahm ebenfalls einen Schluck Bier und wartete ab.

»Ich glaube, ich habe heute eine Dummheit gemacht.«

Edgar Brix schwieg.

»Ich war heute Mittag in der Kneipe und habe allen die Wahrheit gesagt.«

Edgar Brix stellte überrascht seine Flasche auf dem Tisch ab. »Und?«

»Na ja. Es ist das passiert, was ich erwartet hatte.« Albrecht Schneider untersuchte das Innere seiner Flasche, als sei dort außer Bier noch etwas anderes zu finden. »Jedenfalls beinahe das, was ich erwartet hatte. Bis auf die Sache mit der Magda. Die hatte ich nicht erwartet.«

Edgar Brix zog die Stirn kraus. »Was für eine Sache mit der Magda?«

Albrecht Schneider wischte die Frage mit einer Handbewegung beiseite. »Mir war klar, dass der Schäfer das mit der Leiche nicht für sich behalten würde. Und mir war auch klar, dass er rumerzählen würde, dass der Johann zurückgekehrt ist. Ich hielt es für angebracht, die Geschichte jetzt ein für alle Mal zu beenden. Hat mich eine schlaflose Nacht gekostet, das kann ich Ihnen sagen!« Er nahm das Nicken von Edgar Brix wohlwollend zur Kenntnis und fuhr fort: »Ich habe erzählt, dass ich den Johann mit Sicherheit für unschuldig halte, doch keiner wollte das glauben. Der Lukas Söder ist richtig fuchsig geworden, weil doch sein Vater damals so sicher war, dass es nur der Johann gewesen sein konnte. Und ich wusste die ganze Zeit über nicht, warum der sich so sicher war. Bis heute.« Er machte eine Pause und wartete auf eine Reaktion.

Edgar Brix lehnte sich ein wenig nach vorne und zog erwartungsvoll die Augenbrauen hoch.

»Die waren an dem Abend alle in der Kneipe. Der Söder, der Johann und der alte Wagner. Und der Hermann Noll ja sowieso. Und der hat erzählt, dass der Johann und der Karl Wagner total betrunken waren. Und dann hat der Wagner dem Johann unter die Nase gerieben, dass das Kind, mit dem die Magda schwanger war, gar nicht vom Johann stammte.« Albrecht Schneider schien zu überlegen, wie er das nun Folgende möglichst schonend verpacken konnte, doch Edgar Brix kam ihm zuvor.

»Oh my God, jetzt sagen Sie nicht, dass dieses Ferkel seine eigene Tochter geschwängert hat!« Er deutete den weit geöffneten Mund von Albrecht Schneider als Zeichen, ins Schwarze getroffen zu haben. »Das erklärt natürlich, warum der Johann Grund genug hatte, den Alten ins Jenseits zu befördern.«

»Ja, unglaublich, nicht? Die haben mich richtiggehend verunsichert. Ich kann natürlich nicht mit Sicherheit sagen, dass der Johann nicht vielleicht doch in dieser Nacht noch mal raus ist. Ich bin schon mal kurz weggenickt gewesen. Aber ich kann es mir beim besten Willen nicht vorstellen.«

Edgar Brix verneigte sich innerlich in tiefem Respekt vor Albrecht Schneider. Eine Erinnerung, die jahrzehntelang die Wahrheit gewesen war, geriet nun ins Wanken. Und Albrecht Schneider stellte sich den Zweifeln. Anders, als es die meisten anderen wohl tun würden, dachte Edgar, vielleicht sogar anders, als ich es selber tun würde. »Ist es denn wahrscheinlich, dass der Johann unbemerkt aus dem Haus gegangen ist, den Wagner umgebracht hat und wieder reinkam, als sei nichts gewesen?«

»Ach was! Der Johann war doch völlig am Boden zerstört, als der an dem Abend bei uns ankam. Wissen Sie, der Johann war ein herzensguter Mensch. Auch wenn er mal zu viel getrunken hatte, ist der Streit eher aus dem Weg gegangen.« Albrecht Schneider leerte die Flasche Bier mit einem letzten Zug. »Das hätte ja bedeutet, dass er mit einer Kaltblütigkeit abgewartet hat, um einen günstigen Augenblick zu erwischen. Und das der Johann? Nein, niemals.«

»Vielleicht hat er ja nicht abgewartet, sondern es hat sich schlichtweg eine Gelegenheit ergeben? Vielleicht ist er zum Pinkeln raus und ist dem alten Wagner dabei in die Arme gelaufen.«

Albrecht Schneider knetete seine Unterlippe und rollte die leere Bierflasche zwischen den Händen hin und her. »Das ist nicht unmöglich. Aber wenn Sie den Johann gekannt hätten, eben auch nicht sehr wahrscheinlich.«

»Ich verstehe.« Edgar Brix erhob sich. »Wollen Sie noch ein Bier? Oder lieber einen Schnaps?«

»Genau in der Reihenfolge.« Albrecht Schneider produzierte ein schräges Lächeln, das Edgar Brix so an ihm gar nicht vermutet hätte. Er lächelte unwillkürlich zurück.

Nachdem zwei Flaschen Bier einen Platz auf dem Tisch gefunden und zwei Gläschen Obstbrand auf Ex geleert worden waren, ergriff Albrecht Schneider die Gelegenheit. »Ich weiß, dass es nicht üblich ist, den Doktor zu duzen. Aber wir sind hier nun mal auf dem Dorf. Und wenn ich mit jemandem einen Schnaps getrunken habe, kann er zu mir auch Du sagen.« Er erhob die Flasche Bier. »Ich bin der Albrecht.«

»Ich heiße Edgar.« Edgars Stimme stockte. Das Herz wurde ihm warm, während ein Strahlen über sein Gesicht zog.

Albrecht Schneider unterbrach die peinliche Pause: »Wieso sind Sie ... ach, entschuldige bitte, ist noch nicht so drin ... wieso bist du so schnell auf die Idee gekommen, dass der Wagner der Vater von Magdas Kind sein könnte?«

»Ich hatte heute Mittag einen Hausbesuch bei Frederike Jungmann. Die hat mir Sachen erzählt, die so einen Schluss – nun, ich will mal sagen, zumindest nicht abwegig erscheinen lassen.«

»Was hat sie dir denn erzählt?«

Edgar Brix überlegte einen Augenblick. Durfte er das, was ihm eine Patientin im Vertrauen erzählt hatte, preisgeben? Auch wenn es der Wahrheitsfindung diente und vermutlich ohnehin jeder im Ort wusste, fühlte er sich an seine Schweigepflicht gebunden.

Vermutlich drückte sich dieser Zwiespalt in einer beklommenen Mimik aus, denn Albrecht Schneider sagte: »Ich verstehe. Du kannst es mir nicht sagen, oder?«

»Na ja, ich habe sie immerhin als ihr Arzt besucht. Was mir da erzählt wird, ist vertraulich.«

»Das verstehe ich.« Albrecht Schneider nickte nachdenklich. »Aber lass mich mal raten: Es hat etwas mit dem zu tun, was dem Wagner den Spitznamen ›der Bock‹ eingebracht hat, richtig?«

Edgar Brix nickte.

»Dann will ich gar nicht weiter fragen. Willst du wissen, wie es dazu kommen konnte?«

»Auf jeden Fall!« Edgar Brix drückte sich ein wenig tiefer in das Polster seines Sessels.

»Mach es dir nicht zu gemütlich. So lang wird die Geschichte nicht. Die Familie Wagner war eine Ewigkeit der einflussreichste Gutsbesitzer hier im Ort. Die größten Äcker, das meiste Vieh, von allem mehr als genug. Und der Wagner wollte vor lauter Übermut Held spielen. Ließ seine Frau Anne, die damals mit der Magda schwanger war, hier zurück und zog in den Ersten Weltkrieg. Und da ist er geblieben. Jedenfalls der Wagner, den alle kannten. Zurück kam ein Trunkenbold ohne jeden Anstand. Ein Ekel, wie man sich kein größeres vorstellen kann. Er hat nach und nach die Äcker und das Vieh verkauft, weil er keine Lust auf die Arbeit hatte. Aber Geld hatte er und das hat er fleißig in der Kneipe gelassen. Und verliehen hat er es. Und in den Jahren nach dem Krieg konnten viele ihre Schulden nicht zurückzahlen. Und da hat er den Zins eben anderweitig eingefordert, wenn du verstehst, was ich meine.«

»Ich habe mittlerweile eine Vorstellung, ja.« Es schüttelte Edgar Brix, doch gleichzeitig konnte er seine Neugier nur schwer bremsen. »Und deine Familie? Hattet ihr auch Schulden beim Wagner?«

»Gott behüte! Ich habe den Hof schuldenfrei übernommen. Und ich habe nach und nach Land und Viehzeugs verkauft, nur um dem Wagner nie etwas schuldig sein zu müssen. Und ich hatte das Glück, im Bergwerk als Steiger unterzukommen. Keine schöne Arbeit, aber auskömmlich genug, um eine Familie zu ernähren.«

Edgar Brix erinnerte sich an das Foto mit den schwarz gekleideten Männern, das er in Albrechts Küche gesehen hatte. Jetzt wurde ihm einiges klar.

»Aber wie kann ein einzelner Mann ein ganzes Dorf tyrannisieren? Da hätte doch jemand was unternehmen können?«

»Hat ja anscheinend auch jemand. Vielleicht ein wenig spät.« Albrecht Schneider hielt erschrocken inne. »Versteh mich nicht falsch. Aber als der Wagner endlich weg war, wurde vieles besser hier im Ort.«

»Kann sein. Nur leider haben wir davon nichts mehr mitbekommen.« Edgar Brix konnte sich nicht gegen die Bitterkeit wehren, die ihn überkam.

»Das tut mir wirklich leid, für dich und deine Familie. Aber es ist doch gut für euch ausgegangen, oder? Ihr habt doch alle überlebt?«

»Überlebt«, sagte Edgar Brix. Er sprang auf und verschwand in der Küche.

Albrecht Schneider wechselte das Thema, nachdem eine neue Flasche Bier vor ihm auf dem Tisch stand. »Gibt es eigentlich etwas Neues von unserem Toten vom Waldrand?«

Brix schüttelte den Kopf. »Ich habe noch nichts gehört. Nun war ich auch den halben Tag unterwegs – kann natürlich sein, dass der Mann von der Kripo zwischenzeitlich angerufen hat. Vielleicht morgen.«

»Hm.«

»Aber wo wir vorhin über unangenehme Zeitgenossen gesprochen haben: Davon gibt es im Ort ja noch mehr als genug.«

Albrecht Schneider horchte auf. »Wie meinst'n das?«

»Ich kann dir sagen, wie ich das meine: Ich brauchte dringend frische Luft und bin hoch zur Siegenbachquelle. Als Kinder haben wir da gespielt. Heute wurde ich von einem alten Mann mit der Flinte bedroht!« Edgar Brix merkte, dass der ansteigende Alkoholpegel seine Empörung etwas mehr anfachte, als ihm lieb war.

»Ein alter Mann mit einer Flinte? Im Siegen?« Einen

Augenblick später erhellte sich die Miene von Albrecht Schneider. Ein Schmunzeln huschte über sein Gesicht. »Ich hab dir ja gesagt: Wenn du mit dem alten Fritz Veit reden willst, gehst du da schön alleine hin!«

»Wie?«

»Na, du hast ihn ja heute kennengelernt.«

»*Das* war Fritz Veit?«

»Mit allergrößter Wahrscheinlichkeit. Ein unfreundlicher alter Mann mit Flinte im Nordwald … ja, das war bestimmt Fritz Veit.«

»Ach herrje.«

»Genau meine Rede.« Schadenfreude stand Albrecht deutlich ins Gesicht geschrieben.

Edgar Brix ignorierte einen Anflug von Scham und ereiferte sich: »Aber wir müssen mit ihm reden. Immerhin hat der als Letzter seinen Sohn lebendig gesehen.«

»Soll ich deutlicher werden? Nicht *wir* werden mit ihm reden. Wenn dir das so wichtig ist, wirst *du* mit ihm reden.«

Edgar Brix suchte krampfhaft nach einem guten Argument. »Aber meine Schweigepflicht. Wenn ich alleine hingehe, darf ich dir ja wieder nicht sagen, was er mir erzählt hat.«

»Wenn du mich für dumm verkaufen willst, musst du schon früher aufstehen. Er ist doch noch nicht mal dein Patient.« Albrecht hielt inne. »Andererseits: Wenn du alleine hingehst, *kannst* du mir wahrscheinlich hinterher nicht mehr berichten, was er gesagt hat. Ich fürchte, ich werde dich begleiten müssen. Wickenrode braucht schließlich seinen Arzt.« Er erhob sich ohne Vorwarnung aus dem Sessel. »Ich geh jetzt lieber, bevor ich noch mehr Sachen verspreche, die ich morgen bitter bereuen werde.« Dann verließ er das Wohnzimmer.

Dieser unerwartete Aufbruch verwirrte Edgar. Er folgte dem alten Mann zur Haustür.

»Ist besser, jetzt ins Bett zu gehen. Wir sollten ausgeschlafen sein, wenn wir Fritz Veit besuchen. Ich hole dich morgen Nachmittag ab. Wann kannst du deine Praxis schließen?«

»Ist nicht viel los im Moment. Ich denke, um fünf können wir uns auf die Socken machen.«

»Dann bis morgen um fünf«, sagte Albrecht Schneider, während er schon halb aus der Tür war. Er ging, ohne sich erneut umzudrehen.

Edgar Brix blieb verwirrt zurück. Er machte sich Sorgen, ob er dem alten Mann zu viel abverlangt hatte. Ist jetzt auch nicht mehr zu ändern, dachte er bei sich, während er die Haustür leise schloss und den Schlüssel zweimal herumdrehte.

7

»Danke, Herr Frank. Sehr freundlich, dass Sie mich auf dem Laufenden halten werden. Wie gesagt, wenn ich etwas höre, was Sie weiterbringen könnte, melde ich mich umgehend.« Edgar Brix legte den Hörer auf. Das Gespräch mit dem Kommissar hatte seine Vermutung bestätigt: Der Tote war mit Sicherheit nicht Johann Veit. Ein Mann Ende 30, Anfang 40. Offensichtlich an Austrocknung gestorben. Sonst gut genährt, und die Kleidung, die er trug, war keine, die man an einem Landstreicher vermuten würde. Dennoch war er eine Weile barfuß im Wald unterwegs gewesen, denn seine Füße wiesen massive Verwundungen auf. Ebenso seine Finger, die den Anschein machten, als habe der Mann nach etwas gegraben oder an etwas so lange gekratzt, bis die Fingernägel ausrissen. Insgesamt Umstände, so Matthias Frank, nach denen sie zunächst auf einen aus der Psychiatrie Entlaufenen getippt hatten. Doch auch diese Vermutung erwies sich nach Recherche in den einschlägigen Kliniken als unhaltbar. Und da aktuell keine Vermisstenmeldung vorlag, die auf den Toten passte, würde er die Ermittlungen vorerst einstellen und den Toten freigeben. Zu Edgars Erleichterung hatten die Polizisten nach einem halbherzigen Versuch aufgegeben, den Fundort abzusuchen. Sollten dort Spuren vorhanden gewesen sein, hatte die Schafherde von Nathan Gunkel sie gründlich vernichtet. Edgars Entscheidung, den Toten abzutransportieren, hatte die Ermittlungen nicht nachweislich beeinflusst.

Zu gerne hätte Edgar Brix noch eine Weile seinen Gedanken nachgehangen, denn der gestrige Abend spukte ihm im Kopf herum. Doch das Wartezimmer war unerwartet voll, und der alte Möller war am Morgen nicht aufgetaucht. Das machte Edgar Brix Sorgen, doch zunächst musste er sich um Michael Wenig kümmern. Der saß mit schmerzverzerrtem Gesicht und kreidebleich auf einem Stuhl und gab mitleidserregende Laute von sich.

»Geht es oder soll ich Ihnen helfen?«

»Ne, geht schon«, ächzte Michael Wenig, während er gekrümmt in das Sprechzimmer schlurfte und sich den Magen hielt.

Keine zwei Minuten später stand Edgars Diagnose fest. Ein gezielter Druck auf den Lanz-Punkt und ein deutlicher

Loslass-Schmerz und die Sache war klar: »Appendizitis. Sie müssen dringend ins Krankenhaus. Haben Sie jemanden, der Sie fährt, oder soll ich einen Krankenwagen rufen?

»Ich fahr ihn«, tönte es durch die geschlossene Tür aus dem Wartezimmer. Einmal mehr kam Edgar nicht umhin, sich zu fragen, ob die alten Wände den neuesten Standards bezüglich Vertraulichkeit im Patientengespräch noch standhielten. Ein Blick in das Wartezimmer bestätigte, dass es sich um Heiner Brand handelte, der uneigennützig seine Hilfe anbot. »Das ist sehr freundlich, Herr Brand, aber soll ich Sie nicht erst behandeln?«

»Das kann warten. Das eitrige Ding an meinem Latschen is morgen auch noch da. Und zufällig steht mein Auto vor der Tür.«

»Das ist mir aber nicht so recht. Ich möchte erst mal einen Blick auf Ihren Fuß werfen.«

»Ach was. Das honn ich seit Wochen. Nur wissen Se, meine Frau meint, es fängt an zu müffeln. Sonst wär ich ja gar nit hier.«

Edgar Brix rümpfte unwillkürlich die Nase. »In Ordnung. Sie fahren Herrn Wenig jetzt nach Witzenhausen, geben ihn in der Notaufnahme ab und kommen dann umgehend zu mir zurück. Ist das klar? Wir sehen uns noch heute wieder!«

Heiner Brand winkte ab. »Is klar. Umgehend.«

Ob das wirklich so eine gute Idee war? Edgar Brix verfolgte, wie der stöhnende Michael Wenig, auf den humpelnden Heiner Brand gestützt, im Schneckentempo Richtung Ausgang verschwand. Doch kaum waren die beiden zur Tür hinaus, stand schon die nächste Patientin auf, und die Frage, wer denn der Nächste sei, erübrigte sich.

Zwei Stunden später waren vier weitere Patienten behandelt und der eitrige Fußnagel von Heiner Brand gezogen, der wie versprochen Michael Wenig im Krankenhaus abgeliefert hatte und sofort zurückgekehrt war. Eine größere Operation erwies sich als unnötig, der Fußnagel löste sich ohne Gegenwehr aus dem eitrigen Fleisch. Trotzdem dauerte es eine Weile, bis Edgar Brix das umliegende Gewebe gesäubert und sämtliche Eiterherde entfernt hatte.

Es war Mittagszeit und sein Magen knurrte. Doch da er den Geruch von Heiner Brands Fuß noch in der Nase hatte, entschied er sich, das Mittagessen zu verschieben. Der alte Möller war immer noch nicht aufgetaucht. Edgar packte seine Tasche und machte sich auf den kurzen Fußweg. Nur ein paar Häuser die Straße hinauf, dann rechts einbiegen bis zur kleinen Brücke über den Wedemann, und schon stand er vor einem winzigen Fachwerkhaus. Eingeklemmt zwischen zwei anderen Häusern sah es aus, als hielten sie sich gegenseitig aneinander fest, um nicht umzufallen. Hinter den Nachbarfenstern wurde gerade zu Mittag gegessen. Als Arzt daran gewöhnt, sein Hungergefühl zu ignorieren, ließ er den Duft von gebratenen Zwiebeln links liegen und klopfte beherzt an die Haustür von Gustav Möller. »Herr Möller?« Aus dem Haus drang das heisere Bellen von Erdmann, sonst nichts. Edgar dachte nicht daran, aus lauter Höflichkeit noch einmal zu klopfen. Er öffnete die Tür und wurde sogleich von einem schwanzwedelnden Dackel und dem beißenden Geruch von Hundekot begrüßt. Kaum durch die Tür, war Edgar Brix klar, dass auch dieser Tag mit schlechten Nachrichten enden würde. Etwas resigniert setzte er seinen Gang in die Wohnstube fort, den wedelnden Erdmann immer an seiner Seite. Er musste sich bücken, um durch den Türsturz in die Wohnstube zu gelangen, und wäre fast über die Stufe gestolpert, die in das niedrige Wohnzimmer führte.

Ein Arm ragte schlaff über die Lehne des gewaltigen Ohrensessels und bestätigte Edgar Brix' Befürchtungen prompt. Offensichtlich saß der alte Möller schon seit dem gestrigen Abend so in seinem Sessel. Nichts nährte einen Zweifel, dass er friedlich eingeschlafen war. Die Brille war ihm von der Nase gerutscht und lag mit einer Zeitschrift auf einer Decke auf seinem Schoß. Er war noch bis zum Radioprogramm des gestrigen Abends gekommen, aber das Radio war aus. Dafür hatte seine Zeit nicht mehr gereicht.

Edgar Brix schloss ihm die Augen und öffnete beide Fensterflügel weit. In einer Ecke entdeckte er die Quelle des beißenden Geruchs. Erdmann hatte sich zusammengerollt und die Nase unter dem Bauch vergraben. Schuldbewusst verfolgte er, wie Edgar Brix seine Notdurft entfernte. Er brachte die Kehrschaufel, die er unter der Spüle in der Küche gefunden hatte, nach draußen und entleerte sie auf der gegenüberliegenden Wiese, bevor er bei den Nachbarn klingelte. Das Klappern von Besteck wurde jäh unterbrochen.

»Was'n?« Ein kariertes Geschirrtuch zierte den Oberkörper von Gunther Jäger und deutete darauf hin, dass der nicht ernsthaft damit rechnete, seine Mahlzeit für längere Zeit unterbrechen zu müssen.

»Der Herr Möller ist gestorben.«

»Achjottachjott.« Gunther Jäger zog erst das Geschirrtuch aus seinem Kragen und bekreuzigte sich eifrig, dann rief er in das Haus: »Iiiilse! Der Möller ist tot.«

Ilse Jäger tauchte im Flur auf und schaute zerknirscht drein. »Aber gestern war hä doch noch so gut beieinander.« Sie kaute noch immer auf einem Bissen Braten, während sie sprach.

»Sie haben Herrn Möller gestern auch noch gesehen?«

»Ja, sicher. Die Frau Platzek hat mich gebeten, nach ihm zu sehen, da sie einen Abend mit ihrer Schwester nach Eschwege gefahren ist und es nicht selber tun konnte. Da war er wie immer.«

Edgar Brix nickte. Ohne die Arbeit der Gemeindeschwester wären so viele alte Leutchen gar nicht mehr in der Lage, alleine in ihren Häusern zu leben. Irina Platzek war die gute Seele, die dafür sorgte, dass sie nicht vereinsamten. Und vor allem nicht vergaßen, regelmäßig ihre Medikamente zu nehmen. Im Fall von Herrn Möller hatte aber selbst das nicht ausgereicht

»Ach je. Hä hot doch nit gelitten?«

»Nein. Er ist ganz friedlich eingeschlafen.« Selbst wenn es anders gewesen wäre, hätte Edgar Brix einen Teufel getan, Frau Jäger mit der Wahrheit zu konfrontieren. »Ich wollte Sie bitten, den Bestatter zu rufen. Derweil stelle ich den Totenschein aus.« Er wandte sich bereits zum Gehen, als ihm einfiel: »Ach, und könnten Sie wohl den Erdmann so lange zu sich nehmen?«

Gunther Jäger schürzte nachdenklich die Lippen. Ein gezielter Rippenhieb seiner Gattin beschleunigte die Überlegung. »Is doch selbstverständlich.«

»Vielen Dank. Das hätte Herrn Möller viel bedeutet«, schob Edgar Brix nach, bevor Gunther Jäger es sich womöglich anders überlegte.

Edgar Brix ließ die beiden reichlich verdattert zurück und begab sich wieder in das Wohnzimmer des alten Möller. Die frische Luft hatte den strengen Geruch teilweise vertrieben und Erdmann hatte es sich zu Füßen seines Herrn bequem gemacht. Edgar befürchtete, dass der kleine Kerl die Umsiedlung in das Nachbarhaus nicht gut verkraften würde, doch unter diesen Umständen war es für ihn noch die beste Lösung. Er füllte den Totenschein so gewissenhaft aus, wie es die Sachlage eben hergab. Er hatte keine Eile, denn bis der Bestatter aus Großalmerode hier sein würde, hatte er ausreichend Zeit. Zuerst setzte er das Kreuz in dem Kästchen »natürliche Todesursache«, um anschließend »Herzversagen« in die dafür vorgesehene Zeile einzutragen. Er betrachtete den alten Möller eine Weile und legte den Todeszeitpunkt auf ungefähr 21 Uhr fest. So genau war das ohnehin nicht zu bestimmen, denn die hochsommerlichen Temperaturen machten jede Bewertung der Leichenflecken und der Totenstarre unpräzise.

Während er auf den Bestatter wartete, sah er sich genauer im Wohnzimmer um. Es sah genauso aus wie die allermeisten Wohnzimmer, in denen er in letzter Zeit als Arzt zu Gast gewesen war. Krumme Balken und buckelige Wände mit reichlich Lehmputz verschmiert. Rechte Winkel suchte man vergebens. Bilder hingen üblicherweise an den Stellen, wo die Wand keine Buckel hatte. Und die unausweichliche Schrankwand stand auf den alten Dielen so schief, dass sich die Türen meist nur mit einem beherzten Ruck öffnen ließen. Hinter dem Vitrinenglas standen Likörgläschen aus Kristall in Reih und Glied, und ein unvollständiges Sammelsurium von Kaffeegeschirr gesellte sich dazu. Vom Couchtisch hing eine Häkeldecke mit Kaffeeflecken herunter. Eine Wanduhr tickte unaufhörlich vor sich hin. Edgar Brix öffnete das Uhrenglas, stellte die Zeiger auf 9 Uhr zurück und hielt das Pendel an, bis die Uhr aufhörte zu ticken. Eine seltsame Angewohnheit, dachte er, doch er mochte das Würdevolle daran. Er wollte sich gerade den Fotografien an der Wand widmen, als er durch einen vorfahrenden Wagen unterbrochen wurde. Zwei schwarz gekleidete Männer stiegen aus. »Hier hinein«, deutete er den Bestattern durch das geöffnete Fenster. Edgar erkannte die Brüder Hartmann aus Großalmerode, die vermutlich noch vor wenigen Minuten an der Hobelmaschine in ihrer Schreinerei gestanden hatten. Der Geruch nach altem Holzstaub und frische Späne an den Hosenaufschlägen verrieten, dass die schwarzen Anzugjacken in aller Eile übergeworfen worden waren. Er nahm Erdmann hoch, der wie wild umhersprang und die beiden Männer an der Arbeit hinderte.

»Wos ist mit dem?«

Edgar Brix verstand nicht.

Der Bestatter klärte ihn auf: »Manche möchten mit ihren Tieren beerdigt werden.«

»Aber der lebt doch noch.«

»Das lässt sich ja ännern, nit?«

Edgar Brix legte die Arme enger um Erdmann.

»Ja, dann nit. Manchmal steht das sogar im Testament. Wir honn schon einen mit zwei Schäferhunden inngesarcht. Aber dass Sie das bloß dem Pfarrer nit sprechen, der lässt die widder ussgraben.«

Edgar Brix hielt immer noch Erdmann schützend im Arm und ignorierte das krumme Lächeln des Bestatters. Die Bestatter hievten den klapprigen Körper vom alten Möller recht unsanft in den engen Flur, wo der Sarg stehen geblieben war. »Familie?«, fragte der eine.

»Nicht mehr«, antwortete Edgar Brix.

»Dann nehmen wir den Dotenschein für de Gemeinde au midde. Der Gemeindepfleger wird sich kümmern.«

Mit der Vorgehensweise bestens vertraut, trennte Edgar Brix zwei Ausfertigungen vom Totenschein ab und übergab sie dem Bestatter. Begleitet von Erdmanns jämmerlichem Winseln wurde der Zinksarg nach draußen getragen.

Nachdem der Bestatter abgefahren und Erdmann bei den Nachbarn eingezogen war, schloss Edgar Brix noch die Fenster und zog die Haustür langsam hinter sich zu. Das Mittagessen fällt heute aus, dachte er, während er sich auf den Weg zu seiner Praxis machte.

8

Er war nicht sicher, wie genau er sich »Ich hole dich dann morgen Nachmittag ab« vorgestellt hatte. Aber er staunte nicht schlecht, als Albrecht Schneider das Pferdefuhrwerk mit dem weißen Kaltblut vor seiner Haustür parkte.

»Was hast du denn gedacht, wie wir in den Wald kommen wollten?«, fragte Albrecht Schneider, dem Edgars entgleisende Mimik aufgefallen sein musste. »Hast du gedacht, ich geh zu Fuß? Und soweit ich weiß, verfügt keiner von uns beiden über ein Auto, oder?« Edgar lag eine Antwort auf der Zunge, doch er schluckte sie hinunter, als Albrecht nachschob: »Was im Übrigen für einen Arzt eine recht unglückliche Situation ist, nicht?«

Edgar Brix blieb stumm.

Albrecht musste gespürt haben, dass er den Arzt mit seiner Anspielung getroffen hatte: »Kann sein, dass wir froh sind, schnell das Weite suchen zu können, und da wäre ein Auto eh nicht hilfreich. So mitten im Wald«, lenkte er ein.

Albrechts Logik war bestechend. Trotzdem betrachtete Edgar Brix das klapprige Fuhrwerk mit einiger Skepsis. »Nu aber los, bevor ich es mir noch anders überlege. Wir haben ein Stück Weg vor uns, und heute will ich zum Abendessen wieder daheim sein.«

Abendessen, dachte Edgar Brix, während er auf den Karren kletterte, was für ein verführerischer Gedanke. Sein Magen hatte bereits vor Stunden das Knurren aufgegeben, und den letzten Patienten hatte er vor kaum einer Viertelstunde aus der Praxis entlassen. Wenn er nur wüsste, was an manchen Tagen los war, dass sich alle auf einmal verabredeten, krank zu werden. Oder Schlimmeres. Er dachte an den alten Möller. Die gute Nachricht des Tages war immerhin, dass Michael Wenig ein massiv entzündeter Blinddarm erfolgreich herausoperiert worden war. Am Telefon hatte Edgar Brix erfahren, dass er schon wieder wach genug war, um die Schwestern der Station auf Trab zu halten.

Sie ruckelten schweigend auf dem Karren die Straßen entlang. Das Kaltblut trabte zielsicher auf die gegenüberliegende Seite des Taleinschnittes zu. Als sie das Dorf hinter sich gelassen und die Obstwiesen erreicht hatten, fiel Edgar das Telefonat vom Morgen ein. »Die Kripo hat sich gemeldet.«

»Und?«, fragte Albrecht Schneider.

»Der Tote ist nicht identifizierbar. Keine Papiere, keine passende Vermisstenmeldung. Aber ganz sicher nicht Johann Veit. Wie ich vermutet habe: Das Alter passt nicht.«

Albrecht Schneider atmete hörbar aus. »Na, Gott sei Dank! Und? Hat jemand nachgeholfen?«

»Jesus, no! Entschuldigung …«, die unverblümte Art von Albrecht Schneider hatte ihn ins Schleudern gebracht, »ich meinte: Gott sei Dank nicht. Der war nur vollständig ausgetrocknet. Vielleicht ein Landstreicher, der krank war und kein Wasser gefunden hat. So was in der Art muss es gewesen sein. Er muss mit den Fingern nach etwas gegraben haben. Die Kuppen waren ganz zerrissen und einige Nägel fehlten. Und er muss unterwegs seine Schuhe verloren haben.«

Albrecht Schneider schürzte die Lippen. »Aber seltsam ist das schon, oder?«

»Na ja, zumindest ist es nicht alltäglich. Ein Mann streift durch den Wald und stirbt keinen Kilometer vor dem nächsten Ort?«

»Hmmm.«

Nachdenkliches Schweigen machte sich breit. »Der alte Möller ist gestorben«, fiel Edgar Brix schließlich in die Stille ein.

»Ach. Der war ja auch schon sehr alt, nicht?«

»85.«

»Schönes Alter.«

»Ja. Ist friedlich im Sessel eingeschlafen.«

Albrecht Schneider entfleuchte ein winziges Seufzen. Die Art von Seufzen, die leisen Neid und gleichzeitig Genugtuung zum Ausdruck brachte. Dann kehrte die Stille zurück und die beiden Männer hingen ihren Gedanken nach, bis der Schatten des Waldes das Pferdefuhrwerk verschluckte. Kaum hatten sie die Baumgrenze passiert, stiegen die Wege steil den Berg hinauf. Doch das Kaltblut hatte mit dem Karren leichtes Spiel und so schaukelten sie Biegung um Biegung des ansteigenden Weges immer tiefer in den Wald. An einer Gabelung folgten sie einem Weg, in dem die Holzrücker im einstmals matschigen Untergrund tiefe Gräben hinterlassen hatten. Nun, durch die Trockenheit des Sommers, hatte sich der unebene Grund zu einer Buckelpiste verfestigt. Ein weiteres Vorankommen mit dem Fuhrwerk schien unmöglich. Albrecht Schneider sprang vom Bock, um das Pferd durch die unwegsamen Fahrrinnen zu führen, bis der Karren schließlich zu kippen drohte. Edgar hielt sich noch mit Mühe auf dem Bock, und Albrecht traf eine Entscheidung: »Es ist nicht mehr weit. Ab hier sollten wir zu Fuß gehen«, sagte er, während er den Wagen wendete und das Kaltblut an einem Baum anband. Zielsicher wandte er sich einem ausgetretenen Pfad im Waldboden zu. Sie folgten ihm, bis eine dichte Schonung aus Tannen sie am Weiterkommen hinderte.

»Dahinter liegt die Hütte. Wir werden wohl außenrum müssen.« Albrecht Schneider rieb sich nachdenklich das Kinn.

Die beiden Männer staksten um die Schonung herum und schlugen sich, immer dicht an dem undurchdringlichen Gewirr aus Tannen entlang, durch das unwegsame Gelände. Nach wenigen Hundert Metern konnte Edgar Brix in einiger Entfernung auf einer Lichtung eine Holzhütte ausmachen. Der Platz glitzerte romantisch im durchbrechenden Sonnenlicht und strahlte eine beinahe einladende Ruhe aus. Sie gingen näher auf das Haus zu und passierten einen Hackklotz, in dem eine Axt steckte. Frische Einschlagspuren deuteten darauf hin, dass er noch vor Kurzem benutzt worden war, doch die Hütte lag dunkel und schweigend vor ihnen. Albrecht Schneider näherte sich zaghaft der Tür, während Edgar Brix ihm in sicherem Abstand folgte. Albrecht hielt sich einen Zeigefinger vor die Lippen, während er ein Ohr an die Tür presste. Die beiden Männer erschraken nicht wenig, als die Tür mit einem Ruck von Albrechts Ohr weggerissen wurde.

»Was schleicht'n ihr hier rum?«

Edgar erkannte den Mann sofort, und über dessen Gesicht huschte ebenfalls ein Zeichen des Erkennens.

»Sie schon widder. Ich honn ihn'n doch gesprochen, dos Se sich hier nit mehr blicken lossen sollen.«

Albrecht Schneider baute sich vor Edgar Brix auf. »Fritz, wir müssen mit dir reden.«

»Ich wüsst nit, wos wir zwei zu sprechen häd'n? Und wad widde mit dem Grünschnobel hier?«

»Herr Veit, ich bin Edgar Brix. Der Arzt aus dem Ort. Wir hatten noch nicht die …«

»Hörn Se uff«, wurde er barsch unterbrochen, »honn bis heud noch kinnen Quacksalber gebraucht und widd das au nit ännern!«

»Fritz, nun hör doch zu. Wir wollten dir nur mitteilen, dass es Gerede im Ort gibt. Und du solltest wissen, dass es nicht wahr ist.«

»Wos'n für Geredde?« Fritz Veit merkte auf.

»Es wurde eine Leiche am anderen Waldrand gefunden«, Albrecht Schneider fiel beim besten Willen keine schonende Umschreibung des Sachverhalts ein und so sagte er: »Sie hat Ähnlichkeit mit Johann.«

RUMMS! Die Tür flog vor ihrer Nase mit Getöse in das Schloss. Albrecht Schneider und Edgar Brix sahen sich verdutzt an und Edgar zuckte etwas ratlos mit den Schultern.

»Aber Fritz, so hör doch zu: Er ist es nicht. Der Tote ist *nicht* der Johann!«

»Macht euch vom Acker!«, tönte es aus dem Innern des Hauses.

Albrecht Schneider zögerte, dann gab er sich erneut einen Ruck. »Hast du mal darüber nachgedacht, dass damals der Falsche aus dem Dorf gejagt wurde?«

Die Tür öffnete sich erneut. Diesmal glotzte Albrecht Schneider fassungslos in die Mündung der Flinte.

»Seit zwanzich Johren denk ich an nix anneres mehr un ich honn genuch«, zischelte Fritz Veit über den Lauf seines Gewehrs hinweg. »Wennste mich frägst, tät ich euch roden, schleunigst de Beine inne Hand zu nehmen. Es gibbet nix me, wos ich verlieren könnt, also!« Die Flinte stach nach vorne und Albrecht Schneider bewegte sich unwillkürlich rückwärts, wo er mit Edgar Brix zusammenstieß, der wie angewurzelt dastand.

»Pack dinnen Arzt und geh!«

Albrecht Schneider musste in Fritz Veits Augen gelesen haben, dass es klug war, das Weite zu suchen. Er entfernte sich langsam rückwärts von der Hütte und zog Edgar Brix mit sich, der noch immer wie angewurzelt dastand. Nachdem sie sich gute zehn Meter entfernt hatten, knallte die Tür erneut zu. Albrecht Schneider atmete erleichtert aus.

»Der meint das ernst, oder?« Edgar Brix bemerkte erst jetzt seine weichen Knie.

»Todernst. Ich hab ja gleich gesagt, das ist keine so gute Idee.«

Keiner von beiden traute sich, der Hütte den Rücken zuzukehren, und so entfernten sie sich rückwärts mit vorsichtigen Schritten, bis sie den Schutz der Tannenschonung erreicht hatten. Den Rückweg über haderte Edgar Brix mit dem alten Mann und seinem verdammten Sturkopf. Sie hatten es doch gut gemeint. Am Karren angekommen, machte er seiner Wut Luft. »Holy Sh…, warum ist der nur so?«

Albrecht blieb stumm. Er band das Kaltblut los, zuppelte ungeduldig an den Zügeln und es war nicht klar, ob er das zu dem Kaltblut oder zu Edgar sagte: »Los, komm!«, raunzte er.

Edgar Brix sprang auf den Karren und wartete ab, bis Albrecht Schneider neben ihm auf dem Bock saß. Dann wiederholte er seine Frage. Die Antwort kam prompt und knapp: »Was glaubst du denn, wieso einer verbittert ist, wenn sein Sohn wie ein Judas aus dem Dorf gejagt wurde?«

Edgar verstand, dass es für die beiden alten Männer eine Konfrontation mit der Vergangenheit gewesen war, die niemals hätte stattfinden sollen. Nicht, wenn es nach den beiden Sturköpfen gegangen wäre. Schweigend wartete er ab. Eine Viertelstunde lang etwa hatte er so getan, als ob er intensiv die Landschaft beobachtete, als Albrecht Schneider den Karren ohne Vorwarnung zum Stehen brachte. »Es tut mir leid. Wenn du unbedingt wissen willst, was damals passiert ist, wirst du wohl alleine weitermachen müssen. Ich bin einfach zu alt für diesen Mist.« Er trieb das Kaltblut mit gezielten Peitschenschlägen an.

Edgar Brix war felsenfest davon überzeugt, dass das letzte Wort in dieser Sache noch nicht gesprochen war. Für den Augenblick konnte er es dabei belassen.

Als Albrecht ihn zu Hause abgesetzt und sich mit knappen Worten verabschiedet hatte, fühlte Edgar Brix eine Müdigkeit über sich hereinbrechen, die ihn nach den aufwühlenden Ereignissen des Tages nicht ganz überraschend traf. Ein Blick in den Kühlschrank endete ernüchternd. Keine zehn Minuten später saß er mit einer Flasche Bier und einem Teller Nudelsuppe aus der Dose im Wohnzimmer. Während das langweilige Abendprogramm im Fernseher an ihm vorbeiplätscherte, schlief er im Sessel ein.

9

Der nächste Tag war ein Samstag. Albrecht Schneider tat, was er jeden Samstag zu tun pflegte, wenn sich seine Tochter Fiona zum Mittagessen angekündigt hatte. Nachdem die Tiere versorgt waren, bügelte er ein Hemd und rasierte sich ordentlich. Dann räumte er die Bierflaschen aus dem Wohnzimmer weg, die sich im Laufe der Woche neben der Couch angesammelt hatten. Fiona äußerte ohnehin viel zu häufig den Verdacht, dass ihr alter Vater vereinsamte. Er wollte diesen Gedanken nicht weiter schüren.

Als er die Treppe gefegt und überall dort auf den Flächen Staub geputzt hatte, wo Fiona mit ihren 1,60 hinsehen konnte, setzte er sich mit einer Tasse Kaffee an den Küchentisch. Bis zu ihrem Eintreffen hatte er noch gut eine Stunde Zeit. Sie waren, wie immer, für 12 Uhr verabredet und sie würde sich, auch wie immer, eine halbe Stunde verspäten. Er lächelte bei dem Gedanken, welche Ausrede sie sich heute einfallen lassen würde, und blickte zum Bild seiner Edith. Von mir hat sie das nicht, sagte er still zu seiner Frau. Die schaute streng zurück. Aber es ist gut, dass sie dein unbefangenes Wesen hat. Sich nicht so viel schert um falsch und richtig. Da habe ich, Gott sei Dank, in der Erziehung gründlich versagt, gestand er sich ein und nippte an seinem Kaffee.

Von draußen drang geschäftiges Sägen und Bohren durch das geöffnete Küchenfenster. Samstags erwachte das Dorf zu neuem Leben. Dann wurden die Arbeiten nachgeholt, die die Woche über liegen geblieben waren. Zäune geflickt, Dächer repariert und der Holzvorrat aufgestockt. Albrecht hörte dem Treiben eine Weile zu. Er war froh, dass er nicht mehr jeden Tag das Gefühl hatte, sein Tagwerk nur mit Mühe oder gar nicht geschafft zu haben. Das Leben war einfacher, seitdem er die Schweine abgeschafft und einen Teil seines Grabelandes verpachtet hatte. Nur noch die Stallhasen und ein paar Hühner reichten ihm. Er hatte jeden Tag Beschäftigung und über Langeweile brauchte er nicht klagen. Fiona hatte ihm mal ein Buch geschenkt. Nach dem zehnten Anlauf, die erste Seite zu überstehen, ohne einzuschlafen, hatte er aufgegeben. Lesen war etwas für Menschen mit Sitzfleisch und Geduld. Also nichts für Albrecht Schneider. Das Radio machte ihm die einsamen Abende erträglich. Und die eine oder andere Flasche Bier. Gestern jedoch war es mindestens eine Flasche zu viel gewesen. Die vierte Flasche hatte er nur geöffnet, um den Tag zu vergessen, und dabei fühlte er sich so schlecht wie lange nicht mehr. Den kurzen Versuch, in Zwiesprache mit sich selbst herauszufinden, was ihn derart aufgewühlt hatte, verbuchte er als Fehlschlag und stürzte eilig eine weitere Flasche Bier hinunter. Wie so oft schlief er einen traumlosen Schlaf auf der Couch. Dort plagte ihn nicht die Einsamkeit, die der leere Platz in seinem Bett in schlaflosen Nächten wachrief.

Er füllte die Wartezeit bis zu Fionas Eintreffen, indem er den Tisch deckte. Mit der Spitze eines Messers entfernte er einen schwarzen Rand unter seinem Daumennagel. Er begutachtete den Krümel an der Messerspitze sehr genau. Gute Wickenröder Erde, stellte er mit Genugtuung fest. Dann legte er das Messer neben seinen Teller, nachdem er es an einem abgewetzten Hosenbein abgewischt hatte. Bin ja mal gespannt, was es heute gibt, dachte er und versuchte das flaue Gefühl in seinem Magen zu ignorieren. Fiona brachte für gewöhnlich fertiges Essen aus der Stadt mit. Da sie selber nicht kochte, handelte es sich häufig um »experimentelle Ausflüge«, wie Albrecht sie zu nennen pflegte. Er blieb nun mal ein Freund von Kartoffeln mit Soße. Unschlagbar im Vergleich zu jeder Art von Fertiggericht. Aber, er nickte anerkennend, dieser italienische Nachtisch aus dieser fettigen Eiercreme, der war lecker gewesen.

Es hatte gerade zwölf geschlagen, als es an der Haustür klopfte. Albrecht blickte verwundert zur Uhr. Das wäre ja das erste Mal, dass Fiona pünktlich kam.

Edgar spürte, dass Albrecht nur mit Mühe dem Reflex widerstehen konnte, ihm die Tür vor der Nase zuzuschlagen. »Du kommst ungelegen.«

»Ich will dich auch nicht lange aufhalten. Kann ich kurz reinkommen?«

Zögernd gab Albrecht den Weg in seine Küche frei. Edgar Brix stand wie ein Schuljunge herum. Er haderte mit sich, ob er sich setzen sollte, dann blieb er stehen und stützte sich möglichst lässig auf der Anrichte auf. Er warf einen beiläufigen Blick auf den gedeckten Tisch. »Du erwartest Besuch?« Ein knappes Nicken als Antwort musste ausreichen. Die Situation drohte unangenehm zu werden, und unangenehme Situationen hatte Edgar Brix am gestrigen Tag genug gehabt. Er rang sich dazu durch, mit dem herauszurücken, was ihn hierhergeführt hatte. »Hör zu, Albrecht, ich will dich zu gar nichts überreden. Aber bitte, denk wenigstens noch einmal darüber nach.«

Albrecht Schneider winkte ab.

Edgar glaubte, in dieser Geste einen Hauch von Zweifel zu erkennen. Allein Albrechts Schweigsamkeit verriet ihm, dass er den Bogen jetzt nicht überspannen durfte: »Ich habe ohne dich keine Chance. Alles, was mir im Vertrauen erzählt wird, muss ich für mich behalten. Wenn du dabei wärst, könnten wir vielleicht etwas Neues in Erfahrung bringen.« Albrecht schwieg hartnäckig, und Edgar überlegte seine nächsten Worte gut. »Vielleicht werde ich nie verstehen, was du erlebt hast und was dich derart belastet, aber ich weiß eins: Mein Vater hat uns die Aufrichtigkeit eingeprügelt, Gutmund und mir. Wäre er heute hier, er würde nicht dulden, dass ich aufgebe.«

»Na, da hast du ja Glück, dass er nicht hier ist, was?«

Edgar Brix drückte die Wut beiseite, die in ihm hochstieg. Albrecht Schneider war ein harter Brocken, das war ihm klar gewesen, als er sich auf den Weg zu seinem Haus gemacht hatte. »Das stimmt. Er ist nicht da. Und Johann ist auch nicht hier. Und trotzdem sind sie beide auf eine Weise da. Wir können doch nicht vor unserer Vergangenheit weglaufen. Das wäre, als ob ich einen Teil meines Lebens begraben sollte, nur um jetzt irgendwie klarzukommen.« Während Edgar dies aussprach, traf ihn die Erkenntnis wie eine Gewehrkugel. Genau das hatte er getan, als er die USA verließ. Aber diese Geschichte würde ihr eigenes Ende finden. Er musste ein Ende finden. Die Hoffnung stirbt zuletzt, ging es ihm im Kopf herum.

Ein Seufzen drang aus den Tiefen von Albrechts kräftigem Resonanzraum. »Ich weiß nicht.« Er schüttelte den Kopf und wollte noch etwas sagen, doch das Geräusch eines vorfahrenden Autos ließ ihn innehalten. »Das ist Fiona. Ich muss dich jetzt bitten, zu gehen.«

Nichts lag Edgar ferner, als sich aufdrängen zu wollen. Er war bereits aus der Haustür, als in der Einfahrt eine Handbremse geräuschvoll angezogen wurde. Aus einem winzigen Fiat stieg eine Frau vielleicht Anfang 30 und hantierte umständlich mit einem Korb und einer Auflaufform.

Albrecht hatte auf dem obersten Treppenabsatz gewartet, bis sie ausgestiegen war. Nachdem sein kritischer Blick auf die hohen Absätze der Pumps fiel, in denen die Füße seiner Tochter steckten, eilte er ihr entgegen, um ihr den Korb abzunehmen. Als sie aufsah, fiel ihr Blick auf Edgar, der sie scheu wie ein Reh anstarrte. Sie schaute ihren Vater auffordernd an. Nach einer gefühlten Ewigkeit kapierte der, worauf sie wartete. »Fi, das ist Edgar Brix. Er ist unser Arzt. Weißt du, die alte Praxis. Herr Brix hat sie vor einiger Zeit wieder eröffnet. Edgar, das ist meine Tochter Fiona.« Er zog Edgar am Ärmel die Treppe herunter.

»Schön, Sie kennenzulernen.« Sie reichte Edgar die Linke, während sie über dem rechten Arm die Auflaufform balancierte. Dann wandte sie sich an ihren Vater: »Du bist doch nicht krank?« Und ohne eine Antwort abzuwarten, sagte sie zu Edgar Brix: »Es geht ihm doch gut?«

Edgar war aus seiner Starre erwacht und winkte ab: »Alles in bester Ordnung. Ihr Vater ist kerngesund. Wir hatten etwas Privates zu besprechen.«

»Aha.« Eine kurze Pause trat ein. »Edgar Brix ... ich erinnere mich nicht.« Sie sah ihm geradeaus ins Gesicht, während sie in ihrer Erinnerung kramte.

»Wir haben nicht viel mit den anderen Kindern gespielt. Die meisten durften ja nicht mit jüdischen Kindern befreundet sein.«

»Ach so? Daran kann ich mich gar nicht mehr erinnern.«

Sie sagt das mit einer beneidenswerten Leichtigkeit, dachte Edgar.

Albrecht tippelte ungeduldig von einem Fuß auf den anderen. »Das Essen wird doch bestimmt kalt, oder?«

»Stimmt! Wollen Sie vielleicht mit uns essen? Es ist genug da.« Sie lächelte Edgar auf eine Weise an, dass ihm ganz warm ums Herz wurde, und blickte ihm unumwunden in die Augen. Sie hat nicht viel von Albrecht, dachte er. Ihre Gesichtszüge waren feiner, die Nase schmaler. Dunkelblondes Haar, zu einem neckischen Bob geschnitten, und leuchtende Augen, die von ersten feinen Linien umspielt wurden. Edgar erinnerte sich an das Foto von Edith Schneider. Die gleiche mädchenhafte Ausstrahlung, sogar die Größe hatte sie von der Mutter geerbt. Sie wäre bestimmt stolz auf ihre hübsche Tochter gewesen. Was sie zu den engen, dreiviertellangen Hosen gesagt hätte, in denen Fionas Beine steckten, konnte er sich lebhaft vorstellen. Edgar sah zu Albrecht. Der kurze Blick verriet ihm, dass der die eigenmächtige Einladung seiner Tochter keineswegs guthieß, und so rang Edgar sich kurzerhand dazu durch, den verlockenden Vorschlag abzulehnen. »Vielleicht ein andermal. Ich habe noch bergeweise Papierkram zu erledigen.«

»Furchtbar gerne. Dann bringen Sie aber Ihre Frau mit, ja?« Sie lächelte schon wieder auf diese Art, die Edgar ins Schleudern brachte. Er nickte kurz, wandte sich um und ging, während Albrecht und Fiona ihm hinterherblickten.

Sie brachten das Essen ins Haus, und Fiona testete die Temperatur des Nudelauflaufs mit einem Finger. »Nur noch lau. Wollen wir ihn kurz in den Ofen stellen?«

»Ach was. Das ist doch in Ordnung so.« Ein Auflauf im Ofen bedeutete Zeit, die mit Reden gefüllt werden musste. Zeit für Fiona, um unangenehme Fragen zu stellen. Doch Albrecht unterschätzte die Neugierde seiner Tochter.

»Sag mal, der ist aber jung. Ist der wirklich schon Doktor?«

»Hmmm.«

»Und was hattet ihr Privates zu bereden?«

»Nichts Wichtiges.«

»Ich kann mich wirklich nicht an ihn erinnern. Hattet ihr uns auch verboten, mit ihm zu spielen?«

»Fi, iss deinen Auflauf, bevor er ganz kalt wird.«

»Papaaaaa«, sie legte ihr Besteck zur Seite, »was ist hier los?«

Albrecht Schneider schob sich eilig eine besonders große Portion Nudeln in den Mund und zuckte lediglich die Schultern.

»Ach, komm. Ich bin noch nicht blöde. Was ist los? Bist du krank?«

»Fi, mach dir keine Sorgen. Es ist alles in bester Ordnung. Und jetzt iss.«

Fiona Schneider war nicht die Sorte, die sich so schnell abwimmeln ließ. Sie beobachtete ihn, während er eine Gabel nach der anderen in sich reinstopfte. »Schmeckt's?«

»Hmm. Lcker. Selbft gemopt?«

»Ich dachte, ich versuch es mal. Ist es halbwegs genießbar?«

»Abfout.« Albrecht Schneider spülte mit einem Schluck Wasser den Klumpen in seinem Mund hinunter.

»Du warst noch nie ein guter Lügner.«

Albrecht warf ihr einen fragenden Blick zu.

»Papa, ich merk doch, dass was ist. Und wenn du es mir nicht sagst, muss ich auf dem Heimweg noch mal bei dem Doktor anhalten. Vielleicht ist der ja gesprächiger!«

»Auf keinen Fall!«, entfuhr es Albrecht Schneider. »Das wirst du schön bleiben lassen. Herrje, Fi, musst du deine Nase immer in Sachen stecken, die dich nichts angehen? Du bist wie deine Mutter!«

»Na, lieber wie Mama als so ein sturer, verstockter Bock wie du.« Fiona zog eine beleidigte Schnute, die Albrecht tief ins Vaterherz traf.

»Komm, Fi. Das hab ich doch nicht so gemeint. Aber du musst immer so lange bohren, bis ich die Geduld verliere.«

»Du könntest ja auch einfach sagen, was los ist. Kann ja so schlimm nicht sein, oder?«

Albrecht Schneider starrte auf seinen leeren Teller. Er überlegte kurz, ob er noch eine weitere Portion von dem Auflauf vertragen würde. Nein, der Preis war zu hoch und es würde ihm ohnehin nur einen kurzen Aufschub verschaffen. Also raus mit den Fakten: »Der Edgar und ich haben eine Leiche am Waldrand gefunden, die dem Johann Veit sehr ähnlich sah.«

»Der *Edgar* und du ... *ihr* habt *was*?«

»Na ja. Eigentlich gefunden hat sie der Nathan Gunkel. Wir haben sie nur fortgeschafft.«

»Jetzt bin ich aber platt.« Fiona Schneider lehnte sich zurück und guckte ihren Vater aus großen Augen an.

»Die Leiche ist der Kripo übergeben und es ist nicht Johann Veit und damit ist die Geschichte auch schon zu Ende.« Albrecht Schneider liebäugelte nun doch mit einer weiteren Portion Auflauf.

»So weit, so gut, aber in Wickenrode findet sich ja nicht jeden Tag eine Leiche. Das ist ja schon was Besonderes.«

»Muss ein Landstreicher gewesen sein. Hat den Weg ins Dorf nicht mehr geschafft.«

»Mensch, Papa. Da denk ich immer, mein Leben in der Stadt ist aufregend. Bringt mein alter Vater mal eben so eine Leiche weg.« Sie schüttelte den Kopf. »Aber, warum ausgerechnet du?«

»Wie das Schicksal so will. Du weißt doch, wenn es etwas Unangenehmes zu erledigen gibt, dann trifft es irgendwie immer mich.«

Sie nickte, als ob sie ahnte, worauf er anspielte. »Irgendwie hatte ich vorhin das Gefühl, ihr zwei macht da ein großes Geheimnis draus.«

»Du weißt doch, wie die Leute hier sind. Wenn es was zu reden gibt. Man muss es ja nicht unnötig breittreten.«

»*Du* willst es nicht unnötig breittreten, oder?«

Albrecht Schneider fühlte sich ertappt. »Kannst du es nicht einfach gut sein lassen?« Bevor Fiona den Mund aufmachte, wusste er bereits, dass diese Bitte an seiner Tochter abprallen würde.

»Ich würde keinen Ton sagen, wenn ich das Gefühl hätte, dass es dir damit gut geht. Aber guck dich doch mal an: Du bist ja das schlechte Gewissen in Person. Man könnte fast das Gefühl bekommen, du hast selber etwas damit zu tun.«

Albrecht Schneider erhob sich so schlagartig vom Tisch, dass das Geschirr klirrte. »Jetzt ist es genug, Fi!«

Fiona Schneider lehnte sich trotzig zurück und beobachtete, wie Albrecht mit dem Wasserkessel hantierte, den Kaffeefilter auf die Kanne setzte und sorgsam drei Löffel Kaffeepulver in den Filter abzählte. Dann stützte er sich mit gesenktem Haupt mit beiden Händen auf die Anrichte. Ohne sie anzusehen, sagte er: »Ich habe damals vielleicht einen großen Fehler gemacht.« Mehr als alles andere wünschte er sich jetzt eine Umarmung, die das, was noch zu sagen war, in barmherziges Schweigen verwandeln würde. Er zwang sich fortzufahren: »Ich wusste, dass der Johann seinen Schwiegervater nicht umgebracht hatte. Und ich habe nichts getan, um seine Unschuld zu beweisen und ihn in das Dorf zurückzuholen. Der arme Kerl. Irrt seitdem heimatlos durch die Lande, und ich sitze hier und bemitleide mich selbst.« Er schüttete heißes Wasser in den Kaffeefilter und verlor sich in dem Kaffeesee, der langsam mit leisem Plätschern in der Kanne versank.

Fiona gönnte ihm weitere Minuten Schweigen, die Albrecht Schneider dazu nutzte, einen Augenblick lang an gar nichts zu denken als an das sorgsame Aufschütten des Kaffees. Als er die Kanne und das Kaffeegeschirr auf den Tisch gestellt und sich gesetzt hatte, sah Fiona ihn ernst an. »Ach, Papa. Wenn Mama jetzt hier wäre – die wüsste, was zu tun ist.«

Er nickte traurig. »Ja, sie wüsste das.« Er nippte vorsichtig an der heißen Tasse. »Weißt du eigentlich, wie ähnlich du ihr bist?« Er nahm die Hand seiner Tochter. Diesen Entschluss würde er noch bitter bereuen, aber in den Augen Fionas sah er seine Edith. Niemals hätte sie zugelassen, dass er sich wie ein Kleinkind in Mitleid badete. Sie hätte ihm einen ordentlichen Arschtritt verpasst und ihm gesagt, er könne wieder nach Hause kommen, wenn er die Sache in Ordnung gebracht hatte. Und das hätte sie in feinstem Hochdeutsch getan und gleichzeitig geflucht wie ein Bierkutscher. Seine Edith.

Falls Fiona die Veränderung in den Gesichtszügen ihres Vaters bemerkt hatte, kannte sie ihn gut genug, um zu wissen, wann es an der Zeit war, das Thema zu wechseln. »Wie lange ist denn die Praxis schon wieder geöffnet?«

»Seit knapp einem halben Jahr.«

»Davon hast du mir gar nichts erzählt. Das ist doch toll, dass ihr wieder einen Arzt im Ort habt. Und dann noch so einen gut aussehenden!«

»Fiona!«

»Entschuldige bitte, aber ich habe Augen im Kopf. Ist er mit seiner Familie in das alte Haus eingezogen?«

»Nein, er ist ganz alleine zurückgekommen. Ich weiß gar nicht, was er in der Zwischenzeit getrieben hat. Man munkelt, die Familie sei in die Staaten geflohen.«

»Das hört man. Den Akzent wird er kaum wieder loswerden. Aber dann kommt der ausgerechnet nach Wickenrode zurück und hockt mutterseelenallein in der alten Praxis? Das ist doch seltsam, oder?«

Daran hatte Albrecht noch keinen Gedanken verschwendet. In der Tat. Ein junger, erfolgreicher Arzt kehrte ausgerechnet nach Wickenrode zurück? Zumindest war es eine Frage wert. Er nahm sich vor, Edgar bei Gelegenheit darauf anzusprechen.

»Was gibt es sonst Neues?«

»Der alte Möller ist gestorben.«

»Ach je. Der hat uns immer Schokolade aus dem Fenster gereicht, wenn wir an seinem Haus vorbei sind.«

Albrecht nickte. Diese Art von Erinnerungen waren der Grund, warum er sich jeden Samstag auf das Beisammensein mit seiner Tochter freute. Bei einer Tasse Kaffee den letzten Dorftratsch austauschen und in den guten alten Zeiten schwelgen. Sie saßen noch eine ganze Weile beisammen und Fiona berichtete Albrecht von ihrem Alltag und der Arbeit im Regierungspräsidium. Wie in alten Zeiten, dachte Albrecht, während er das Geschirr spülte und sie abtrocknete. Er kostete diesen Augenblick der Zweisamkeit in vollen Zügen aus. Viel zeitiger, als ihm lieb war, waren die Schüsseln in dem Körbchen verstaut, und Fiona drückte ihn, während sie ungeduldig mit dem Wagenschlüssel klimperte.

»Hast du heute Abend was vor?«, fragte er weniger aus Neugierde als mehr, um den Augenblick des Abschieds hinauszuzögern.

»Ach, ich weiß nicht. Vielleicht gehe ich mit Freunden tanzen. Da hat ein neues Lokal aufgemacht. Vielleicht aber auch nicht.« Sie wippte ungeduldig mit den Füßen. »Machst du morgen auf Mamas Grab für mich eine Kerze an?«

»Geh doch selber hin.«

Sie schüttelte traurig den Kopf. Da waren Worte unnötig. Albrecht sah ihr nach, während sie den Wagen wendete und mit quietschenden Reifen aus der Einfahrt fuhr.

10

Albrecht befand sich auf den letzten 100 Metern des Rückweges vom Friedhof in Richtung Arztpraxis. Auf dem Weg hatte er nun schon mehrfach der Versuchung widerstanden, abzubiegen, um den kürzesten Weg nach Hause zu gehen. Am Sonntagnachmittag schwebte eine dröhnende Stille über dem Dorf. Der Tag leuchtete wunderschön hochsommerlich auf die menschenleeren Gassen, doch blasse Schleierwölkchen dümpelten gelangweilt durch den Azurhimmel und kündigten einen Umschwung an. Er hatte seiner Edith einen Strauß Sommerflieder aus dem Garten auf das Grab gestellt. Sie hätte es geliebt, wie die Schmetterlinge an den Blüten nippten. Wie er es Fiona versprochen hatte, zündete er eine Kerze an. Edith zuliebe hatte er seine ordentlichste Hose angezogen und auch auf das ausgebeulte Baumwollhemd verzichtet. Ohne seine abgewetzte Cordhose fühlte er sich unwohl, und der gestärkte Hemdkragen kratzte ihn am Hals, doch seine geliebte Kappe rettete die Situation. Dieses Zugeständnis hätte Edith ihm bewilligt. Die gute Hose war zuletzt noch auf Ediths Beerdigung etwas eng am Bauch gewesen. Aber anscheinend hatte er tatsächlich ein paar Kilo verloren, seit Edith ihn nicht mehr umsorgte. Die Hose saß wieder wie angegossen.

Er passierte eins ums andere der kleinen Fachwerkhäuschen. Um diese Zeit drang der verführerische Duft von Kuchen aus den gekippten Fenstern. Pünktlich um 15 Uhr würden auf jedem Küchentisch lauwarmes Gebäck und Getreidekaffee duften, nur auf seinem nicht. Albrecht schloss die Augen und verabschiedete sich von dieser Erinnerung. Noch eine Biegung, dann war er endlich angekommen. Er öffnete das kleine Gartentor. Ein helles Quietschen klang befremdlich in der Stille. Albrecht ließ den Praxiseingang links liegen und ging direkt zum Eingang des Wohnhauses. Der junge Arzt schien nicht viel für Gartenpflege übrig zu haben. Die Büsche benötigten dringend einen Schnitt, und die lang anhaltende Trockenheit hatte einigen Stauden übel mitgespielt. Da war nicht mehr viel zu retten. Albrecht schüttelte traurig den Kopf. Er hatte nicht viel Verständnis für Nachlässigkeiten dieser Art. Man kümmert sich um Anvertrautes, dachte er, auch wenn es nur Pflanzen sind.

Als ob seine Ankunft erwartet worden wäre, riss Edgar Brix in diesem Augenblick die Haustür auf. »Ach, Albrecht. Ich wollte gerade einen kleinen Spaziergang machen.«

Albrecht Schneider zögerte einen Augenblick. Was er zu sagen hatte, konnte er auch unterwegs sagen, aber er

wünschte sich wirklich, er hätte bequemere Schuhe an.
»Na dann. Laufen wir ein Stück.«

Die beiden Männer gingen schweigend eine Weile nebeneinander her. Edgar Brix' forscher Gang wurde zu einem seichten Schlendern, als er sich dem Schritt von Albrecht Schneider anpasste. Sie überquerten den Wedemann und folgten ihm den Berg hinauf. Bald waren sie von saftigen Wiesen umgeben, die sich in Buchten in den Wald schmiegten. Das Gras stand hoch. Hier hatte der Schäfer seine Herde noch nicht durchgetrieben. Von Ferne klangen Fetzen von Kindergeschrei heran. Die »Franzensbaude« war bei so schönem Wetter gut besucht und Wanderer und Familien erfrischten sich in dem kleinen Badeteich. Die Männer ließen den lebhaften Ort links liegen und begaben sich bergauf in die Ruhe des Waldes, von wo aus das Tal wie ein Postkartenmotiv in der Sommersonne lag.

»Edgar, du hast recht«, sagte Albrecht Schneider unvermittelt.

»Womit?«

»Die Geister der Vergangenheit verschwinden nicht, wenn man sie totschweigt. Im Gegenteil. Sie werden jeden Tag lebendiger. Aber manchmal ist das Offensichtliche das, was am schwersten zu begreifen ist. Ich erzähl dir mal eine Geschichte.« Albrecht legte eine kurze Pause ein und vergewisserte sich der Aufmerksamkeit von Edgar Brix. »Mein Vater hatte einen Schäferhund. Rex. Ein bildschöner Kerl. Der war tagsüber immer in dem Zwinger neben dem Haus. Erinnerst du dich an das leer stehende Gitter neben dem Hasenstall?«

Edgar Brix nickte.

»Mein Vater liebte dieses Tier so sehr, dass er nachts mit ins Haus durfte, und er schlief sogar neben dem Bett meiner Eltern. Eines Tages – wir wissen nicht, wer von uns die Tür vom Zwinger nicht richtig verschlossen hatte – kam der Postbote wie üblich vorbei. Nur dieses Mal hatte er ein Päckchen dabei. Und da alle auf dem Feld waren, ging er durch die unverschlossene Tür und legte das Päckchen auf den Treppenabsatz. Weiter kam er nicht. Rex hat ihm das halbe Gesicht weggerissen. Wir haben seine Schreie noch ganz oben auf dem Kartoffelacker gehört. Alle hielten meinen Vater für verrückt, dass er Rex nicht aus dem Stand erschossen hat. Doch er brachte es einfach nicht über sich. Ab da lebte Rex nur noch im Zwinger. Ein elendes Dasein. Und wenn mein Vater einen besonders schlechten Tag hatte, schlich er mit seiner Flinte um den Zwinger herum und haderte mit sich. Sie litten beide. Bis zu dem Tag, an dem Rex endlich starb. Seitdem ist der Zwinger leer. Mein Vater hätte sich nie wieder einen Hund angeschafft.« Er legte eine kurze Pause ein. »Was ich sagen will, Edgar, manchmal weiß man genau, was man zu tun hat. Aber aus irgendeinem Grund ist es das Schwerste der Welt, den entscheidenden Schritt zu gehen. Wir Menschen sind so. Wir leiden lieber lang und anhaltend als kurz und heftig. Und ich bin immerhin der Sohn meines Vaters.« Albrecht Schneider beobachtete Edgar Brix aus dem Augenwinkel. Er tat so, als sei ihm entgangen, dass Edgar Brix im Laufe der Geschichte mehr und mehr in sich zusammensank. Das war genug für den Anfang.

»Albrecht, ich …«

»Ne, lass mal gut sein. Die Entscheidung ist gefallen. Ganz egal, was die anderen reden, es ist an der Zeit, die Wahrheit ans Licht zu holen. Und da außer dir und mir keiner dazu taugt, müssen wir wohl ran, nicht wahr?« Albrecht grinste Edgar an und knuffte ihn mit dem Ellenbogen in die Seite. Edgars Körper bebte, während er tief schluckte. »Und wie sollen wir anfangen?«

»Nun, ich denke, wir sollten nicht das ganze Dorf verrückt machen. Was hältst du davon, wenn wir uns einen nach dem anderen vornehmen. Dann fällt das nicht so auf.«

»Wir müssen die Leute nur irgendwie zum Reden kriegen«, sagte Edgar skeptisch.

»Das lass mal meine Sorge sein. Ich mach das dann schon.« Während sie auf einer Bank die sagenhafte Aussicht über das Tal genossen, gingen sie die Patientenliste von Edgar für die nächste Woche durch.

»Schade, dass der alte Möller tot ist. Der hätte uns einige Geschichten erzählen können.«

»Ja, schade. Ich werde den schrulligen Alten mit seinem Dackel vermissen.«

Die Kirchturmuhr schlug viermal. Das Geräusch breitete sich gemächlich zwischen den Hügeln aus.

»Was ist eigentlich mit dem Pfarrer?«, fragte Edgar.

»Dem Hochapfel? Was soll mit dem sein?«

»Na, ich dachte immer, Pfarrer wüssten am besten Bescheid über das, was im Ort los ist.«

»Vielleicht hast du recht. Immerhin war er damals dabei. Aber er ist kein Patient von dir, oder?«

»Noch nicht.« Edgar grinste ein verschlagenes Lächeln.

Auf dem Heimweg konnte Edgar seine Neugier nicht länger zügeln. »Die Fiona lebt allein in Kassel?«

Albrecht warf ihm einen kurzen Seitenblick zu. »Ja, warum fragst du?«

»Reine Neugier.«

»Aha.«

»Was soll denn das heißen: Aha?«

»Nix. Aha eben. Ich dachte, vielleicht möchtest du etwas Bestimmtes wissen.«

»Nein, reine Neugier.«

»Aha.« Albrecht warf Edgar einen schrägen Blick zu und sie setzten ihren Weg fort, bis sie wieder an Edgars Haus angekommen waren.

»Willst du noch auf ein Bier?«

Albrecht winkte ab. »Nein, danke. Was ist eigentlich mit dir? Darfst du überhaupt am Sonntag Alkohol trinken? Und spazieren gehen?«

Edgar lachte. »Du hast ja überhaupt keine Ahnung! Juden trinken Alkohol, und der Sabbat war gestern. Aber nein: Ich lebe nicht nach den jüdischen Geboten. Wie auch? Wie sollte ich mich hier koscher ernähren können?«

»Wohl wahr. Aber da gibt es doch sicher Ausnahmeregelungen für den Aufenthalt in der nordhessischen Diaspora, oder?«

Edgar blieb ihm eine Antwort schuldig. »Wir sehen uns morgen. Ich denke, Hermann Noll braucht dringend eine Vitaminspritze für sein Gedächtnis.«

Albrecht nickte, bevor er winkend die Straße überquerte.

Edgar schloss seine Haustür auf und hätte um ein Haar den kleinen Zettel übersehen. Erst als er die Tür zudrückte, bemerkte er einen Zipfel, der unter dem Läufer hervorlugte. Er nahm ihn auf und entfaltete ihn sorgsam. Offensichtlich war er mit wenig Sorgfalt aus einem Heft herausgerissen worden. Am unteren Ende fehlte eine große Ecke.

Hörn Se auf, bevor es zu späd ist!
Sonst ...

las Edgar Brix, während er mit dem Zettel in der Hand in die Küche ging. Er legte ihn auf die Anrichte und strich die Knicke mit der Handkante glatt. Na, das wird ja noch lustig werden, dachte er, während er sich eine Scheibe Brot abschnitt.

11

Karl-Friedrich Hochapfel hatte die Utensilien der 18-Uhr-Messe ordentlich verstaut und die Messdienergewänder zum Schutz vor den nimmersatten Motten mit Lavendelsäckchen versehen. Der alte Mann betrachtete sein eigenes Messgewand und stellte traurig fest, dass der Saum dringend einer Reparatur bedurfte. Gott sei Dank gab es im Ort genügend Frauen, die solch filigrane Näharbeiten durchführen konnten, denn das Geld reichte ja noch nicht mal, um das löchrige Dach des Seitenschiffs richten zu lassen. Aber auch dafür würden sich helfende Christenhände finden lassen. Hochapfel betreute die Gemeinde nun bereits über 40 Jahre, und wenn er eines wusste, dann das: Auf seine Wickenröder war Verlass. Wenn es darum ging, ein Kaffeekränzchen mit selbst gebackenem Kuchen zu organisieren, um Spenden einzusammeln, konnte er sich sicher sein: Die Tische würden sich unter der Last der Kuchen biegen! Ihm lief das Wasser im Mund zusammen bei dem Gedanken an Anneliese Brands legendären Eierlikörkuchen. Und auch wenn die männliche Bevölkerung sich sonntags lieber in der Kneipe herumdrückte – wenn es etwas zu tun gab, packten sie alle ihr Werkzeug und waren vollzählig zur Stelle.

Kaum hatte er die Sakristei hinter sich verschlossen und das angrenzende Wohnhaus erreicht, als das kleine Glöckchen am Seilzug ihm zu verstehen gab, dass sich jemand im Beichtstuhl befand.

Seltsam, dachte er. Um diese Uhrzeit? Sonntags nach der Tagesschau verließ doch keiner mehr das Haus, wenn es nicht unbedingt sein musste.

Er ging zurück in seine Kirche. So kurz nach der letzten Messe waren die Gerüche immer besonders intensiv. Der verbrannte Geruch gelöschter Kerzen mischte sich unter den Duft von Weihrauch und staubigem Möbelwachs. Er bekreuzigte sich vor dem Herrn Jesus über dem Altar und begab sich zum Beichtstuhl, der unauffällig in eine Nische hinter die Statue der Heiligen Jungfrau Maria gequetscht war. Er öffnete die schmale Holztür und begab sich in die beklemmende Enge des Kämmerchens. Jetzt, mit beinahe 70, fiel es ihm nicht mehr so leicht, sich auf die niedrige Bank zu knien. Er ächzte, während er sich mit dem vollen Körpergewicht aufstützte und seine schmerzenden Knie auf das durchgescheuerte Kniepolster senkte.

»Im Namen des Vadders, des Sohnes und des Heiligen Geistes. Amen«, flüsterte eine Stimme durch das Holzgitter.

Pfarrer Hochapfel bekreuzigte sich und versuchte durch das Gitter einen Blick auf sein Beichtkind zu erhaschen. Doch sein Augenlicht war zu schwach, um mehr als Schatten erkennen zu können. »Gott, der unser Herz erleuchtet, schenke dir wahre Erkenntnis deiner Sünden und Seiner Barmherzigkeit«, antwortete Pfarrer Hochapfel. Dann trat Stille ein. Er wartete, während durch das Holzgitter ein schweres Atmen drang. Manche Beichte wog schwer und es dauerte eben. Hochapfel übte sich in Geduld.

Als die Stille kaum noch zu ertragen war, drang endlich ein Wispern an Hochapfels Ohr: »Es is noch nit vorbei.«

Hochapfel erkannte die Stimme. Ein kalter Schauer lief ihm über den Rücken. Unfähig, zu sprechen, wartete er atemlos in seiner Kabine.

»Es fängt grad erscht widder an«, setzte die Person auf der anderen Seite nach.

»Bitte«, flehte der Pfarrer, »lass mich doch diesmal davon unbehelligt. Ich muss doch davon nichts wissen. Ach, der Herrgott hat längst sein eigenes Urteil gefällt.«

»Ich brauch dich nit. Dieses moh nit.«

Der Pfarrer atmete hörbar aus. Trotzdem verharrte er in einer Anspannung, dass die Sehnen aus der faltigen Haut seines Halses hervortraten.

»Ich will nur sicher sinn, dass du dich an dinn Versprechen hältst.«

»Sonst was?«

»Sonst könnt's dich dinn Amt kosten. Dinne Gemeinde.«

»Glaubst du, das könnte ich jemals vergessen?«

»Gut. Dann konn ich mich druff verlossen?«

Karl-Friedrich Hochapfel schwieg. Ein Zittern breitete sich langsam in seinem ganzen Körper aus. Er war keinen Wimpernschlag davon entfernt, den Vorhang aufzureißen und sein Gegenüber zu stellen. Dem Ganzen ein für alle Mal ein Ende zu setzen. Seine Fehler zu korrigieren, koste es, was es wolle. Doch er blieb wie angewurzelt in seinem Teil des Beichtstuhls knien.

»Konn ich mich druff verlossen?« Die Stimme wurde eindringlicher.

»Ja«, knirschte der Pfarrer die Worte durch die falschen Zähne, »ja, du kannst dich darauf verlassen.«

»Gut.«

»Der Tote vom Waldrand …«, der Pfarrer konnte die Ungewissheit nicht ertragen, »das warst du?«

»Schön, dass wir do dadrüber au gesprochn honn, damit is es ein Beichtgeheimnis, nit?«

»Also ja?«

»Wie de witt. Jo un ne.«

Karl-Friedrich Hochapfel war verwirrt. »Ja und nein?«

»Mir honn alles besprochn!«

Pfarrer Hochapfel hörte, wie der Vorhang auf der anderen Seite aufgezogen wurde. Das Holz des Beichtstuhls knackte, als der Mann ihn eilig verließ. Er verharrte atemlos. Noch fürchtete er, gewaltsam aus dem Beichtstuhl gezerrt zu werden, doch mit Erleichterung vernahm er, wie sich die Schritte des Mannes im Laufschritt entfernten.

Der Pfarrer blieb im Beichtstuhl knien. Sein Kopf sank auf die Kante vor dem Holzgitter. Ein Schütteln erfasste seinen dürren Körper. Es dauerte eine ganze Weile, bis er sich genügend gesammelt hatte, um den Beichtstuhl zu verlassen, nicht ohne den Kirchenraum vorher mit vorsichtigen Blicken genauestens untersucht zu haben. Mit zögernden Schritten wagte er sich bis zum Mittelgang vor, bis er sicher sein konnte, allein zu sein. Er kniete sich vor den Altar zu Füßen des großen Kreuzes. Mit geschlossenen Augen flehte er den leidenden Holzjesus an: »Herr, was soll ich tun? Was soll ich nur tun?« Karl-Friedrich Hochapfel sank weinend in sich zusammen, während er vergeblich auf eine Antwort wartete.

12

In aller Herrgottsfrühe hatte sich Edgar Brix auf den Weg gemacht. Zielsicher steuerte er durch das erwachende Dorf Richtung Backstube. Heute war ein ausgiebiges Frühstück angesagt, bevor er die Praxis aufsperrte. Den ersten Kaffee hatte er sich schon genehmigt und dabei den Zettel immer wieder in die Hand nehmen müssen, der am gestrigen Nachmittag so unschuldig zwischen einem Stapel Rechnungen auf der Anrichte gelandet war. Obwohl er sich einredete, den Inhalt nicht allzu ernst zu nehmen, wurde er das Gefühl nicht los, dass das halbe Dorf mehr wusste als er selber. Die Art, wie ihn die Entgegenkommenden musterten, bereitete ihm Unbehagen. Alles Einbildung, beschwichtigte er sich schließlich. Die Bäckersfrau flötete genauso fröhlich ihr »Guten Morgen« wie an jedem anderen Tag auch, und aus der Backstube drang wie immer ein heiseres »Morn, Doktor«, als er den Verkaufsraum betrat. Aber bereits, als kurz nach ihm Reinhold Noll hereinkam, erstarrte das Lächeln der Bäckersfrau, und Edgar hätte schwören können, dass vielsagende Blicke über den Tresen wechselten. »Zwei Brötchen, bitte«, löste Edgar die Situation auf und setzte im Flüsterton über den Tresen nach: »Das mit der Heiserkeit Ihres Mannes wird hörbar schlechter. Er muss sich dringend in der Klinik vorstellen. Ich rede gern noch mal mit ihm, wenn Sie ihn dazu bewegen, in meine Sprechstunde zu kommen.«

»Das kann ich gerne versuchen, aber Sie kennen ihn ja. Eher geht ein Kamel durch ein …« Die Türglocke unterbrach sie mitten im Satz. Ein weiterer Kunde betrat den Raum. »Das macht dann 20 Pfennig, Herr Doktor.« Edgar

Brix stellte mit Entsetzen fest, dass er tatsächlich gerade noch zwei Groschen hatte, um die Brötchen bezahlen zu können. Er verstaute seine Geldbörse umständlich in der Hosentasche.

»Saach ma, host du das Binie gesehn? Es is schon den ganzen Morgen wie vom Erdboden verschlucket?«, fragte Reinhold Noll die Bäckersfrau, die nur ratlos den Kopf schüttelte. »Jo, dann gib mir mo vier von denne Schusterjungs. Aber nit die horden, die kann der Vadder nit kauen.«

An dieser Stelle mischte sich Edgar wieder in das Gespräch ein: »Herr Noll, wären Sie so gut, Ihrem Vater zu sagen, dass ich heute auf Hausbesuch komme. Im Laufe des Nachmittags.«

Reinhold Noll nickte und fixierte den Arzt. »Das konn ich emme sagen. Aber es hot nix mit dem Doten zum tun, oder?«

Edgar Brix war ertappt. Leugnen war zwecklos angesichts der Eindeutigkeit der Frage. »Nun, ich dachte mir, dass ihr Vater vielleicht …«

»Der Vadder is mehr tot als lebendich. Warum müssen Se denn Zumsel noch mit dem ahlen Gemähre belästichen? Da wor doch schon längst Gros drübber gewachsen. Aber tun Se, was Se nit lossen können. Se wärn schon sehn, was Se davon haben.« Er schnappte seine Brötchentüte und rief der Bäckersfrau im Rausgehen zu: »Wennste das Binie sichst, kannst emm sprechen, dos se gefälligst ihren Hinnern nach Haus zu bewegen hot.« Die Türglocke bimmelte wütend, als die Tür mit Schwung dagegenschlug.

Edgar Brix warf einen entschuldigenden Blick über den Tresen. Ein Achselzucken begleitete ihn, als er mit einem »Schönen Tag noch« und der Brötchentüte unter dem Arm die Bäckerei verließ.

Zu Hause angekommen, saß er am Frühstückstisch vor den köstlich duftenden Brötchen. Die Unterhaltung hatte ihm den Appetit verdorben. Er schob die Brötchen mit einem Seufzen wieder in die Tüte und goss sich einen Kaffee nach.

*

»Wir müssen vorsichtiger sinn, Lukas.« Lukas Söder hörte kurz auf, an Sabine Nolls BH zu fummeln. Sie drehte sich um und sah ihm in die Augen. »Seit die den Toten gefunden honn, schnüffelt die Polizei rum und der Albrecht macht so komische Andeutungen, spricht der Reinhold.«

»Ich weiß, ich war dabie. Aber was hot das mit uns zu tun?« Die Zeit drängte, also wandte er sich wieder dem BH und Sabine Nolls speckigem Rücken zu.

Sie rückte etwas von ihm ab, wobei die alten Stahlfedern des Feldbettes quietschten. »Lukas, nimm doch mal was ernst, wenn ich's dir spreche.«

»Ich nehm alles ernst, was du sprichst«, sagte er mit einem Schmunzeln und streckte die Hände erneut nach dem Verschluss ihres BHs aus.

»Es geht um die Nacht, als der Johann verschwunden ist. Der Reinhold sagt …«

Lukas Söder wurde ärgerlich. Was kümmerte ihn, was der Reinhold sagte? Den ganzen gestrigen Tag hatte er sich schon auf dieses Stelldichein gefreut. Er hatte sich in seiner knappen Zeit hier raus in die Hütte im Söder'schen Baumgrund gestohlen und nahm gerne das Kratzen der alten Militärdecken auf dem quietschenden Feldbett in Kauf. Aber auf eine Unterhaltung war er nun gerade nicht eingestellt. »Pass ma uff, Binie, wennste kinne Lust mehr host uff das, dann können wir das au lossen.«

»Darum geht's doch gar nit. Aber ich kann's mir nit leisten, dass der Reinhold Wind davon bekimmet. Darum geht's!«

Lukas Söder sah seine Felle davonschwimmen. »Alles klar, Binie. Ich werd vorsichtig sinn. Aber jetzte komm!« Er zog sie zu sich herunter auf das Bett. Die Zeit wurde knapp. Dann blieb der BH halt heute an Binie dran.

Keine halbe Stunde später saß Lukas Söder alleine auf dem Feldbett und wartete die vereinbarte Zeit ab, bevor er sich hinter Sabine Noll auf den Weg zurück in das Dorf machen konnte. Er war sich nicht mehr so sicher, ob er die Treffen beibehalten wollte. So gut war sie nun auch nicht im Bett, dass es die Aufregung jedes Mal lohnte. Und Lukas Söder hielt sich für unwiderstehlich genug, um seine Chancen nächsten Samstagabend im Tanzlokal bei einer anderen auszuloten. Er betrachtete sich in dem blinden Spiegel, der auf einem Bord an der Wand lehnte, und ließ den Muskel des rechten Oberarms spielen. Keine Frage, er hatte es nicht nötig, sich für ein Schäferstündchen im Wald mehr als nötig zu verausgaben. Er zündete sich eine Zigarette an und probierte vor dem Spiegel verschiedene verwegene Gesichtsausdrücke, während die Kippe lässig aus seinem Mundwinkel hing.

Als er den Schlüssel im Vorhängeschloss umdrehte, warf er einen besorgten Blick in den Himmel. Da war etwas Ordentliches im Anzug. Es war mit Sicherheit eine gute Idee, sich schleunigst vom Acker zu machen. Während er das kleine Tor zum Baumgrund schloss, knallte ein Schuss und warf sein Echo durch den Wald. Da hat sich wohl einer bei der Wildschweinjagd verstiegen, dachte er. So nah bei den Hütten war Jagen eigentlich nicht erlaubt. Aber er wusste aus eigener Erfahrung, dass man auf einer aussichtsreichen Verfolgung gerne mal alle Vorsicht fahren ließ, wenn ein kapitaler Eber lockte.

Er sah zu, dass er so schnell wie möglich auf den Waldweg kam, um nicht das Opfer eines übermütigen Jägers zu werden. Er war kaum 500 Meter den Berg hinabgestiegen, als sich von hinten Schritte und ein Keuchen näherten. Im Eiltempo rauschte Nathan Gunkel mit seinem Schäferhund im Schlepptau an ihm vorbei. Das offene Hemd flatterte, und sein Oberkörper glänzte vor Schweiß.

»Heda? Wohin so eilig?«, rief Lukas Söder hinter ihm her.

Nathan Gunkel deutete mit dem Zeigefinger auf das Dorf, das durch die Baumwipfel auszumachen war.

Nicht gerade gesprächig heute, dachte sich Lukas Söder, während er zusah, wie der Schäfer hinter der nächsten Kehre verschwand. Er stoppte kurz und blickte zurück. Da oben war nichts mehr, außer dem stillgelegten Basaltsteinbruch und der Hütte vom alten Veit. Er schüttelte den Kopf und setzte seinen Weg fort, in Gedanken bereits bei den Arbeiten, für die er vor Beginn des Gewitters noch ungefähr bis zur Hessenschau Zeit haben würde. Er richtete seinen Blick prüfend in Richtung Himmel, der sich in rasendem Tempo zuzog. Na ja, vielleicht auch etwas weniger.

*

Die Vormittagssprechstunde verlief ereignislos. Normalerweise wäre an jedem anderen Montagmorgen die Praxis voller Patienten, aber an diesem Montag hingen dichte

Wolken am Himmel und eine drückende Schwüle kündigte ein Gewitter an. Da hatte kaum einer Zeit, sich beim Arzt im Wartezimmer herumzudrücken, da gab es viel zu tun. Heu musste vor dem Regen in die Schuppen gebracht und das Viehzeug wollte von der Weide geholt werden. Da packte die ganze Familie an. Die Alten vergaßen ihre Wehwehchen und die Kinder mussten ausnahmsweise nicht in die Schule.

Albrecht sah auch ein wenig geschafft aus, als er am Nachmittag bei Edgar Brix vor der Tür stand.

»Viel Arbeit gehabt?«, fragte der.

»Ich hab vor ein paar Tagen so viel Heu gesenst. Wenn das heute anfängt zu regnen, ist das alles hin. Ich hab alles weggeschafft, was schon trocken ist, aber du weißt ja, wenn da noch Nasses dabei ist, fault mir das im Schuppen. Ein Jammer.«

Ein Nicken als Mitleidsbekundung musste genug sein. Edgar brannte etwas unter den Nägeln. »Komm mal rein, ich muss dir dringend was zeigen.«

»Kannste dir sparen!« Albrecht Schneider winkte ab und kramte aus seiner ausgebeulten Cordhose einen geknickten Zettel. »Lass mich raten: Du hast auch so einen.«

»Völlig identisch«, bemerkte Edgar, nachdem beide Zettel ausgebreitet auf dem Küchentisch nebeneinanderlagen. »Müssen wir uns Sorgen machen?«

»Na ja, zumindest müssen wir ein wenig vorsichtig sein. Unser Toter ist zwar angeblich ohne Zutun von jemandem gestorben, aber mein Riecher sagt mir, dass das nur die halbe Wahrheit ist. Und wie du ja selbst gesehen hast, sind einige Leute nicht sehr zimperlich.«

Edgar ahnte, auf wen Albrecht anspielte. Sein Herzklopfen nach ihrem übereilten Rückzug von Fritz Veits

Hütte war ihm noch in lebhafter Erinnerung. »Du kennst ihn doch besser. Das ist doch nur Getue.«

»Kann sein. Kann aber auch nicht sein. Ich würd's nicht drauf anlegen. Der alte Veit hat nichts mehr zu verlieren. Da werden die Menschen seltsam und unberechenbar.«

»Meinst du, die Zettel sind von ihm?«

»Glaub ich nicht. Der meidet das Dorf wie der Teufel das Weihwasser. Aber ich hab da so eine Idee …«

»Willst du mich einweihen?«, fragte Edgar Brix.

»Vielleicht später. Kann sein, dass ich mich irre.« Albrecht klopfte sich auf die Oberschenkel und erhob sich vom Küchenstuhl. »Wir sollten mal langsam los, oder?«

Edgar schob den Zettel in sein schwarzes Notizbüchlein und verstaute es in seiner Arzttasche. Er warf einen besorgten Blick in den Himmel, als sie gemeinsam das Haus verließen. Sie gaben ein seltsames Paar ab, wie sie so ihren Gang in Richtung Dorfkneipe antraten. Die schwarze Tasche baumelte an dem schlaksigen Doktor, und Albrecht Schneider schlich nebenher, als hätte er Sand in den Gelenken.

Das Wirtshaus »Zum Brauborn« war wie jeden Montag verschlossen. Edgar und Albrecht passierten die Bodenluke für die Bierfässer, die im Keller lagerten. Auf dem unebenen Kopfsteinpflaster davor standen einige leere Fässer schief gestapelt. Eine vorbeiziehende Böe zerrte an ihnen. Dies wäre nicht das erste aufziehende Unwetter, bei dem Bierfässer die Hauptstraße herunterrollten und Reinhold Noll die Verfolgung aufnehmen musste, um Schlimmeres zu verhindern. Sie ließen die Kneipe links liegen und wandten sich dem Eingang der Wohnstube zu.

Sabine Noll öffnete ihnen die Tür. Rote Pausbacken zierten das erhitzte Gesicht. In der Hand hielt sie einen tropfenden Putzlumpen. »Das ist aber nett, dass Se vorbeischauen. Der Vadder wird sich freuen.«

Für Edgars Geschmack fiel die Begrüßung etwas zu herzlich aus. Der skeptische Blick, den sie an Edgar Brix vorbei auf Albrecht Schneider warf, bestätigte seine Vermutung. »Albrecht?«, fragte sie unsicher.

»Ich war gerade zufällig bei dem Herrn Doktor. Und als er sagte, dass er Hermann einen Hausbesuch abstatten würde, dachte ich, warum nicht? Hast den Alten schon lange nicht mehr gesehen, gehste mit!«

Sabine Noll guckte immer noch skeptisch. »Du warst doch erst vor ein paar Tagen in der Kneipe. Da hobt ihr doch gesprochn.«

»Na ja, aber so in Ruhe … ist doch netter«, Albrecht versuchte sich an einem schrägen Lächeln.

Dafür, dass er ein schlechter Lügner ist, macht er seine Sache ganz anständig, dachte Edgar.

»Na, dann kommt mal rinn in de gute Stube. Der Vadder ist oben.«

»Ach, sieh mal da. So hoher Besuch. Un das schon am Mondach.« Der alte Noll saß in einem Sessel aus abgewetztem, grünem Samt mit goldenen Bordüren und ausgefransten Troddeln. Beide hatten schon bessere Tage gesehen, aber der Sessel hinderte den alten Mann immerhin daran, gänzlich in sich zusammenzusinken. Kalter Zigarrengeruch strömte aus seiner Richtung, und Edgar warf einen skeptischen Blick auf den Aschenbecher auf dem Tischchen neben dem Sessel. Er zählte zehn Zigarrenstumpen im Aschenbecher und einen im Mund von Hermann Noll, der zufrieden wie ein Baby daran herumnuckelte.

»Binie, mach uns doch mal einen Tee, ja? Sei so gut.«

Edgar Brix winkte höflich ab. Doch kaum, dass er sein schwarzes Notizbuch aus der Tasche gefingert hatte, standen Tee und Kekse auf dem kleinen Beistelltischchen neben dem Sofa, auf dem Edgar und Albrecht Platz gefunden hatten. Klamm warteten sie ab, bis Sabine Noll mit dem Tablett verschwunden war.

»Ich will Sie aber erst untersuchen«, sagte Edgar Brix lauter als gewöhnlich, doch der alte Noll winkte ab.

»Das hot Zitt. Ich renn Ihnen ja nit wech, oder? Jetzt trinken wir erschdemoh Tee und schnuddeln ein wenig, nit wahr, Albrecht?«

Die beiden Männer hockten wie die Schuljungen nebeneinander auf dem Sofa und versuchten die Tassen mit dem heißen Tee unfallfrei zu balancieren. Albrecht gab als Erster auf und stellte die Tasse auf dem Tischchen ab. »Das, was du mir neulich in der Kneipe erzählt hast. Ist das denn wirklich wahr?«

Der alte Noll warf einen skeptischen Blick auf Edgar Brix, der mit einem verkniffenen Lächeln andeutete, dass er bereits eingeweiht war.

»Nun, es is das, wovon alle ussgehen. Erschd hot der Wagner ne Weile vertraulichst uff den Johann ingeredet. Dann is der Johann wie 'n Osse uffgesprungen un hot den Wagner beschimpet: Ein Dreggschwinn wär hä, ein Älendsgnorren, lauter so 'n Zeugs.« Hermann Noll nippte vorsichtig an der Tasse und schloss die Augen. Edgar und Albrecht erwarteten eine Fortsetzung und schwiegen. Doch der alte Mann schien eingenickt zu sein.

»Herr Noll?«, fragte Edgar zögernd.

»Ja?« Er öffnete die Augen. »Bin noch do, kinne Angst. Herrlich, das Aroma von dem Tee, nit wahr? Den bringt minne Nichte immer midde, wenn sie uss dem Norden zu Besuch kimmet. So was Guds gibbets hier nit.«

»Ja, ganz hervorragend«, antwortete Edgar Brix artig. »Aber was Herr Wagner dem Johann genau gesagt hat, haben Sie nicht gehört?«

»Ach, da wor ja vill zu vill Gebläh inne Kneipe. Die war voll bis onnehinn. Das war ebbenson Tag wie der heutige. Das Gewidder hing schon im Kaufunger Wald, das konntste riechen. Den ganzen Tag wurd Heu gemacht wie verrückt. Da hattste abends Brand wie ne Zehche. Und wenn der Reinhold nit so 'ne Drahnfunzel wär, hätt de Kneipe heute au uff.«

In der Tür tauchte das Gesicht von Sabine Noll auf, die der Unterhaltung offensichtlich gelauscht hatte. »Vadder! Einen Tag Ruhe in der Woche braucht hä auch.«

»Ja, aber nicht ussgerechnet den, an dem er de meiste Kohle machen kann. Was machen die dann heute Abend bei dem Gewidder? Fernseh geht nicht, also gehste inne Kneipe. Und die hot *zu*!«

Sabine Noll verzog sich beleidigt, aber Edgar hätte schwören können, dass sie in Hörweite blieb. »Der Johann und der Wagner, was hatten die denn sonst für ein Verhältnis?«

»Der Johann war ein ordentlicher Simbel. Hot selbst nie wos uff die Beine gestellt bekommen und von simm Vadder hot er sich durchfüddern lossen. Verstehn Se mich nit falsch, der Johann war kinn schlechter Kerl nit, hilfsbereit und alles. Aber er war auch nit so besonnersd helle. Hat früh sinne Mudder verloren.« Er beugte sich, so gut es ging, aus dem Sessel nach vorne und sprach in die hohle Hand. »Man munkelt ja, es hot sich ummegebracht. Aber ... man munkelt's eben nur.«

»Kann das auch etwas mit Karl Wagner zu tun gehabt haben?« Edgar Brix erinnerte sich mit Schaudern an die Unterhaltung mit Frederike Jungmann.

»Pff. Kann natürlich. Aber in den Johren sind auch einige komisch im Koppe geworn. Der Wagner war nit der Einzige, der annersder von der Front im Franzland heimkam. Und dann der Hunger. Diese Johre worn ganz schlimm. Da hättste dem Deiwel die Seele verkauft für 'n Stücker Brot.« Er nippte etwas gedankenverloren an seiner Teetasse.

»Noch mal zu Johann. Wie war das Verhältnis zu Karl Wagner?«

»Ach, ich Clobes. Das war's ja, was Se wissen wolltn. Na, der Wagner war nit grad hocherfreut, als der Johann seine Tochter Magda hat heiraten wollen. Aber 's Anne, was dem Wagner sinne Frau war, hot sich für de beiden starkgemacht. Und als der Johann in die Familie ingeheiradet hatte und 's Magda ja auch von was leben musste, hot der Johann dem Wagner den Gehilfen gemacht. Die waren allerwejen gemeinsam unnerwejens. Das ganze Dorf honn se mit Klibbern versorgt.«

Edgar, der die ganze Zeit Notizen in sein kleines schwarzes Büchlein machte, blickte auf. »Klibbern?«

»Brennholz«, klärte Albrecht ihn auf und warf dem alten Noll einen entschuldigenden Blick zu.

»Sie war'n lang fort von hier? Tut man ganz schön hörn, an ihrer Ussprache.«

Edgar war sich unsicher, ob er sich entschuldigen sollte oder geschmeichelt fühlen durfte. Er überging die Bemerkung und stellte seine nächste Frage: »Aber dann war der Karl Wagner doch nicht so ein schlechter Kerl. Immerhin hat er seinem Schwiegersohn Arbeit gegeben. Das war doch anständig, oder?« Edgar Brix war sich selber nicht sicher, ob er gerade den Naiven spielte oder tatsächlich so blauäugig war.

Hermann Noll lächelte wissend und dachte vermutlich etwas Ähnliches. Er zog die weiße Augenbraue hoch, während er antwortete: »Der Wagner hot nie wos getan, was nit sinn Vorteil gewesen wär. Das einzig Nette, was hä getan hot, is, sich von dem Johann erschlohren zu lassen. Damit hot er allen einen großen Gefallen erwiesen. Dem Grunde nach, sollten wir dem Johann alle dankbar sinn. Wenn Se mich fragen, esses ja eher ein Wunner, dass der Johann den ahlen Giddshals nit früher um die Ecke gebracht hot. Gelegenheit hätt's ja gegeben. Die warn allszus alleine im Wald unnerwejens. Un im Wald passieren de schrecklichsten Unglücksfälle.«

Edgar sah sich wieder Auge in Auge mit dem Lauf einer Flinte und ein seltsames Gefühl kroch in ihm hoch, während er nickte. »Sie haben nicht zufällig in letzter Zeit mit Fritz Veit gesprochen, oder?«

»Ich schaff's grad noch von minnem Sessel in de Kneipe. Und soweit ich weiß, hot sich der Veit schon seit Jahren nit mehr im Dorfe blicken lassen. Wie kommen Se denn druff?«

»Ach, ich dachte nur. Wo Sie von Unglücksfällen im Wald sprachen.« Edgar gab dem alten Mann mit einer Handbewegung zu verstehen, dass er fortfahren solle.

»Wo war ich stehen geblieben? Ach ja. Der Wagner hot sich uff den Touren schön vom Johann kutschieren lossen. Der Johann hot die ganze Arbeit gemacht, und der Ahle hot sich bei sinnen Kunden einen genehmigt. Voll wie ne Haubitze war der allszus. Konnt sich manchesmal kaum noch uff dem Kutschbock halten.«

Edgar war die Frage unangenehm, doch er musste seine Neugier befriedigen: »Wissen Sie, ob Herr Wagner bei den Frauen auch zudringlich wurde?«

»Hah!« Hermann Noll guckte Albrecht Schneider an, als wolle er sagen: Was hast du mir denn da für einen ahnungslosen Grünschnabel angeschleppt? Der antwortete wortlos mit einem Schulterzucken.

»Ja, was denken Sie denn, junger Mann? Honn Se eine Ahnung, wie viele Zehchenböcke zu dieser Zeit den Namen Karle bekamen? Das hatte wohl sinnen Grund, will ich meinen. So viele Frauen mussten sich alleine um die Höfe bekümmern, weil de Männer im Kriech geblieben waren. Der Wagner, de ahle Drecksau, hot das uffs Schamloseste ussgenutzt. Und dann hot hä sich dadamidde noch gebrüstet. Hat so getan, als sei hä der Wohltäter der Nation. Als verteile er milde Gaben. Hä hot noch nit mal versucht, zu verheimlichen, was hä so den lieben langen Tag getrieben hot. Abends inne Kneipe hot hä nen dicken Maxe gemacht. Ich kann Ihnen sprechen: Dem hätte ein jeder nur zu gerne die Fresse poliert.« Er spuckte angeekelt neben seinem Sessel aus.

»Und warum hat niemand etwas unternommen?« Edgar war fassungslos.

»Weil se alle Schulden hotten bei emme. Deshalb nit. Minne eigene Schankeinrichtung: Bezahlt mit dem Geld vom Wagner. Da rackert man sich jahrzehntelang ab und dann hot der Windbüddel von einem Sohn widder nen Deckel, bloß jetzte uff das ganze Haus.« Die Worte flogen so geräuschvoll durch den Raum, dass Sabine Noll, die vermutlich immer noch im Nebenzimmer lauschte, sie auf jeden Fall hören musste. »Und dann der Name ›Wagner‹. Das war respekteinflößend. Dem sinne Familie war so was wie de Grafschaft von Wickenrode. Solange man sich erinnern kann, hotten die alles Land und Viechzeug weit und breit. Der halbe Ort war doch von der Arbeit von denen abhängig. Der Hufschmied, die Müller, die hotten alle gut zum tun. Und nur wegen der Familie Wagner. Doch dann kam de Grube und der junge Baron. Doch der Name ›Wagner‹ blieb unantastbar. Und das wusste der Karl genau.«

»Es ist erstaunlich, wie genau Sie sich an alles erinnern können.« Edgar war ernsthaft beeindruckt.

»Ja, nit wahr. Das liegt an minner Medizin.« Die letzten Worte sprach er im Flüsterton. »Albrecht, sei doch so gut und mach moh den Schrank da uff.«

Albrecht Schneider tat, worum der alte Mann ihn gebeten hatte.

»Hinner L–M.«

Albrecht Schneider zog den Brockhaus L–M aus der Reihe und holte zu Edgars Erstaunen eine Flasche mit einer klaren Flüssigkeit hervor.

»Das ist der beste Obstbrand, den Se jemals trinken werden. Einen bessren gibt's im ganzen Meißner nitte.« Er flüsterte noch immer. »Komm, Albrecht. Mach mal drei Gläschen voll.«

»Aber, Herr Noll, ich weiß nicht …«

»Schnickschnack! Das ist de beste Medizin, die es gibbet. Jeden Tag einen davon und der Verstand blibet klar! Ich bin ja wohl das beste Beispiel.«

Obwohl ihm seine Profession eine gewisse Missbilligung vorschrieb, konnte Edgar sich dieser Logik nicht gänzlich verschließen. Wieso sollte er dem alten Mann seinen Schnaps verbieten, wo der doch offenbar so gut beieinander war. Er nahm das kleine Gläschen vom Tisch und roch daran, um es anschließend möglichst unauffällig in

Albrechts Richtung zu schieben, der sich beide Gläschen in den Tee kippte.

Der alte Noll leerte seinen Obstbrand. Ein verzückter Ausdruck huschte über sein Gesicht, der Edgar davon überzeugte, dass es tatsächlich ein großer Fehler gewesen wäre, dem alten Mann diese Freude zu rauben. Allen medizinischen Vorbehalten zum Trotz.

»Gibt es noch etwas, an das Sie sich erinnern können? Irgendetwas, was von Belang sein könnte?«

Der alte Noll ließ noch einen Augenblick die Augen geschlossen, bevor er bedächtig antwortete: »Ich kann mich noch dran erinnern, wie froh ich war, als de beiden endlich de Bieje gemacht hotten. Erschd ist der Karl Wagner abgedampft und – alles gute Zureden half nit – kinne zehn Minuten später auch der Johann. Ich kann Ihnen sprechen: Ich hot vielleicht ein Schäß um minne Inrichtung. Die war ja noch nitte mal abbezahlt. Dann ist der Söder hinnerher. Und als hä weg war, kam der Vadder von dem Johann, der Fritz, und wollte wissen, was losegewesen is. Hot 'n Schoppn getrunken und ist dann auch uff und davon, als hätt hä's besonnersd eilig. Hat noch nit mal sinne Zeche gezahlt.«

Albrecht horchte auf. »Wie viel später ist der Friedberg Söder aus der Kneipe raus?«

Hermann Noll dachte einen Augenblick nach. »So ungefähr ne Bierlänge nach dem Johann. So genau erinner ich das nit mehr.«

Edgar überlegte einen Augenblick, ob es eine gute Idee war, den alten Mann damit zu behelligen, zog dann aber kurzerhand den Zettel aus dem Notizbuch und reichte ihn über den kleinen Tisch an Hermann Noll. »Haben Sie eine Ahnung, wer den geschrieben haben könnte?«

Hermann Noll hielt ihn, so weit es ging, von seinem Gesicht entfernt und kniff die trüben Augen zusammen. Er drehte und wendete den Zettel und gab ihn direkt wieder an Edgar Brix zurück. »Ne, junger Mann. Damitte konn ich nix anfangen. Das kann doch nur 'n Dummerjungenstreich sinn, oder?«

»Ich habe auch so einen bekommen«, warf Albrecht Schneider ein.

»Ach so. Na, dann nit. Tja. Das hätte ich euch au sprechen können, dass ihr Ärjer kricht, wenn ihr in dem ollen Gemähre kramt.«

»Es scheint Sie nicht sonderlich zu verwundern?«

»Ne. Es wunnert mich nur, dass der Blosenkopp, der den Zettel geschrieben hot, sich noch nitte mal de Mühe gemacht hot 'n Wörderbuch zum bemühen.«

Edgar Brix hatte genug gehört. Er blickte besorgt aus dem Fenster in einen mittlerweile schwarzen Himmel. Er drängte zum Aufbruch, indem er höflich darauf hinwies, dass er noch eine Untersuchung zu machen hatte. Albrecht verabschiedete sich und ließ Arzt und Patient allein. Er nickte Sabine Noll zum Abschied zu und verließ das Haus.

Mit geschickten Handgriffen erledigte Edgar seine Routineuntersuchungen. Der kleine Raum hatte sich in der Zwischenzeit schon dermaßen verdunkelt, dass Sabine Noll das Licht anmachte, als sie auf das Rufen ihres Schwiegervaters hineinkam. Sie warf einen missbilligenden Blick auf die Flasche, den Hermann Noll geflissentlich übersah.

»Bring doch bitte den Herrn Doktor zur Döhre.«

»Das ist nicht nötig, Frau Noll, ich finde den Weg nach draußen«, sagte Edgar Brix artig, während er sein Stethoskop in der schwarzen Tasche verstaute.

Er wurde von einem Grollen vor der Haustür empfangen, das sich von jenseits der Söhre über die Hügel schlich.

»Zieht direkt hierher«, meinte Albrecht Schneider, der hinter den Bierfässern an der Hauswand lehnte.

»Wir sollten zusehen, dass wir schnell nach Hause kommen.«

»Na, Angst vor Gewitter?« Ein Anflug von Häme war nicht zu überhören.

»Keine Angst. Nur Respekt.« Edgar Brix war es egal, ob Albrecht ihn für einen Hasenfuß hielt. Er wollte schleunigst nach Hause.

An der Gabelung, die ihre Wege trennte, zögerte Albrecht einen Augenblick. »Ich habe noch was von dem *köstlichen* Nudelauflauf übrig, den Fiona gestern mitgebracht hat. Den könnten wir uns teilen.«

»Ich rechne heute zwar nicht mit weiteren Patienten, trotzdem möchte ich lieber in der Nähe meiner Praxis bleiben. Man weiß ja nie.«

»Ich kann den Auflauf auch holen und wir essen bei dir. Vorausgesetzt, du hast noch ein Bierchen im Kühlschrank.«

Edgars Grinsen war Antwort genug und so verabschiedeten sie sich vorübergehend. Während Albrecht die steile Gasse zu seinem Haus hinaufschlenderte, legte Edgar Brix den Weg zu seinem Haus in Streckenbestzeit zurück.

Keine 100 Meter entfernt nahm ein anderer die Beine in die Hand. Er hatte es eilig. Und daran war nicht das nahende Gewitter schuld.

*

Ausgerechnet jetzt! Die Störung passte Nathan Gunkel überhaupt nicht in den Kram. Das Gewitter war nur noch wenige Kilometer entfernt und die Schafherde unbewacht. Einige Zäune mussten dringend noch einmal überprüft werden, denn nach dem letzten Gewitter hatte er die Hälfte der Herde im ganzen Ort zusammensuchen müssen. Darauf konnte er dieses Mal gut verzichten. »In Gottes Namen, komm' Se rinn.«

Der Pfarrer Karl-Friedrich Hochapfel betrat das Wohnhaus des Schäfers. Blume lag leise knurrend in einer Ecke im Flur.

»Is die schwarze Kutte. Kann se gar nit ab«, erklärte Nathan Gunkel.

Ohne den Hund aus den Augen zu lassen, folgte der Pfarrer dem Schäfer in dessen Küche und blieb vor Nathan Gunkel stehen. Der fläzte sich auf einen Stuhl und legte die Füße mitsamt den dreckverklumpten Schuhen auf einem anderen ab.

Da der Schäfer keine Anstalten machte, dem Pfarrer einen Platz anzubieten, kam der zur Sache: »Nathan, ihr müsst damit aufhören. Wir kommen alle in Teufels Küche, wenn das nicht endlich ein Ende findet.«

Nathan Gunkel schaute den klapprigen alten Mann von unten nach oben abschätzig an. Ein Gesicht wie ein Frettchen, schoss es ihm in den Kopf. Frettchen in Trauer. Ein Grinsen breitete sich auf seinem Gesicht aus. »Ich honn keinen Schimmer, von was grad die Rede is.«

»Du bist doch nicht zufällig über die Leiche gestolpert. Du steckst doch mit in der Sache drin.«

»Hörn Se, wenn Se gekommen sind, um zu stänkern, können Se auch gleich wieder ne Bieje machn.«

»Nathan, ich beschwöre dich. Wenn du in der Sache

mit drinsteckst, dann musst du dich der Polizei stellen. Die befragen alle im Ort und es ist nur eine Frage der Zeit, bevor die die alten Geschichten wieder ausgraben.«

»Ja un? Was honn ich damidde zu schaffn? Ich war nit dabei gewesen.« Er kratzte sich einen schwarzen Rand unter dem Zeigefinger weg.

»Damals vielleicht nicht, aber wenn du etwas über die Leiche am Waldrand weißt, dann musst du die Wahrheit sagen. Wirst du bedroht? Ist es das? Ich kann dir helfen.«

Nathan Gunkel lächelte leise vor sich hin und antwortete, ohne den Blick zu heben: »Gehn Se in Ihre Kirche und beten für meine arme Seele. Das ist fürs Erschde moh alles, was Se für irgendjemand tun können. Und nu sehn Se zu, dass Se Land gewinnen. Ich honn zu tun.« Er sprang auf, lief an dem verdutzten Pfarrer vorbei und blieb erwartungsvoll in der geöffneten Haustür stehen.

Zögernd bewegte sich der Pfarrer Richtung Ausgang. Im Hinausgehen drehte er sich noch einmal um: »Ich bete für dich. Wenn das wirklich das Einzige ist, was ich tun kann. Aber ich appelliere an deine Vernunft!« Kaum hatte er die Worte ausgesprochen, knallte Nathan Gunkel ihm die Tür vor der Nase zu.

»Als ob der Schnarchsack von irgendwas ne Ahnung hätte, was, Blume?«, wandte sich Gunkel an seinen Hund, der die ganze Szene von seinem Platz verfolgt hatte und nun die Ohren spitzte. »Wir tun solche Sachen auf unsre Weise regeln, nit?« Er wollte sich gerade wieder auf den Weg in die Küche machen, um seinen Tee für die Nachtschicht bei den Schafen aufzubrühen, als es erneut an der Haustür klopfte. »Was'n nu noch?«, grummelte er leise vor sich hin und überlegte einen Augenblick, ob er die Tür überhaupt öffnen sollte. Noch eine Predigt von dem Popen war denkbar überflüssig. Er hatte sich gerade eine passende Antwort überlegt und öffnete die Tür, als eine Kugel direkt neben seinem Kopf vorbeiflog. Der Knall betäubte das linke Ohr. Hinter seinem Rücken jaulte Blume erschrocken auf. Aus dem Augenwinkel nahm Nathan Gunkel wahr, wie sie blutend in die Küche wankte.

*

Albrecht Schneider hatte recht gehabt. Das Gewitter zog direkt von der Söhre heran. In kürzer werdenden Abständen folgte den Blitzen der Donner. Edgar zählte die Sekunden, wie es ihm sein Vater beigebracht hatte. Noch war das Gewitter weit entfernt, doch der Talkessel brach den Donnerhall in ohrenbetäubenden Lärm und der Schalldruck brachte die Fensterscheiben zum Klirren. Da es mittlerweile stockduster im Haus war, machte Edgar das Licht an. Als es an der Haustür klopfte, zuckte er heftig zusammen.

Albrecht Schneider hatte eine Schüssel unter seiner Jacke versteckt. »Es regnet schon. Noch eine halbe Stunde, dann ist das Gewitter genau über uns.« Er schien die Vorstellung zu genießen, Edgar damit einen Schrecken einzujagen, doch der versuchte sich nichts weiter anmerken zu lassen. Während Edgar den Auflauf im Ofen verstaute, stand Albrecht Schneider im Wohnzimmer und ließ den Blick über das Tal und das Naturschauspiel schweifen, das sich unaufhörlich auf sie zubewegte.

»Als die Bomben auf Kassel fielen. Da war das ähnlich. Wir haben oben auf dem Hirschberg gesessen und gesehen, wie es glutrot aus dem Kasseler Trichter loderte. Als hätte jemand ein Lagerfeuer von gigantischem Ausmaß angezündet. Die Einschläge hast du bis hierher gespürt.

Über uns sind die Bomber eingeflogen, aber hier ist kaum was runtergekommen. Die haben alles, was sie hatten, über Kassel abgeschmissen. Wenn die geahnt hätten.«

»Meinst du wirklich, die wussten nicht, was hier im Wald los war?«

»Die wussten das schon. Meine Theorie ist ja, dass die Amis die Sprengstofffabrik unzerstört übernehmen wollten. Und die Bevölkerung in den Großstädten wollten sie kleinkriegen, damit die beim Einmarsch keine Gegenwehr leisten. Als die Kassel in Schutt und Asche gelegt haben, hatten sich die Nazis schon längst aus dem Staub gemacht.«

Edgar Brix hatte aufgehorcht: »Die Sprengstofffabrik? Was habt ihr darüber gewusst?«

»Was willst du von mir hören?« Albrecht Schneider wirkte müde. »Das wir von allem nichts geahnt haben? Ganz erschüttert waren, als die Amerikaner uns in die Baracken geführt haben? Oder willst du hören, dass wir natürlich mitbekommen haben, was in den Nachbarorten in den Lagern los war, in die zügeweise Menschen hin- und wieder weggekarrt wurden? Und dass wir nichts dagegen unternommen haben, weil wir um das Leben unserer Familien fürchteten?« Albrecht schaute eine Weile in das Dunkel jenseits der Fensterscheibe. »Die Wahrheit, Edgar, die liegt irgendwo in der Mitte. Wir sehen, was wir sehen wollen, und die Angst verwischt das Gesamtbild.«

»Dasselbe denke ich die ganze Zeit über unseren seltsamen Fall.« Edgar bohrte nicht weiter. Er war sich sicher, dass er zur richtigen Zeit noch mehr von Albrecht erfahren würde.

»Ja, das stimmt. Das ist ähnlich. Alle wollen, dass Johann der Täter ist. Denn was wäre, wenn nicht?«

Grelle Blitze erhellten den Horizont. Wie ein Scherenschnitt tauchten die Tannenspitzen auf dem Bergrücken aus der Dunkelheit auf. Edgar zählte die Sekunden. Das Gewitter war jetzt kaum noch einen Kilometer weit entfernt. »Ich denke, der Auflauf dürfte warm sein«, sagte er.

Als sie am Tisch saßen, stocherte Albrecht mit der Gabel in der trockenen Masse herum. »Hatte ich erwähnt, dass Fiona eine miserable Köchin ist?«, sagte er, während Edgar Brix sich den ersten Bissen in den Mund schob.

Der versuchte die Masse, die sich in seinem Mund auf wundersame Weise zu vermehren begann, mit einigen Schlucken Bier hinunterzuspülen. »Neim, aba eime Warmumg wäre mett gewesen.«

Albrecht Schneider lachte laut.

Ich habe ihn noch nie lachen sehen, dachte Edgar Brix und es war ihm, als ob dieses Geräusch eine Zeit heraufbeschwor, als dieses Haus noch von ausgelassenem Kinderlachen erfüllt worden war.

Der nächste Blitz tauchte den Raum in gleißendes Licht. Kaum den Bruchteil einer Sekunde später ließ ein Knall die Gläser auf dem Tisch erklirren. Edgar zuckte zusammen. »Der war nah.«

»Ja, der war nah.« Selbst Albrecht blickte drein, als sei ihm die Sache nun auch nicht mehr ganz geheuer.

Sie warteten schweigend. Sollte der Blitz in ein Wohnhaus eingeschlagen sein, würde es keine Minute dauern, bis jemand die Sirene betätigen würde. Doch das Geheul blieb aus.

Edgar schob den Teller zur Seite. »'Tschuldige, keinen Appetit mehr.«

»Liegt das am Gewitter oder am Auflauf?«, fragte Albrecht.

»An beidem«, antwortete Edgar wahrheitsgemäß.

Zwei weitere Blitze erhellten die Küche. Ein nahes Zischen begleitete das Geräusch von berstendem Holz.

»Der ist ins Geäst gegangen. Bin mal gespannt, welchen Baum es erwischt hat«, bemerkte Albrecht.

»Machst du dir denn keine Sorgen um dein Haus?«

Albrecht schüttelte den Kopf. »Wenn es einschlägt, wird einer der Nachbarn die Feuerwehr verständigen, und dann ist es ohnehin besser, nicht im Haus zu sein.«

Edgar schluckte. Die Logik war bestechend. Und beunruhigend. »Willst du auch einen Schnaps?« Edgar stand bereits an der Anrichte und hatte zwei Gläser und eine Flasche in der Hand.

»Kann nicht schaden, oder?«

»Der alte Noll ist tatsächlich noch unglaublich gut bei sich, oder?« Edgar lenkte sich ab, indem er die Erinnerung an den Nachmittag beschwor.

»Das stimmt. Das macht die gute Ahle Wurscht, die Landluft und der Alkohol.« Albrecht erhob sein Schnapsglas und kippte den Inhalt in einem Hieb herunter.

In den Augen eines Arztes eine kaum nachvollziehbare Logik. Ob es tatsächlich der Ahlen Wurscht zu verdanken war? Unwillkürlich musste Edgar bei der Vorstellung grinsen, dass Ahle Wurscht in den Staaten zum Verkaufsschlager werden könnte, wenn sich ihre lebensverlängernde Wirkung herumsprach.

»Glaubst mir nicht, was, Herr Doktor? Aber ich sage dir, es geht nichts über frisches Weckewerk und einen Selbstgebrannten.«

Edgar schmeckte unweigerlich die breiige, fette Masse im Mund. Seine Eltern hatten sie nicht orthodox erzogen. Wie auch, in der Heimat von Weckewerk und Wellfleisch. Aus seiner Kindheit war ihm der Geschmack von Schweinefleisch vertraut. Vor allem, wenn die Nachbarn geschlachtet hatten. Aber seit er aus den Staaten zurückgekehrt war, hatte er die nordhessischen Delikatessen gemieden, so gut es ging. Hin und wieder bezahlte ihn ein Patient ohne Krankenversicherung mit einer Ahlen Wurscht, die er meistens wieder verschenkte. Und erst recht Weckewerk? Es schüttelte Edgar und er goss sich einen Schnaps nach.

Allmählich verzog sich der Donner hinter die Hügel. Stattdessen prasselten nun dicke Regentropfen vom Himmel. Edgar blickte aus dem Küchenfenster. Wahre Sturzbäche schossen die Ringenkuhle hinunter, da der Kanal offensichtlich mit den Wassermengen überfordert war. Eiligen Schrittes huschte eine in Ölkleidung gehüllte Gestalt auf der Straße vorbei.

Albrecht hatte die Gestalt auch bemerkt. »Da hat wohl jemand vergessen, eine Dachluke zu schließen«, amüsierte er sich. »Jetzt ist es ohnehin zu spät.«

»Was macht denn der Schäfer eigentlich mit den Tieren, wenn so ein Unwetter droht? Er kann die doch unmöglich in so kurzer Zeit zurück in die Scheune treiben.«

»Je nachdem, wo sie stehen. Wenn sie so weit von seinem Stall entfernt sind wie heute, müssen die Tiere vermutlich draußen bleiben. Denen macht ja der Regen so viel nicht aus. Und manchmal bleibt der Gunkel in seinem Schäferwagen draußen bei den Tieren.«

Edgar nickte. Es ging ihm wohl wie den meisten Menschen: Man machte sich keine Vorstellung darüber, wie hart der Alltag eines Schäfers sein konnte. Er ließ den Gedanken ziehen, als Albrecht Schneider aus heiterem Himmel erstarrte. Als ob er einen Geist gesehen hatte, starrte er Edgar ins Gesicht, dann schlug er sich voller Wucht die flache Hand vor die Stirn. »Ich Esel! Edgar, das ist es: der Schäferwagen!«

Edgar Brix verstand kein Wort.

»Na, der Schäferwagen, Edgar.« Albrecht sah ihn an, als sei diese Bemerkung das Selbstverständlichste auf der Welt.

Immer noch stand Edgar Brix auf dem Schlauch. Er zuckte die Achseln.

»Wo war der Schäferwagen, als der Gunkel die Leiche gefunden hat?«

Edgar Brix' Kopf füllte eine große Leere.

»Himmel. Wer hat hier studiert?«, rief Albrecht Schneider ungeduldig. »Hast du an dem Morgen irgendwo in der Nähe der Herde den Schäferwagen gesehen?«

»Nein.« Edgar kratzte sich verzweifelt am Kopf.

»Nein! Weil er nicht da war. Deshalb nicht.« Albrecht haute mit der Faust auf den Tisch, und Edgar fing die strauchelnde Schnapsflasche gerade noch mit einer Hand auf, bevor sie auf den Tisch schlug.

»Und?«

»Der Schäferwagen ist immer da, wo die Herde ist. Wenn er nicht da war, bedeutet das, dass die Herde an diesem Tag auch nicht dort gewesen wäre.«

»Du meinst, er hat die Herde da hingetrieben, um …?« Edgar Brix verließ die Fantasie.

»… entweder um die Spuren zu verwischen oder um einen Vorwand zu haben, warum er so zufällig über die Leiche gestolpert ist«, beendete Albrecht Schneider den Satz.

»Aber er musste doch ahnen, dass das auffällt. Wenn er wirklich mit Vorsatz gehandelt hat, warum hat er dann nicht auch den Wagen da oben abgestellt?«

»Das, mein Lieber, werden wir nur erfahren, wenn wir ihn fragen«, sagte Albrecht im Brustton der Überzeugung.

»Aber vielleicht sind ihm die Schafe ja auch nur ausgebrochen oder er wollte den Wagen später nachholen. Es gibt tausend Erklärungen dafür, warum der Wagen nicht dort war.« Edgar verspürte das dringende Bedürfnis, Albrecht von einer Dummheit abzuhalten. Und dem Schäfer unangenehme Fragen zu stellen, hielt er ganz bestimmt für eine solche.

»Lass mich nur machen. Ich werde ihm sicher nicht gleich die Pistole auf die Brust setzen. Das kann man auch ganz geschickt in eine Unterhaltung verpacken.«

Edgar musste einsehen, dass er Albrecht seinen Entschluss nicht ausreden würde. Und da er für seinen Geschmack an diesem Tag genug Probleme gewälzt hatte, schenkte er eine Runde Obstbrand nach.

13

Albrecht Schneider machte sich im Morgengrauen auf die Socken. Wie Edgar es befürchtet hatte, war er nicht von seinem Vorhaben abzubringen gewesen. Die Tiere hatte er noch im Dunkeln versorgt und den Garten konnte er dank des ausgiebigen Regengusses vom Vortag an diesem Morgen ausnahmsweise sich selbst überlassen. Die Luft war klar und frisch. Das Gewitter hatte ganze Arbeit geleistet und die stehende Hitze der letzten Wochen aus der Luft gewaschen. Ein geisterhafter Dunst dümpelte über die Felder, und in den Grashalmen glitzerten Spinnweben. Die Regenmassen hatten Furchen in den ausgetrockneten Boden gespült und hier und da stand das Wasser in Pfützen. Die Vögel begrüßten diesen Tag mit einem besonderen Lied, und unter normalen Umständen hätten sie Albrecht Schneider damit ein Glücksgefühl beschert. Doch heute übersah er all die Schönheiten der Natur, als er gedankenverloren das Dorf hinter sich ließ, um den Sandberg in Richtung der grasenden Herde von Nathan Gunkel zu erklimmen.

Die Tiere standen dicht gedrängt am Rande der Umzäunung. Verhaltenes Blöken drang aus der Herde und die Körper dünsteten Nebel und strengen Schafgeruch aus. »Genau, wie ich es mir dachte«, sagte er zu sich selbst, »wo die Herde ist, ist auch der Schäferwagen nicht weit.« Eine gewisse Genugtuung machte sich in ihm breit. Er näherte sich dem Wagen. Die grüne Farbe blätterte hier und da von den Holzplanken ab. Ein Stein vor dem rechten Vorderrad hinderte den Wagen daran, die abschüssige Wiese hinunterzurollen. Albrecht lauschte. Blume hätte schon längst angeschlagen, sobald sich jemand dem Wagen näherte. Er ruckelte an der Tür, dass die rostigen Scharniere knarrten. Als er die Tür vorsichtig öffnete, rechnete er bereits fest damit, den Schäfer nicht in seinem Wagen anzutreffen. Wie er es geahnt hatte, war der Wagen leer. Es war ihm nicht ganz wohl dabei, so ohne Erlaubnis den Schäferwagen zu betreten, doch die Neugier trieb ihn voran. Abgestandene Luft schlug ihm entgegen, als er die zwei Stufen in das Innere des Wagens nahm. Die Koje war zerwühlt, so als sei gerade jemand daraus aufgestanden. Er hielt eine Hand an den kleinen Holzofen. Der war kalt. Auf einem Bord stand eine Thermoskanne und ein halb voller Becher.

Albrecht roch an der Flüssigkeit: Tee mit Schuss. Alles machte den Eindruck, als sei der Schäfer nur kurz weggegangen. Allerdings musste das schon eine geraume Weile her sein. Er verließ den Wagen und zog die Tür hinter sich zu. Auf der obersten Stufe hockte er sich hin und dachte nach. Der Schäfer war offensichtlich heute noch nicht da gewesen. Doch konnte das sein? War sein erster Gang am Morgen nach einem solchen Gewitter nicht der zu seiner Herde? In Albrecht keimte die Art von Vorahnung auf, die ihn um ein Haar dazu veranlasst hätte, einen Rückzieher zu machen, den Schäfer Schäfer sein zu lassen und den Heimweg anzutreten.

Die aufgehende Sonne wärmte Albrecht das Gesicht. Zu gerne wäre er noch eine Weile hier sitzen geblieben und hätte dem Gezwitscher der Vögel gelauscht, doch es gab etwas zu erledigen. Mit einem Seufzer stieß er sich ab und machte sich auf den Weg in Richtung des Schäferhofs.

Er nahm die Abkürzung durch den Wald, überquerte die Schuster-Franz-Brücke, um schließlich auf dem Weg zu landen, auf dem er erst vorgestern mit Edgar Brix spazieren gegangen war. Der Hof des Schäfers lag oberhalb des Dorfes zu Füßen des Hirschbergs in einer kleinen, von Wald gesäumten Senke unterhalb der Zechenverwaltung. Ein großer Vorplatz öffnete sich vor Albrecht, als er den Hof betrat. Linker Hand wirkte das Wohnhaus winzig im Vergleich zu dem großen Stall, der sich rechts anschloss. Einige Katzen lagen auf den Strohballen unter dem schützenden Schleppdach und putzten sich die Reste des gestrigen Regens aus dem struppigen Fell.

Albrechts Schritt wurde jeden Meter träger. Hier stimmte etwas ganz und gar nicht. Kein Besucher näherte sich mehr als 100 Meter dem Haus, ohne von Blume lautstark begrüßt zu werden. Er redete sich gut zu: Vielleicht hatte er den Schäfer einfach nur verpasst? Der hatte sich vielleicht für eine andere Route entschieden und war längst auf dem Weg zu seiner Herde. Das gute Zureden half nicht. Am liebsten wäre er auf dem Absatz umgedreht, doch er zwang sich, weiterzugehen. Er klopfte zaghaft an die Tür des Wohnhauses, die sich daraufhin bewegte. Er drückte die Tür auf und rief in das Haus hinein: »Nathan! Bist du da?« Nichts. Totenstille. Er überlegte einen Augenblick und ging dann ein paar Schritte weiter in den Flur. Eine Blutspur zog sich von hier in den Kücheneingang. Der Blick in die Küche bestätigte seine schlimmsten Befürchtungen: Auf dem Boden lag Blume in einer Blutlache. Sie blutete aus einer Wunde im Bauch und starrte aus glasigen Augen ins Nichts, ihre Nasenflügel zitterten. Offensichtlich war sie dem Tod näher als dem Leben. Doch Albrecht konnte sich jetzt nicht um sie kümmern. Hastig durchsuchte er Zimmer um Zimmer, doch es war keine Spur vom Schäfer zu entdecken. Völlig außer Atem rannte er wieder auf den Hof und schrie von Panik ergriffen: »Nathan! Verdammt, wenn du hier irgendwo bist, gib gefälligst ein Lebenszeichen von dir!«

Er erhielt keine Antwort. Er wandte sich der Scheune zu und schob das Tor auf, indem er sich mit dem ganzen Körper dagegenstemmte. Einmal ins Rollen gekommen, schob sich das Tor zur Gänze auf und gab den Blick in die Scheune frei. Albrecht Schneider starrte fassungslos auf einen quietschgelben VW-Käfer. Wie ein Fremdkörper stand das knallbunte Fahrzeug in der Scheune. Obwohl er keine Zeit hatte, sich mit Details aufzuhalten, bemerkte er sofort das holländische Kennzeichen. Er ging um den Wagen herum zur geöffneten Fahrertür und blieb wie angewurzelt stehen. Auf dem Fahrersitz saß der Schäfer und glotzte ihn aus einem blutüberströmten Gesicht an. Ein Loch in der Stirn glotzte wie ein drittes Auge, die Hand des Schäfers lag auf dem Beifahrersitz, eine Pistole war ihm aus den Fingern gerutscht. Albrecht überwand seinen ersten Schock und handelte reflexartig. Er fühlte am Hals des Schäfers. Kein Puls. Der Körper war bereits kalt. Er taumelte einige Schritte zurück, stolperte über einen Strohballen und landete auf dem Hosenboden. Ein weiterer Strohballen fing seinen Aufprall ab. Während er das Bild aus einiger Entfernung auf sich wirken ließ, geriet sein Kopfschütteln außer Kontrolle. »Verdammt! Verdammt!«, stammelte er, unfähig, einen klaren Gedanken zu fassen.

Nachdem eine gefühlte Ewigkeit vergangen war, sprang er endlich auf. Er musste etwas tun. Irgendetwas. Also traf er eine Entscheidung. Er wischte jede Unsicherheit beiseite – im Augenblick war es die einzige Entscheidung, die er zu treffen imstande war. Er verließ die Scheune und zog das Tor hinter sich zu. Dann stürmte er in das Wohnhaus, lud sich Blume über die Schultern und rannte, so schnell es eben ging, mit dem schlaffen Hundekörper auf dem Buckel die Dorfstraße hinunter, bis zur Praxis von Edgar Brix.

Der staunte nicht schlecht, als Albrecht Schneider, völlig außer Atem und schweißgebadet, ohne anzuklopfen, in sein Sprechzimmer platzte.

Anneliese Wiegand konnte gerade noch die Hände vor dem nackten Oberkörper verschränken und »So was!« rufen, als Albrecht Schneider den blutüberströmten Hund auf die Liege warf.

»Du kümmerst dich um den Hund. Ich ruf die Polizei. Wo ist das Telefon?«, keuchte er.

Edgar Brix war so verdutzt, dass er wortlos auf die Tür zum Wohnhaus deutete.

»Im Flur?«, brüllte Albrecht ungeduldig.

Edgar nickte.

Kaum war Albrecht aus dem Sprechzimmer gestürzt, wandte sich Edgar entschuldigend an Frau Wiegand. »Das tut mir jetzt leid, aber ...«

»Das wird 'n Nachspiel honn, das sprech ich Ihn'n!« Sie wedelte mit dem Zeigefinger vor seinem Gesicht und verschwand erbost, nachdem sie ihren BH in die Handtasche gestopft und sich notdürftig die Bluse übergeworfen hatte.

Edgar blickte zur Tür und dann zu dem blutenden Hund auf seiner Behandlungsliege. »What the ... Der spinnt wohl!« Er rannte hinter Albrecht her und stieß auf halbem Weg mit ihm zusammen.

»Die Polizei ist verständigt. Was ist mit dem Hund?«

»Was weiß denn ich? Ich bin doch kein Tierarzt. Was ist hier überhaupt los?«

»Gleich!« Albrecht quetschte sich an Edgar vorbei und stürmte in sein Behandlungszimmer. Vier Augenpaare wartender Patienten verfolgten das Schauspiel gebannt, während Edgar hinter Albrecht herstürmte und die Tür zum Behandlungsraum zuknallte.

»Kannst du mir wohl bitte sagen, was hier los ist?«, fragte Edgar ungehalten.

»Erst guckst du, ob du dem Hund helfen kannst.« Albrechts Worte duldeten keinen Widerspruch.

Edgar schüttelte heftig den Kopf, als er sich über den Hundekörper beugte. »Ein glatter Durchschuss. Der scheint Glück gehabt zu haben.«

»*Sie*. Der Hund heißt Blume.«

Edgar ignorierte den Einwand, während er sich dem Tier zuwandte. »Ich kann nicht viel für sie tun. Keine Ahnung, was sie für Schmerzmittel braucht. Ich kann die Wunde notdürftig versorgen, aber sie braucht einen Tierarzt.«

Albrecht Schneider überlegte angestrengt. Dann stürmte er in das Wartezimmer und steuerte zielstrebig Heiner Brand an, der zur Nachuntersuchung seines vereiterten Fußnagels gekommen war. »Du! Du bist doch bestimmt mit dem Auto da, oder?«

»Ja, schon. Aber wieso …?«

»Du fährst den Hund jetzt zum Tierarzt. Der Doktor hat ohnehin keine Zeit mehr.«

»Ich muss aber echt bitten!« Edgar Brix riss der Geduldsfaden. »Du kannst doch nicht einfach meine Patienten wegschicken.«

»Doch, kann ich.« Er zog Edgar Brix in sein Behandlungszimmer und schloss die Tür. In aller Eile weihte er den Arzt in die Fakten ein, der gebannt lauschte.

Als die beiden wieder im Wartezimmer auftauchten, hatte Edgar Brix eingesehen, dass Albrechts Überfall in Anbetracht der Sachlage zumindest gewisse ungewöhnliche Maßnahmen rechtfertigte. »Herr Brand, wären Sie wohl so nett, den Hund zum Tierarzt zu bringen? Ich bin in der Nachmittagssprechstunde wieder in der Praxis.«

»Ich hätte mir 'nen Krankenwagen kaufen sollen«, grummelte Heiner Brand, »wenn das so weitergeht, denk ich noch mal drüber nach. Wer hilft mir, den Köter verladen? Aber der kommt in den Kofferraum!«

»Ist doch klar. Ich pack mit an«, lenkte Albrecht Schneider ein, bevor Heiner Brand es sich womöglich noch anders überlegte.

Edgar wandte sich an die verbliebene Roswitha Bachmann. »Frau Bachmann«, brüllte er der alten Frau unmittelbar ins Ohr, »es tut mir furchtbar leid, aber ich muss zu einem dringenden Fall. Können Sie heute Nachmittag noch mal wiederkommen?«

»Häh?« Sie hielt sich die Hand an das Ohr.

Edgar nahm den Arm der alten Frau und führte sie langsam Richtung Ausgang. »Wir bringen Sie erst mal nach Hause«, brüllte er beruhigend auf sie ein. Die alte Frau machte nicht den Eindruck, als hätte sie von der ganzen Aufregung auch nur die Spur mitbekommen. Edgar wartete, bis Albrecht und Heiner Brand den Hund verladen hatten, dann wandte er sich mit ernster Miene an Albrecht. »Ganz gleich, wie eilig die Sache ist: Wir bringen erst die Frau Bachmann nach Hause.«

Albrecht schaute ihn unwirsch an, sah aber ein, dass Edgar die alte Dame nicht einfach vor die Tür setzen konnte. Also henkelten die beiden Männer die alte Frau Bachmann unter und legten im Schneckentempo den Weg bis zur übernächsten Querstraße zurück. Annie Bachmann staunte nicht schlecht, als ihr ihre Mutter von den beiden Männern wie ein eiliges Paket an der Haustür übergeben wurde.

»Ich komme später auf einen Hausbesuch vorbei. Es tut mir leid, ein dringender Fall ist dazwischengekommen«, entschuldigte sich Edgar gehetzt, während Albrecht schon längst wieder die Straße hinaufeilte.

Frau Bachmann und ihre Tochter blieben verdutzt im Türeingang stehen. Sie sahen Edgar hinterher, wie er die Verfolgung von Albrecht Schneider aufnahm. »Jetzt mach doch mal langsam«, keuchte Edgar, als er ihn endlich eingeholt hatte, »wenn ich dich richtig verstanden habe, ist der Schäfer tot und läuft uns nicht mehr weg.«

»Das ist richtig. Der läuft uns nicht weg. Aber ich will auf jeden Fall da oben sein, bevor die Polizei da ist.«

Edgar war erstaunt, dass Albrecht noch flüssig sprechen konnte, während er selber wie eine Lokomotive keuchte. Im selben Augenblick rasten zwei Polizeiwagen mit Blaulicht und Sirene an ihnen vorbei, die Straße Richtung Gänseweide hinauf.

»Mist«, fluchte Albrecht und zog das Tempo erneut an. »Mach hinne!«, herrschte er Edgar an, dessen Beine lahm wurden. Ein paar Hundert Meter vor der Gänseweide musste er abreißen lassen. Albrecht zog in einem Tempo davon, als gelte es, einen Wettkampf zu gewinnen.

Als Edgar endlich auf dem Schäferhof angekommen war, pfiff er auf dem letzten Loch. Albrecht jedoch sprach bereits mit einem Mann in Zivil, als wäre nichts gewesen. Edgar stützte die Hände auf die Oberschenkel und rang nach Luft.

»Und wer sind Sie?«, fragte ihn der Mann.

»Ich … bin … der … Arzt.«

»Ach, dann sind Sie der Herr Brix, der uns die erste Leiche gemeldet hat?« Der Mann ging auf Edgar zu und streckte die Hand aus. »Mein Name ist Matthias Frank, Kommissar Frank, wir hatten telefoniert.«

Edgar nahm die Hand und empfing einen kräftigen Händedruck. Anders hätte er es von dem drahtigen, jungen Kommissar in Lederjacke auch nicht erwartet. Wie ebenfalls nicht anders zu erwarten, dauerte es nicht lange, bis der Kommissar zur Sache kam. Er machte nicht den Eindruck, als hielte er sich für gewöhnlich mit höflichem Geplänkel auf. »Sie sind noch nicht lange im Ort, oder?«

»Ein halbes Jahr.« Edgar war inzwischen wieder einigermaßen bei Puste.

»Seit Sie hier praktizieren, sterben im Ort mehr Menschen, als in den letzten zehn Jahren zusammengenommen. Gibt es da einen Zusammenhang?«

Edgar schaute ihn entgeistert an und zuckte die Schultern. Ein Polizist kam aus dem Wohnhaus gestürmt und flüsterte Matthias Frank etwas ins Ohr. »Also«, wandte der sich an Edgar und Albrecht, »wo ist die andere Leiche hin?« Sein ordentlich gestutzter Oberlippenbart zuckte ungeduldig.

Edgar glotzte ihn verständnislos an, während sich Albrecht ein Grinsen nicht verkneifen konnte. »Die andere Leiche ist ein Hund und wird hoffentlich gerade beim Tierarzt behandelt.«

Matthias Frank stemmte beide Hände in die Hüfte und baute sich vor Edgar und Albrecht auf. »Sie haben erneut«, er holte tief Luft und schloss die Augen, »ohne unsere Ankunft abzuwarten, etwas vom Tatort entfernt?«

Edgar hob gerade zu einer Antwort an, als er sich von Albrecht einen Ellenbogenstoß in die Seite einfing.

»Ich dachte, ich hätte mich schon beim letzten Mal klar und deutlich ausgedrückt: Diese unerlaubte Einmischung stellt eine Behinderung der Ermittlungstätigkeit dar. Das ist eine strafbare Handlung. Oder haben wir uns irgendwie falsch verstanden?«

Edgar ließ die Schelte wie ein Schuljunge über sich ergehen und schüttelte reumütig den Kopf.

»Das ist ganz und gar meine Schuld. Ich konnte doch den Hund unmöglich da sterben lassen«, warf Albrecht ein.

Matthias Frank sah ihn an, als zweifele er an seinem Verstand. »Wir reden hier von einem Hund, ja? Ich hoffe, Sie hatten sich vorher vergewissert, dass dem anderen Opfer ganz sicher nicht mehr zu helfen war.«

»Aber selbstverständlich.« Albrecht tat entrüstet.

»Wie heißen Sie eigentlich?«, wollte Matthias Frank nun wissen.

»Albrecht Schneider.«

»Ach, der, der beim ersten Fall auch schon mit von der Partie war. Das wird ja immer schöner. Vielleicht ist es besser, wenn ich Sie beide einmal mit ins Präsidium nehme. Ich habe den Eindruck, eine Belehrung könnte Ihnen beiden nicht schaden, hm?«

Edgar hoffte inständig, dass Matthias Frank sich noch umstimmen ließ, hielt aber vorerst sicherheitshalber den Mund.

»Was hatten Sie denn hier zu suchen?«, wandte sich der Kommissar erneut an Albrecht. »Sie waren doch bestimmt nicht zufällig hier?«

»Na ja, wissen Sie, uns war aufgefallen, dass es vielleicht möglich wäre, dass der Schäfer nicht so ganz zufällig über die Leiche am Waldrand gestolpert ist.«

»Und da dachten Sie, dass Sie sich in unsere Ermittlungsarbeit einmischen und auf eigene Faust mal nach dem Rechten sehen?«

Albrecht verkniff sich eine Antwort.

Matthias Frank wandte sich an Edgar. »Wir waren uns doch auch darüber einig, dass Sie uns informieren, wenn es etwas Neues gibt, oder?«

Albrecht sprang in die Bresche. »Das hat der Herr Brix ganz eindeutig so weitergegeben. Aber sehen Sie, es hätte ja sein können, dass es eine ganz harmlose Erklärung dafür gibt, dass der Schäfer seine Herde zum Fundort der Leiche getrieben hat.«

»Richtig, Herr Schneider, aber solche Schlussfolgerungen überlassen Sie doch bitte der Polizei. Zwei Tote innerhalb einer Woche, das ist alles andere als harmlos. Vielleicht wäre das zu verhindern gewesen.«

Matthias Frank drehte sich um und ließ die zwei Männer wie begossene Pudel stehen. Es herrschte betretenes Schweigen und Albrecht zuckte die Schultern. Die beiden standen hilflos in der Gegend herum, während um sie reges Gewusel über den Hof fegte. Ein Polizist zog mit Kreide einen Halbkreis vom Wohnhaus zum Eingang der Scheune, zwei weitere untersuchten die nähere Umgebung um das Haus. Einer stürmte in die Scheune und kam kurz darauf mit Matthias Frank im Schlepptau wieder hinaus. Gebeugt über eine Markierung diskutierten sie eine Weile, bevor Matthias Frank wieder auf Albrecht und Edgar zuging.

»Wir haben offensichtlich drei Paar Fußabdrücke, die vor dem Regenguss gestern Abend noch nicht da gewesen sein können, da sie in die feuchte Erde getreten wurden. Zwei Paar hatten eine längere Unterhaltung vor der Scheune. Herr Schneider, Sie können jetzt beten, dass Ihre Abdrücke die frischen von heute sind. Sonst haben wir erneut eine Unterhaltung. Und die wird unerfreulicher.« Er versicherte sich mit einem Blick der ungeteilten Aufmerksamkeit der beiden Männer: »Können Sie mir etwas über den Käfer sagen?«

»Was für einen Käfer?«, fragte Edgar.

»Der Schäfer wurde offensichtlich in einem gelben VW-Käfer erschossen«, klärte Albrecht ihn auf.

»Nicht so vorschnell. Im Moment deutet immer noch alles auf Selbstmord hin. Für Fremdverschulden haben wir keine Anhaltspunkte. Aber ja, der Tote ist in einem gelben VW-Käfer mit niederländischem Kennzeichen aufgefunden worden. Können Sie mir dazu etwas sagen?«

Edgar schüttelte nur den Kopf und Albrecht kratzte sich unter dem Kinn. »Wenn der Schäfer sich ein Auto gekauft hätte, hätte er das niemals geheim gehalten. So was fällt doch auch sofort auf. Na, und Holländer haben wir hier regelmäßig als Feriengäste. Das ist nicht so selten.«

Matthias Frank nickte. »Ich denke, Sie können jetzt gehen. Falls ich noch Fragen haben sollte, weiß ich ja, wo ich Sie finden kann.« Edgar und Albrecht nickten eifrig und wandten sich gerade zum Gehen, als Matthias Frank hinterherschickte: »Und wenn ich einen von Ihnen dabei erwische, wie Sie auf eigene Faust etwas unternehmen oder uns eine Information vorenthalten, wird das Konsequenzen haben. Haben wir uns verstanden?«

Edgar wollte etwas entgegnen, wurde aber von Albrecht am Hemdsärmel weitergezogen, bis Matthias Frank hinter ihnen herrief: »Ach, Herr Brix!«

Edgar stoppte.

»Wo Sie schon mal hier sind, können Sie ja auch den Totenschein ausstellen, oder? Sie waren doch sicher der behandelnde Arzt!«

Edgar machte einige Schritte auf Matthias Frank zu. »Nun ja. Herr Gunkel war nicht mein Patient. Aber ich wage zu bezweifeln, dass er überhaupt in den letzten Jahren einen Arzt aufgesucht hat.«

»Na prima. Dann können Sie das ja sicher erledigen.«

Verzweifelt beobachtete Edgar, wie Albrecht sich aus dem Staub machte. So hatte er sich das beschauliche Landarztleben ganz bestimmt nicht vorgestellt. Um vor der Nachmittagssprechstunde noch das Versprechen bei Roswitha Bachmann einzulösen, würde die heutige Mittagspause schon wieder ohne ihn stattfinden. Edgar blieb nichts anderes übrig, als ein freundliches Gesicht aufzusetzen und mit etwas übertriebener Höflichkeit zu sagen: »Aber selbstverständlich, mit dem allergrößten Vergnügen, Herr Frank.«

*

Nachdem Lukas Söder gebeichtet hatte, fiel ihm nichts Besseres ein, als schuldbewusst in die Runde zu gucken.

»Und was, bitte schön, tust du dich am helllichten Tag im Baumgrund rumtreiben?«, fragte Friedberg Söder entgeistert. Er schüttelte den Kopf und sah seinen schulterzuckenden Sohn verständnislos an. Dann wandte er sich an Albrecht Schneider, der an den Gartenzaun zum Nachbargrundstück der Söders gelehnt war. »Was soll man da sprechen? Treibt sich der Bengel im Wald rum, allderweil ich mir einen abaste, damidde vor dem Unwetter der Hof hakenreine is.« Mit einer theatralischen Geste holte Friedberg Söder Luft und wandte sich wieder an Albrecht: »Und der Gunkel hot erschdemoh den Köter erschossen un dann sich selber?«

»So sieht es zumindest aus«, erklärte Albrecht Schneider.

»Ach, und da geht hä fröhlich im Wald spazieren, bevor er sich un sinnen Köter umbringt? Das glaubt doch kein Mensch nit!«

Lukas Söder zuckte erneut die Schultern. Er könnte sich noch immer dafür ohrfeigen, überhaupt auch nur erwähnt zu haben, dass er dem Schäfer am gestrigen Vormittag noch durchaus quicklebendig über den Weg gelaufen war. Er war sich sicher, dass er sich noch am gleichen Tag einigen unangenehmen Fragen seines Vaters zu stellen hatte, und überlegte krampfhaft, ob es eine Möglichkeit gab, dem irgendwie zu entgehen. Vielleicht lenkte den ja die Neuigkeit vom Tod des Schäfers davon ab. Doch Lukas Söders Hoffnungen waren gering. Sein Vater hatte Prinzipien und die reichten erfahrungsgemäß über den Tod hinaus.

»Stell dir vor, er hatte einen gelben Käfer in seinem Schuppen. Und darin hat er sich eine Kugel in den Kopf gejagt.«

»Das wird ja immer befremdlicher. Der Gunkel hotte doch kinn Auto«, sagte Friedberg Söder ungläubig.

»Ich denke auch nicht, dass es seins war. Hatte ein holländisches Kennzeichen. Wenn du mich fragst, könnte es was mit dem Toten vom Waldrand zu tun haben.«

Friedberg Söder kaute auf seiner Unterlippe. »Albrecht, das gefällt mir alles nit. Da honn wir jetzte schon widder de Kripo im Ort.«

»Friedberg, auch wenn es mir schwerfällt, das zu sagen: Wir haben das Unheil selber heraufbeschworen. Einen Unschuldigen aus dem Dorf jagen und jahrelang so tun, als sei nichts geschehen, rächt sich eines Tages.«

Lukas Söder sog scharf die Luft ein und sah seinen alten Vater an. Ein eisiger Blick wechselte zwischen den Männern über die Spitzen des Gartenzauns hinweg. Friedberg Söder lehnte auf seiner Heugabel und fixierte Albrecht Schneider. Doch zu Lukas' Überraschung stieß sein Vater lediglich einen tiefen Seufzer aus. »Vielleicht haste recht«, hörte er ihn sagen. Er konnte eine aufkeimende Empörung nicht unterdrücken. Hatte er sich doch vor wenigen Tagen noch in der Kneipe für seinen Vater ins Zeug gelegt und jetzt erlag der plötzlich einem Anfall von Altersmilde, den Lukas niemals für möglich gehalten hätte.

»Aber Vadder, du host doch selbst gesprochn …«

»Ich weiß genau, was ich gesprochn honn. Danke, Lukas. Du musst meim Gedächtnis nit auf de Sprünge helfen.«

Die Zurechtweisung schmerzte, aber gleichzeitig keimte eine geringe Hoffnung in Lukas Söder auf, was die strengen Prinzipien seines Vaters und somit die Aussprache über sein kleines Schäferstündchen zur Arbeitszeit anging.

»Ich seh ja ein, Albrecht, dass wir dos Schlamassel nit so uff sich beruhen lassen können, vor alledem jetzte, wo's schon wieder nen Toten gegeben hot. Aber dass de Kripo in den ollen Kamellen rummacht, das passt mir ja gar nit.«

Lukas Söder wusste genau, worauf sein Vater anspielte. Immerhin war seine nicht sehr rühmliche Vergangenheit im khakifarbenen Hemd und der roten Armbinde mit dem Hakenkreuz darauf im Ort hinlänglich bekannt. Und das kleine Feuer, das 1945 im Vorgarten loderte, als die Amerikaner durch den Ort marschierten, war kein Freudenfeuer gewesen. Eilig hatte Friedberg Söder Papiere und Kleidung aus dem Haus gezerrt, um sie den gnädigen Flammen zu übergeben.

Albrecht Schneider entgegnete: »Vielleicht hast du es dem Doktor zu verdanken, wenn das eine oder andere Detail in seiner Schweigepflicht begraben bleibt.« Er beugte sich so nahe an das Gesicht von Friedberg Söder, wie es der Zaun zuließ. »Vielleicht solltest du dich entschuldigen.«

»Bei wem?«

»Bei dem Doktor.«

»Wofür?« Friedberg Söder spielte den Ahnungslosen. Albrecht ließ nicht locker. »Du weißt genau, wofür.«

»Einen Teufel werd ich tun!« Die Heugabel flog mit Wucht zwei Meter weiter und blieb vibrierend im Boden stecken.

Zu Lukas' Überraschung tat Albrecht Schneider unbeeindruckt. Während der sich zum Gehen abwandte, murmelte er leise, aber hörbar: »Nun, wir werden ja sehen.«

*

Edgar Brix war völlig fertig. Den ganzen Tag nichts gegessen und ohne Pause in die Nachmittagssprechstunde. Von dem Schock mit dem toten Schäfer ganz zu schweigen. Er wünschte sich nichts sehnlicher, als den Tag mit einem Butterbrot und einem Bier vor dem Fernseher ausklingen zu lassen. Dazu kam es nicht. Er überlegte kurz, ob er das Klingeln des Telefons ignorieren konnte, doch das Pflichtbewusstsein siegte.

»Brix«, meldete er sich.

»Hallo, Herr Brix, hier ist Frank. Ich habe Neuigkeiten. Der Tote von letzter Woche ist aller Wahrscheinlichkeit nach der Besitzer des Wagens und niederländischer Staatsbürger. Wir warten noch die Identifikation ab, aber es sieht alles danach aus. Er wird seit drei Wochen vermisst.«

Durch die Müdigkeit drangen die Worte nur mühsam in Edgars Bewusstsein.

»Wir warten noch das Ergebnis der Schmauchspurenanalyse ab, aber die Waffe, die wir bei Herrn Gunkel gefunden haben, ist in beiden Fällen die Tatwaffe.«

»In beiden Fällen?« Edgar war verwirrt.

»Na ja, die Waffe hat auch den Hund getroffen. Die Kugel haben wir im Fußboden des Flures gefunden. War wohl ein glatter Durchschuss«, klärte Matthias Frank ihn auf. »Herr Brix, ich hätte Sie und Herrn Schneider gerne morgen im Präsidium gesprochen. Ist das möglich?«

»Morgen Nachmittag ist meine Praxis geschlossen. Das könnte klappen, muss ich aber noch mit Herrn Schneider besprechen. Hält bei Ihnen ein Bus?«

»Wieso kommen Sie nicht mit dem Wagen?«

Peinlich berührt antwortete er: »Ich fahre kein Auto. Und Herr Schneider hat meines Wissens auch keins. Wir werden wohl mit dem Bus kommen müssen.«

»Nun, dann besprechen Sie das. Ich erwarte Sie morgen gegen 15 Uhr.«

Kaum hatte er den Hörer aufgelegt, als es an der Tür klopfte. »Damn!«, fluchte Edgar leise vor sich hin. Heute gönnte ihm einfach niemand seinen verdienten Feierabend.

Vor der Tür stand Heiner Brand mit Blume im Arm. Ein weißer Verband war beinahe um den ganzen Hund gewickelt, doch am hinteren Ende wedelte zumindest der Schwanz.

»Ich hoffe, ich komm nit ungelegen.«

»Wie man's nimmt«, murmelte Edgar Brix.

»Ähm, ich honn mich ja um das Tier gekümmert, aber ...«, er sprach nicht weiter, sondern streckte Edgar den Hund entgegen.

»Was soll ich denn mit einem Hund?«

»Keine Ahnung, aber bei mir kann er nit bleiben.«

»Ja, aber bei mir auch nicht. Das ist eine Arztpraxis hier und kein Zoo.«

»'Tschuldigung, Herr Doktor, aber ich honn minnen Teil getan.«

Edgar Brix nahm widerwillig den Hund entgegen und presste sich einen knappen Dank heraus, bevor er die Haustür mit dem Hinterteil zudrückte. Während er den warmen Hundekörper in das Wohnzimmer trug, grummelte er leise vor sich hin. Das war wirklich das i-Tüpfelchen auf diesem Tag. Er legte Blume auf den Sessel. Besänftigt durch einen dankbaren Blick aus ihren braunen Augen, gönnte er ihr einen sanften Druck am hängenden Ohr. Ein gepresstes Stöhnen verriet ihm, dass sie Schmerzen hatte. Ohne länger nachzudenken, griff Edgar zum Telefon und wählte Albrechts Nummer. Der hatte kaum »Ja?« gesagt, als Edgar schon lospolterte. »Pass mal auf, erst schleppst du mir hier einen Hund in die Praxis und dann kümmerst du dich noch nicht mal drum, was mit dem Vieh anschließend passiert, ja?«

»Hoppla. Immer langsam mit den jungen Pferden. Was ist denn überhaupt los?« Albrecht Schneider klang amüsiert.

»Der Brand hat mir gerade den Hund hier abgeladen, und die Kripo will uns morgen Nachmittag sprechen.«

»Eins nach dem anderen. Also, Blume geht es gut? Das freut mich.« Albrecht klang ernsthaft erleichtert. »Und warum müssen wir morgen zur Polizei?«

Edgar klärte ihn über den Stand der Dinge auf.

»Das ist ja spannend. Ich sag dir, der Gunkel hat sich nie im Leben selber umgebracht.«

»Ganz ehrlich? Das ist mir heute Abend so egal, das kannst du dir nicht vorstellen. Ich will endlich was essen und dann eigentlich nur noch schlafen. Und stattdessen muss ich mich jetzt um einen verletzten Hund kümmern. Verdammt auch!«

Nach einer Weile sagte Albrecht Schneider: »Pass auf. Ich hol morgen früh den Hund bei dir ab. Wann sollen wir denn in Kassel sein?«

»Um drei.«

»Das ist für mich in Ordnung. Kannst du uns fahren?«

Edgar Brix' Laune verflüchtigte sich zusehends: »Wie du bereits selber bemerkt hattest, habe ich kein Auto und ich hab weiß Gott keine Lust, das heute Abend noch zu diskutieren. Also, der Hund ist morgen früh weg, sonst bring ich ihn ins Tierheim. Und die Taxe in die Stadt zahlst du.«

»Ich seh schon, es wird besser sein, den Rest morgen zu besprechen. Vielleicht bist du dann besserer Laune.«

»Vielleicht«, sagte Edgar Brix und knallte den Hörer auf die Gabel.

Er zog sich einen Sessel neben den, auf dem Blume lag, und teilte sein Butterbrot mit ihr, während die Tagesschau lief. Köpke erzählte irgendetwas über die Ausweitung des Vietnamkonfliktes. Vielleicht gab es schlechtere Orte als Wickenrode, an denen man zurzeit sein konnte. Er kraulte Blume sanft am Hinterkopf. »Du kannst ja wirklich am allerwenigsten für dieses Kuddelmuddel.« Sie wedelte erleichtert mit dem Schwanz. Mit den gleichmäßigen, tiefen Atemzügen der Hündin im Ohr, dämmerte Edgar Brix weg.

*

Albrecht Schneider hätte den Hund auch noch am selben Abend abgeholt, doch er hatte etwas zu erledigen, was keinen Aufschub duldete. Auch wenn die Beweislage noch nicht eindeutig war, glaubte er keinen Augenblick ernsthaft daran, dass der Schäfer seinen Hund und sich selber hatte töten wollen. Ihm spukte die Beobachtung von Lukas Söder im Kopf herum. Was hatte Nathan Gunkel vor seinem Tod im Wald gemacht? Und was hatte es mit dem Schuss auf sich? Er entschied sich, dorthin zu gehen, wo die Wahrscheinlichkeit am größten war, Neuigkeiten zu erfahren. Er ging in den »Brauborn«.

»Nen Schoppen?«, fragte ihn Reinhold Noll, kaum dass Albrecht am Tresen Platz genommen hatte.

Der nickte nur kurz und blickte sich um. »Nicht viel los heute Abend«, bemerkte er, nachdem er sich in dem leeren Schankraum umgesehen hatte. Lediglich Franz Jakob saß in einer Ecke und schnarchte. Der Kopf lag auf der Tischplatte und Sabber lief ihm aus dem Mundwinkel.

»Ich könnt wetten, das is wegen der Sache mit dem Nathan. Jetzt hocken se alle wie de bedröbbelden Pudel daheim. Aber morgen is die Welt wieder, wie se immer gewesen is.«

Albrecht nickte, obwohl er die Ansicht des Wirtes nicht ganz teilte. Es war gut möglich, dass morgen die Welt zumindest in Wickenrode eine andere sein würde. Aber das war nicht der Grund, warum er hierhergekommen war. »Sag mal, ist dir gestern etwas aufgefallen? Der Lukas sagte, er sei im Söder'schen Baumgrund gewesen und hätte einen Schuss gehört, bevor der Nathan wie angestochen an ihm vorbeigehetzt ist.«

Das Gesicht von Sabine Noll erschien in der Durchreiche und verschwand so schnell wieder, wie es aufgetaucht war. Albrecht nutzte die Gelegenheit: »Hast du was gehört, Sabine?«, rief er, laut genug, um das hektische Töpfegeklapper jenseits der Durchreiche zu übertönen.

Von dort drang kaum verständliches Gemurmel: »Ich hab mich den ganzen Tag um den Vadder gekümmert.«

»Wieso witte denn das wissen? Meinst du, das hat wos mit dem Selbstmord zu tun?«

Die Tatsache, dass es sich um Selbstmord handelte, hatte sich wie ein Lauffeuer verbreitet und einmal mehr fragte sich Albrecht Schneider, warum er darauf keine Wette abgeschlossen hatte. Beinahe langweilte ihn die Vorhersehbarkeit des Dorfvölkchens. Es gab interessantere Fragen als die reine Spekulation, ob es sich um Selbstmord handelte oder nicht. »Sag mal, kannst du dich an einen gelben VW-Käfer erinnern?«

Reinhold Noll machte sich an seiner Zapfanlage zu schaffen und nuschelte etwas in sich hinein, das in etwa klang wie: »Ich konnt doch nit ahnen, dass das wichtig sinn könnte.«

»Häh?« Albrecht hatte lediglich die Hälfte verstanden.

»Das war vor 'n paar Wochen. Ich honn gerade ne Lieferung Fässer verstaut, da hot einer in nem gelben Käfer gehalten. Hatte nen fiesen Akzent. Hot mich gefragt, wo er den ahlen Veit finden kann. Wenn ich mir wos dabei gedacht hätte, hätt ich doch was gesprochen. Aber ich honn mir nix dabei gedacht.« Er hatte sich über den Tresen gebeugt und flüsterte: »Meinst du, ich hätte das der Polizei sprechen müssen?«

»Vielleicht.« Albrecht kratzte sich hinter dem Ohr.

»Ich fand's ja schon seltsam. Normalerweise wollen die wissen, ob wir'n Fremdenzimmer frei honn, aber dass hä nach dem ahlen Veit fragt? Schon komisch, oder?«

»In der Tat. Und? Hast du ihm den Weg beschrieben?«

»Klar. Hätte ich nit sollen?«

»Doch. Selbstverständlich. Ich hätt's nicht anders gemacht.«

Der Wirt nickte erleichtert. Anscheinend war ihm daran gelegen, nicht an dem Tod des Ausländers schuld zu sein, nur weil er höflich eine Frage beantwortet hatte.

»Mach dir keine Gedanken, du wirst deswegen sicher keinen Ärger kriegen«, sagte Albrecht Schneider und stürzte sein Bier hinunter. Er hatte, was er wollte, und gerade hatte sich eine weitere Frage aufgetan, der er unbedingt nachgehen musste. Er ließ den verdatterten Wirt zurück und verließ im Laufschritt die Kneipe, nachdem er ein Markstück auf den Tresen gelegt hatte.

Albrecht Schneider fühlte sich lebendig wie schon lange nicht mehr. Ihn erfasste eine Art von Tatendrang, den er nicht mehr verspürt hatte, seit Edith gestorben war. Er konnte sich gar nicht daran erinnern, wann er zuletzt so schnell das Kaltblut vor den Karren gespannt hatte und abfahrtbereit auf dem Kutschbock saß. Die Dämmerung senkte sich über das Tal, als er den Karren Richtung Wald lenkte. Er nahm denselben Weg, den Edgar und er vor ein paar Tagen schon einmal genommen hatten. Dunkel wurde es, sobald er die Baumgrenze hinter sich gelassen hatte, doch er war vorbereitet. Auf seinem Kopf wackelte einer dieser neumodischen Grubenhelme mit Stirnlampe, den man ihm anlässlich seiner Pensionierung als Andenken überlassen hatte. Seitdem lag das Ding unbeachtet auf der Hutablage über der Garderobe. War doch gut, ihn aufzuheben, dachte Albrecht und seine Gedanken kreisten liebevoll um Edith, die das Ding umschlichen hatte wie eine Tigerin auf dem Sprung, um es eines Tages unbemerkt verschwinden zu lassen. Doch Albrecht hatte aufgepasst. Ebenso wie auf die alte, verbeulte Thermoskanne. Die war schon seit Jahren nicht mehr gefüllt worden, doch in der weisen Voraussicht, dass es eine lange Nacht werden könnte, hatte Albrecht sich Tee und belegte Brote vorbereitet.

Seine Augen hatten sich an das schwache Licht gewöhnt, sodass er sich ohne Beleuchtung an die Hütte heranpirschen konnte. Jeder Schritt kam ihm doppelt so laut vor, obwohl er sich ganz vorsichtig vorwärtsbewegte. Der Wald lag totenstill. Lediglich ein Käuzchen schrie seinen Nachtgesang in unregelmäßigen Abständen in die Dunkelheit.

Albrecht bewegte sich so vorsichtig es eben ging. Trotzdem brachen die trockenen Tannenzweige unter seinen Füßen, als er die Schonung umrundete. In seinen Ohren hallte das Knacken wie ein Donner und er mühte sich ab, behände wie ein Reh über den Boden zu trippeln. Gott sei Dank sieht mich niemand, dachte er und setzte seinen Weg fort. Und tatsächlich war er hier im Wald gänzlich alleine, lediglich die Dunkelheit leistete ihm Gesellschaft. In einer geschützten Position legte er sich auf die Lauer und beobachtete die Hütte, die schwach erleuchtet auf der Lichtung lag.

Albrecht Schneider kämpfte gegen seine bleischweren Lider. Er lag jetzt schon eine Stunde auf der Lauer und es tat sich nichts. War vielleicht auch ein blöder Einfall, dachte er bei sich. Was soll denn mitten in der Nacht im Wald auch Sensationelles passieren? Vielleicht war es wirklich eine Schnapsidee gewesen. Aber er hatte sich vorgenommen, zur Not die ganze Nacht und, wenn es nötig war, auch den nächsten Tag hier zu verbringen. Irgendwann würde der alte Veit ja mal aus seiner Hütte herauskommen müssen. Wenn er überhaupt noch lebte. Aber war es wirklich denkbar, dass Nathan Gunkel ihn erschossen hatte? Und wenn ja, warum bloß? Tötet erst den alten Veit, dann seinen Hund, dann sich selbst? Erste Zweifel über den Sinn seiner nächtlichen Aktion nagten an Albrecht Schneider. Was, wenn der alte Kerl verwundet zu Hause läge? Dann säße er hier in der Dunkelheit und glotzte völlig sinnlos auf die Hütte. Albrecht Schneider stand auf und näherte sich einige Schritte dem Häuschen, dann jagten sich die Gedanken durch seinen Kopf. Was für eine saublöde Idee: auf eigene Faust ganz alleine und dann auch noch mitten in der Nacht in den Wald zu fahren. Wenn der Veit ihn dabei ertappte, wie er hier nachts um seine Hütte schlich, durfte er mit dem Schlimmsten rechnen. Der würde nicht lange fackeln. Aber was, wenn der nun wirklich Hilfe brauchte? Albrecht fluchte leise vor sich hin. Das hatte er nicht bedacht, als er seinen kleinen Ausflug antrat. Jetzt hockte er hier, mitten im stockdusteren Wald unter seinem Grubenhelm und war sich alles andere als sicher, dass dieser spontane Einfall mehr war als die Eselei eines alten Mannes, den der Hafer gestochen hatte.

Während er noch mit sich haderte, knackte ein Ast in unmittelbarer Nähe. Er duckte sich, so tief es sein steifer Rücken zuließ. Eine Gestalt bewegte sich am Rande der Lichtung von einem Baum zum nächsten. Albrecht Schneider hielt den Atem an. Er starrte angestrengt in die Dunkelheit. Nur ein Umriss, mehr war beim besten Willen nicht zu erkennen. Die Gestalt verharrte hinter einem Baum und beobachtete, ebenso wie er zuvor, die Hütte aus sicherem Abstand.

Albrecht Schneider brach der Schweiß am ganzen Körper aus. Was auch immer er sich dabei gedacht hatte, als er den Wahnsinnsplan schmiedete, sich in der Nacht auf die Lauer zu legen, jetzt fuhr ihm die Angst in alle Knochen. War es nicht naiv? Was hatte er denn erwartet? Und er hatte noch nicht mal etwas dabei, um sich zur Not zu verteidigen. Er konnte jemandem die Thermoskanne über den Schädel ziehen, das war dann aber auch alles. Die Gedanken in seinem Kopf überschlugen sich, während sein Herz wie wild raste. Er legte unwillkürlich eine Hand auf seine Brust, als könnte die das Geräusch seines wilden Herzschlags dämpfen. Als er schon glaubte, die Spannung keine Sekunde länger aushalten zu können, löste sich die Gestalt aus dem Schatten der Bäume. Sie schlich gebückt, aber zielstrebig auf die Hütte zu. Im Lichtschein konnte Albrecht die Kontur einer dürren Person erkennen. Das Gesicht blieb im Schatten der breiten Krempe eines Hutes vor seinem Blick verborgen.

Die Person klopfte an der Tür. Albrecht duckte sich, so weit es ihm möglich war. Zu seiner Überraschung öffnete sich die Tür sofort. Der nächtliche Besucher wurde ohne Umschweife eingelassen. Der alte Veit war also zumindest am Leben. Während Albrecht die Hütte aus dieser Position im Auge behielt, schlich sich ein Gedanke hinterrücks an ihn heran. Keine Sekunde hatte er ernsthaft daran geglaubt, dass der Schäfer Selbstmord begangen hatte. Aber wenn er damit recht behielt, gab es einen Mörder. Und wenn es einen Mörder gab, was machte er dann hier alleine im Wald? Von der Tatsache abgesehen, dass er vorsätzlich gegen die Anordnungen der Polizei verstieß. Das allein reichte schon aus, um ihn in Teufels Küche zu bringen. Und er hatte seiner Edith versprochen, keine Dummheiten zu machen. Reumütig packte er die Thermoskanne und schlich sich im Schein der Stirnlampe aus dem Unterholz. Er war gerade genug Schritte in Richtung Pferdekarren gegangen, um die Hütte aus dem Blick zu verlieren, da drehte er sich nochmals um. Schon einmal hatte er gekniffen und was war die Folge? 20 Jahre Gewissensbisse! Was hatte er denn in seinem Alter noch zu verlieren? Mit weichen Knien machte er auf dem Absatz kehrt, löschte die Stirnlampe und schlich sich Schritt für Schritt näher an die Hütte heran. Das Innere war gerade genug beleuchtet, dass er durch die verstaubten Scheiben schemenhaft zwei Silhouetten erkennen konnte. Es half nichts, er musste sich noch näher heranpirschen.

Zwei Männerstimmen, die offenbar nicht der gleichen Meinung waren, drangen schwach an sein Ohr. Es wurde heftig diskutiert, doch Einzelheiten blieben unverständlich. Er drückte sich gegen die Hauswand und versuchte, etwas im Innern zu erkennen. Doch aus diesem Winkel sah er so gut wie gar nichts. Die Stimmen wurden lauter. Er duckte sich unter das Fenster und wollte durch die Scheibe linsen, als die Haustür mit Schwung aufflog.

Albrecht machte einen Hechtsprung zur Seite. Er konnte einen Schrei gerade noch unterdrücken, als sein Handgelenk den Aufprall auf dem harten Boden mit einem Knirschen quittierte. Der Schmerz, der im Sekundenbruchteil folgte, traf Albrecht bis ins Mark. Die Zähne fest zusammengebissen, kauerte er um die Ecke, während keine zwei Meter von ihm entfernt der nächtliche Besucher im Zickzack das Weite suchte. Fritz Veit stand in der geöffneten Tür, die Hände in die Seiten gestützt und verfolgte den Abgang seines Besuchers belustigt. Der drehte sich, kurz bevor ihn die Dunkelheit jenseits der Bäume verschlucken konnte, noch einmal um und rief Fritz Veit entgegen: »Der Teufel wird dich holen!« Im schwachen Lichtkegel, den die geöffnete Tür in die Lichtung entließ, erkannte Albrecht Schneider den Mann und bekreuzigte sich mit der Hand, die nicht wie verrückt schmerzte.

*

»Das kann ja wohl nicht wahr sein«, fluchte Edgar Brix leise vor sich hin. Ein eindringliches Klopfen an der Scheibe seines Wohnzimmerfensters hatte ihn aus dem leichten Schlaf gerissen. Blume knurrte mit gesträubtem Fell in ihrem Sessel. Ein Blick auf die Uhr verriet: eine halbe Stunde nach Mitternacht. Der Fernseher rauschte. Edgar strauchelte beim Versuch aufzustehen, sein Bein war eingeschlafen. Er bewegte sich humpelnd in Richtung Hintereingang, während das Klopfen anhielt.

»Himmel! Jetzt ist aber gut. Ich komm ja schon«, rief er aufgebracht, bevor er die Hintertür öffnete. Das Schloss klemmte, da er diese Tür normalerweise kaum benutzte.

Er zerrte mit aller Gewalt daran, bevor sie endlich nachgab. Mit schmerzverzerrtem Gesicht fiel ihm Albrecht Schneider in die Arme. Er stammelte unverständliches Zeug. Auf seinem Kopf hing statt der unvermeidlichen Kappe ein Helm ganz schief und seine Kleidung war übersät mit Tannennadeln. Als Edgar ihn zu stützen versuchte, verzog er das Gesicht und stöhnte.

»Was ist denn passiert? Und wie siehst du überhaupt aus?«

»Ich … glaube … ich … hab … mir … die Hand … gebrochen«, kam es gepresst aus Albrecht heraus. Er hielt Edgar seine Linke entgegen, die weder in Form noch Farbe einer menschlichen Hand ähnelte.

»Albrecht, das muss geröntgt werden. Das sieht übel aus. Außer einem Schmerzmittel kann ich hier für dich gar nichts tun.«

»Ich dachte, du machst … einen Verband drum … und gut ist.«

Edgar sah Albrecht an, als habe der völlig den Verstand verloren. »Ich rufe dir jetzt einen Krankenwagen. Keine Widerrede!«, unterbrach er Albrecht, der gerade zum Protest ansetzen wollte. »Und unterwegs nach Kassel erklärst du mir, wobei du dir nachts die Hand gebrochen hast. So, wie du aussiehst«, er musterte den verdreckten und verschwitzten alten Mann von oben bis unten, »bist du nicht zu Hause die Treppe runtergefallen.«

20 Minuten später stand der Krankenwagen vor der Tür. Er hatte sich, Edgars Anweisungen an die Leitstelle entsprechend, lautlos und ohne Blaulicht durch Wickenrode genähert. Dank einer Spritze, die einen Bären flachgelegt hätte, war Albrecht einigermaßen schmerzfrei und sah überhaupt

nicht ein, warum er liegend transportiert werden sollte. Nach einem ungehaltenen Blick von Edgar fügte er sich maulend in sein Schicksal.

»Wir fahren Herrn Schneider nach Kassel«, tat Edgar unmissverständlich kund.

»Keine Ahnung, wo Sie hinfahrn, aber wir fahrn nach Witzenhausen,« brummelte der Sanitäter, während er Albrecht für die Fahrt bereitmachte.

»Mein Name ist Doktor Brix und Sie melden uns umgehend in der chirurgischen Notaufnahme im Stadtkrankenhaus Kassel bei Doktor Zeidler an.«

Der Sanitäter zuckte gelangweilt die Schultern und rief nach vorne in den Fahrerraum: »Der Herr Doktor will nach Kassel.«

Albrecht schnalzte anerkennend mit der Zunge. Er versuchte noch etwas zu sagen, doch die Schmerzmittel sowie die vorgerückte Stunde raubten dem alten Mann die Sinne. Während ihm der Kopf zur Seite fiel, nuschelte er nur noch: »Der Pfarrer, Edgar, der Pfarrer.« Dann entschwand er in einen entfernten Dämmerzustand.

*

Um 4 Uhr morgens saß Edgar im Taxi, endlich auf dem Heimweg nach Wickenrode. Er hatte noch zehn Kilometer Fahrtweg übrig, um sich zu überlegen, wie er dem Fahrer erklären würde, dass er nicht genügend Bargeld hatte, um ihn zu bezahlen. Eine elegante Ausrede brauchte er jetzt genauso dringend wie eine Mütze Schlaf.

Albrecht hatte Glück gehabt. Er hatte sich Elle und Speiche im unteren Drittel gebrochen. Gott sei Dank nichts, was operiert werden musste. Sie würden ihn dortbehalten und Edgar würde ihn noch vor ihrem Termin bei der Polizei wieder abholen können.

Wie erwartet kam es vor Edgars Haustür zu einer peinlichen Situation. Bei der Taxigesellschaft brauchte er nie wieder anzurufen. Die Stichworte »Arzt« und »Notfall« besänftigten den wütenden Taxifahrer gerade genug, damit er von einer Anzeige absah. Zähneknirschend begnügte sich der Fahrer mit dem Versprechen, dass Edgar am nächsten Tag in der Zentrale das Geld für ihn hinterlegen würde. Als der Fahrer mit quietschenden Reifen davonknatterte, fiel Edgar ein, dass er sich einfach einen Transportschein hätte ausstellen können. Er war wirklich reif für eine Mütze Schlaf.

Blume hatte sich aus dem Sessel gequält und erwartete ihn schwanzwedelnd an der Haustür. Es ging ihr offensichtlich besser. »Na, Mädchen. Komm!« Edgar ließ sie durch die Hintertür in den verwilderten Garten, damit sie ihr Geschäft verrichten konnte. Anschließend platzierte er sie wieder auf dem Sessel und wankte todmüde Richtung Bett. Die Gedanken kreisten in seinem Kopf, während er sich in die Kissen mummelte. Allein die Vorstellung, wieder hinter einem Steuer zu sitzen, erzeugte Edgar Übelkeit. Aber die Ereignisse des Abends hatten ihm vor Augen geführt: Irgendwann musste er die Anschaffung eines Autos zumindest in Erwägung ziehen. Er vertagte diesen Gedanken, wie er sich selber einredete, auf einen besseren Zeitpunkt. Der Pfarrer, ging es ihm als Letztes durch den Kopf, bevor er in einen traumlosen Schlaf fiel.

14

Edgar hatte das Gefühl, gerade erst eingeschlafen zu sein, als der Wecker klingelte. Er absolvierte seine Vormittagssprechstunde wie in Trance, denn selbst der Einsatz diverser Tassen Kaffee tat nicht die gewünschte Wirkung.

Der letzte Patient war entlassen und Blume hatte sich in seinem Garten erleichtert, als Edgar sich auf den Weg zum Haus von Albrecht Schneider machte. Saubere Sachen zum Anziehen und eine Zahnbürste brauchte der alte Kerl, um ordentlich bei der Polizei aufzutauchen. Noch war es Albrechts Geheimnis, wie sich die Sache mit dem gebrochenen Arm zugetragen hatte. Aber sein Gefühl verriet Edgar, dass Albrecht die Anordnungen der Polizei gründlich in den Wind geschlagen hatte. Ordentlich und sauber gekleidet dort aufzutauchen, war also das Mindeste.

Obwohl er sicher sein konnte, dass Albrecht nicht zu Hause war, klopfte Edgar aus guter Gewohnheit an die Haustür. Von dem Geräusch aufgeschreckt, trat Friedberg Söder, der gerade in seinem Garten Unkraut jätete, an den Zaun heran. »Heda«, rief er, »der Albrecht is anscheinnd nit daheim.«

»Ich weiß.« Edgar bewegte sich einige Meter auf den Gartenzaun zu. Er erkannte den Mann. Die gealterten Gesichtszüge des Mannes, der ihm in seinen letzten Tagen in Wickenrode so eine Heidenangst eingejagt hatte. Alles an ihm war schlaffer und die Haare lichter, aber die Stimme, die klang noch immer genauso in Edgars Ohren. Als ob es gestern gewesen wäre, spürte er, wie sich Gutmunds Hand auf seinen Mund presste. Tief in eine Mulde gedrückt, hatten sie die Gruppe von Männern beobachtet, wie sie einen Schlachtplan aushecken, um dem flüchtigen Johann Veit beizukommen. Allen voran Friedberg Söder. Das Gewehr im Anschlag brüllte er die Verfolgergruppe ins Jagdfieber, dass dem kleinen Edgar Angst und Bange wurde. So sehr, dass Gutmund ihn nicht zum Schweigen bringen konnte und am Ende den kleinen Bruder zu Hause abliefern musste.

Die Blicke der beiden Männer kreuzten sich kurz, dann senkte Friedberg Söder die Augen. Edgar glaubte, so etwas wie Scham im Gesicht des alten Mannes lesen zu können. Vielleicht hoffte er auch nur, dass es Scham war, die er sah.

»Der Gaul stand heute Morjen angeschirrt vor der Döhr. Hab ihn versorgt und inn Stall gestellt.«

»Das war sehr freundlich. Ich werde das Herrn Schneider sagen, damit er sich keine Sorgen machen muss. Er ist im Krankenhaus. Hat sich den Arm gebrochen.«

»Sie sehn aber auch nit grad uss wie de Morjenfrische.«

»Ich habe ihn in der Nacht ins Krankenhaus gebracht.«

»Bei wos bricht sich dann der Albrecht in der Nacht den Arm?« Kaum war die Frage ausgesprochen, winkte Friedberg Söder auch schon ab. »Is au egal. Sprechen Se emme schöne Grüße und alles Gute.«

»Das wird nicht nötig sein. Er kommt nachher wieder mit nach Hause. Ich wollte ihm nur etwas Frisches zum Anziehen holen.« Kaum hatte Edgar das gesagt, als ungestümes Glockengeläut das Tal erfüllte.

»Hennelühden«, wisperte Friedberg Söder und reckte den Kopf Richtung Glockenturm.

Edgar verstand ihn nicht und musste einen Schritt auf ihn zugehen. »Wie bitte?«

»Geläute zur Unzeit. Das is das Heimläuten für den Möller.« Friedberg Söder sackte förmlich in sich zusammen.

Edgar verstand. Die Beerdigung des alten Herrn Möller würde er nun leider verpassen. »Gehen Sie hin?«

Friedberg Söder nickte.

»Albrecht und ich haben einen Termin in Kassel.« Es klang wie eine Entschuldigung, dabei war Edgar nicht danach, sich ausgerechnet bei Friedberg Söder für irgendetwas zu entschuldigen. »Na dann, ich muss jetzt los.« Er hatte sich schon fast abgewandt, als er innehielt. Es war ihm furchtbar peinlich, aber es blieb ihm kaum eine Wahl. »Sie können mir nicht zufällig zehn Mark leihen? Ich muss den Bus nach Kassel nehmen und bin dem Taxifahrer von heute Nacht noch etwas schuldig. Und, na ja, es ist Mittwoch.«

Friedberg Söder zögerte einen Augenblick. Edgar trippelte von einem Fuß auf den anderen und war schon drauf und dran, den Rückzug anzutreten, als es über den Zaun schallte: »Das ist doch gar kinne Sache. Der Lukas fährt Sie nach Kassel. Und die zehn Mark werd ich Ihnen selbstverständlich leihn. Wenn Se drübben fertig sind, klingeln Se, ich sprech derweil dem Lukas Bescheid, dass er schon ma de Hufe schwingt.«

Edgar nickte dankbar. Erneut trafen sich die Blicke der beiden Männer. Dieses Mal senkte keiner von ihnen die Augen.

Zunächst war es Edgar unangenehm, in Albrechts Schränken zu wühlen. Schließlich waren sie nicht so vertraut, dass es eine Selbstverständlichkeit gewesen wäre. Aber dann ging es ganz schnell. Die Sachen von Albrecht waren ordentlich sortiert und folgten einer Logik, die die Sprache einer ordentlichen Hausfrau sprach. Ob wohl hin und wieder Albrechts Töchter in seinen Haushalt eingriffen? Zumindest machte es den Anschein.

Kaum hatte er die Haustür hinter sich zugezogen, fuhr auch schon ein nigelnagelneuer roter Opel Kadett vor. Am Steuer saß Lukas Söder. Den muskelbepackten Arm lässig wie James Dean aus dem heruntergedrehten Fenster gehängt, eine Zigarette locker im Mundwinkel, platzte er beinahe vor Stolz. Der Wagen glänzte in der Sonne wie eine Speckschwarte und die Chromteile blitzten und blinkten, dass es Edgar die Tränen in die Augen trieb. Er stieg ganz vorsichtig ein, peinlich darauf bedacht, das Schmuckstück bloß nicht schmutzig zu machen. »Schöner Wagen«, sagte er, nachdem er die Tasche auf dem Rücksitz abgelegt und daneben Platz genommen hatte.

»Nit wahr?«, antwortete Lukas Söder, während er das Armaturenbrett mit seiner Pranke liebkoste. »Im Februar in Bochum vom Band gelaufen. A-Serie. 48 PS. Ich honn über 5.000 Mark für das Schätzcherchen gelöhnt.«

Edgar Brix fragte sich, wie ein Jungbauer 5.000 Mark zusammenkratzen konnte. Noch während er überlegte, ob eine Nachfrage wohl unhöflich wäre, musste er feststellen, dass Lukas Söder in Prahllaune war.

»Wenn mein Vadder das wüsste, würd der mich erschlagen. Also: psch!« Er hielt sich den Zeigefinger vor die gespitzten Lippen.

Edgar nickte zustimmend, während sie in Richtung Kaufungen abbogen.

»De Vadder hat noch 'n Arsch voll von dem Nazi-Zeugs im Keller. Davon honn ich hin un widder mal 'n Stück verquankelt. Grad so viel, das hä nix merkt. Is unglaublich, was des Zeugs in gewissen Kreisen inbringt.«

Lukas Söder plauderte so fröhlich drauflos, dass er nicht bemerkte, wie sich sein Fahrgast in das Polster der Rücksitzbank drückte. Allein die Vorstellung, dass ein jüdischer Arzt in einem Fahrzeug kutschiert wurde, das von Nazi-Devotionalien finanziert worden war? Edgar war drauf und dran, diesem Gedanken etwas Erheiterndes abzugewinnen. So ändern sich die Zeiten, dachte er bei sich, während er den rechten Fuß mit aller Kraft gegen das Bodenblech des Fußraumes presste. Die durchaus rasante Fahrweise von Lukas Söder machte ihm mehr zu schaffen als die Tatsache, dass die zweifelhafte Vergangenheit von Lukas' Vater das Auto finanziert hatte, in dem sie nun nach Kassel rasten. »Könnten Sie bitte ein wenig langsamer fahren?« Edgar klammerte die rechte Hand um den Griff der Tür.

»Schuldigung. Überkommt mich einfach.« Lukas Söder bremste den Wagen ein wenig ab, doch der gute Vorsatz reichte gerade mal bis hinter die nächste Biegung. Er hatte die Zigarette aus dem offenen Fenster geschnippt und fummelte, unter den skeptischen Blicken von Edgar Brix, eine weitere aus der grünen Packung mit der Aufschrift »Eckstein«. »Woll'n Se au eine?«

Er hielt die Packung über seine Schulter nach hinten zu Edgar, der mit einem Winken ablehnte. Hauptsache, der junge Kerl konzentrierte sich auf die Fahrbahn.

»Weswejn honn Se denn kinn Wagen? Als Arzt, da können Se sich doch locker einen leisten.«

»Ich fahr nicht so gerne.«

»Aha.« Lukas Söder kratzte sich am Kinn, das Unverständnis stand ihm in das Gesicht geschrieben.

Als sie vor dem Kasseler Stadtkrankenhaus anhielten, sah Edgar zu, so schnell wie möglich aus dem Auto herauszukommen. Er war heilfroh, bis hierhin gekommen zu sein. Irgendwie würde er den Weg bis zum Polizeipräsidium auch noch überstehen. »Ich geh den Albrecht holen. Sie können sicher in der Kurzparkzone warten. Wir beeilen uns.«

Während Edgar die Straße in Richtung Pforte überquerte, wendete Lukas Söder in großzügigen Kurven den Wagen.

»Albrecht Schneider?«, fragte Edgar in das kleine Guckloch mit dem Metallrand.

»Haus 2, Zimmer 228«, kam die Antwort nach einem Blick in die Listen, ohne dass die Dame hinter der Scheibe auch nur ansatzweise den Kopf gehoben hätte.

Freundlich wie immer, dachte Edgar, während er sich auf den Weg zu Haus 2 machte.

Albrecht war schon wieder guter Dinge. Er saß auf dem Bett, seinen linken Arm zierte ein weißer Gips, der in einer Schlinge an seinem Hals baumelte. Er warf einen kritischen Blick auf die Auswahl, die Edgar getroffen hatte, und war offensichtlich ganz zufrieden. Mit einem Grunzen quittierte er das karierte Baumwollhemd und die grüne Cordhose, dann verschwand er im Badezimmer.

»Soll ich helfen?«, rief Edgar durch die angelehnte Tür.

»Untersteh dich!«, tönte es aus dem Inneren des Bades.

Keine 15 Minuten später traten die beiden Männer auf die Mönchebergstraße. Die Papiere waren unterzeichnet und Albrecht nicht ohne den Hinweis entlassen worden, dass er sich noch einige Tage schonen solle und den Arm auf gar keinen Fall belasten dürfe. Edgar ahnte, was von den Versprechen zu halten war, die Albrecht freundlich nickend abgab, aber er hielt sich raus.

»Dunnerlittchen!«, sagte Albrecht, nachdem er auf dem Rücksitz des Wagens Platz genommen und den Innenraum begutachtet hatte. »Da haste dir aber ein Schmuckstück geleistet, Lukas.«

Lukas Söder grinste über das ganze Gesicht. »Ach, den hast du noch gar nit von innen gesehen? Na ja, steht ja auch alszus im Schuppen.«

Lukas Söder kutschierte seine beiden Fahrgäste bis zum Polizeipräsidium, und Edgar wurde das Gefühl nicht los, dass es auch einen deutlich kürzeren Weg zum Königstor gegeben hätte. Vor lauter Qualm konnte man kaum noch seine Hand vor Augen sehen, doch Lukas Söder zündete sich bereits die nächste »Eckstein« an. Am Präsidium angekommen, sog Edgar erst mal frische Luft in seine Lungen, bevor er den Kopf wieder in die verqualmte Blechschüssel steckte und Lukas Söder bat, in der Wartezeit seine Schulden bei dem Taxiunternehmen zu bezahlen. Er drückte ihm die geliehenen zehn Mark in die Hand. Während die beiden Männer im Präsidium verschwanden, knatterte Lukas Söder mit erhöhter Geschwindigkeit davon.

Matthias Frank erwartete sie bereits und warf bei der Begrüßung einen kritischen Blick auf den frischen Gips an Albrechts Arm.

»Hatten Sie einen Unfall?«

»Bin hingefallen«, antwortete Albrecht wahrheitsgemäß.

»Bitte kommen Sie doch herein«, er geleitete die beiden in sein Büro.

Edgar hatte sich das Büro eines Kriminaloberkommissars – das konnte er dem Schildchen auf dem Schreibtisch entnehmen – irgendwie größer vorgestellt. Zu dritt hatten sie gerade ausreichend Platz in dem kleinen Raum. Und als noch eine Dame mit Stenoblock hinzukam, mussten Edgar und Albrecht zusammenrücken.

»Vorweg: Das ist kein Verhör. Trotzdem wird Frau Jablonski stenografieren. Nur falls Ihnen etwas einfällt, was für die Ermittlungen von Bedeutung sein könnte.«

Edgar und Albrecht nickten im Gleichtakt.

»Es gibt Neuigkeiten, was den ersten Leichenfund angeht. Das Fahrzeug in dem … äh«, er warf einen kurzen Blick in eine braune Mappe, »ach ja. Also, in dem Herr Gunkel gefunden wurde, gehört einem niederländischen Staatsbürger, der seit einigen Wochen vermisst wird. Seit heute Morgen haben wir Gewissheit, dass es sich bei ihrer Leiche vom Waldrand um den vermissten Mann handelt. Es gibt also vermutlich einen Zusammenhang zwischen dessen Tod und dem von Herrn Gunkel. Im Übrigen hatte Herr Gunkel die Schuhe an den Füßen, die Sie bei der Leiche des Holländers vermisst haben. Können Sie sich vorstellen, was Herr Gunkel mit dem Tod des Holländers zu tun haben könnte?«

Albrecht und Edgar wechselten einen fragenden Blick und schüttelten erneut synchron den Kopf.

Frank schaute die beiden skeptisch an. Seine Geduld neigte sich merklich dem Ende zu. »Hören Sie, ich kann auch ein ordentliches Verhör draus machen und Sie beide getrennt befragen, wenn Ihnen das lieber ist.« Er griff sich an den Schlips und lockerte ihn mit einem entschlossenen Ruck.

Albrecht ergriff das Wort: »Herr Frank, wir wollen Ihre Arbeit keineswegs behindern. Aber Sie können versichert sein, dass uns das Ganze genauso ein Rätsel ist wie Ihnen. Der Gunkel war so ein unauffälliger Mann. Herrje, der Mann war *Schäfer*. Wieso der plötzlich das Auto von einem Toten in der Scheune hat … das ergibt einfach keinen Sinn.«

Frank nickte, seine Gesichtszüge entspannten sich.

»Wir haben ein aufgeschlagenes Notizbuch in der Küche gefunden. Das werten wir noch aus. Soweit zur Spurenlage. Allerdings gibt es keine Verbindung des Holländers nach Wickenrode. Sie haben einige holländische Feriengäste dort, nicht wahr?«

»Ja, im Sommer wimmelt der Ort von Gästen. Und da sind auch immer wieder Holländer und Dänen dabei«, bestätigte Albrecht.

»Es ist also möglich, dass die beiden zufällig aufeinandertrafen und sich etwas zwischen ihnen abgespielt hat, was wir im Moment noch nicht nachvollziehen können«, dachte der Kommissar laut. Albrecht und Edgar sahen ihn erwartungsvoll an. »Sie sind ja der Meinung, dass Herr Gunkel den Fundort der Leiche, nun, ich will mal sagen: fingiert hat?«

»Sicher ist nur, dass die Herde sich normalerweise nicht am Fundort aufgehalten hätte. Keine Ahnung, wo die beiden aufeinandergetroffen sind und was passiert ist. Das ist mir auch ein Rätsel. Vielleicht hat der Gunkel auch gedacht, es wäre …« Weiter kam Albrecht nicht. Ein fester Knuff in die Seite hinderte ihn am Weitersprechen. Edgar fixierte ihn scharf und schüttelte beinahe unmerklich den Kopf.

Frank horchte auf. »Was hat Herr Gunkel möglicherweise gedacht?«

Albrecht kaute auf seiner Oberlippe. »Sie wissen doch, was im Dorf immer so geredet wird. Einige waren der Meinung, der Tote hätte eine Ähnlichkeit mit jemandem, der vor vielen Jahren das Dorf verlassen hat.«

»Aha.« Frank wartete ab.

»Aber das ist natürlich Unsinn. Nichts als Geschwätz.« Albrecht misslang der Versuch gründlich, unbeteiligt zu klingen.

»Das heißt, Sie hatten eine Vermutung bezüglich der Identität des Toten, bevor klar war, dass es sich um den vermissten Holländer handelt?«

»Na ja, Vermutung ...«, Albrecht versuchte abzuwiegeln.

»Und Sie denken, dass Herr Gunkel diese Vermutung irrtümlicherweise geteilt hat?«

»Das wiederum ist reine Spekulation«, mischte sich Edgar ein, dem die Wendung dieses Gesprächs nicht gefiel.

»Wie dem auch sei«, Frank knackte mit den Fingergelenken, »ich dachte, wir sind uns darüber einig, dass jede noch so kleine Information von Bedeutung sein könnte. Ich fordere Sie ernsthaft auf, künftig alles an mich weiterzugeben, was von Belang sein könnte. Wenn ich noch einmal erlebe, dass Sie Informationen vor der Polizei geheim halten, wird das ernste Konsequenzen für Sie haben. Und gerade Sie als Arzt, Herr Brix, sollten das nicht riskieren.« Der Kommissar erhob sich und ließ die Worte wie eine Drohung im Raum schweben. Das Gespräch war beendet. Albrecht und Edgar verabschiedeten sich knapp und standen bald darauf auf dem kahlen Flur, während die Tür hinter ihnen scheppernd ins Schloss fiel.

Lukas Söder war in eine Diskussion mit einer Politesse verwickelt, als die beiden vor die Tür des Präsidiums traten. »Sehen Se, da kommn de beiden. Ich habe Ihnen doch gesprochen, dass es ein Notfall mit nem Verletzten is.« Die Politesse betrachtete den Gips von Albrecht Schneider, der augenblicklich ein schmerzverzerrtes Gesicht mimte. Sie zog die Augenbraue hoch, klappte ihr Notizbuch zu und setzte ihre Arbeit am nächsten Fahrzeug fort. »Was ein Glücke, dass ihr kommt. Hätt ich glattwech ne Knolle gekricht.« Er ignorierte den Blick von Albrecht auf das deutlich sichtbare Halteverbotsschild.

Den Heimweg verbrachten die drei Männer überwiegend schweigend. Die Stille wurde lediglich durch gelegentliches Fluchen von Lukas Söder unterbrochen, mit dem er einen Vordermann im Schneckentempo bedachte. Nachdem er die letzte Zigarette aus der Schachtel genommen hatte, knüllte er die grüne Packung zusammen und warf sie der letzten Kippe hinterher aus dem Fenster.

Am Haus von Albrecht setzte er die beiden Männer ab. »Vielen Dank, dass Sie uns gefahren haben«, bedankte sich Edgar.

»Jederzeit widder. Brauchen bloß was sagen. Ich mach das gern.« Lukas Söder hielt Edgar die übrig gebliebenen zwei Mark entgegen.

»Für's Fahren«, sagte Edgar und winkte dankend ab. Staub wirbelte auf, als der Wagen mit quietschenden Reifen auf der unbefestigten Straße hinter den Söder'schen Scheunen verschwand. »Kann ich noch etwas für dich tun? Hast du Schmerzen oder brauchst du was?«, fragte Edgar.

»Ich hab Tabletten mitbekommen, die werde ich nehmen und mich eine Weile auf's Ohr hauen. Vielleicht guckst du heute Abend noch mal rein? Ich muss dir noch was erzählen. War gerade im Auto nicht so günstig.«

Edgar nickte. Er stellte Albrecht die Tasche auf der obersten Stufe vor seiner Haustür ab und machte sich auf den Heimweg. Erst kurz vor seinem Haus fiel ihm ein, dass er ganz vergessen hatte, dass seinem tierischen Gast genauso der Magen knurrte wie ihm selber. Er machte einen Abstecher zum Fleischer und kaufte Fleischreste. Das erste Mal in seinem Leben musste Edgar Brix anschreiben lassen. Er begegnete dem skeptischen Blick des Metzgers. Der schien es befremdlich zu finden, dass der Dorfarzt Fleischreste auf Kredit kaufte. Nun ja, langsam gewöhnte

Edgar sich an den Gedanken, im Ort für Gesprächsstoff zu sorgen.

*

»Was soll denn das werden?«, fragte Albrecht Schneider mit einem entgeisterten Blick auf den Hund neben Edgar.

»Nun, ich dachte mir, du könntest Gesellschaft gebrauchen. Und da ihr ja beide verletzt seid, könnt ihr euch gegenseitig Trost spenden.« Edgar grinste von einem Ohr zum anderen.

»Sehr lustig. Was soll ich denn jetzt mit dem Hund?«

»Du hast ihm doch das Leben gerettet. Jetzt ist er deiner. Und: du hast es versprochen!«

Albrecht Schneider seufzte und ließ die beiden eintreten, nicht ohne missbilligend den Einzug Blumes in sein Haus zu verfolgen. Kaum in der Küche angelangt, suchte sie sich einen Platz unter der Bank beim Küchentisch und ließ sich grunzend nieder.

»Siehst du, fühlt sich schon wie zu Hause.«

Albrecht schnaubte und fügte sich in sein Schicksal. »Wir werden sehen.«

»Denkst du, dass du klarkommst?«

Albrecht mühte sich leidlich ab, den Wasserkessel einhändig zu füllen. »Wird schon gehen. Fiona und ihre Schwester können sicher auch mal einen Weg für mich erledigen. Das klappt schon.«

Edgar nickte. »Du weißt ja, wo du mich findest, falls du Hilfe brauchst. Hast du Schmerzen?«

»Die Hand tut weh, der Arm seltsamerweise gar nicht so.«

»Die Prellungen schmerzen häufig mehr als die Brüche. Da wirst du noch eine Weile Spaß dran haben.«

»Wie lange muss ich denn das Ding tragen?« Albrecht schüttelte den Gips.

»Sicherlich sechs Wochen.«

»Ach du Schande.« Albrecht setzte sich auf die Bank. »Ich werde Lukas bitten müssen, sich um das Grabeland zu kümmern. Die Kartoffeln müssen bald raus.«

»Er scheint ein sehr hilfsbereiter Kerl zu sein.«

Albrecht grinste verschmitzt. »Ein Schürzenjäger ist er. Und wenn du seinen Vater fragst, ein rechter Taugenichts. Sollte schon längst eine Frau auf dem Hof haben, aber der kümmert sich lieber um sein Auto. Aber er ist nicht verkehrt. Wenn er ein bisschen mehr Grips hätte«, Albrecht tippte sich an die Schläfe, »dann würde er auch nicht jeden Mist nachquatschen, der verbreitet wird. Aber da kommt er ganz nach seinem Vater.«

Als heißer Dampf aus dem Wasserkessel aufstieg, bedeutete Edgar Albrecht, sitzen zu bleiben. Er fand Hagebuttentee im Schrank und setzte eine Kanne auf. Dann folgte er Albrechts Anweisungen und trug das Abendessen zusammen, schnitt Scheiben von einem großen Laib Brot ab und deckte den Tisch.

»Hol noch mal ne Stracke aus der Würstekammer«, sagte Albrecht, »und bring auch ein Glas Gurken mit.«

Edgar erreichte auf der halben Stiege nach oben einen Raum, der keine Fenster hatte. Die Tür musste für Zwerge gebaut sein und Edgar quetschte sich ächzend hindurch. Hier hingen kühl gelagert Ahle Würschte in Reih und Glied. Der Geruch nach Fett und Fleisch ekelte Edgar, doch er fasste sich ein Herz und prüfte einige Würste mit einem Druck auf ihre Festigkeit. Er suchte eine schön harte Stracke raus, griff ein Weckglas mit Gurken und der Beschriftung »1961« aus einem Holzregal und nahm sie mit in die Küche.

»Die hat die Edith noch eingelegt«, sagte Albrecht, während er das rote Gummiband unter dem Glasdeckel wegzog. Auf das schmatzende Geräusch folgte ein essigsaurer Geruch, der sich rasch über dem Küchentisch ausbreitete.

Während Edgar für Albrecht einen ordentlich belegten Teller zubereitete, konnte er seine Neugier nicht länger im Zaum halten. »So, jetzt erzähl doch mal.«

In aller Ausführlichkeit schilderte Albrecht, was ihn am gestrigen Abend in den Wald getrieben hatte. Als er endlich zu der Stelle gelangte, an der er sich den Arm brach, hielt Edgar nun schon seit einer geraumen Zeit eine Scheibe Brot vor den Mund. Er war zu gespannt, um reinzubeißen. »Ach, guck mal. Der Herr Pfarrer. Was hat der denn mit der Sache zu tun?«, lautete sein Kommentar, als Albrecht seine Erzählung beendet hatte.

»Das frage ich mich allerdings auch. Die beiden hatten deutlich hörbar Streit. Ich hab ja leider kein Wort verstanden, aber wenn du mich fragst, weiß der Pfarrer etwas, das ganz bestimmt mit den Todesfällen zu tun hat.«

»Na, und der Veit offensichtlich auch. Aber warum hast du davon nichts bei der Polizei gesagt?«

»Du hast doch so getan, als sollten wir das alles besser für uns behalten. Ich hab mir gedacht, du wirst deine Gründe haben«, verteidigte sich Albrecht.

»Ich finde eben, die sollen ihre Arbeit machen. Es ist schon traurig genug, dass sich der Kommissar erst dann dazu herablässt, hier aufzutauchen, wenn es einen zweiten Toten gibt. Und von einer möglichen Verbindung mit dem Todesfall von Karl Wagner scheint der nicht die leiseste Ahnung zu haben. Wenn du mich fragst, kann der seine Arbeit machen und selber draufkommen.«

»Mir kann das ja einerlei sein, aber du riskierst schon einiges als Arzt.«

»Ach, Albrecht.« Edgar seufzte. »Was hab ich denn noch zu verlieren?«

Albrecht schwieg. Seine Lebenserfahrung flüsterte ihm ein, dass es Momente gab, in denen man besser die Klappe hielt.

»Glaubst du denn, ich bin aus den Staaten nach Wickenrode gekommen, habe einen gut bezahlten Job in einem renommierten Krankenhaus gegen eine Landarztpraxis getauscht, weil ich mich so nach dem Dorfleben gesehnt habe?«

»Hat es was damit zu tun, dass du kein Auto mehr fährst?«

Edgar nickte. Er schaute einen Augenblick nachdenklich aus dem Fenster. »Wir hatten einen Unfall. Ich hab das Auto gefahren.«

»Was ist passiert?«

»Meine Kinder ...«, Edgars Stimme brach.

»Und deine Frau?«

»Sie saß nicht im Auto. Sie ist wieder zu ihren Eltern nach Hartford gezogen, nachdem die Scheidung durch war.«

»Aber du hättest doch auch auf dem Land in den Staaten als Arzt arbeiten können. Warum ausgerechnet Wickenrode?«

»Vermutlich habe ich mich nach Abwechslung gesehnt«, spielte Edgar auf die jüngsten Ereignisse an. »Nein, im Ernst. Ich habe es nicht mehr ausgehalten. Die ständigen Kommentare meines Vaters. Ich bin wohl die größte Enttäuschung seines Lebens.«

»Und da übernimmst du ausgerechnet seine alte Praxis? Keine gute Methode, die Geister der Vergangenheit loszuwerden, oder?« Albrecht konnte sich ein Grinsen nicht verkneifen.

»Stimmt. Das habe ich mir anscheinend nicht gut genug überlegt.« Edgar rang sich ein Lächeln ab. »Aber wo wir über die Geister der Vergangenheit reden: Bei dir ist ja nun auch wieder einer eingezogen.« Edgar deutete auf die schnarchende Schäferhündin.

»Ja, das stimmt. Die Geschichte wiederholt sich immer zweimal. Mal sehen, wie Blumes Geschichte weitergeht. Ich hoffe inständig, dass sie nicht in Rex' Fußstapfen tritt.«

»Soll ich dir behilflich sein, den Zwinger leer zu räumen?« Edgar dachte an den Unrat, der sich in dem ungenutzten Gitterverschlag angesammelt hatte.

»Ich bin mir sicher, dass wir den nicht brauchen werden.« Albrecht warf einen warmen Blick auf den Schäferhund.

»Noch mal zu unserem Fall«, lenkte Edgar die Aufmerksamkeit zurück auf die Ursache von Albrechts Gipsarm.

»Ach, jetzt ist es schon ›unser Fall‹?« Albrecht schaute Edgar herausfordernd an.

Der zögerte, lenkte aber kurzentschlossen ein: »Irgendwie schon. Oder?«

Albrecht lüpfte kurz seine Kappe und kratzte sich an der hohen Stirn. »Ja, stimmt. Irgendwie ist das jetzt unser Fall. Das muss begossen werden!« Er stand auf und ging zum Kühlschrank. Eine Flasche Bier klemmte er sich unter den Gips, eine weitere reichte er Edgar.

»Wenn mich nicht alles täuscht, ist also der Herr Pfarrer derjenige, den wir als Nächstes besuchen werden, oder?« Edgar prostete Albrecht zu.

»Auf jeden Fall besuche ich den lieber, als noch mal zum alten Veit rauszumüssen.« Er hob seinen Gips zum Beweis.

»Den sollten wir wirklich der Polizei überlassen. Einen gebrochenen Arm können wir grad noch so verkraften, aber mit einer Kugel im Kopf hört der Spaß auf.«

»Du glaubst auch nicht daran, dass sich der Schäfer selber erschossen hat?«

»Auf gar keinen Fall! Das ist doch viel zu inszeniert. Das Notizbuch auf dem Küchentisch, die Schuhe von dem toten Holländer und dann bringt der sich ausgerechnet in dem Käfer um? Ne, das kann die Polizei gerne glauben, aber ich tue das nicht eine Sekunde lang.«

Albrecht nickte zustimmend. »Allerdings hat es aller Wahrscheinlichkeit nach etwas mit dem toten Holländer zu tun. Interessant wäre schon, ob es in seinem Haus noch Hinweise gibt. Wollen wir uns da morgen noch mal umsehen?«

Edgar dachte nach: »Das Haus ist polizeilich versiegelt. Ich weiß nicht, ob ich mich traue, so weit zu gehen.«

»Das lass mal meine Sorge sein.« Albrecht kniff verschwörerisch ein Auge zu. »Wir kommen da zur Not auch rein, ohne ein Siegel zu brechen.«

15

Der nächste Morgen kam spürbar kühler daher. Schleierwolken hingen am Himmel und Morgentau bedeckte den Boden. Edgar riss alle Fenster auf und schon bald wehte ein

Lüftchen durch alle Zimmer. Die frische Luft tat ihm gut. Wach und voller Tatendrang betrat er sein Wartezimmer. Anscheinend war er nicht der Einzige, dem die Abkühlung die Lebensgeister weckte. Sein Wartezimmer war leer.

Elsbeth Brand konnte jeden Augenblick niederkommen. Darüber hatte ihn die Hebamme Regina Schreiner noch am Morgen telefonisch benachrichtigt. Dafür brauchte sie ihn in der Regel nicht, aber er würde sich bereithalten – nur für den Notfall. Und damit er für den kurzen Weg nicht den Fahrdienst aus Großalmerode würde bemühen müssen, nutzte er das leere Wartezimmer und widmete sich dem löchrigen Schlauch seines Drahtesels. In Hörweite seines Telefons werkelte er umständlich bei geöffneter Hintertür an dem Fahrradreifen herum, als die Glocke seiner Praxistür bimmelte. Er wischte sich die schmutzigen Finger an einem Lappen ab und ging hinein. Im Flur wäre er um ein Haar mit Lukas Söder zusammengestoßen.

»Wenn ich nen Automechaniker brauch, kann ich auch hierhinkommen, wie?«, scherzte er und deutete auf Brix' verschmiertes Hemd.

»Ich hab versucht, mein Fahrrad zu reparieren. Immerhin muss ich ja im Notfall mobil sein. Aber irgendwie will das nicht so, wie ich will. Ich mach mich grad sauber und dann komm ich zu Ihnen. Sie können ja schon in das Behandlungszimmer gehen.«

Lukas Söder winkte ab. »Ne, desterwegen bin ich gar nit da. Ich muss mal kurz mit Ihnen sprechn.« Er deutete an Edgar vorbei. »Wenn Se mich lassen, reparier ich Ihnen derweil das Rad.«

Verdutzt sah Edgar Brix zu, wie Lukas Söder kurzerhand an ihm vorbeimarschierte und zielsicher die offene Hintertür ansteuerte. Er folgte ihm in sicherem Abstand.

Ohne zu zögern, machte sich der junge Mann geschickt an dem Fahrradreifen zu schaffen.

»Sagen Se mal, honn Se keine Hilfe mit dem Garten?«

Edgar zuckte die Schultern. »Nein. Wieso?«

»Weil man das sehen tut, desterwegen. Kraut un Rüben. Da muss man dringend ran. Wenn Se wollen, helf ich Ihnen. Gegen ein bisschen Kippengeld, versteht sich.«

»Versteht sich.« Edgar wusste gar nicht, was er antworten sollte. »Ja, wieso nicht.«

»Abgemacht. Ich komm dann die Tage mal rum und mach den Garten hakenreine.«

Edgar setzte sich vorsichtig auf den klapprigen Holzstuhl, der schon hier im Garten stand, als er eingezogen war. Die oberste Deckschicht wellte sich und die rostigen Schrauben waren alles andere als vertrauenerweckend. Lukas Söder werkelte eifrig an dem Reifen und sah Edgar nicht an. »Sie sagen doch nix der Polizei, oder?«

»Worüber?«

»Na, darüber, dass der Vadder noch so altes Nazi-Zeugs hat.«

Der Gedanke lag tatsächlich nahe, trotzdem hatte Edgar ihn keinen Augenblick in Erwägung gezogen. Er dachte kurz darüber nach und kam zu dem Ergebnis, dass Einsicht immer der erste Schritt zur Besserung war. »Wenn Sie mir versprechen, dass das Zeug ein für alle Mal verschwindet und Sie im Dorf die Sachen einsammeln, die Sie verkauft haben, wäre ich bereit, die Angelegenheit für mich zu behalten.«

Lukas Söder kaute auf seiner Unterlippe herum. »Das wird dem Vadder nit gefallen. Der weiß ja auch nix davon, dass ich sein Zeugs verscherbelt honn.«

»Sie sind doch ein schlaues Bürschchen. Ihnen wird schon etwas einfallen.«

»Hm. Ein Teil hab ich schon wieder.«
»Ach?«
»Honn ich aus der Bude vom Schäfer. Ich dachte mir, das bringt mich noch in Schwuhledehten, wo doch die Polizei da alszus rumschnüffelt.«

Edgar war nicht klar, was ihn mehr verwunderte: Die Tatsache, dass der Schäfer Geld für weiß der Himmel was ausgegeben hatte oder dass Lukas Söder so einfach in ein polizeilich versiegeltes Haus spazierte. Mit dem Unrechtsbewusstsein schien es in der Familie Söder tatsächlich nicht weit her zu sein. »Das Haus war versiegelt.«

»War«, antwortete Lukas Söder wahrheitsgemäß. »So, feddisch.« Er drehte das Fahrrad wieder auf die Reifen. »Das hält.«

»Vielen Dank.«

»Dafür nit«, sagte Lukas Söder und war schon am Gehen, als er sich noch einmal umwandte. »Sagen Se mal: Kimmet die Polizei noch mal vorbei? Weil ich doch den Schäfer noch vor seinem Tod im Nordwald getroffen honn.«

»Kann sein. Wieso?«

»Das wär blöd. Dann müsst ich ja die Wahrheit sprechn.«

Edgar schmunzelte. »Das wäre von Vorteil.«

»Ja, weil«, druckste Lukas Söder herum, »ich war nit allein im Wald. Und es wär echt gut, wenn sich das nit rumspricht. Der Noll bringt mich sonst um.«

Edgar verstand. »Wenn Sie mir versprechen, dass sämtlicher Nazi-Kram verschwindet, dann lasse ich auch dieses winzige Detail bei der Polizei unerwähnt.« Edgar erkannte sich selber kaum wieder. Erpresserische Fähigkeiten hatte er bei sich selber bisher nicht vermutet.

»Abgemacht!«, sagte Lukas Söder. Er schüttelte dem Arzt die fettverschmierte Hand und war kurz darauf genauso schnell verschwunden, wie er aufgetaucht war.

Edgar ging in das Haus, wusch sich ausgiebig die Hände, wechselte die Kleidung und holte sein Notizbuch heraus. Während er in der Küche noch einen Kaffee trank, notierte er: »Lukas Söder und Sabine Noll«, als das Telefon klingelte. Er rechnete mit dem Schlimmsten und sah sich in Gedanken schon auf seinem Drahtesel durch das Dorf rasen, als er im Hörer die aufgebrachte Stimme von Matthias Frank vernahm. »Ich muss Sie beide dringend sprechen. Ich bin in einer halben Stunde bei Ihnen, halten Sie sich zu meiner Verfügung.«

Edgar starrte den Hörer seines Telefons noch an, nachdem Matthias Frank ohne Vorwarnung aufgelegt hatte. Was konnte ihn plötzlich so wütend gemacht haben? Edgar überlegte, kam aber zu keinem Schluss. Vielleicht hatte Albrecht eine Idee. Er wählte seine Nummer.

Die Nachricht tat ihre Wirkung. Keine zehn Minuten später stand Albrecht bei ihm in der Praxis. Das Hemd war schief geknöpft und überall klebten ihm kleine Papierfetzen im Gesicht. Edgar deutete darauf, woraufhin Albrecht in den Spiegel über dem Waschbecken blickte und sich die blutverkrusteten Fetzen aus dem Gesicht pellte.

»Hast du ne Ahnung, was der von uns will?«

Albrecht zuckte die Achseln. »Keine Ahnung. Vielleicht hat jemand gequatscht und was von der Verbindung zwischen dem toten Holländer und dem Mord an Karl Wagner erzählt.«

Edgar knabberte nervös an seinem Zeigefingernagel. Es passte ihm nicht, dass die Polizei ihn in der Praxis aufsuchte. Das konnte einen schlechten Eindruck machen. Darüber hinaus fragte er sich, was so Wichtiges passiert sein konnte, dass Matthias Frank persönlich nach Wickenrode eilte.

Keine Viertelstunde nach Albrechts Eintreffen stand Matthias Frank bereits in der Praxistür. »Schön, dass ich Sie beide zusammen antreffe.«

Edgar und Albrecht nickten synchron.

»Ich will Ihnen sagen, dass die Lage für Sie beide nicht besonders gut aussieht. Ich möchte wissen, was Sie Montagabend zwischen 18 und 22 Uhr gemacht haben?«

Edgar und Albrecht schauten sich an. »Wir waren ab 20 Uhr zusammen hier«, antwortete Edgar.

»Und vorher?«

»Da hatte ich einen Hausbesuch bei Hermann Noll. Herr Schneider hat mich begleitet.«

Matthias Frank blickte zu Albrecht Schneider. »Soso, Sie haben Herrn Brix auf einen Hausbesuch begleitet.« Er wandte sich an Edgar: »Verraten Sie mir bitte Ihre Schuhgröße?«

»43.«

»Wir haben am Tatort drei verschiedene Fußabdrücke gefunden. Wir haben eine Sorte Abdrücke im Wohnhaus und zwei weitere in der Scheune. Meine Beamten warten draußen und werden im Anschluss an unser Gespräch von sämtlichen Ihrer Schuhe Abdrücke nehmen.«

»Aber erklären Sie uns, warum wir plötzlich verdächtig sind?«, fragte Edgar ratlos.

»Wir haben das kleine Schulheft ausgewertet, das wir auf dem Küchentisch gefunden haben. Offensichtlich wurden zwei Seiten herausgerissen. Die Durchdrücke der Beschriftung ergaben zwei identische Schriftstücke. Herr Gunkel hat Sie beide bedroht, nicht wahr?«

Die Stimme des Kommissars hatte eine Schärfe angenommen, die Albrecht nicht auf sich sitzen lassen konnte. »Jetzt machen Sie aber mal halblang. Wir haben diese Zettel doch gar nicht ernst genommen. Geschweige denn würden wir deshalb jemanden umbringen. Das ist ja lächerlich!«

»Sie streiten also nicht ab, dass Sie der Empfänger der Drohzettel waren?«

»Warum sollte ich?« Albrechts Stimme überschlug sich.

Edgar legte ihm eine Hand auf den Arm. »Bleib ruhig, Albrecht. Das klärt sich sicher auf. Das kann ja nur ein Missverständnis sein. Hören Sie, Herr Frank, wir haben bis eben nicht gewusst, wer uns diese Zettel geschrieben hat. Und wenn wir etwas mit dem Tod des Schäfers zu tun gehabt hätten, wieso um alles in der Welt wäre Herr Schneider zum Schäferhof gegangen und hätte Sie verständigt?«

»Vielleicht genau aus dem Grund: damit er nicht verdächtigt wird und etwaige Spuren sich erklären?«

Edgar setzte sich neben Albrecht auf die Kante der Behandlungsliege und winkte müde ab. Albrecht jedoch gab nicht so schnell klein bei. »Das ist doch absurd. Ein Landarzt und ein pensionierter Steiger ermorden einen Schäfer. Ich seh schon die Schlagzeile. Was Lächerlicheres habe ich schon lange nicht mehr gehört.«

»Herr Schneider, Sie können sich gerne amüsieren. Wir werden ja sehen, ob Ihnen das Lachen noch vergeht. Fakt ist doch eines: Sie beide und der Schäfer haben, angeblich zufällig, die Leiche am Waldrand gefunden und sie, ohne die Polizei zu informieren, vom Fundort entfernt. Und jetzt ist der Schäfer tot. Wenn ich eins und eins zusammenzähle, stehen Sie ganz oben auf meiner Liste der Verdächtigen.«

Albrecht hielt es nicht mehr auf der Liege. Er war aufgesprungen und fuchtelte mit dem Gips vor Franks Gesicht herum. »Wenn Sie Ihre Arbeit gemacht hätten, dann würden wir hier nicht rumsitzen und ...«

Edgar zog Albrecht am Hemdkragen zurück und stellte sich vor ihn. »Entschuldigen Sie, Herr Schneider steht noch unter dem Eindruck seines kleinen Unfalls. Wir kooperieren natürlich, so gut wir können. Ihre Leute haben freien Zutritt zu unseren Häusern. Sie können alles durchsuchen.«

»Vielen Dank«, sagte Matthias Frank, während er sich zur Tür begab. »Nur noch eins: Sollte sich auch nur ein Hauch des Verdachtes bestätigen oder Sie auf irgendeine Weise die Arbeit der Polizei behindern, sitzen Sie sofort in Kassel in Gewahrsam. Und das, meine Herren, ist keine leere Drohung.« Ohne Gruß rauschte er davon.

Keine zwei Minuten später wimmelte das Haus von Polizeibeamten. Albrecht und Edgar blieben auf der Liege sitzen und beobachteten das Schauspiel, als das Telefon klingelte. Edgar schob sich an den Beamten vorbei zum Apparat. »Ich verstehe. Bin schon auf dem Weg.«

Während er seine Tasche packte, rief er Albrecht nur kurz zu: »Elsbeth Brand liegt in den Wehen. Da geht was schief. Ich muss sofort hin.« Albrecht sah ihm nach. Während Edgar im Laufschritt verschwand, blieb er auf der Liege sitzen und seufzte. Nach Hause und den Polizisten dabei zusehen, wie sie seine Wohnung auf den Kopf stellten? Undenkbar. Plötzlich schoss es ihm durch den Kopf: Blume! Er sprang von der Liege und rannte, so schnell ihn seine Beine tragen konnten, in Richtung seines Hauses.

Das Schauspiel war schon außergewöhnlich. Zwei schwer bewaffnete Polizisten standen wie angewurzelt vor Blume, die den Flur verteidigte, als ginge es um ihr Leben. Sie fletschte die Zähne, und das Rückenfell war vom Kopf bis zum Schwanz gesträubt. Albrecht war beeindruckt. Blume nahm bereits am ersten Morgen ihre Aufgabe mehr als ernst. Trotzdem, es war an der Zeit, die beiden Uniformierten aus dieser peinlichen Lage zu befreien, in der sie keine gute Figur machten. Albrecht zischte: »Blümchen, kommst du wohl her!« Sie ließ auf der Stelle ihre Angriffshaltung fallen, strolchte zwischen den Beinen der Beamten durch und setzte sich artig wedelnd vor Albrecht. »Sie wird Sie nicht weiter behindern. Machen Sie nur ganz in Ruhe Ihre Arbeit.«

Der Schweiß stand einem der Beamten im Gesicht. »Mann, Sie haben Nerven. Um ein Haar hätt ich den Köter plattgemacht.«

Albrecht streichelte Blume über den Kopf. Ein Gefühl von Genugtuung machte sich in ihm breit. Er entschied, es nicht in Gegenwart der Polizei auszukosten, um weiterem Ärger aus dem Weg zu gehen, und sagte zu Blume: »Komm! Wir zwei stören hier nur. Was hältst du von einem kleinen Spaziergang?« Er hatte so eine Idee, wohin er und die Hündin einen kleinen Ausflug unternehmen sollten.

»Gibbets Ärger?«, tönte Friedberg Söder über den Gartenzaun.

Albrecht zuckte die Achseln. »Sei so gut und hab ein Auge drauf, dass die mein Haus nicht dem Erdboden gleichmachen. Ich kann mir das nicht mit ansehen.«

Friedberg Söder nickte, stellte die Heugabel weg, wischte sich mit einem klatschnassen Taschentuch den Schweiß von der Stirn und lehnte sich auf den Gartenzaun, bereit, das Schauspiel genussvoll zu beobachten.

*

»Der Hund bleibt draußen!« Karl-Friedrich Hochapfel warf einen abschätzigen Blick auf Blume, die leise brummend zu dem Mann im dunklen Anzug auf Distanz ging.

»Nun, das scheint ganz in Ihrem Sinne zu sein«, antwortete Albrecht und band Blume am Treppengeländer vor dem Pfarrhaus an. »Schön lieb sein, ja?« Er tätschelte ihr den Kopf.

»Das ist doch der Hund vom Nathan, oder?« Der Pfarrer bekreuzigte sich.

»Ja, sie hat überlebt. Hatte Glück, glatter Durchschuss.«

Der Pfarrer hielt die gefalteten Hände vor die Lippen und schaute fassungslos drein. »Eine furchtbare Geschichte ist das. Hätte ich doch nur geahnt, wie es um den armen Kerl steht. Ich hätte vielleicht etwas tun können.«

»Wie bitte?« Albrecht traute seinen Ohren nicht.

»Ja, ja«, sagte der Pfarrer, »hoch verschuldet. Dem stand das Wasser bis zum Hals. Wer weiß, was er mit dem armen Holländer gemacht hat, nur um an ein paar Kröten zu kommen.«

Albrecht schaute den Pfarrer durchdringend an. Er versuchte, in dessen Gesicht etwas zu lesen. Tiefe Sorgenfalten durchzogen das zerknautschte Gesicht des alten Mannes.

»Aber setzen wir uns doch.« Karl-Friedrich Hochapfel bot Albrecht einen Platz in der Wohnstube an. Vier Stühle standen um einen Tisch, auf dem sich aufgeschlagene Bücher in schweren Einbänden stapelten. »Ich bereite gerade die Predigt für das Wochenende vor«, entschuldigte sich der Pfarrer und räumte hastig einige Bücher zur Seite. Albrecht nahm auf einem Stuhl Platz und wartete ab.

»Das vom Nathan wusstest du wohl nicht?« Der Pfarrer sah ihn aus seinen mausartigen Augen auf eine Art an, dass Albrecht das Gefühl bekam, er hätte irgendetwas verschlafen.

»Nein, davon wusste ich nichts«, antwortete er.

»Angeblich«, der Pfarrer beugte sich über die Bücher auf dem Tisch auf Albrecht zu, »haben ihm schon die Schafe nicht mehr gehört.«

»Ach.«

»Ja, die hat er nur noch gehütet. Für den Most, sagt man.«

Albrecht stutzte. Dass dem Großbauern aus dem Nachbarort mittlerweile halb Wickenrode gehörte, wusste er. Aber dass ausgerechnet Nathan Gunkel eine Herde als Auftragsschäfer hütete, war schwer vorstellbar. Und für den Most schon dreimal nicht. Albrecht erinnerte mehr als eine handfeste Auseinandersetzung: Wenn der Gunkel und der Most bei einem Dorffest betrunken aufeinandertrafen, klärten sie in aller Regel mit den Fäusten, wer wann wem die Wiese in einem saumäßigen Zustand hinterlassen hat. Bitterernst jedoch war nur die Auseinandersetzung wegen Blume geworden. Die war eigentlich dem Most versprochen, doch der Nathan hatte getreu dem Grundsatz »Wer zuerst kommt, mahlt zuerst« dem Züchter 20 Mark auf den Tisch gelegt, sich den Welpen unter den Arm geklemmt und war mit ihr abgedampft. Der letzte erfolglose Versuch vom Most, den Schäfer zur Herausgabe der Hündin zu bewegen, endete mit Veilchen in den Gesichtern der Streithammel. Im nüchternen Zustand hatten die beiden Männer seitdem kein Wort mehr gewechselt. Woher sollte also der Sinneswandel stammen, dass ausgerechnet der Gunkel in die Dienste vom Most getreten war?

»Der Nathan hat für den Most gearbeitet?«

Der Pfarrer zuckte die Achseln. »Frag doch den Most. Ist nur das, was ich gehört habe.«

Albrecht bekam das Gefühl, dass der Pfarrer ihm diese Geschichte nicht ohne Absicht auftischte, und langsam wurde er es leid, um den heißen Brei herumzureden: »Du warst gestern spät noch mal beim Veit. Warum?«

Der Pfarrer wurde kreidebleich. Fahrig begann er, die Bücher auf dem Tisch zusammenzuschieben, wobei ein Stapel ins Rutschen geriet und einige von den dicken Folianten polternd auf dem Boden landeten.

»Lass mal!«, hinderte Albrecht mit einer Handbewegung den Pfarrer daran aufzuspringen, um die Bücher zu bergen. »Ich mach das schon. Überleg du dir derweil mal eine Antwort.« Albrecht bückte sich und hob mit seiner unverletzten Hand ein Buch nach dem anderen wieder auf den Tisch. Als er wieder aufrecht saß, blickte er in das farblose Gesicht des Pfarrers, der seine Hände im Schoß knetete. »Woher weißt du …?«, stammelte der.

»Ist doch nicht wichtig. Die Frage ist, was machst du im Dunkeln im Wald?«

Der Pfarrer bemühte sich um Fassung. »Ich wüsste nicht, was dich das angeht.«

»Das hier hab ich deinem Ausflug in den Wald zu verdanken.« Albrecht wedelte mit dem Gips. »Also geht es mich was an!«

Der Pfarrer starrte verwirrt auf den Gips, dann auf Albrecht. »Hast du etwa mit dem Veit gesprochen?«

Albrecht ließ die Frage im Raum stehen. »Ihr hattet Streit. Worüber?«

Der Pfarrer schnappte nach Luft und war im Begriff, vom Stuhl aufzuspringen, doch Albrecht hielt ihn zurück. »Du bleibst schön sitzen.« Albrecht bemühte sich, dem Pfarrer seine entschlossenste Miene zu präsentieren, während der ihn angespannt fixierte. Nach einer Weile fügte er sich in sein Schicksal. »Das war ein Gespräch zwischen Gemeindemitglied und Pfarrer und geht niemanden was an.«

»Ach. Und seit wann werden am späten Abend zum Beichten Hausbesuche gemacht?«

Der Pfarrer schwieg.

»Wenn du mich fragst, Karl-Friedrich, war es was durchaus Persönliches. So, wie du abgedampft bist.«

»Du hast uns belauscht?« Hochapfel war drauf und dran, die Fassung zu verlieren. Albrecht konnte ihm ansehen, dass die Gedanken in seinem Kopf Purzelbäume schlugen. Er ließ den alten Mann zappeln und blieb eine Antwort schuldig.

»Karl-Friedrich, die Polizei ist gerade dabei, mein Haus auf den Kopf zu stellen. Sie denken, dass ich etwas mit dem Mord am Nathan zu tun haben könnte, weil sie meine Fußabdrücke dort gefunden haben. Ich kann dir sagen …«, er legte eine Pause ein, »ich habe keine Skrupel, denen von deinem nächtlichen Ausflug zu berichten, wenn es mir die Haut rettet.«

»Die haben Fußabdrücke vor Nathans Haus gefunden?« Hochapfel griff sich in den weißen Halskragen, um sich Luft zu verschaffen. Der Schweiß stand ihm auf der Stirn.

Albrecht begann sich Sorgen zu machen. Wenn der alte Pfarrer unter dieser Unterhaltung zusammenbrach, hatte er ein Problem. Immerhin war der einzige Arzt weit und breit gerade damit beschäftigt, einem Säugling auf die Welt zu helfen. Er entschied sich, das Gespräch für heute zu beenden. Geduld war eine Tugend, die in solchen Fällen wahre Wunder bewirken konnte. »Wie dem auch sei. Du weißt ja, wo du mich findest. Bleib sitzen, ich finde den Weg.« Er sprang vom Stuhl auf und ließ den zur Salzsäule erstarrten Pfarrer nicht ganz ohne schlechtes Gewissen zurück. Vor der Tür gabelte er Blume auf. Sie spitzte die Ohren, als er sie nachdenklich ansah. »Nach Hause gehen ist wohl sinnlos. Drehen wir noch eine kleine Runde?« Sie wedelte zustimmend mit dem Schwanz. Es brauchte schon mehr als eine Schusswunde, um Blume einen Spaziergang zu verleiden.

Die dünnen Schleierwolken waren einem azurblauen Himmel gewichen, und der kühle Morgen hatte sich zu einem wunderschönen Sommertag gemausert. Sie machten einen kleinen Spaziergang entlang des Wedemanns. Der Bach schlängelte sich gemächlich durch das Tal, dem er seinen Namen gab. Rechts und links von Wiesen und Feldern gesäumt, verbarg sich der Bach hinter einer dichten Böschung. Lediglich ein leises Plätschern verriet, dass er sich dort in seinem Bett in Richtung Helsa bewegte. Dem Lauf des Baches folgte ein breiter Weg, der um diese Tageszeit in der prallen Sonne lag. Bereits nach einer Viertelstunde hing Blumes Zunge beinahe bis zum Erdboden. Auf Höhe des Glasmachertals gönnte Albrecht ihr eine Pause und schickte sie zur Abkühlung in den Bach. Es war für sie beide genug. Der Gips hing schwer in der Schlinge und die Haut fing an zu jucken. Albrecht erinnerte sich an die mahnenden Worte des Arztes und rief den in der Senke des Bachbettes verschwunden Hund. Gemeinsam traten sie den Rückweg an. Auf dem Weg beobachtete er ein Bussardpärchen, das über den Baumspitzen der Anhöhe seine Kreise drehte. Einige Krähen ergriffen die Flucht und suchten mit spitzem Geschrei das Weite. Die Menschen, die ihre Arbeit auf den Feldern taten, hoben kurz den Kopf. Sie waren damit beschäftigt, das Heu zusammenzuraufen, und nutzten die Gelegenheit, um mal eben den Rücken durchzudrücken, bevor sie sich wieder an die Arbeit machten.

Albrecht genoss diesen Gang. Und tatsächlich umso mehr, als er nun eine Begleitung an seiner Seite hatte. Wie sehr hatte er es vermisst, mit einem Hund durch die Wälder zu streifen. »Na, altes Mädchen. Dann machen wir zwei es uns jetzt nett.« Blume war viel zu sehr mit Hecheln beschäftigt, um den Kopf zu heben.

»Ach, dann hast du jetzte den Köter am Backen?«

Georg Fuhrmann, im Dorf als »Schoppn-Schorsch« bekannt, hatte seine Arbeit unterbrochen und rief lautstark hinter Albrecht her. Der hatte keine Lust, in gleicher Lautstärke zu antworten. Er näherte sich dem Mann, der mit verschwitztem nacktem Oberkörper auf seiner Heugabel lehnend neben seinem Traktor im Schatten stand.

»Ich dacht, der Köter wär auch tot.«

Albrecht schüttelte den Kopf. »Wie du siehst. Sie hatte Glück.«

»Wie man's nimmt.« Schoppn-Schorsch guckte skeptisch auf den Hund, der an seinem Hosenbein schnupperte. Albrecht befürchtete, dass der nur mit Mühe den Impuls unterdrückte, den Hund mit einem Fußtritt davonzuscheuchen, und trat sicherheitshalber einen Schritt zurück.

»Hast ja ganz schön was am Backen seit einiger Zeit. Musst dich ja au in jeden Kram inmischen.«

Seit der Auseinandersetzung mit dem Kommissar spürte Albrecht wenig Lust, sich zu rechtfertigen. Er machte kehrt und wollte Schoppen-Schorsch gerade mit einem knappen Gruß stehen lassen, als ihn eine Idee zurückhielt. »Sag mal, du kanntest den Gunkel auch ganz gut, oder?«

»Klar. Wir honn den einen oder anneren Schoppen mitnanner gezischt.«

»Ach, hätte ich nie vermutet. Hatte der Schulden?«

»Woher host dann den Forz im Kobbe?«

»Hab ich munkeln hörn.« Albrecht setzte eine Unschuldsmiene auf.

»Was'n Quatsch. Wer so was spricht, soll nur an mich geraten. Dem tät ich die Meinung geigen, dass hä sich umgucket.«

Albrecht hatte genug gehört. Er grüßte freundlich und machte sich mit Blume auf den Weg zurück in das Dorf. Als er die Stichstraße zu seinem Haus hinaufspähte, parkte noch immer der Polizeiwagen vor seinem Haus. Er ließ den Weg links liegen und folgte der Straße bis zur Arztpraxis. Vielleicht würde er dort so lange Unterschlupf finden, bis die Durchsuchung beendet war. Vor der Praxistür hing noch immer das Schild mit dem Hinweis, dass die Praxis außerplanmäßig unbesetzt war und in dringenden Fällen der Notruf zu wählen sei. Obwohl sich weit und breit kein Polizist mehr in Sichtweite befand, stand die Haustür sperrangelweit offen. Albrecht trat, ohne anzuklopfen, ein.

Am Küchentisch saß Edgar Brix und rieb sich die Nasenwurzel. »Na, heimatlos?«

»Hmm. Die stellen mir die ganze Bude auf den Kopf.«

»Wirf mal einen Blick ins Wohnzimmer, dann kannst du dir vorstellen, was dich erwartet.«

Albrecht lugte um die Ecke und erschrak. Es sah aus, als wären Einbrecher am Werk gewesen.

»Die haben noch nicht mal die Praxis verschont. Das wird Tage dauern, bis ich da wieder einen Grund drin habe.«

Wie soll ich um alles in der Welt einhändig meine Wohnung wieder ordentlich bekommen?, dachte Albrecht. Seufzend fügte er sich. Daran war jetzt ohnehin nichts zu ändern. Er setzte sich zu Edgar an den Tisch.

»Alles gut gelaufen?«

»Ja, war allerdings im wahrsten Sinne des Wortes eine schwere Geburt. Aber Mutter und Kind sind wohlauf. Der Vater liegt vermutlich schon in der Kneipe unter dem Tisch und begießt voller Stolz seinen neuen Stammhalter.«

»Ein Sohn?«

»Ja, ein kräftiger Junge.« Die Erschöpfung stand Edgar ins Gesicht geschrieben. Albrecht vermutete, dass die Informationen, die er im Gepäck hatte, die Lebensgeister in seinem matten Freund wieder zum Leben erwecken würden. »Ich hatte gerade ein kleines Gespräch mit dem Pfarrer.«

»Ach. Na, deinen Schneid hätte ich auch gern. Während die Polizei dein Haus auf den Kopf stellt, hast du nichts Besseres zu tun, als verbotenerweise …«

»Wieso? Ich wollte doch nur mal mit dem Pfarrer sprechen. Da kann doch keiner was dagegen haben.« Albrecht setzte eine Unschuldsmiene auf, die Edgar ein Schmunzeln ins Gesicht zauberte.

»Wenn du mich fragst, ist er der Nächste.«

Das Schmunzeln war jäh verschwunden. »Wie meinst'n das?«

»Der hat Dreck am Stecken, dass es nur so kracht. Der trifft sich nachts mit dem Veit im Wald. Und als ich erwähnt habe, dass die Polizei wegen der Fußspuren beim Gunkel ermittelt, da wär der mir fast in Ohnmacht gefallen. Und

Lügen hat der mir aufgetischt. Hat erzählt, der Gunkel wär hoch verschuldet und hätte deswegen was mit dem toten Holländer zu tun gehabt.«

»Na ja, das wär immerhin möglich. Wenn er Schulden hatte?« Edgar verstand die Pointe nicht.

»Das ist ja der Witz: Nie im Leben hatte der Gunkel Schulden. Im Leben nicht. Bevor der von irgendjemandem was angenommen hätte, hätte der erst seine Schafe aufgegessen und dann den Hund.«

»Aber warum lügt der Pfarrer dich an?«

»Weil er will, dass wir an einen Selbstmord glauben. Und das, wenn du mich fragst, weil er mit dem Mörder unter einer Decke steckt.«

Edgar schüttelte den Kopf. »Na, na. Gehst du jetzt nicht ein wenig zu weit? Du redest immerhin von einem Pfarrer. Vielleicht ahnt er, wer es gewesen ist, und will ihn in Schutz nehmen.«

»Wie dem auch sei. Dem wird es ergehen wie dem Gunkel, wenn nicht bald was passiert.«

»Was macht dich so sicher?«

»Weil der kurz davor steht, durchzudrehen. Und wer auch immer den Holländer und den Gunkel auf dem Gewissen hat, kann sich das nicht leisten.«

»Was denkst du, wer jetzt noch infrage kommt?«

»Der Knackpunkt ist: Wer ist clever genug, die Sache mit dem Schäfer so zu inszenieren? Und dann das mit dem Auto. Derjenige muss diesen Plan schon längere Zeit überdacht haben. Der Wagen ist ja nicht spontan in dem Gunkel seinem Schuppen gelandet.«

»Du denkst, da hat jemand den Gunkel gezielt in seine Pläne eingeweiht, um ihn hinterher als den Schuldigen hinzustellen.«

»So sieht's zumindest aus.«

Edgar kratzte sich am Kopf. »Also, wem trauen wir das zu?«

Albrecht guckte Edgar gedankenverloren an. Die Antwort ließ eine Weile auf sich warten. »Alle, die damals dabei waren, sind mittlerweile alte Männer. Selbst wenn der Veit auf meiner Liste ganz oben steht; glaubst du, der hat die Kraft, einen Mann wie den jungen Holländer zu überwältigen?«

»Wenn der Gunkel ihm geholfen hat, schon. Alle Fäden laufen bei ihm zusammen.«

»Aber warum? Warum sollte der Gunkel einem Mörder helfen, wo er doch mit der ganzen Sache nichts zu tun hatte. Und warum sollte der Veit zwei Morde begehen, wo er doch nichts mehr zu verlieren hat und nichts anderes will als seine Ruhe?«

»Zumal er sich ja förmlich aufdrängt. Wenn ich jemanden umgebracht hätte, würde ich mich etwas weniger auffällig verhalten. Aber was wollte der Pfarrer bei ihm? Du sagst doch, der wüsste auch etwas. Also: Warum besucht der ausgerechnet den alten Veit?«

»Das ist der Punkt. Ich bin mir sicher, wir haben etwas übersehen.« Albrecht starrte Löcher in die Luft und knabberte an seinem Daumennagel. »Wir sollten den Pfarrer im Auge behalten«, sagte er schließlich.

»Ja, und ich würde mich noch mal im Haus vom Gunkel umsehen. Vielleicht gibt es da ja noch Hinweise.«

»Aber du wolltest doch das Siegel nicht brechen.«

»Wenn die Polizei heute Morgen kein Neues angebracht hat, ist es bereits gebrochen.« Edgar lächelte wissend.

»Aha.« Albrecht schaute ihn neugierig an.

»Der Lukas Söder musste etwas ... nun, ich will mal sagen: vor der Polizei in Sicherheit bringen.«

»Aha.«

»Der Lukas hat sich ein wenig Geld verdient, indem er den Nazi-Kram von seinem Vater verkauft hat. Und da muss wohl auch was im Besitz vom Gunkel gelandet sein.«

»Ach, der hat noch was? Und ich dachte, er hätte alles schön säuberlich verbrannt.«

»Es gab wohl ein paar Stücke, an denen sein Herz hing.« Der Ton, in dem Edgar das sagte, klang bitter in Albrechts Ohren. Er nickte nur. Er wollte das Thema nicht weiter vertiefen. Jetzt nicht. Etwas drängte ihn zum Aufbruch. Sein Gefühl verriet ihm, dass es klug war, den Pfarrer erst einmal nicht aus den Augen zu lassen. Blume hatte die Unterhaltung in einer Ecke verschlafen und hob erwartungsvoll den Kopf, als Albrecht aufstand. Er bat Edgar, noch einen Blick auf Blumes Wunde zu werfen, um sicherzugehen, dass sie einen weiteren Gang unbeschadet überstehen würde.

Edgar entfernte vorsichtig den Verband. Unter seinen Händen vibrierte der Körper begleitet von einem bedrohlichen Brummen. »Is ja guuuuut«, redete Albrecht beruhigend auf sie ein. Tatsächlich legte sie den Kopf ab und ließ Edgar gewähren.

»Sieht sehr gut aus. Die Wunden sind trocken und kühl. Und sie scheint auch nur mäßig Schmerzen zu haben. Ich denke, du kannst sie mitnehmen.« Er verschwand in seiner Praxis und kehrte kurz darauf mit einer Rolle Verbandsmull zurück.

»Da findest du nichts wieder in dem Schweinestall. Die Praxis bleibt wohl heute noch geschlossen.« Er schüttelte verständnislos den Kopf. »Ich lege sicherheitshalber einen neuen Verband an, damit kein Dreck reinkommt.«

Der Arzt hatte es gut gemeint und die ganze Rolle um den Hund gewickelt. Blume schaute unglücklich aus den dicken Lagen Verbandsmull heraus, als sie staksig mit Albrecht das Haus verließ.

Kaum war Albrecht aus der Tür verschwunden, sah sich Edgar erneut um. Aufräumen? Nein, nicht jetzt. Er verließ das Haus und schwang sich auf den Drahtesel, der nach dem Einsatz bei Elsbeth Brand noch immer am Vorgartenzaun lehnte.

*

Albrecht war erschöpft. Er hatte in der Nacht zu wenig geschlafen, weil er mit dem Gips am Arm keine bequeme Position gefunden hatte. Und nun fing die Haut unter dem weißen Panzer auch noch furchtbar an zu jucken. Jetzt schon! Albrecht seufzte. Er würde das Ding ja noch mehrere Wochen tragen müssen. Doch er dachte nicht im Traum daran, sich jetzt auszuruhen. Wie auch? Immerhin glich sein Haus vermutlich einem Schlachtfeld, und das Knurren seines Magens machte Blume Konkurrenz. Beim Gedanken, einhändig Abendbrot zu bereiten, kapitulierte Albrecht Schneider und trottete in Richtung Kneipe. Sabines Bratkartoffeln würden ihn sicher wieder auf die Beine bringen.

Er bog auf die Hauptstraße ein, als er den Pfarrer bemerkte. Der huschte aus dem Schatten des Torbogens, der in den Hinterhof der Kneipe führte, und blickte sich dabei hektisch um.

»Sieh mal da«, sagte Albrecht zu sich selbst und drückte sich mit Blume in den nächsten Hauseingang, der ihm Schutz bot. »Dass ich dich so schnell wiedersehe, hätte ich auch nicht gedacht.« Er beobachtete aus der geschützten Position heraus, wie der Pfarrer in aller Eile den Weg Richtung Pfarrhaus antrat. Flink wie ein Wiesel, dachte Albrecht, und das in seinem Alter. Als er den Pfarrer außer Sichtweite wusste, ging er an dem alten Fachwerkbau des »Brauborn« vorbei, bis zu dem gemauerten Neubau mit dem Torbogen. Er band Blume im Schatten des Innenhofes an. Seine Anspannung stieg, als er das Wirtshaus betrat. Jetzt, zur Mittagszeit war ordentlich was los. Der Geruch von Heu und verschwitzten Männern mischte sich mit dem von Zwiebeln und Bratwurst. Der Zigarettenqualm sammelte sich unter der Decke. Eine Luft zum Schneiden, daran änderte selbst das geöffnete Fenster wenig. Albrecht hustete das Kratzen in seinem Hals beiseite. Er fand einen freien Platz an der Theke und hievte sich auf den Hocker.

»Nen Schoppen?«, lautete die gewohnte Begrüßung von jenseits des Tresens. Eine Antwort wurde noch nicht mal abgewartet. Albrecht konnte kaum bis drei zählen, dann stand ein Bier vor ihm auf dem Tresen.

»Bist ja in letzter Zeit alszus hier. Sind ja ganz neue Moden.« Reinhold Noll hob nicht einmal den Blick und bediente weiter eifrig den Zapfhahn. Kaum hatte er die Worte gesprochen, verlangte schon der nächste Gast nach einem neuen Bier. Reinhold Noll brüllte durch die Durchreiche: »Binie, ich brauch Gläser!«

»Hergott nocheins, ich kann mich auch nit zerteilen!«, brüllte es aus der Küche zurück.

Albrecht legte den Gips auf den Tresen, um die Schulter zu entlasten, an der die Schlinge mittlerweile schmerzhaft riss. Er erinnerte sich erneut schuldbewusst an die Worte des Arztes: hochlegen und schonen. Nun gut. Alles zu seiner Zeit.

Reinhold Noll deutete auf den Gips. »Was hast'n da gemacht?«

»Gebrochen«, antwortete Albrecht Schneider knapp.

»Das seh ich selber. Un wie?«

»War im Wald unterwegs. Da passiert so was schon mal.«

Reinhold Noll blieb die versteckte Anspielung verborgen. Er nickte nur. »Willste was essen?«

»Was gibt's denn?«

»Schnell gibt's Frigedelle mit Karduffelsalat. Bratkarduffeln mit Blutwurscht dauert ne Viertelstunde.«

Albrecht horchte kurz auf seinen knurrenden Magen. Er hatte unbedingt Lust auf etwas Warmes. »Ich warte gerne.«

»Einmal die Blutwurscht!«, brüllte der Wirt nach hinten, während er fünf weitere Biere auf die Theke stellte, die keinen Wimpernschlag später schon wieder verschwunden waren.

»Sag mal, war der Pfarrer grad hier?«, fragte Albrecht beiläufig, als gelte es, den neuesten Dorftratsch in Erfahrung zu bringen.

»Ne. Das wüsst ich aber.« Der Kopf des Wirtes schwankte. »Hä war das letzte Mal beim Leichenschmaus vom ahlen Möller hier.«

Albrecht drängte die Scham beiseite, die in ihm hochstieg. Er hatte nicht nur die Beerdigung vom alten Möller verpasst, sondern noch nicht mal fünf Minuten erübrigt, um ihm an seinem Grab die letzte Aufwartung zu machen. Schäm dich, hörte er seine Edith sagen, und in Gedanken gab er ihr sein Ehrenwort, das so schnell wie möglich nachzuholen. Er schüttelte sich und kehrte mit seinen Gedanken in die Kneipe zurück. »Komisch. Ich hätt schwören können, ich hab ihn grad von hier weggehen sehen.«

»Der war bestimmt beim Vadder oben.«

Albrecht nickte. »Das Essen dauert doch noch einen Moment? Ich geh mal kurz zu ihm hoch, ja?«

»Is gut. Aber wennste zu spät kommst, wird das Essen kalt. Warmhalten is bei Bratkarduffeln nit.«

Albrecht versprach, sich zu beeilen, und verließ den Schankraum. Ein Rundbogen, der mit einem schweren, grünen Vorhang versehen war, trennte den Wirtshausdunst vom Rest des Hauses. Hier war die Luft kaum besser, aber immerhin blieb der Qualm auf der anderen Seite. Er ging durch einen dunklen Flur, bis zu einer Holzstiege, die von hinten in das angrenzende Wohnhaus führte. Er stieg die knarrenden Stufen vorsichtig im Halbdunkel hinauf und hielt sich mit der gesunden Hand an dem wackeligen Geländer fest. Das erklärte, warum der alte Noll kaum noch nach unten kam. Und wenn Albrecht die Sachlage richtig einschätzte, würde Reinhold allein aus dem Grund das Geländer so schnell nicht reparieren, um Ruhe vor seinem alten Herrn zu haben. Im Obergeschoss ging er geradewegs bis in das Wohnzimmer durch, in dem er noch vor Kurzem mit Edgar gesessen hatte.

»So was. Bin aber heute ein gefragter Mann.« Der alte Noll blickte von einer Zeitschrift auf.

»Ich will nicht lange stören.«

»Störst nit. Bin ja froh über jede Abwechslung.«

»Sag mal, war der Pfarrer grade bei dir?« Albrecht spürte, wie ihm der Versuch entglitt, so zu tun, als sei ihm die Frage gerade erst eingefallen.

»Ja, wieso?«

»Ich dachte, er sei in der Kneipe gewesen, und das fand ich seltsam. Hat mich nur interessiert.«

»Is ja auch seltsam. Da fragt hä mich nach der Pulle.« Der alte Mann zuckte die schmalen Schultern.

»Er wollte mit dir einen Obstbrand trinken?«

»Ach, Firlefanz. Doch nit diese Pulle.« Er amüsierte sich über Albrechts Annahme und winkte mit dem Zeigefinger. »Die mit dem Holunderblut vom Wagner.« Er kicherte leise. »Die stand etliche Jahre unner dem Schanktisch. Dann honn ich se weggekippt. Hätt ja eh kinner trinken wollen, die süße Plörre.«

»Was denn für eine Flasche Holunderblut?« Albrecht schaute verständnislos.

»Na die, die der Wagner mittegebroht hat, bevor die beiden Ossen aneinanner geraten sind.«

»Davon hast du gar nichts gesagt, beim letzten Mal.«

»Nit? Na, da honn ich glatt druff vergessn.« Der alte Mann kratzte sich hinter dem Ohr.

Albrecht schaute ihn fassungslos an. »Und was war dann?«

»Er hot sich und dem Johann ein Gläschen ingeschenket un lautstarkes Geschwätzer gemacht. ›Auf die Nachkommen der Familie Wagner!‹, hatter gebrüllt und den Schnaps runnergekippt. Das Gesicht vom Johann werd ich nie vergessen.« Er machte eine kurze Pause.

Albrecht trommelte ungeduldig mit den Fingern auf seinem Oberschenkel. »Und dann?«

»Dann hat der Johann dem Wagner seinen Schnaps ins Gesicht gekippet und dann ging's schon rund. Aber das honn ich dir alles schon erzählt.« Er sah Albrecht an, als zweifele er an dessen Verstand.

»Jaja. Aber was hat denn die Flasche mit dem Streit zu tun?«

»Du bist aber schon im Bilde, was es mit dem Holunderblut uff sich hat, oder?«

Albrecht nickte. Er kannte den alten Brauch, obwohl er sich nicht mehr daran erinnern konnte, wann er ihm zuletzt begegnet war. Heutzutage gab es ja zu jeder Gelegenheit Geschenke, aber früher pflegte man besondere Anlässe mit Alkohol zu begießen. Blutrot war dieser besondere Holunderschnaps. Rot wie das Blut der Ahnen. Jede Familie braute zu dieser Zeit nach ihrem eigenen Rezept, und bei Hochzeiten und Geburten, also immer, wenn sich der Familienstammbaum erweiterte, wurde damit angestoßen. Albrecht kramte in seiner Erinnerung, konnte sich aber beim besten Willen nicht entsinnen, wann ihm das letzte Mal eine Flasche Holunderblut untergekommen war. »Und dann ist die Flasche in der Kneipe stehen geblieben?«

»Die stand noch uff dem Tische, als der ahle Veit in die Kneipe kam. Ich honn emm erzählt, was vorgefallen war. Ich weiß noch, wie hä dastand. Wie vom Dunner gerührt. Hielt die Flasche in den Händen und starrte Löcher in de Luft. Bis hä sich uff einmal ganz häcksch vom Acker machte. Hot noch nittemohl seine Zeche bezahlt.«

»Und der Pfarrer wollte die Flasche von dir haben? Nach all den Jahren?« Albrecht schüttelte fassungslos den Kopf.

»Ja, is denn das de Möchlichkeit.« Der alte Mann tippte sich mit dem Zeigefinger an die Stirn. »Ich honn ihn auch gefragt, ob hä noch ganz richtig im Koppe is. Aber hä wollt unbedingt wissen, ob's de Pulle noch geben tut. Ich honn ihm gesprochen, mer honn se ussgeschüttet, als mir im Sommer fuffzig umgebaut honn.«

»Und dann?«

»Ja, nix dann. Dann is hä abgedampet.«

Albrecht schüttelte den Kopf. Das machte doch alles keinen Sinn. Warum erkundigte sich der Pfarrer nach der Flasche? Und noch viel interessanter: Woher wusste er davon? Albrecht wandte sich immer noch kopfschüttelnd ab. »Kann sein, dass ich noch mal wiederkomme, wenn ich noch Fragen hab.«

»Jederzitt gerne«, knarzte der Alte, »ich lauf dir nitte weg.«

Kaum war Albrecht wieder im Schankraum angekommen, traf ihn der vorwurfsvolle Blick von Reinhold Noll. »Ich honn dir gesprochen, dass das Binie das Essen nit warm halten kann. Jetzt sind die Karduffeln Brei und die Wurscht is trocken.«

»Das macht gar nichts«, sagte Albrecht und schwang sich wieder auf den Barhocker. Die Luft schmeckte immer noch nach Bratfett und Schweiß und schlug ihm auf den Appetit. Zwar hatte sich die Kneipe in der Zwischenzeit geleert, aber der Dunst klebte in den Ecken. Aber eins war ihm klar: Nach dem, was er gerade erfahren hatte, würde es sicher kein Fehler sein, sich zu stärken. Wenngleich seine Vorstellung von Hausmannskost mit dem zerkochten Brei auf seinem Teller schwerlich in Übereinstimmung zu bringen war. Während er grübelnd vor sich hin starrte, schob er einen Bissen nach dem nächsten in sich rein. Holunderblut, ging es ihm im Kopf herum. Holunderblut. Da kam der alte Wagner in die Kneipe und haut dem Johann die Wahrheit um die Ohren, dass sein künftiger Stammhalter in Wahrheit sein eigener war? Und um die Dramatik auf die Spitze zu treiben, bringt er das Holunderblut mit, um den Johann bis zur Weißglut zu reizen? Albrecht wurde nicht schlau aus der Geschichte. Er schob den Teller beiseite und blickte im Raum umher. Genau hier hatte sich das alles abgespielt. Er sah es förmlich vor seinem inneren Auge. Damals war die Einrichtung noch eine andere gewesen. Viele Tische waren in dem Raum zusammengequetscht, aber damals kamen auch mehr Männer regelmäßig in die Kneipe. Der Tanzraum nebenan war kleiner gewesen. Die Tische waren grob zusammengezimmert und die Theke massiver. Einzig der Geruch unterschied sich kaum. Er sog ihn tief ein und schüttelte sich. Er stellte sich vor, wie der Johann an einem Tisch saß, die groben Pranken um das Bierglas geschlossen, das Hemd verschwitzt und die blonden Haare ungekämmt. Lautes Gemurmel erfüllte den Raum, als der Wagner die Kneipe betrat. Er stellte die Flasche auf den Tisch, holte zwei Schnapsgläser und kippte die Gläser randvoll, bis der blutrote Schnaps auf den Tisch überlief. Dann grölte er laut, sodass alle verstummten und die beiden Männer anstarrten.

»Wem gehört denn die Töle da draußen?« Albrecht wurde abrupt aus seiner Vorstellung gerissen. Ein Mann stand in der Tür. Sein Gesicht war feuerrot. Unter seiner starren Lederschürze beulte sich ein gewaltiger Bauch.

»Hörn Se, ich muss abladen und dann weiter. Aber das Vieh lässt mich nit innen Hof.«

Reinhold Noll guckte verstört. »Ich honn keinen Hund.«

Albrecht, noch immer nicht gänzlich in die Realität zurückgekehrt, schlug sich vor den Kopf. »Aber ich!« Er sprang vom Hocker auf und ließ den völlig verwirrten Wirt mit den Worten zurück: »Mach nen Deckel draus, ich komm später zum Zahlen.«

Er stürmte an dem Bierfahrer vorbei nach draußen, wo Blume sich vor dem Lkw aufgebaut hatte und die Einfahrt mit ihrem Leben verteidigte. »Is ja guuut«, versuchte

Albrecht sie zu besänftigen. Tatsächlich beruhigte sie sich schnell, nachdem er sie losgebunden hatte.

Kaum war er mit ihr um die Ecke gebogen, versank er erneut in seine Gedanken. Irgendetwas, dachte er, hab ich übersehen. Aber was? Während er bedächtigen Schrittes den Heimweg antrat, ließ Blume seine Sorgenfalten nicht aus den Augen. Sie trabte neben ihm her, während Albrecht immer wieder grübelnd das Tempo drosselte und dann für ein paar Schritte wieder anzog. Was hatte es bloß mit der Flasche Schnaps auf sich, dass nach so vielen Jahren plötzlich wieder die Rede davon war? Dass er beim Pfarrer keine Antworten auf seine Fragen erhalten würde, war ihm sofort klar, als er sich die letzte Unterhaltung ins Gedächtnis rief. Aber es gab jemanden, der ihm seine Fragen beantworten konnte. Dummerweise war ihr letztes Aufeinandertreffen ja denkbar unerfreulich verlaufen, aber er hatte keine Wahl – wenn er eine Antwort wollte, musste er sich in die Höhle des Löwen begeben.

Zu diesem Zeitpunkt hatte Albrecht Schneider nicht die leiseste Ahnung, dass ein gebrochener Arm bald das geringste seiner Probleme sein würde.

*

Edgar Brix schaute sich unsicher um. Er hatte das Fahrrad ein Stück abseits des Grundstückes von Nathan Gunkel stehen lassen und näherte sich schleichend dem Schafstall von hinten. Auf dem Weg zum Haus folgte er einigen weißen Kreidekreisen, die offensichtlich die Stellen markierten, an denen Fußabdrücke mit Gips gefüllt worden waren. Zumindest einer der Besucher vor Nathan Gunkels Tod hatte sich, ebenso wie Edgar jetzt, dem Haus von hinten genähert. Das verrieten ihm die Kreidekreise. Die dichte Böschung, die den rückwärtigen Teil des Grundstücks säumte, war die perfekte Deckung, um sich hier auf die Lauer zu legen und das Haus zu beobachten, dachte Edgar. Er drückte sich in die Büsche. Hier konnte man unbemerkt eine Zeit ausharren und hatte überdies freien Blick auf das Küchenfenster.

Er zückte das kleine Notizbuch aus seiner Gesäßtasche und notierte: »Fußspuren im hinteren Teil des Grundstücks. Albrecht fragen, von wo er gekommen ist.« Er verharrte noch eine Weile. Alles ruhig. Als er sich sicher war, dass kein übereifriger Polizist mehr in der Nähe war, löste er sich aus seiner Deckung und huschte leicht gebückt Richtung Scheune. Ein massives Schloss baumelte am Tor. Edgar ließ es links liegen. Allein bei dem Gedanken an das, was sich in der Scheune abgespielt haben mochte, lief ihm ein kalter Schauer über den Rücken. Froh darüber, diesen unglückseligen Ort hinter sich zu lassen, wandte er sich dem Wohnhaus zu.

Die Tür zum Wohnhaus war geschlossen. Ein Siegel klebte im Anschlag, war aber in der Mitte durchtrennt. Edgar schickte Lukas Söder einen stummen Dank und drückte die Klinke. Die Tür ließ sich öffnen.

Der kleine Flur sah wüst aus. Kleidungsstücke waren von den Wandhaken gerissen und eine Blutspur führte direkt in die Küche. Edgar folgte der Spur. Sie endete neben dem Küchentisch. Das musste die Stelle sein, an der Albrecht Blume gefunden hatte. Ein Sohlenabdruck im Blut war von der Polizei ebenfalls markiert worden. Edgar lauschte, aber es blieb alles still. Er schaute sich in der Küche um. Nichts Ungewöhnliches. Ein Herd, eine große Anrichte aus Kiefernholz, ein klappriger Tisch und vier Stühle. Auf der Anrichte standen in Reih und Glied einige Pokale von Hütewettbewerben. Auf einigen stand Blumes Name.

Die Schubladen waren halb herausgezogen und durchwühlt. Die Polizei hatte auch hier ihr Unwesen getrieben. Oder war das das Werk von Lukas Söder? Edgar traute ihm durchaus zu, etwas besonnener zu Werke gegangen zu sein. Er warf einen kurzen Blick in die Vorratskammer, aber auch dort fand er nichts Ungewöhnliches. Weckgläser auf Holzregalböden, eine Kiste mit gekeimten Kartoffeln und eine Pyramide aus Schnapsflaschen. Er verließ die Küche. Neben einem Aufgang mit einer schmalen Stiege, an deren Ende Edgar die Schlafstube vermutete, waren zwei weitere Türen. Die erste führte in ein kleines Bad, die zweite in die Wohnstube. Hier war es gemütlicher, als Edgar es dem Schäfer zugetraut hätte. Und wäre die Polizei nicht wie ein Wirbelsturm durch das Haus gefegt, wäre es mit Sicherheit auch ordentlicher. Unter dem Fenster standen ein kleiner Schreibtisch und ein niedriger Schrank mit Schubladen. Edgar stutzte kurz, als er die Aktenordner entdeckte, die ordentlich sortiert auf der Fensterbank standen. Was auch immer er gedacht hatte; selbstverständlich musste auch ein Schäfer seine Buchhaltung machen und Ausgaben und Einnahmen im Blick behalten. Edgar setzte sich an den Tisch und fuhr mit den Händen über die Platte, bevor er einen Aktenordner zur Hand nahm. Er überflog einige Seiten, auf denen mit ordentlichen Linien getrennt die Ausgaben und Einnahmen der letzten Monate vermerkt waren. Albrecht hatte recht: Der Schäfer war ein Mann gewesen, der seine Geschäfte im Griff gehabt hatte. Dass sich so jemand in tiefe Schulden stürzte, war in der Tat eher unwahrscheinlich. Zumal – Edgar sah sich in der gemütlich, aber spartanisch eingerichteten Wohnstube um – wenn es sich um einen Menschen handelte, der einen solch bescheidenen Lebensstil pflegte.

Er zog einige Schubladen auf, in denen auch bereits gewühlt worden war. Einige Zettel flogen lose umher, die meisten waren mit beiläufigen Notizen versehen. Auf einem fand Edgar eine handschriftliche Sammlung von Frauennamen. Einige waren durchgestrichen. Er überlegte einen Augenblick, dann steckte er den Zettel in die Hosentasche. Er verließ die Wohnstube und nahm die Stiege in den Spitzboden nach oben. Die alten steilen Stufen knarrten, als er sie vorsichtig erklomm. Edgar Brix stand gebückt unter den niedrigen Deckenbalken, um sich nicht den Kopf zu stoßen. Auf dem Dielenboden lag lediglich eine Matratze mit zerwühltem Bettzeug. Ein Besenstiel war mit Stricken von den Dachbalken herabgehängt und Hosen und grobe Pullover waren unordentlich darübergeworfen. Hier oben roch es nach altem Schweiß und Schaf. Edgar widerstand dem Impuls, die Dachluke zu öffnen, um frische Luft hineinzulassen. Jemand hätte die geöffnete Luke bemerken können, und er wollte alles, aber bloß niemanden auf seine Anwesenheit aufmerksam machen.

Hier oben war nichts weiter Interessantes zu finden. Er wollte sich gerade wieder an den Abstieg machen, als er hörte, wie die Haustür geöffnet wurde. Er hielt den Atem an. Schritte näherten sich vom Flur. Edgars Herz pochte bis zum Hals. Er drückte sich neben den Eingang zur Schlafstube und versuchte seinen Puls unter Kontrolle zu bekommen. Ein Knarren verriet ihm, dass der Besucher die Stiege nach oben betreten hatte. Die Gedanken überschlugen sich in Edgars Kopf. Was sollte er jetzt tun? An dem Besucher vorbeistürmen und fliehen? Was, wenn der bewaffnet war? Oder gar ein Polizist? Edgar stand wie angewurzelt da, als sich ein kräftiger Körper durch die kleine Luke in den Raum schob. Kaum hatte der einige Schritte in den Raum getan, drehte er sich unvermittelt um, erschrak heftig und stieß sich, verursacht durch einen Hüpfer, den Kopf an einem Dachbalken.

»Herrje, Herr Doktor. Ich honn mich vielleicht erschrecket.«

»Jesus, Lukas!«

Lukas Söder rieb sich den schmerzenden Schädel. »Mann, das wird 'n Ei.«

»Ich dachte, mein letztes Stündlein hat geschlagen«, sagte Edgar Brix erleichtert. »Lassen Sie mal gucken.« Er näherte sich dem Kopf von Lukas Söder und erkannte mit fachmännischem Blick: »Ja, das wird ein ordentliches Ei. Aber sonst ist nichts.«

Lukas rieb sich noch immer den Schopf. »Was machen Se denn hier? Se wissen schon, dass das nit erlaubt is?«

Edgar legte den Kopf schief. »Ach. Und das gilt nur für mich?«

»Ne. Natürlich nit. Der Albrecht schicket mich. Er sacht, Se könnten vielleicht jemanden gebrauchen, der Schmiere stehen tut. Er sacht: Wickenrode braucht seinen Doktor.«

Edgar grinste. Das war vielleicht ein wenig übertrieben, obgleich es ihm schmeichelte. »Na, dann sollten wir zusehen, dass wir hier rauskommen, sonst werden wir womöglich beide erwischt, nicht?«

Lukas Söder stieg als Erster die Stufen hinab. Edgar wartete am Absatz. Das Gewicht von zwei Männern wollte er der wackeligen Stiege nicht zumuten.

»Ist der Albrecht also wieder zu Hause?«

»Ja, der kam grad heim. Hat mich im Garten gesehen und gesprochn, ich soll nach Ihnen sehen.«

»Das ist zwar sehr nett von Ihnen, aber ich denke, ich bin hier fertig. Ich werde keinen zum Schmierestehen brauchen.«

Lukas zuckte die Schultern. »Macht ja nix. Aber sicher is sicher, nit?«

Edgar nickte. »Ja, sicher ist sicher.«

Die beiden Männer verließen das Haus, nicht ohne sich vorher durch umsichtiges Spähen durch den Türschlitz davon zu überzeugen, dass sie noch immer alleine auf dem Hof waren. Edgar zog die Tür sorgsam hinter sich zu, und Lukas folgte ihm auf den Fersen, an der Scheune vorbei in das Gebüsch, aus dem Edgar gekommen war. Unterhalb der Böschung gabelte Edgar sein Fahrrad auf und schob es, während Lukas Söder neben ihm hertrabte.

»Funktioniert?«

Edgar guckte fragend.

»Na, der Schlauch. Hält die Luft?«

»Ja, sicher. Noch mal vielen Dank. Ist wieder wie neu.«

Lukas Söder grinste zufrieden. »Was honn Se denn eigentlich gesucht?«

»Ach, ich weiß gar nicht so genau. Ich hoffte, vielleicht einen Hinweis zu finden, den die Polizei übersehen hat.« Ihm fiel der Zettel in seiner Hosentasche ein. Ohne zu überlegen, zog er ihn aber kurzerhand heraus und übergab ihn Lukas Söder. »Den hier hab ich gefunden. Seltsam nicht? Frauennamen …«

Lukas Söder betrachtete den Zettel von vorne und hinten und fing an zu lachen.

Edgar Brix sah ihn erstaunt an: »Was ist denn daran so lustig?«

»Was honn Se denn gedacht, was das ist?« Lukas Söder japste nach Luft.

»Keine Ahnung, was ich gedacht habe, aber es ist doch seltsam, oder?« Edgar war beleidigt.

Lukas Söder wischte sich eine Träne unter dem Auge weg und gab den Zettel zurück. »Huh, der Schäfer ist ein Frauenmörder, huh.« Er amüsierte sich köstlich.

»Würden Sie mich bitte aufklären, was so lustig ist«, sagte Edgar ungehalten. Die Sache war ihm peinlich und er schwor sich, Lukas Söder so bald nicht wieder ins Vertrauen zu ziehen.

»Das sind die Namen seiner Schofe, nichts weiter.« Erneut brach Lukas Söder in Gelächter aus.

Edgar Brix lief vor Scham rot an. Er nahm ihm den Zettel weg, stopfte ihn wieder in seine Hosentasche und beschleunigte seinen Schritt. Schon bald musste er einsehen, dass er keine Chance hatte, dieser peinlichen Situation zu entkommen. Lukas Söder klebte an ihm dran wie eine Klette.

Zum Glück war der Weg nicht allzu lang. Vor Edgars Haustür verabschiedeten sie sich und Lukas Söder rief Edgar hinterher: »Ich komm morgen. Wegen dem Garten, wenn das Wetter hält.« Fröhlich winkend trabte er die Gasse hinunter.

Edgar betrat mit gemischten Gefühlen sein verwüstetes Haus. Er war müde und sehnte sich nach einer kurzen Pause. Aber in diesem Chaos konnte er unmöglich Ruhe finden. Er betrat sein Wohnzimmer und hob planlos Gegenstände vom Boden auf. Die Schubladen schob er zu, ohne den Inhalt zu sortieren. Das konnte warten. Er schob die Sessel wieder an ihren Platz, rückte den Tisch gerade und war halbwegs zufrieden mit seinem Ergebnis, als es an der Haustür klopfte. Er hatte schon den Hinweis parat, dass die Praxis heute geschlossen war, als ihn eine völlig verstörte Fiona Schneider anstarrte.

»Haben Sie eine Ahnung, wo mein Vater ist?« Sie zitterte vor Ungeduld. Ihr Gesicht war rot angelaufen und ihr Pagenkopf stand unordentlich in alle Richtungen ab.

»Ich dachte, er sei nach Hause gegangen. Das sagte mir zumindest gerade sein Nachbar.«

»Da ist er aber nicht. Das ganze Haus ist verwüstet und er ist nirgendwo zu finden.«

Jetzt erst verstand Edgar ihre Aufregung. Albrechts Haus musste sich in einem ähnlichen Zustand befinden wie seines. Die junge Frau musste ja das Schlimmste annehmen.

»Er wird nicht weit sein. Kommen Sie doch kurz rein.« Während sie an ihm vorüberging, stieg Edgar eine Wolke Apfelduft in die Nase. Er bemerkte, dass ihr zierlicher Körper dieses Mal in einem smaragdgrünen Kleid steckte, und konnte nicht anders, als einen Blick auf ihre nackten Beine zu riskieren.

Zögernd folgte sie Edgar in seine Küche und nahm auf sein Zeichen Platz auf der Eckbank.

»Die Polizei hat unsere Häuser durchsucht, deswegen die Unordnung.«

»Die Polizei hat die Häuser durchsucht?« Sie schaute Edgar verständnislos an.

»Wie soll ich Ihnen das jetzt erklären?« Er kaute auf seiner Unterlippe.

»Am besten so, dass ich es verstehe.« Der Pagenkopf wippte ungehalten.

»Ihr Vater hat den toten Schäfer gefunden und dabei Fußabdrücke hinterlassen. Die Polizei hat die passenden Schuhe gesucht.«

»Mein Vater hat den toten Schäfer gefunden?«

»Ja, vorgestern.«

»Der Schäfer ist gestorben?«

»Ermordet worden, um genau zu sein.« Edgar zuckte die Achseln, als wolle er sich für diesen Umstand entschuldigen.

»Und mein Vater hat ihn gefunden.«

Edgar nickte.

»Erst holen Sie mit ihm eine Leiche aus dem Wald, dann findet er einen ermordeten Schäfer, und jetzt hat die Polizei sein Haus durchsucht. Was ist hier eigentlich los?« Ihre Stimme wurde schrill.

Edgar schwieg, während sie ihn kampflustig anstarrte.

»Und jetzt ist er weg und verletzt ist er auch noch.«

»Sie wissen, dass er sich den Arm gebrochen hat?«

»Wir hatten gestern telefoniert. Er hat mich gebeten, ein paar Sachen für ihn zu erledigen. Der Einkauf steht auf dem Küchentisch und rundherum ist Unmuß.«

»Hören Sie, ich kann Ihre Aufregung verstehen, aber er ist bestimmt nicht weit weg. Vielleicht ist er in der Kneipe?«

»Da wollte ich als Nächstes hin. Aber er hat mir keine Nachricht hinterlassen. Wir hatten vereinbart, dass er immer eine Nachricht auf dem Täfelchen hinterlässt.«

Edgar erinnerte sich an das selbst gebastelte Schild an der Haustür und nickte. »Das wird er sicher vergessen haben. Es war alles ein bisschen viel in den letzten Tagen.«

Sie nickte zustimmend. »Das denke ich allerdings auch. Und Sie als Arzt sollten eigentlich dafür sorgen, dass sich ein Mann in seinem Alter nicht übernimmt. Herrje, mein Vater ist 70. Da sollte man eigentlich keine Ermordeten finden müssen und Leichen rumschleppen.«

Edgar gab die Hoffnung auf, dass sie sich beruhigen würde. Im Gegenteil. Er fürchtete, dass sie sich gerade erst in Rage redete.

»Und seltsamerweise ist das erst so, seit Sie hier sind. Können Sie mir das bitte erklären?«

»Wollen Sie einen Kaffee?« Edgar wusste, dass der Versuch ziemlich hilflos wirkte, aber ihm fiel gerade nichts Besseres ein.

»Nein, ich will keinen Kaffee. Ich will eine Antwort!«

»Albrecht hat mir erzählt, dass Sie ihn dazu ermuntert haben, die alte Geschichte wieder aufzurollen.«

»Ja, aber da wusste ich nicht, dass es noch mehr Tote geben würde. Und vor allem: Wenn es einen ermordeten Schäfer gibt, gibt es auch einen Mörder.« Ihr Gesicht wurde rot.

»Das liegt in der Natur der Sache.«

»Jetzt werden Sie mal nicht komisch. Sie haben doch meinen Vater mit in die Sache reingezogen. Woher weiß ich denn, dass es der Mörder nicht auch auf ihn abgesehen hat?«

»Bitte.« Edgar wusste nicht mehr, was er sagen sollte. »Die Polizei ermittelt bereits und es wird sich sicherlich alles aufklären.«

»Die Polizei? Seit wann haben die sich dafür interessiert, wenn hier *aufm Dorfe* was passiert ist? Die tun das Nötigste und gut ist. Soll'n die sich doch gegenseitig abschlachten, die Dorfdeppen. Das denken die doch.« Ihre Gesichtsfarbe wechselte in ein dunkles Scharlachrot.

Edgar gestand sich insgeheim ein, dass er ihre Ansicht teilte, antwortete jedoch: »Ich bin mir sicher, die Polizei macht ihre Arbeit ordentlich. Immerhin«, er stockte, »na ja, Sie haben ja das Ergebnis der Durchsuchung gesehen.«

»Ja, mal wieder bei den Falschen. Die sollten mal woanders suchen und nicht die Bude von einem alten Mann auf den Kopf stellen.«

Sie sprach Edgar aus der Seele, doch im Moment hielt er

es für taktisch unklug, sie darin zu bestärken. »Ich habe die Praxis heute geschlossen. Wenn Sie wollen, komme ich mit und helfe Ihnen, Albrechts Haus aufzuräumen.«

»Na, vielen Dank auch«, gab sie patzig zurück.

Edgar hatte befürchtet, dass sein Angebot nicht besonders gut ankommen würde. Er startete einen erneuten Versuch: »Ich gehe ihn suchen, während sie zu Hause auf ihn warten. Vielleicht ist er ja in der Zwischenzeit schon wieder zurückgekommen.«

Sie seufzte tief und sah Edgar durchdringend an. Ihm wurde warm ums Herz, was ihn ärgerte, denn in dieser Situation fand er das Gefühl furchtbar unpassend.

»Ich will doch nur wissen, dass es meinem Vater gut geht. Seit meine Mutter tot ist, ist er so … so hilflos in vielen Dingen.«

Edgar konnte ihre Sorge verstehen. Ihr jetzt mitzuteilen, dass er Albrecht für alles, aber nicht für hilflos hielt, wäre allerdings ein großer Fehler gewesen. »Glauben Sie mir, ich will doch auch nicht, dass Ihrem Vater etwas passiert. Aber er kann ganz gut auf sich aufpassen. Und: Er hat jetzt wieder einen Hund!«

Sie beugte sich nach vorne. »Ach!«

»Hm. Die Hündin vom Schäfer. Hat den Anschlag knapp überlebt. Albrecht hat ihr das Leben gerettet.«

»Sieh mal einer an«, sagte Fiona überrascht. »Und zu uns hat er immer gesagt, uns kommt kein Hund mehr ins Haus!«

»Er hatte seine Gründe.«

»Na, Sie sind ja ein Superschlauer. Was für Gründe sollen denn das gewesen sein?«

»Sie kennen die Geschichte von Rex?«

»Ja. Klar kenn ich die, und?« Sie schaute Edgar völlig entgeistert an.

»Er hat Angst gehabt, dass sich die Geschichte wiederholen könnte.«

Sie schüttelte verständnislos den Kopf.

»Na, dass ein Hund wieder so einen Schaden anrichten könnte.«

»Ich weiß nicht, von welchem Hund er ihnen erzählt hat, aber Rex hat in seinem ganzen Leben sicher keinen Schaden angerichtet. Als ich noch ein Baby war, ist er meinem Opa kurz nach dessen Tod gefolgt. Hat getrauert und nicht mehr gefressen. Und bis dahin haben ich und meine Schwester auf seinem Bauch geschlafen.«

Edgar war verwirrt. In ihm keimte der leise Verdacht, dass Albrecht ihm einen Bären aufgebunden hatte. Aber warum? Nun, das würde er ihm bei Gelegenheit selber erklären müssen. »Wie dem auch sei«, sagte Edgar. »Was halten Sie von meinem Vorschlag?«

Sie schien sich etwas beruhigt zu haben und nickte. »Ist vielleicht besser, wenn jemand zu Hause ist, wenn er heimkommt.«

»Ich sehe mich derweil überall um, wo er stecken kann. Weit kann er ja mit seinem Gips nicht gekommen sein.«

Sie verabschiedeten sich vor Edgars Haustür. Er schaute ihrem wippenden Rock noch eine Weile hinterher. Ohne lange nachzudenken, machte er sich auf den Weg in die Kneipe. Jetzt war ihm alles recht, was geeignet war, ihn von dem Gefühl abzulenken, das gerade von seiner Körpermitte Besitz ergriffen hatte. So hatte er sich schon ewig nicht mehr gefühlt. Und in diesem Augenblick war er sich nicht sicher, ob er das Gefühl mochte.

*

Es war bereits später Nachmittag, als Edgar mit Fiona deren Elternhaus wieder in einen halbwegs ordentlichen Zustand versetzt hatte. Er wurde das Gefühl nicht los, eher im Weg zu stehen, denn eine große Hilfe zu sein. Doch wenn schon, immerhin trug seine Anwesenheit dazu bei, dass Fiona nicht unaufhörlich wie ein Derwisch durch das Haus fegte.

Edgars Suche war ergebnislos verlaufen. Er hatte in der Kneipe erfahren, dass Albrecht dort gewesen war. Auch, dass es eine Unterhaltung mit dem alten Noll gegeben hatte, konnte er in Erfahrung bringen. Was es allerdings mit der ominösen Flasche Holunderschnaps auf sich hatte, von der der alte Mann ständig faselte, blieb Edgar schleierhaft. Vielleicht war Hermann Noll doch nicht mehr so gut beieinander, wie er es zunächst vermutet hatte, denn die Geschichte ergab nicht den geringsten Sinn. Der Pfarrer hatte eine Flasche Schnaps verlangt, die war aber verschwunden, und Albrecht hatte sich auf die Suche danach gemacht. Warum um alles in der Welt sollte Albrecht sich auf die Suche nach einer Flasche Schnaps machen? So viel zu den Informationen aus der Unterhaltung mit Hermann Noll. Das brachte Edgar nicht weiter. Er verließ verwirrt den »Brauborn« und nahm den Weg, der am Friedhof vorbeiführte, wobei er über die Gräber nach Albrecht Ausschau hielt. Er machte einen Abstecher zum Waldrand, wo sie den toten Holländer gefunden hatten, und ging dann in einem Bogen zum Hof des Schäfers. Albrecht blieb verschwunden. Edgar musste sich unverrichteter Dinge und mit schlechtem Gewissen auf den Weg zu Fiona begeben.

Um 16 Uhr war Fionas Geduld am Ende. »Wir sollten die Polizei benachrichtigen. Da stimmt doch was nicht.«

Noch hatte Edgar die Hoffnung, dass Albrecht lediglich einen ausgedehnten Spaziergang mit Blume unternommen hatte. Gut, 100-prozentig überzeugt war er selber nicht. Immerhin waren sowohl Blume als auch Albrecht angeschlagen. Doch noch konnte er sich nicht auf den Gedanken einlassen, der in seinem Hinterkopf rumorte. Und den Kommissar auf den reinen Verdacht hin, dass Albrecht etwas zugestoßen sein könnte, verständigen? Undenkbar. Schon gar nicht in Anbetracht ihres getrübten Verhältnisses. Er saß am Küchentisch, trommelte mit den Fingern auf die Platte und sah Fiona dabei zu, wie sie seit Minuten gedankenverloren ein Glas polierte. Für Edgars Empfinden hatte sich das Gefühl von Vertrautheit zu schnell eingestellt. Er hatte mehr inneren Widerstand erwartet, aber es war ganz anders. Er fühlte sich wohl. Und das, obwohl die Situation alles andere als dazu geeignet war. Er beobachtete Fiona. Eine Sorgenfalte grub sich oberhalb der Nasenwurzel in ihre Stirn, und ihre Wangen leuchteten. Sie war ernsthaft in Sorge, das war kaum zu übersehen. Während Edgar noch überlegte, ob etwas, was er hätte sagen können, Fiona beruhigt hätte, drang ein lautes Schaben und Kratzen von der Haustür an ihre Ohren. Fiona schaute ihn erschrocken an.

»Ich geh gucken. Bleiben Sie bitte hier.«

Edgar öffnete die Haustür. Davor saß Blume. Der Verband war abgerissen und das Fell blutverkrustet. Die Wunde war aufgebrochen. Völlig außer Atem hechelte sie in einem Tempo, dass Edgar sich Sorgen machte, dass das Tier an Ort und Stelle kollabieren könnte. Er traute sich nicht, den blutenden Hund hochzunehmen, und schubste sie vorsichtig mit dem Fuß vorwärts. Sie schlenkerte, verdächtig unsicher auf den Beinen, ins Haus und sank auf dem Schuhabtreter seufzend zusammen.

»Ich fürchte, wir müssen tatsächlich die Polizei anrufen«, sagte er zu Fiona, die im Türrahmen der Küche stehen geblieben war.

»Was ist denn los?« Die Sorgenfalte grub sich tief in ihre Stirn.

»Ich weiß es nicht. Aber egal, wo Albrecht jetzt ist«, es fiel ihm schwer, es auszusprechen, »Blume hatte ihre Gründe, sich aus dem Staub zu machen.«

»Ich verstehe das alles nicht«, sagte Fiona mit bebender Stimme. Tränen standen ihr in den Augen.

»Ich bin mir nicht sicher, aber ich denke, Albrecht ist in Schwierigkeiten.«

Fiona ließ das Glas fallen, das sie noch immer in der Hand hielt. Es zerschellte klirrend auf dem Boden. Sie stand wie angewurzelt da. »In Schwierigkeiten?«, hauchte sie.

»Ich fürchte, ja.«

Die Tränen lösten sich aus den Augenwinkeln und liefen ihr über das Gesicht. Hilflos sah Edgar zu. Er behielt üblicherweise selbst in den brenzligsten Situationen einen klaren Kopf, doch im Augenblick schossen seine Gedanken wirr durcheinander, unfähig, sich auf den nächsten Schritt zu konzentrieren. Fiona schwankte. Edgar stützte sie und führte sie in die Küche, wo er sie auf der Bank platzierte. Er sah ihr in die Augen: »Alles in Ordnung?«

»Nein, nichts ist in Ordnung.« Die Worte gingen in ihrem Schluchzen fast unter.

»Ich rufe jetzt die Polizei an.« Edgar wusste sich keinen anderen Rat. Einfach dastehen und nichts tun, war keine Alternative. Er ging in die Diele und wählte den Notruf. »Mein Name ist Edgar Brix. Ich habe eine Nachricht für

Kommissar Frank.« Er wartete auf die Antwort seines Gesprächspartners. »Hören Sie, es ist mir egal, dass Sie den Dienstweg einhalten müssen. Hier wird ein Mann vermisst, der in einen Mordfall verwickelt ist, in dem Herr Frank ermittelt. Wir brauchen dringend seine Hilfe. Der Vermisste ist verletzt. Und der Jüngste ist er auch nicht mehr.« Widerstrebend legte Edgar einiges an Dramatik in seine Worte. Aber in dem Augenblick, als er es aussprach, bemerkte er, dass das unnötig war. Die Sache war auch ohne Übertreibung ernst genug. »Es ist gut möglich, dass es um Leben und Tod geht. Bitte teilen Sie Herrn Frank mit, dass die Zeit drängt.« Der Mann am anderen Ende nahm Edgars Namen, die Adresse und die Nummer des Apparates auf, von dem Edgar angerufen hatte. Dann verabschiedete er sich mit dem Versprechen, die Nachricht unverzüglich weiterzuleiten und zügig einen Streifenwagen der nächstgelegenen Polizeistation in Großalmerode loszuschicken.

Während sie warteten, legte Edgar eine Hand auf Fionas Finger, die das Geschirrhandtuch kneteten, sodass die Knöchel weiß hervortraten. »Sie sind gleich da.«

Sie schaute ihn mit einer Mischung aus Dankbarkeit und Zweifel an.

Wenig später stand ein Streifenwagen vor der Haustür. Ein gähnender Mann in Uniform stieg aus, drückte das Kreuz durch und ließ die Gelenke knacken, während er die Arme in den Himmel streckte. Er blickte sich neugierig um, während er sich schlendernden Ganges der offenen Haustür näherte. Edgar hatte keine Lust, die Geschichte zweimal zu erzählen, und fing den Polizisten vor der Haustür ab. Er bat den Mann, draußen zu warten, bis Matthias Frank eintraf. Der Mann quittierte diese unhöfliche Begrüßung mit einem Grunzen und verzog sich mit Schmollmiene in seinen Wagen. Der Polizeifunk knackte und knarzte laut durch die geöffneten Scheiben. Edgar ahnte bereits, dass es nicht allzu lange dauern würde, bis die ersten Neugierigen eintreffen würden. Er behielt recht. Zeitgleich mit dem Eintreffen des Wagens von Kommissar Frank und eines weiteren Streifenwagens, stand Friedberg Söder am Gartenzaun und spähte schaulustig herüber.

»Was'n los?«, fragte er unumwunden.

Edgar zögerte, dann schob er alle Bedenken beiseite und erzählte Friedberg Söder, was geschehen war.

»Vor ein paar Stunden war hä noch hier. Dann ist hä widder weg. Hot kurz mit Lukas gesprochen.«

»Ist Lukas da?«

»Ne, hä is in Laudenbach. Feiern.«

Edgar nickte. »Wenn er wieder zu Hause ist, können Sie ihn dann fragen, ob Albrecht etwas zu ihm gesagt hat?«

»Klar. Kann aber recht spät werden.«

»Ist egal. Jeder Hinweis kann jetzt helfen.« Edgar ließ den alten Mann stehen. Der machte keinerlei Anstalten, seine beobachtende Haltung am Gartenzaun auch nur einen Millimeter zu verändern. Unverhohlen betrachtete er das Treiben auf dem Nachbarhof.

Edgar wandte sich an Matthias Frank, der zwischenzeitlich ausgestiegen war. »Vielen Dank, dass Sie so schnell kommen konnten. Wir sind ernsthaft in Sorge.« Er wies dem Kommissar den Weg zur Haustür. Auf dem Weg in die Küche passierten sie Blume, deren Atem in der Zwischenzeit zu einem gleichmäßigen Rasseln geworden war. Fiona saß am Küchentisch und schluchzte.

»Das ist die Tochter von Herrn Schneider, Fiona. Sie kam heute vorbei, um ihm im Haushalt zu helfen.« Edgar deutete die Notwendigkeit an, indem er den Arm schüttelte, den Albrecht im Gips trug.

Matthias Frank begrüßte Fiona knapp, dann wandte er sich wieder an Edgar. »Erzählen Sie doch mal der Reihe nach.«

Edgar bot dem Kommissar einen Platz an, doch der lehnte mit einer Handbewegung ab. »Der Herr Schneider ist ungefähr seit dem frühen Nachmittag verschwunden.« Edgar bemerkte, wie Matthias Frank die Augenbrauen hob. Vermutlich bereute er gerade die Eile, in der er sich auf den Weg gemacht hatte. Edgar schob hinterher: »Das wäre normalerweise nicht Anlass genug, um Sie zu alarmieren, ich weiß. Aber Herr Schneider ist nicht mehr der Jüngste und verletzt ist er obendrein. Wir haben alle Orte abgesucht, an denen er sich hätte aufhalten können. Das allein wäre schon beunruhigend, aber er war mit dem Hund unterwegs. Und der hat sich mit allerletzter Kraft wieder hierher zurückgeschleppt. Etwas muss passiert sein, weshalb ihn der Hund allein gelassen hat.«

Frank spähte um die Ecke und erhaschte einen Blick auf das Tier, dessen Brustkorb sich schwer hob und senkte. »Ich vermute, dass der Hund nicht in der Lage ist, uns zu Herrn Schneider zu führen?«

»Herr Frank, man muss kein Tierarzt sein, um zu erkennen, dass dieses Tier uns heute nirgendwohin führen wird.«

Frank nickte. »Hören Sie, Herr Brix: Wir beide wissen, dass Sie wichtige Informationen vor mir verschwiegen haben und ich bin mir sicher, dass Sie einen Verdacht haben, wo sich Ihr Freund aufhalten könnte. Wenn es also etwas gibt, was Sie mir mitteilen wollen, wäre jetzt der richtige Zeitpunkt.«

Edgar zuckte zusammen: Frank hatte Albrecht als seinen Freund bezeichnet. Jetzt erst spürte Edgar die Sorge um den alten Kerl tief in seiner Magengrube wüten. Er überlegte einen Augenblick. Es war absolut überflüssig, Frank jetzt noch etwas vorzumachen. Vielmehr war zu befürchten, dass die vagen Vermutungen, die er beitragen konnte, keine große Hilfe sein würden. »Ich denke, es ist klug, den Pfarrer Karl-Friedrich Hochapfel im Auge zu behalten. Ob er in der Sache mit drinsteckt, kann ich nicht sagen, aber er weiß etwas. Und wenn ich eine Vermutung anstellen muss, würde ich Albrecht im Nordwald suchen. Oberhalb der Quelle des Siegenbaches liegt die Jagdhütte von Fritz Veit. Dort sollten Sie vielleicht mal nachsehen.«

Matthias Frank warf Fiona einen Blick zu, die mit den Schultern zuckte, während sie sich geräuschvoll die Nase in ein klatschnasses Taschentuch schnäuzte. Edgar kramte in seiner Hosentasche und wurde fündig. Er reichte ihr ein zerknülltes, aber unbenutztes Taschentuch, das sie mit dankbarem Blick entgegennahm, wobei sie ihm im Austausch das triefnasse Stück Stoff in die Hand drückte.

»Warum sind diese beiden Namen bei unseren bisherigen Gesprächen noch kein einziges Mal gefallen?« Matthias Frank sah Edgar mit einer Mischung aus Ärger und Ungeduld an.

Edgar hatte keine Lust, sich eine Ausrede einfallen zu lassen. Er beließ es bei einem schuldbewussten Blick.

»Nun gut. Darüber reden wir, wenn wir Herrn Schneider gefunden haben.« Frank ging zügig zur Haustür und stoppte kurz davor. »Wir könnten ortskundige Hilfe gebrauchen. Kennen Sie jemanden, der uns den Weg zeigen kann?«

Edgar überlegte einen Augenblick. Lukas Söder war feiern, der fiel also aus. Aber er hatte so eine Ahnung, wessen Fähigkeiten, Menschen aufzuspüren, dieses Mal einem guten Zweck dienen konnten. »Fragen Sie doch den Nachbarn, Friedberg Söder. Der kennt die Gegend wie seine Westentasche. Und wenn er dabei ist, redet der alte Veit vielleicht sogar mit Ihnen.«

Frank zog die Augenbrauen hoch. »Ich hoffe für Sie, dass wir nicht umsonst hier rausgekommen sind. Und für Herrn Schneider, dass Ihr Verdacht sich bestätigt.«

Erst jetzt wurde Edgar bewusst, dass es für Albrecht wirklich eng werden konnte, wenn er sich geirrt hatte. Er warf einen Blick auf Fiona. Nicht auszumalen, wie sie reagieren würde, wenn die Sache nicht gut für Albrecht ausging. Obwohl noch nichts entschieden war, fühlte Edgar sich genauso schuldig, als hätte er Albrecht eigenhändig verschwinden lassen. Er schüttelte den Gedanken ab und kehrte zu Fiona in die Küche zurück.

Ein Tee würde ihnen beiden guttun. Während er Wasser aufsetzte, wünschte er sich nichts sehnlicher, als dass dieser Abend eine gute Wendung nehmen würde. Als er das heiße Wasser in die Teekanne goss, hatte er keine Ahnung, wie weit dieser Wunsch von der Wirklichkeit entfernt war.

16

Albrecht stöhnte. Sein Schädel war ein einziges Dröhnen. Er fasste an die Stelle, die am meisten schmerzte, und spürte etwas Feuchtes. Leider konnte er im Dunkeln nicht das Geringste sehen. Er roch an seinem Finger, als ihn aber das auch nicht weiterbrachte, überwand er sich und steckte den Finger in den Mund. Blut. Verdammt! Er tastete vorsichtig auf seinem Kopf herum und zuckte zurück, als er die Stelle erreichte, die wie Feuer brannte. Verkrustete Kopfhaut hatte sich zu einem dicken Wulst aufgeworfen.

Obwohl seine Augen sich langsam an die Dunkelheit gewöhnten, erkannte er kaum mehr als dunkle Umrisse. Er tastete um sich und spürte feuchte Erde. Er saß auf dem nackten Erdboden. Den gesunden Arm aufgestützt, setzte er sich mit angewinkelten Knien auf. Im Rücken spürte er eine raue Wand. Ihm wurde schwindelig und Übelkeit stieg in ihm hoch. Mit Mühe und Not schluckte er die Übelkeit herunter und konzentrierte sich auf seine Situation. Er hatte eine ungefähre Vorstellung davon, wo er sich befand. Zuletzt hatte er den Holzverschlag, in dem er sich im Augenblick vermutete, von außen gesehen. Er war auf dem Weg zur Hütte von Fritz Veit gewesen. Keine 500 Meter davon entfernt bevorzugte Blume eine andere Fährte und zerrte ihn ungefähr einen knappen Kilometer weiter in den Wald hinein. Schließlich stießen sie auf die kleine Forstarbeiterhütte, die gut verborgen in einem Dickicht zwischen Tannen lag. Etwas musste Blume magisch dorthin gezogen haben. Im Angesicht der

Hütte wand sie sich wie ein Aal, sodass Albrecht kurz darauf mit dem leeren Halsband an der baumelnden Leine dastand, während Blume wild grollend um die Hütte tänzelte. Albrecht guckte ihr einen Moment zu, dann entschied er, selber einen Blick auf das so offensichtlich aufregende Objekt zu werfen. Er näherte sich der Hütte. Ein übler Gestank schlug ihm aus der halb geöffneten Tür entgegen. Er rümpfte die Nase. Blume sprang auffordernd an ihm hoch. »Jetzt gib aber Ruhe«, redete er vergeblich auf das aufgebrachte Tier ein. Er öffnete die Tür und zuckte zurück: Im Innern der Hütte war der Gestank atemberaubend. Dann wurde ihm schwarz vor Augen. Das Letzte, an das er sich erinnern konnte, war ein Schmerz, der ihm vom Kopf bis in die Fußspitzen zog.

Albrecht hätte schwören können, dass er sich in diesem Augenblick im Innern genau dieser Hütte befand. Der Gestank war kaum auszuhalten. Mittlerweile musste es Nacht sein, denn es drang kein Fetzen Licht durch die Holzverschalung. Tiefe Dunkelheit hüllte Albrecht ein. Dazu die rasenden Schmerzen im Kopf. Wer auch immer ihn in diese Lage gebracht hatte, konnte sich nach wie vor dort draußen aufhalten. Albrecht vermied tunlichst jedes Geräusch. Er hatte nicht nur eine Ahnung, wer ihm beinahe den Schädel eingeschlagen hatte; selten war er sich so sicher gewesen. Er hoffte nur, dass Blume den Überfall überlebt hatte. Immerhin war weit und breit nichts von ihr zu hören. Und sich taktisch still zu verhalten, war nicht gerade ihre Stärke. Seine Hoffnung schwand, dass er sie noch einmal wiedersehen würde.

Nach einer gefühlten halben Stunde fasste er den Mut, vorsichtig aufzustehen. Er taumelte und fand eine Kante, um sich abzustützen, wobei er einen Gegenstand zu Fall brachte, der blechern auf dem Boden aufschlug. Er stockte und blieb still stehen. Er lauschte. Auch nach mehreren Minuten hörte er nichts, außer dem eigenen Atem. Vorsichtig tastete er sich an der Wand entlang, bis er auf die Tür stieß. Natürlich verschlossen. Er überlegte einen Augenblick, ob es sich lohnen würde, um Hilfe zu rufen, doch es war wohl ratsamer, sich die Puste zu sparen. Um diese Zeit würde wohl kaum jemand im Wald nach ihm suchen.

Wenn sich sein Verdacht als richtig erwies, war der alte Veit jetzt ohnehin über alle Berge. Was gleichzeitig bedeutete, dass er schon ein Riesenglück haben musste, um jemals in dieser Hütte gefunden zu werden. Er hätte sonst was gegeben für einen Schluck Wasser. Wenn er nicht bald hier rauskäme, würde er hier jämmerlich verdursten. Plötzlich kam ihm ein Gedanke: Na klar, so ergab alles einen Sinn. Ihm lief ein Schauer über den Rücken. Wenn ihn nicht alles täuschte, befand er sich in derselben Hütte, in der der Holländer eingesperrt worden war, bevor man ihn vermutlich halb verdurstet und mehr tot als lebendig zum Sterben in den Wald gejagt hatte. Konnte es so gewesen sein? Natürlich. Aber noch immer konnte sich Albrecht keinen Reim darauf machen, wie der Holländer in die Hütte gekommen war und vor allem: warum? Und wie hatte er es unbemerkt auf die andere Seite des Tals geschafft? Das Grübeln verstärkte das Brummen in Albrechts Schädel. Bei Tageslicht sah die Welt in der Regel anders aus. Er beschloss abzuwarten, da er an seiner Lage ohnehin wenig ändern konnte.

Obwohl die Nächte noch lau waren, fröstelte er. Er brauchte keinen Arzt, um zu wissen, dass er eine Gehirnerschütterung und vermutlich auch einen Schock hatte.

Doch was hätte er jetzt gegeben für die Anwesenheit von Edgar. Nie hätte er es für möglich gehalten, dass er sich mal nach der Unterstützung von diesem Grünschnabel sehnen könnte. Doch nun musste er sich eingestehen, dass es jetzt so weit war. Er tastete unsicher umher und bekam etwas zu fassen, was sich wie eine Militärdecke anfühlte. Er zog den schweren Stoff zu sich heran und zuckte zurück, als ihm ein saurer Geruch in die Nase stieg. Ihm wurde übel. Trotzdem überwand er sich, zog sich die Decke bis zu den Knien über die Beine und rollte sich wie eine Katze auf dem Boden zusammen. Er starrte noch eine Weile in die Dunkelheit, bevor er vor Erschöpfung in eine bleischwere Bewusstlosigkeit abtauchte.

*

Edgar sah auf der schwach erleuchteten Gasse, wie Friedberg Söder sich mit hängendem Kopf von Matthias Frank verabschiedete. Der alte Mann schlich erschöpft zu seinem Anwesen. Mit traurigen Schritten verschwand er aus Edgars Blickfeld.

Fiona hatte vor einer halben Stunde mit dem Weinen aufgehört und machte sich seitdem wie wild über das schmutzige Geschirr her. Eine weitere Tasse hatte Fionas Eifer bei ihrem Aufprall auf dem Dielenboden mit dem Leben bezahlt. Edgar war gerade damit beschäftigt, die Scherben zusammenzusammeln, als er den Polizeiwagen vorfahren hörte. Er und Fiona standen regungslos da und starrten den Kommissar wie die Kaninchen an, als der in die niedrige Küche trat. Sein Gesichtsausdruck füllte den ganzen Raum aus. Sein Schnurrbart zuckte, während er den Kopf schüttelte. Fiona entglitt die Tasse, die sie mit dem Geschirrhandtuch bearbeitete. Edgar fischte sie noch aus der Luft, bevor auch sie zu Bruch gehen konnte.

»Wir mussten die Suche unterbrechen. Es tut mir sehr leid. Aber die Dunkelheit lässt uns keine andere Wahl.«

»Waren Sie …?« Edgar traute sich gar nicht zu fragen, ob seine Hinweise hilfreich gewesen waren. Offensichtlicher konnte ein Misserfolg kaum sein.

»Herr Söder hat uns zur Hütte von Herrn Veit geführt. Die Hütte ist verlassen, allerdings noch nicht lange. Die Fahndung nach Herrn Veit läuft bereits. Der Posten vor dem Pfarrhaus hat nichts zu berichten. Der Pfarrer hat das Haus den ganzen Abend nicht verlassen. Aber das Haus wird weiter beobachtet.« Er sah Edgar und Fiona mit einem Blick an, der Bedauern verriet und gleichzeitig, dass es im Moment nichts weiter zu sagen gab. Er drehte sich um und sagte knapp: »Wir setzen die Suche morgen früh fort, sobald es hell ist. Sie sollten ein wenig schlafen. Morgen könnte ein anstrengender Tag werden.«

Bevor Edgar noch etwas sagen konnte, verließ der Kommissar strammen Schrittes das Haus. Sie hörten, wie der Wagen gestartet wurde und davonknatterte. Eine unangenehme Stille hing in der kleinen Küche. Fiona knetete das Geschirrhandtuch, während Edgar um Worte rang. Was konnte er sagen, was sie beruhigte? Oder ihr zumindest das Gefühl geben konnte, dass er noch voller Zuversicht war. Tatsächlich war er weit davon entfernt, die Hoffnung fahren zu lassen. Albrecht war ein zäher Bursche. Natürlich nicht mehr der Jüngste, aber ein Kerl, den so schnell nichts unterkriegte. Doch konnte er Fiona das sagen? Und würde es etwas an der Situation ändern? Wohl kaum. Er seufzte.

»Was ist, wenn er irgendwo verletzt in einem Steinbruch

liegt, oder ...?« Sie brach das Schweigen, bevor ein Weinkrampf sie daran hinderte, den Satz zu beenden.

»Albrecht weiß sich zu helfen, er wird die Nacht überstehen.«

»Was ist, wenn wir ihn morgen auch nicht finden?«

Darauf wusste Edgar keine Antwort. »Soll ich hierbleiben? Ich könnte auf der Küchenbank schlafen.« Edgar wusste, dass sein Angebot nicht unkritisch war. Aber in einer Situation wie dieser sollten kleine Formfehler akzeptabel sein.

Sie zögerte kaum. »Ja, wenn es Ihnen nichts ausmacht?« Es machte ihr offensichtlich kein größeres Kopfzerbrechen, die Nacht mit einem beinahe fremden Mann zusammen im Haus zu verbringen. Ganz alleine zu bleiben, war auf jeden Fall die deutlich schlechtere Alternative.

»Sollten wir Ihre Schwester informieren?«

Sie nickte und rieb sich die Stirn. Sie machte nicht den Eindruck, als wäre sie in der Verfassung, ein solches Telefonat durchzustehen. Ihr Blick wanderte flehend zu Edgar.

»Ich kann das übernehmen.« Er legte mehr Zuversicht in die Worte, als er tatsächlich empfand. Zwar war er gewohnt, unangenehme Nachrichten zu überbringen, aber in diesem Fall war er ebenso beteiligt wie betroffen. Er ging in den Flur und fand in einem Notizbuch auf der ersten Seite in ordentlicher Schrift die Telefonnummern von Fiona und Katharina vermerkt.

Es läutete, am anderen Ende meldete sich eine verschlafene Männerstimme. Edgar stellte sich vor und verlangte Frau Schneider. Der Mann am Apparat stutzte kurz, rief aber nach einer Pause nach seiner Frau. Als Edgar aufging, dass Katharina vermutlich nicht mehr ihren Mädchennamen trug, hatte er sie bereits am Apparat. Sie meldete sich, mit ebenfalls schläfriger Stimme: »Feldmann?«

»Es tut mir leid, falls ich Sie geweckt habe. Ich bin hier mit Ihrer Schwester in dem Haus Ihrer Eltern. Mein Name ist Brix, ich bin der Arzt in Wickenrode. Hören Sie, Ihr Vater wird vermisst. Die Polizei ist schon benachrichtigt und sucht nach ihm.« Edgar legte eine Pause ein. Schweigen am anderen Ende. Er berichtete weiter. Als er an der Stelle angelangt war, an der er erklärte, warum genau Albrecht Schneider vermisst wurde, wurde das Atmen am anderen Ende schwerer. »Kann ich bitte meine Schwester sprechen?«, sagte Katharina Feldmann tonlos in den Hörer.

»Aber selbstverständlich.« Edgar reichte den Hörer an Fiona weiter, die das Gespräch in den Türrahmen gelehnt verfolgt hatte. Er ließ die Schwestern alleine und setzte sich vor der Haustür auf die Treppenstufen. Sein Blick wanderte in den sternenklaren Nachthimmel. Die Nächte wurden jetzt schon kühler, aber es war noch gut ohne Jacke auszuhalten. Die Steine gaben die Wärme ab, die sie den Tag über gespeichert hatten, und Edgar genoss, wie diese sich in seinem Körper ausbreitete. Irgendwo jammerte ein Käuzchen und Edgar hoffte, dass Albrecht, wo auch immer er gerade war, es auch hören konnte. Ihm wurde schwindelig bei dem Gedanken, dass Albrecht in ernsthaften Schwierigkeiten steckte. Natürlich hatte der mal wieder auf eigene Faust gehandelt. Absolut verantwortungslos. Vermutlich hätte er es selber ganz genauso gemacht. Er fühlte sich so hilflos wie schon seit einigen Jahren nicht mehr. Ein Zustand, auf dessen Wiederholung er gut hätte verzichten können. Niemals hätte er geglaubt, dass seine Vergangenheit ausgerechnet in Wickenrode wieder zum Leben erwachen würde. Dummerweise gab es keinen Ort mehr, an den er jetzt noch flüchten konnte. Noch gab es Hoffnung. Dieser Gedanke beruhigte ihn nicht annähernd in dem Maße, wie er es im Augenblick brauchte, und so schob er ihn unzufrieden zur Seite.

Nach einiger Zeit kam Fiona aus dem Haus und setzte sich neben ihn auf die Stufen. Sie strich sich das Kleid über die Knie und schaute in den Himmel. »Gott sei Dank, es ist wenigstens warm draußen. Er muss zumindest nicht frieren.«

Edgar nickte. Das Käuzchen jammerte erneut.

»Wie hat Ihre Schwester die Nachricht aufgenommen?«

»Ich konnte sie nur mit Mühe davon abhalten, sofort ins Auto zu steigen. Aber wenn wir morgen nichts erfahren, steht sie spätestens am Abend auf der Matte.«

»0711. Das ist die Vorwahl von Stuttgart, oder?«

»Sie wohnt in einem Vorort, Vaihingen. Das sind gut 400 Kilometer von hier. Trotzdem. Sie bleibt nicht zu Hause und wartet ab. Nicht Katharina.«

Edgar nickte. Er hatte schon vermutet, dass die Schwestern aus demselben Holz geschnitzt waren wie Albrecht. Die Sache mit dem Apfel und dem Stamm bewahrheitete sich doch immer wieder. Lukas Söder und sein Vater gingen ihm durch den Kopf. Und wie war das mit ihm und dem untadeligen Conrad Brix? Immerhin saß er jetzt hier, fühlte sich zur Untätigkeit verdammt und hatte nicht den Hauch einer Idee, wie es weitergehen sollte. Das wäre seinem Vater niemals passiert. Kurz bevor Edgar sich in seinen Selbstzweifeln verlor, wurde er unterbrochen.

»Fiona«, sagte die junge Frau neben ihm, ohne ihn dabei anzusehen.

Edgar wusste erst nicht, was sie meinte. Dann verstand er und entspannte sich. »Edgar«, sagte er leise.

»Hast du Geschwister?«, fragte Fiona, um sich ein wenig abzulenken.

»Einen älteren Bruder. Gutmund. Er lebt noch mit seiner Frau in den Staaten. Aber vor ein paar Tagen hat er mir geschrieben. Er hat eine Professur in Frankfurt angenommen. Im nächsten Frühjahr.«

»Das ist doch sicher toll für dich, wieder Familie in der Nähe zu haben, oder?«

Edgar zögerte. Familie. Wenn sie das Wort aussprach, schwangen Gefühle mit, die Edgar schwerlich mit dem Begriff in Zusammenhang brachte. Familie. Er wehrte sich nur kurz gegen den dumpfen Neid, der ihm in die Magengrube kroch. Wie anders hätte es werden können, wenn sie nicht hätten fliehen müssen. Wie wäre eine behütete Kindheit auf dem Dorf wohl gewesen? Wie wäre es gewesen, als Nordhesse aufzuwachsen und nicht als Jude? Diese Gedanken waren müßig und führten nirgendwohin, er log: »Ja, es wird toll sein, wieder Familie in der Nähe zu haben.«

»Und du?«

Er wusste nicht, worauf die Frage abzielte und zuckte die Achseln.

»Na, du? Hast du keine eigene Familie?«

Edgar Brix blickte zwischen seinen Beinen zu Boden. Nach einer Weile platzte er heraus: »Wir sollten uns hinlegen. Morgen wird ein anstrengender Tag werden.« Er erhob sich und ging ins Haus. Fiona blieb verwirrt auf den Treppenstufen zurück.

17

Als Fiona am nächsten Morgen in aller Herrgottsfrühe erwachte, spukte ihr das Ende der gestrigen Unterhaltung noch immer im Kopf herum. Was auch immer die seltsame Reaktion des Arztes hervorgerufen hatte, sie würde es bei Gelegenheit in Erfahrung bringen. Dennoch: Es war die Sorge um ihren Vater, die sie in dieser Nacht um den Schlaf gebracht hatte. Unruhig hatte sie sich in ihrem alten Bett hin und her gewälzt. Das Kinderzimmer war noch genauso eingerichtet, wie sie es verlassen hatte. Lediglich einige Zeitschriftenstapel, die in eine Ecke gestopft waren, verrieten ihr, dass ihr Vater das Zimmer mittlerweile auch als Lagerraum für Andenken nutzte, die er nicht wegwerfen wollte. In ihrem Kleiderschrank fand Fiona Kleider ihrer Mutter. Sie rochen noch nach ihr. Sie steckte die Nase tief in das Gemisch aus Kiefernholz, Lavendel und einem Duft, der ihr unweigerlich die Tränen in die Augen trieb. Sie wischte sie weg. Das Salz brannte auf ihren Wangen, die vom vielen Weinen ganz wund waren. Sie blickte in den kleinen Spiegel über der Schminkkommode. Die Augen waren verquollen, das Haar stand wirr in alle Richtungen ab. Sie schlich sich in das kleine Badezimmer und versuchte mit kaltem Wasser die Augen zu kühlen. Mit feuchten Händen strich sie sich notdürftig den Pagenkopf glatt. Sie schlüpfte in das grüne Kleid und fand im Kleiderschrank ein Paar flache Schnürschuhe ihrer Mutter, die tatsächlich passten.

»Fiona!«, brüllte Edgar von unten die Treppe hinauf und unterbrach sie in ihren Gedanken.

Sie verließ eilig das Bad und flog die schmale Treppe hinunter. Mehrere Stufen auf einmal nehmend, die eine Hand am Geländer, die andere an der Wand, wie sie es als kleines Mädchen getan hatte. Edgar war nicht da, aber die Haustür stand offen. Draußen stand puterrot angelaufen Lukas Söder und blickte Edgar an, als sei dieser der Leibhaftige in Person. Edgar sah nicht im Mindesten besser aus als sie. Sein weißes Hemd war zerknautscht, seine braunen Locken standen ihm wirr vom Kopf ab. Dunkle Ränder zierten die Augen, aus denen er Lukas Söder böse anfunkelte.

»Ich hab's glatt vergessen! Es tut mir sooo leid.«

»Wie konntest du das vergessen?« Der Arzt bemerkte gar nicht, dass er zum vertraulichen Du gewechselt war. Einen Augenblick sah es danach aus, als ob er sich durch den reumütigen Blick von Lukas besänftigen ließ, doch schon verfinsterte sich seine Miene erneut.

»Ich hab's vergessen«, wiederholte Lukas Söder weinerlich, »hab's halt einfach vergessen.«

Fiona hatte keine Ahnung, was sich hier gerade abspielte, aber Lukas tat ihr leid. »Was ist denn los?« Sie ging ein paar Schritte auf die beiden Männer zu.

Edgar Brix pikte Lukas mit dem Zeigefinger an die Schulter. »Die Flitzpiepe hat vergessen, mir gestern Mittag mitzuteilen, dass Albrecht ihn nur deswegen geschickt hatte, um mir zu sagen, dass er mit dem Karren zum alten Veit in den Wald gefahren ist.«

Lukas Söder sah aus wie ein Häufchen Elend. Am liebsten hätte er sich unsichtbar gemacht. Zur Not wäre er auch im Erdboden versunken. Er wandte sich an Fiona: »Dein Vadder hat mich gebeten, den Gaul anzuspannen. Ging ja nit, mit dem kaputten Arm. Dann sollt ich dem Arzt

Bescheid sprechen, aber darauf hab ich glatt vergessen ... bei all dem Trubel.« Seine Schultern hingen, als wären sie nicht am Rumpf befestigt.

Fiona sah ihn fassungslos an. Gleichzeitig empfand sie Mitleid. »Wann war das?«

»Gestern. Nach dem Midaach.«

»Ich hätt ihm gleich hinterhergekonnt, wenn ich das gewusst hätte. Verdammt!« Edgar ließ nun von Lukas ab und setzte sich auf die Treppenstufen. Er raufte sich das zerzauste Haar. Letztlich konnte Lukas ja auch nichts dafür. Wenn Albrecht etwas zugestoßen war, war es einzig und allein seine eigene Schuld. Edgar haderte mit sich. Es machte keinen Sinn, jetzt überstürzt zu handeln. Doch er konnte keinen klaren Gedanken fassen.

»Ich fahr sie überallhin, wenn es helfen tut.« Lukas Söder machte nicht den Eindruck, als sei dieses Angebot ein Ergebnis seines schlechten Gewissens. Er wollte ehrlich helfen. Edgar wurde weich. »Wart mal einen Augenblick, Lukas. Ich muss nachdenken. Jetzt einfach losrennen macht die Sache kaum besser.«

Lukas und Fiona nickten im Duett und beobachteten Edgar, während der angestrengt überlegte.

»Du sagst, der Albrecht ist in den Wald zum Veit?«

Lukas nickte.

»Die Polizei hat aber alles abgesucht. Weder Albrecht noch der Veit sind in seiner Hütte gefunden worden.« Er legte eine kurze Pause ein. Dann wandte er den Blick zu Fiona. »Fiona, ich weiß, dass es im Augenblick viel verlangt ist, aber ohne Kaffee kann ich einfach nicht denken.« Er warf ihr einen flehenden Blick zu.

Sie sah ihn an, als sei sie dankbar, sich nützlich machen zu können, und verschwand im Haus.

»Fioooonaaaa?« Lukas Söder verzog den Mundwinkel zu einem schiefen Grinsen. Der schuldbewusste Ausdruck in seinem Gesicht war unverhohlener Neugier gewichen. Er erntete einen bösen Blick von Edgar Brix. Während Lukas Söder von einem Fuß auf den anderen trat, drückte sich Blume durch die angelehnte Haustür.

Edgar hatte die ganze Nacht mit einem Ohr bei der Hündin auf der unbequemen Bank gelegen und kein Auge zugetan. Wie tot hatte sie auf dem Läufer im Flur gelegen und gedämpft geröchelt. Er fühlte sich wie gerädert, ihr ging es offensichtlich besser. Er hätte Albrecht nicht erklären wollen, dass sie es am Ende doch nicht geschafft hatte, nachdem der dem Tier immerhin das Leben gerettet hatte. Aber erst einmal mussten sie ihn finden. Edgars Miene verfinsterte sich schlagartig.

Die Schäferhündin stand auf dem obersten Treppenabsatz und schnüffelte. Lukas Söder sah sie skeptisch an und wich einen Schritt zurück. Blume fing an zu knurren, als sich ein Motorengeräusch in der Gasse näherte. Zwei Polizeiwagen holperten das Kopfsteinpflaster hinauf. Aus dem ersten sprang Matthias Frank, kaum dass der Wagen zum Stehen gekommen war. Zumindest der Kommissar wirkte halbwegs ausgeschlafen. Sein Oberlippenbart war frisch gestutzt und die Gesichtszüge wirkten so glatt gebügelt wie seine Hose. Er ließ Lukas Söder links liegen und ging direkt auf Edgar zu, der sich die Neuigkeit des Morgens noch einmal auf der Zunge zergehen ließ: »Morgen, Herr Frank. Unser Herr Söder hier«, er deutete auf Lukas, »hat gestern nach dem Mittag für den Herrn Schneider den Karren angespannt. Anschließend hätte er mir mitteilen sollen, dass Herr Schneider auf dem Weg zur Hütte von Herrn Veit ist. Das hat er leider vergessen.«

Lukas Söder zuckte zusammen, als sich der Kommissar zu ihm umdrehte. Es blieb ihm nichts anderes übrig, als schuldbewusst den Kopf zu senken.

»Aber da haben wir gesucht. Da war niemand.«

Edgar nickte. »Wir müssen den Pferdekarren finden. Vielleicht hat der Veit den Albrecht irgendwo abgefangen? Vielleicht sind die beiden mit dem Karren unterwegs? Da, wo der Karren ist, wird der Albrecht nicht weit sein.«

»Vielleicht ist der Veit auch mit dem Karren abgehauen und der Papa ist …«, Fiona war aus der Haustür getreten. Sie ließ den Satz unbeendet. »Kommen Sie doch bitte kurz rein. Wir sollten das nicht vor der Haustür besprechen.«

Die Männer gingen ins Haus. Lukas Söder machte einen Schritt nach vorne, dann sah er den Ausdruck im Gesicht von Edgar Brix. Er blieb auf der Stelle stehen und suchte sich einen Sitzplatz auf einem Findling im Vorgarten. Als hätte er die ganze Zeit nichts anderes vorgehabt, untersuchte er akribisch die Ränder unter seinen Fingernägeln.

Brix und Frank saßen bereits, während Fiona eine Kanne Kaffee an den Tisch brachte. Als sie Edgars Tasse aufgefüllt hatte, begegneten sich ihre Blicke. Sie wich ihm aus. Der Kommissar bemerkte es, dachte sich seinen Teil und schwieg. Nachdem er an dem Kaffee genippt hatte, sagte er: »Herr Brix, ich hoffe, Sie sehen langsam ein, dass Ihre Alleingänge gefährliche Folgen haben können. Ich habe Sie nicht ohne Grund zur Ordnung gerufen. Das hatte schon in anderen Fällen kein gutes Ende und …« Er stoppte, als er einen Blick von Fiona bemerkte. Dieser Satz würde erst beendet, wenn geklärt war, was mit Albrecht Schneider geschehen war.

»Was ist denn mit dem Verdacht gegen meinen Vater?«, fragte sie.

»Nun, wir haben die Spuren ausgewertet. Die Fußabdrücke Ihres Vaters führen zum Wohnhaus und von dort in die Scheune und wieder zurück. Sie sind nach dem Unwetter vom Abend entstanden, aller Wahrscheinlichkeit nach am nächsten Morgen. Die Spuren vom Abend konnten wir bisher nicht zuordnen.« Er sah Edgar an. »Wir können ausschließen, dass die Spuren von Ihnen stammen, damit wären Sie auch aus dem Schneider.«

Edgar war nicht annähernd so erleichtert, wie es im Angesicht der guten Nachricht angebracht gewesen wäre. Im Fadenkreuz der Ermittlungen zu stehen, war gerade seine geringste Sorge. Dass der Besitzer der Abdrücke noch nicht ermittelt werden konnte, bereitete ihm deutlich größeres Kopfzerbrechen. Aber er behielt das für sich. Es war jetzt nicht der Augenblick, die Arbeit der Polizei infrage zu stellen. Er beließ es bei einem kurzen Nicken und schlürfte dankbar an der Tasse mit dem schwarzen Kaffee.

»Herr Brix, wir sollten uns auf den Weg machen!« Matthias Frank blies zum Aufbruch. »Ich möchte, dass Sie uns begleiten. Sie wissen doch, welchen Weg Herr Schneider genommen haben könnte, nicht wahr?«

Edgar bezweifelte, dass er den verschlungenen Weg in den Wald auf Anhieb wiederfinden würde. Aber ganz sicher würde er sein Bestes geben. Er stimmte Matthias Frank zu, kippte den viel zu heißen Kaffee in einem Schwung hinunter und machte sich nach einem kurzen Fluchen zum Aufbruch bereit.

Fiona warf ihm einen Blick zu. Worte waren überflüssig. Edgar las in ihrem Gesicht wie in einem Buch: »Bring mir meinen Vater zurück.« Eine Last wog auf seinen Schultern. Dagegen nahm sich die tägliche Verantwortung für das Wohl seiner Patienten wie ein Kinderspiel aus. Dieses

Mal ging es um mehr. Mal wieder. Er haderte, ob er dazu bereit war. Aber hatte er eine Wahl? In Zeitlupe bohrte sich ein Gedanke in seinen Kopf: Noch ist Zeit, davonzulaufen. Aber wohin sollte er dann noch gehen? Noch einmal konnte er nicht fliehen. Auch nicht, wenn das hier schiefgehen würde. Er sah ein, dass er in der Klemme saß.

Auf dem Treppenabsatz lag Blume. »Die nehmen wir mit. Vielleicht kann sie uns helfen«, entschied Edgar. Er band ihr einen Strick um den Hals und die Hündin hüpfte bereitwillig auf den Rücksitz des Polizeiwagens. Edgar setzte sich neben sie. Nach einem kurzen Zögern öffnete er die Wagentür erneut und winkte Lukas Söder heran, der noch immer auf dem Findling hockte.

Der sprang eilig in den Wagen und sah Edgar Brix dankbar an. Dass der Arzt ihm eine Chance gab, seinen Fehler wiedergutzumachen, rechnete er ihm hoch an. War vielleicht doch nicht so ein amerikanischer Schnösel, wie er gedacht hatte.

*

»Friiitz? Wenn du da draußen bist, dann antworte doch. Bitte!« Albrecht Schneider war es längst egal, ob vor der Hütte Gefahr lauerte. Und erst recht, ob er sich lächerlich machte, wie er so bettelnd und jammernd in dieser vermaledeiten Hütte hockte. Sein Kopf drohte zu platzen, so sehr dröhnte der Schmerz, und zu allem Überfluss pochte sein Arm seit einiger Zeit wie wild. Albrecht spürte, wie sich der anschwellende Arm von innen gegen seinen Panzer aus Gips presste. Ihm war schwindelig und er hatte Durst wie eine Bergziege. Nachdem er aufgewacht war, hatte er in eine Ecke gepinkelt. Seine Blase wäre geplatzt, wenn er es noch länger unterdrückt hätte. Jeder Knochen tat ihm weh und die Finger des eingegipsten Armes ließen sich zwar noch bewegen, aber er hatte kaum noch Gefühl darin. Das Kribbeln hatte vor einer Stunde aufgehört und war einem dumpfen Pochen gewichen, das ihm Angst einjagte. Wenn nicht bald etwas geschah, musste er den Gips loswerden. Ihn grauste bei der Vorstellung, wie er das hier, so ohne jedes Werkzeug, bewerkstelligen würde. Eine Lösung musste her, sonst würde er im schlimmsten Fall seine Finger verlieren.

»Fritz? Sei doch vernünftig! Wenn du irgendwo da draußen bist, dann red doch wenigstens mit mir!« Er lauschte, doch draußen war alles mucksmäuschenstill. »Es gibt doch für alles eine Lösung. Nur lass mich doch erst mal hier raus!« Er lauschte erneut. Nichts. Er ließ sich wieder auf den Boden sinken. Wahrscheinlich war Fritz Veit schon längst über alle Berge. Warum sollte er auch hier ausharren? Der letzte Hauch eines Zweifels, dass Fritz Veit ihn niedergeschlagen und hier eingesperrt hatte, hatte sich in den letzten Stunden verflüchtigt. Er bekam die ganze Sache noch nicht so ganz rund in seinem Kopf. Mit Sicherheit war er auf der richtigen Spur. Wenn es wirklich die Flasche Holunderblut gewesen war, die den Streit zwischen Johann und Karl Wagner entfacht hatte, dann war es doch nur zu wahrscheinlich, dass Fritz Veit beim Anblick der zurückgelassenen Flasche seine eigenen Schlüsse zog. Mein Gott, dachte Albrecht, was muss ihm in diesem Augenblick durch den Kopf gegangen sein? Allein die Frage, wie seine Frau das hatte vor ihm verheimlichen können. Ihre Scham musste grenzenlos gewesen sein und erklärte die Gerüchte um ihren Selbstmord. Plötzlich machte auch die Rolle des Pfarrers bei der ganzen Geschichte einen Sinn. Es konnte nur so gewesen sein, dass Fritz Veit sich ihm anvertraut hatte. Oder seine Frau. Wie auch immer: Der Hochapfel wusste Bescheid. Albrecht hätte zu gerne noch mal ein Wörtchen mit ihm gewechselt. Er hoffte inständig, dass es dem Pfarrer nicht mittlerweile auch an den Kragen gegangen war. Ich müsste mich ja geehrt fühlen, dass der Veit mich nicht wie einen räudigen Hund einfach abgeknallt hat, so wie den Schäfer, dachte Albrecht, während er sich die mittlerweile gefühllosen Finger massierte. Zugegeben, diese Variante konnte genauso tödlich enden. Die Schmerzen breiteten sich in seinem Kopf in Wellen aus und die Zunge schwoll ihm an vor Durst. Wenn ihn sein Zeitgefühl nicht täuschte, würde die Sonne keine zwei Stunden später erbarmungslos auf das Schindeldach knallen. Albrecht versuchte vergeblich, sich an den Holzschwarten nach oben zu ziehen, um das Dach zu erreichen, doch einarmig hatte er keine Chance. Er saß in der Falle, das musste er leider einsehen. Und in dem Maße, in dem seine Sinne schwanden, wurde ihm klar, dass er etwas wegen der Schwellung im Arm unternehmen musste. Die Hütte wurde mittig von einem Eichenbalken gestützt. Völlig idiotisch, schoss ihm noch durch den Kopf, als er so fest er konnte auf die Zähne biss, mit aller Kraft ausholte und den Gips vor die scharfe Kante des Holzbalkens knallte. Ein Schmerz fuhr ihm durch das Rückenmark, dass er Sternchen sah. Nachdem er wieder Luft bekam, stellte er enttäuscht fest, dass der Gips dem Schlag standgehalten hatte. Er biss die Zähne knirschend aufeinander und holte erneut aus. Dieses Mal wurde sein Schmerzensschrei von einem Knacken begleitet. Der Gips war gesprungen und Albrecht spürte, wie ihm das Blut in die Fingerspitzen schoss und es sich anfühlte, als würden ihm tausend Nadeln unter die Fingernägel geschoben. Ein weiterer Schrei blieb ihm in der Kehle stecken, als ihm schwarz vor Augen wurde.

*

Edgar war sich nicht sicher, ob er die richtige Abzweigung gewählt hatte. Der Polizeiwagen kapitulierte ohnehin vor dem unwegsamen Gelände. Frank stoppte das Fahrzeug vor einer weiteren Weggabelung und wartete auf Anweisungen von hinten. Edgar saß auf der Rücksitzbank und blickte in die ungeduldigen Augen des Kommissars. Die Männer stiegen aus, hinter ihnen hüpfte Blume aus dem Fahrzeug. Nichts verriet, dass sie die Nacht halbtot in der Ecke gelegen hatte. Sofort hatte sie die Nase am Boden. Edgar fasste sie an der improvisierten Leine, was Blume mit einem skeptischen Blick quittierte. Keine Frage, dass sie diese Einschränkung ihrer Bewegungsfreiheit nicht zu schätzen wusste.

Fünf Polizisten in Uniform verließen den folgenden Streifenwagen und warteten ab. Alle Augen ruhten auf Edgar. Er kratzte sich am Kopf und sah sich unsicher um. Zu dumm, dass er sich den Weg nicht besser eingeprägt hatte. Er sah Lukas hilfesuchend an. »Wir hatten das Fuhrwerk beim letzten Mal hinter einer Tannenschonung abgestellt und uns der Hütte vom Veit von hinten genähert. Hast du eine Ahnung, welcher Weg dahin führt?« Brix blickte abwechselnd in die beiden Äste der Weggabelung, doch keine der beiden Möglichkeiten bot sich seiner Erinnerung an. Einzig die Tatsache blieb bestehen, dass sie keinen Meter mit dem Auto weiter vorankommen würden. Sie mussten den Rest des Weges wohl oder übel zu Fuß zurücklegen. Matthias Frank trieb es die Sorgenfalten auf die Stirn.

Lukas Söder wusste Rat. »Wir müssen erschdemoh den Berg noch weiter nach oben, da kann es nur der rechte Weg sein. Der annere führt in ner Schleife widder nach unden.«

Lukas und Edgar guckten den Kommissar erwartungsvoll an. Jetzt war es an ihm, eine Entscheidung zu treffen.

»Herr Brix und ich gehen zu Fuß dem Weg nach, der uns vermutlich zu dem Fuhrwerk führt. Herr Söder, Sie lotsen den anderen Wagen zurück, bis zu einer Kreuzung, die auf möglichst direktem Weg in die Nähe des Hauses von Herrn Veit führt. Wenn alles gut geht, treffen wir uns dort. Also, wenn wir das Fuhrwerk finden. Wenn nicht ...«, er unterbrach den Satz und wandte sich an einen der Uniformierten, »können Sie mir eine Trillerpfeife leihen?« Der Polizist reichte ihm eine Pfeife, die sich der Kommissar an einem Band um den Hals hängte. Er überprüfte den Sitz seiner Waffe im Holster unter seiner Lederjacke.

Edgar wurde ganz anders, als sein Blick auf die Pistole fiel. Unmöglich, den Gedanken zu verdrängen, dass Albrecht in ernsthafter Gefahr sein könnte. Mit Sicherheit gab es kein Zurück mehr. Er warf dem Polizeiwagen einen sehnsüchtigen Blick hinterher, als dieser wendete und in eine Staubwolke gehüllt im Wald verschwand.

Die beiden Männer machten sich an den Aufstieg in die Richtung, in der Edgar die Tannenschonung und somit den Wagen von Albrecht vermutete. Matthias Frank eilte zackigen Schrittes voran. Der drahtige Polizist schien noch nicht mal außer Atem zu geraten, während Edgar mit Mühe und Not mitzuhalten versuchte. Lediglich der unterstützende Zug von Blume, die ihre Nase nicht auch nur einen Millimeter vom Erdboden hob, sorgte dafür, dass er nicht abreißen lassen musste. Sie folgten den tiefen Rinnen, die die Holzrücker in den Waldboden gegraben hatten. In den Furchen vermischten sich diverse Hufabdrücke und Reifenspuren, schwierig, einer bestimmten Fährte zu folgen. Auch Blumes Nase wanderte zwischen den Spuren im Boden unentschlossen hin und her. Nach einem halben Kilometer erkannte Edgar in einiger Entfernung den Beginn der Tannenschonung. Sie waren auf dem richtigen Weg. Dort, unterhalb der Stelle, wo sich die Nadelbäume dicht aneinanderschmiegten, hatte Albrecht bei ihrem letzten Ausflug zu Fritz Veit den Pferdekarren stehen lassen. Heute Morgen war die Stelle leer. Die beiden Männer sahen sich enttäuscht an.

»Und nun?« Edgar hatte keine Idee, wie es weitergehen sollte.

»In welcher Richtung liegt denn die Hütte von Herrn Veit?«, fragte Matthias Frank.

»Um die Schonung herum, dann geradeaus.«

Frank nickte gedankenverloren. Er dachte nach.

Edgar beobachtete ihn dabei, während Blume an der Leine zog und ihre Nasenspitze zuckend in eine bestimmte Richtung schnüffelte. Sie hing, jeden Muskel angespannt, in der Leine und begann zu fiepen.

»Vielleicht ein Reh?«, meinte Edgar.

»Vielleicht auch etwas anderes«, antwortete Frank. »Wir können ja wenigstens nachsehen.« Er bedeutete Edgar, Blume mehr Freiraum zu lassen. Sie zerrte ihn weg von der Tannenschonung, während ihre Nase durch den lockeren Nadelbelag des Waldbodens pflügte.

»Das ist aber genau in die andere Richtung«, gab Edgar zu bedenken, doch der Kommissar wies ihn mit einer entschlossenen Geste an, weiterzugehen. Edgar hing an Blume dran wie ein Mehlsack. Mehr als einmal befürchtete er, sie würde ihm mit ihren unerwarteten Richtungswechseln den

Arm ausrenken. Als er mit dem Fuß in einer Wurzel hängen blieb und sich gerade noch eben so abfangen konnte, um einen Sturz zu verhindern, gab er auf. »Ich lass sie jetzt los«, hauchte er noch, bevor Matthias Frank ein Veto einlegen konnte, doch da war es schon passiert. Edgar ließ die Leine fallen und wie der Blitz war Blume fiepend im Wald verschwunden. Ihr erregtes Jagdgebell hallte durch die Bäume.

»Na prima. Das hat ja mal wieder funktioniert.«

Edgar spürte den Tadel fast körperlich, während er sich die schmerzende Hand knetete. »Tut mir leid, ich konnte sie nicht mehr halten.«

Der Kommissar winkte ab und hielt sich den Zeigefinger vor die Lippen. »Hören Sie sie?«

Edgar nickte. Aus einiger Entfernung tönte schrilles Gebell. Das Jagdfieber hatte Blume fest im Griff. Sie machten sich in Richtung des Geräusches auf den Weg, doch Blume wechselte hörbar in großzügigem Zickzack die Richtung. Mal schallte es von rechts, mal eher von links, dann war das Bellen ganz nah und plötzlich wurde es still.

Die beiden Männer standen und lauschten. Nichts war zu vernehmen. Totenstille.

Edgar setzte an zu rufen: »Bluu…«, doch Frank schüttelte den Kopf und presste den Zeigefinger vor die Lippen. »Sind Sie verrückt geworden?«, zischelte er. »Was, wenn der Täter sich den Hund geschnappt hat und hier rumläuft.«

Edgar schwor sich, von nun an einfach den Mund zu halten. Er erwartete weitere Anweisungen des Kommissars. Sie lauschten erneut, doch der Wald schwieg. Lediglich eine Amsel huschte durch das trockene Laub, das Rascheln klang wie ein Orkan in der Stille des Waldes.

Frank schüttelte den Kopf. »Das bringt nix. Wir wissen

überhaupt nicht, in welche Richtung wir müssen. Wir wissen lediglich, dass wir uns von der Schonung wegbewegt haben.« Er rieb sich das Kinn und spielte mit der Trillerpfeife um seinen Hals, ließ sie aber fallen und wandte sich an Edgar. »Wenn wir jetzt auf eigene Faust suchen, sitzen die anderen bei der Hütte untätig rum. Wir gehen zurück und dann suchen wir gemeinsam und systematisch.« Zackig wandte er sich ab und nahm den Weg, den sie gekommen waren. An der Schonung überließ er Edgar den Vortritt, der ihn zielsicher zum Haus von Fritz Veit führte. Die drei Beamten und Lukas Söder lehnten am parkenden Streifenwagen.

»Hier war alles ruhig«, meldete einer der Polizisten.

»Wir haben den Hund verloren. Der hat was gewittert, ist uns aber leider abgehauen.«

Edgar blickte schuldbewusst zu Boden. Lukas klopfte ihm aufmunternd und etwas zu grob auf die Schulter. »Machen Se sich nix draus. Kann passieren.« Edgar hätte auf diesen Trost gerne verzichtet, aber immerhin nahm Lukas Söder ihm die Vorwürfe vom Morgen nicht mehr übel. Aus Lukas' Augenwinkern meinte er so etwas lesen zu können wie: »Wir Dorfmenschen müssen doch zusammenhalten.« Zumindest tat es ihm gut, sich das einzubilden.

»Wir sollten dem Bergkamm in Richtung Osten folgen, alle 50 Meter ein Mann. Dann können wir uns langsam nach unten vorarbeiten. Das wird zwar eine Ewigkeit dauern, aber großflächiger sollten wir uns nicht aufteilen.«

Lukas Söder sah den Kommissar fragend an. Nach einer Weile sprach er aus, was ihm unter den Nägeln brannte: »Aber … da kommt nüscht mehr. Außer dem Basaltsteinbruch. Sonst nüscht.«

Frank nahm den Hinweis zur Kenntnis. »Der Hund ist

uns in diese Richtung davongelaufen. Ich bin mir sicher, dass wir dort suchen sollten. Und«, er legte eine kurze Pause ein und fixierte Lukas Söder, »wir haben im Moment auch keinen anderen Anhaltspunkt, oder?«

Lukas schüttelte den Kopf. Das stimmte leider, eine andere Idee hatte er auch nicht.

»Sie geben der Leitstelle unseren Standort durch, die sollen sicherheitshalber schon mal einen Rettungswagen hierherschicken. Man kann ja nie wissen.« Ein Uniformierter nickte beflissen, während Frank ihn instruierte.

Die Sonne stand mittlerweile so hoch, dass sie die Schatten der hohen Bäume durchdrang. Warme Luft stieg auf und über dem Boden hing klebriger Harzgeruch. Der Kommissar zog die Lederjacke aus und schmiss sie in den Streifenwagen. Nun warf auch Lukas Söder einen skeptischen Blick auf die Waffe im Holster des Kommissars.

»Ham Se die schon mal benutzt?«

Frank blickte ihn gelangweilt an und schüttelte den Kopf. Lukas Söder atmete hörbar aus.

»Sie kennen sich hier am besten aus und gehen voran. Alle Übrigen folgen Herrn Söder rechts und links in Sichtweite. Keiner lässt seinen Nebenmann aus den Augen. Ich will hier heute keinen Mann verlieren, ist das klar?«

Die Ansprache von Matthias Frank war so deutlich, dass den Männern nichts anderes übrig blieb, als eifrig zu nicken. Aufgefächert machte sich die Handvoll Männer im Gefolge von Lukas Söder auf den Weg, in die Richtung, in der sie Blume und, so hoffte Edgar Brix inständig, auch Albrecht Schneider endlich finden würden.

*

Fiona hatte es nicht lange zu Hause gehalten. Sie wäre nicht die Tochter ihres Vaters, wenn sie untätig herumgesessen und die Hände in den Schoß gelegt hätte. Also machte sie sich mit den dürftigen Informationen, die sie hatte, auf den Weg zum Pfarrhaus. Was hatte Edgar dem Polizisten gesagt? Karl-Friedrich Hochapfel besäße Informationen, würde aber sicher nicht reden? Fiona hatte noch keine genaue Vorstellung davon, wie sie das anstellen würde, aber der alte Pfarrer würde reden. Immerhin gefährdete jede verstrichene Stunde das Überleben ihres Vaters, da blieb für Nettigkeiten keine Zeit.

Als sie um die Ecke zum Pfarrhaus bog, stand vor der Tür ein Polizeiwagen. Ihr wäre zum Lachen gewesen, wenn der Anlass nicht so verdammt ernst gewesen wäre. Die beiden Polizisten glotzten aus der Frontscheibe des Streifenwagens auf das Pfarrhaus und bekamen nicht das Geringste davon mit, dass Fiona sich durch den Haupteingang Zutritt zur Kirche verschaffte. Sie machten ihre Arbeit strikt nach Vorschrift und die lautete nun mal: das Pfarrhaus nicht aus dem Auge lassen. Sie schüttelte den Kopf. Das war ja mal wieder typisch. So ernst nahm die Polizei ihre Aufgabe, wenn es um die Deppen aus Hessisch Sibirien ging. Ihre Hoffnungen schwanden, was den Erfolg der Suche nach ihrem Vater anging. Gott sei Dank waren Edgar und Lukas dabei. Wenigstens die beiden würden alles daran setzen, ihren Vater zu finden.

Nachdem sie den Kirchenraum betreten hatte, schickte sie ein kurzes Stoßgebet in Richtung des Kreuzes über dem Altar. In weniger als einer Stunde begann die tägliche Fürbittenstunde und es war noch nichts vorbereitet. Der Kirchenraum lag leer und kalt da. Wenn die Frauen auftauchten, um den Altar zu schmücken, wollte Fiona auf jeden

Fall schon wieder weg sein. Auch in der Sakristei herrschte Stille, und sie wendete sich der Tür zum angrenzenden Pfarrhaus zu. Unverschlossen. Sie klopfte zaghaft an. »Herr Hochapfel? Sind Sie da?« Sie trat in das Haus ein. Der Pfarrer gab keine Antwort. Sie rief erneut. Alles blieb still. Sie ging weiter und warf einen Blick in das Wohnzimmer. Und erschrak. Der Anblick ähnelte dem ihres Elternhauses nach der polizeilichen Untersuchung. Bücher lagen überall auf dem Boden verstreut, Stühle waren umgeworfen worden und eine Stehlampe hing quer über dem Sofa. Die Scherben einer Vase waren am Boden verstreut. Es sah eher so aus, als hätte eine Verfolgungsjagd stattgefunden. Oder ein Kampf, schoss es Fiona durch den Kopf, als sie einige Blutspritzer auf der Kante des Tisches entdeckte. Ohne lange nachzudenken, rief sie so laut sie konnte: »Herr Hochapfel? Sind Sie zu Hause? Herr Hochapfel?« Sie hatte die Wohnstube verlassen und rief durch alle Türen und auch die Treppe nach oben. Es blieb alles still. Fiona überlegte. Sie hatte keine Wahl. Sie musste die Polizisten vor der Tür einweihen.

Der auf dem Fahrersitz hatte seine Mütze in das Gesicht gezogen und machte ein Schläfchen. Der auf dem Beifahrersitz studierte ein Reiseprospekt. Fiona klopfte an die Scheibe. Zwei Augenpaare sahen sie erschrocken an. Der Fahrer kurbelte die Scheibe hinunter und gähnte Fiona entgegen. Ein Augenblick verstrich, dann hatte Fiona ihre Fassung wiedergefunden. Sie blökte den Mann an: »Wenn das Ihr Verständnis von Pflichtausübung ist, sollten Sie sich vielleicht eine Arbeit als Schülerlotse suchen. Das glaub ich jetzt nicht. Sie machen es sich hier gemütlich und vor Ihren Augen verschwindet der Pfarrer?«

Die beiden Männer rückten sich in ihren Autositzen

zurecht. Der Fahrer rückte seine Mütze gerade. »Wie jetzt? Der Pfarrer is weg?«

Fiona breitete die Arme aus. »Neeeein. Ich habe Sie nur geweckt, um heute Morgen herzhaft zu lachen.« Sie beugte sich nach vorne und schrie durch das geöffnete Fenster: »Verschwunden ist er! Und das direkt vor Ihren Augen! Ich sag Ihnen, das wird Folgen haben.«

Der Beifahrer war mittlerweile ausgestiegen und lehnte auf dem Dach des Ford Taunus. Er hielt es für taktisch klug, zwischen sich und der Furie das Fahrzeug als Art Barrikade zu lassen. »Vielleicht ist er Brötchen holen?« Er hatte unterschätzt, wie schnell Fiona um den Wagen herumspurten konnte. Sie brüllte ihm von unten direkt ins Gesicht: »So? Brötchen holen? Und vorher hat er in seinem Wohnzimmer noch das Schwein geschlachtet, das er zum Frühstück verspeisen wollte, wie?«

Der Polizist glotzte sie aus Kuhaugen an, als sei sie verrückt geworden. »Was denn für ein Schwein?«

Fiona rollte mit den Augen. Sie gab auf. Mit denen war nichts anzufangen. »Im Pfarrhaus hat ein Kampf stattgefunden. Da ist Blut auf dem Tisch und das ganze Wohnzimmer ist verwüstet. Können Sie Kommissar Frank benachrichtigen? Hier muss etwas Schlimmes passiert sein.«

Der Beifahrer bedeutete Fiona, stehen zu bleiben, während sein Kollege im Wageninneren den Funk bediente. Fiona trat ungeduldig von einem Bein auf das andere. »Da antwortet keiner«, brummelte der Polizist im Wageninnern. »Ich melde das mal der Einsatzzentrale, die können es ja weiter versuchen.« Damit erschöpfte sich sein Tatendrang für den Augenblick. Fiona kochte. Sie riss die hintere Tür auf und setzte sich auf den Rücksitz. Der

Polizist auf dem Fahrersitz glotzte sie durch den Rückspiegel an.

»Sie fahren mich jetzt sofort in den Wald. Dorthin, wo die anderen sind.«

»Aber ich habe keine Anweisungen«, stammelte der Polizist.

»Doch! Jetzt haben Sie die Anweisung. Sie bringen mich zu Ihren Kollegen. Und wenn wegen Ihrer Unachtsamkeit dem Pfarrer was passiert ist, dann können Sie sich schon mal die Ampel in Kassel aussuchen, an der Sie demnächst den Verkehr regeln.«

Widerwillig setzte der Polizist den Wagen in Bewegung, nachdem auch sein Kollege wieder eingestiegen war. »Sie wissen, wo wir hinmüssen?«, fragte er in den hinteren Teil des Wagens.

Fiona nickte. »Jetzt erst mal auf die andere Seite der Hauptstraße.« Sie hielt sich an den Rückenlehnen der Vordersitze fest und deutete mit ausgestrecktem Arm zwischen den Köpfen der Polizisten hindurch. »Und dann immer dem Waldweg bergauf folgen.«

Die Polizisten wechselten einen kurzen Blick und der Fahrer zuckte die Schultern. »Na, dann ...« Er startete den Wagen und lenkte ihn in die Richtung, die Fiona ihm wies.

*

Karl-Friedrich Hochapfel musste sich eingestehen, dass er sich in der bescheidensten Lage befand, die er sich nur vorstellen konnte. Er saß, an Händen und Füßen gefesselt, auf einem Strohballen und glotzte in den Lauf der Flinte von Fritz Veit, der sich das rechte Ohr rieb. Bei dem Handgemenge im Pfarrhaus war er damit an der Tischkante hängen geblieben und hätte es sich um ein Haar abgerissen. Es musste höllisch wehtun, aber er schenkte der blutenden Wunde keine Beachtung. Die alten Männer saßen sich seit geraumer Zeit schweigend gegenüber. Genauer gesagt, seit dem Abend, als Fritz Veit wie ein Berserker in das Pfarrhaus gestürmt war und den Pfarrer nach einer wilden Jagd durch dessen Wohnzimmer überwältigt hatte. Weiß der Herrgott, wie er sich unbemerkt an den Polizisten vorbeigeschlichen hatte, die vor seiner Tür postiert gewesen waren, aber das war im Moment auch das geringste Problem von Pfarrer Hochapfel. Angestrengt untersuchte er das Gesicht des alten Mannes und versuchte zu erkunden, was wohl im Kopf von Fritz Veit vor sich ging. Aber der glotzte ausdruckslos durch ihn hindurch, seit er ihn von Albrechts Pferdekarren gezogen und in der Scheune von Nathan Gunkel auf dem Strohballen platziert hatte.

Endlich fasste er sich ein Herz. »Fritz. So sei doch vernünftig. Denkst du nicht, dass es jetzt genug ist?«

Wortlos glotzte Fritz Veit ihn an.

»Wir beide sind doch viel zu alt für solche Sachen. Das musst du doch einsehen. Wir sind eh schon mehr tot als lebendig, da müssen wir uns doch nicht auch noch so was antun, oder?« Sein flehentlicher Blick prallte an Fritz Veit ab. Das Einzige, was ihn beruhigte, war die Tatsache, dass der alte Mann mindestens genauso müde sein musste wie er selbst, und er hoffte, dass man spätestens zur nahenden Fürbittenstunde sein Fehlen bemerken und ihn vermissen würde. Ob Fritz Veit noch so lange den Finger still halten konnte, der sich um den Abzug krümmte, lag in Gottes Hand. Hochapfel musste kein Hellseher sein, um zu sehen, dass Fritz Veit seine Augen nicht mehr lange würde aufhalten können. Vielleicht war es klüger, sich ruhig zu verhalten und darauf zu hoffen, dass der alte Kerl einschlafen würde, um dann eine Möglichkeit zur Flucht zu haben. Doch Hochapfel schätzte seine Chancen realistisch ein. Bevor er seine Fußfesseln gelöst haben würde, wäre der alte Veit mit Sicherheit wieder auf den Beinen, und in Sachen jugendlichem Schwung waren sich die beiden Greise ebenbürtig. Die Chancen standen also schlecht. Hochapfel seufzte und setzte auf sein Talent, Worte geschickt zu seinen Zwecken einzusetzen. »Fritz, bitte. Lass uns doch noch einmal in Ruhe überlegen, wie wir beide das Beste aus der Situation machen können. Der Herr hat immer eine Lösung, wenn man ihn um Beistand bittet.«

»Halt's Mull!«

Pfarrer Hochapfel verstand, dass sein Talent jetzt gerade nicht gefragt war. Bei aller Zuversicht, was das Leben nach dem Tod anging, im Augenblick wollte er das im Diesseits zunächst einmal so lange wie möglich aufrechterhalten. »Es ist doch nur eine Frage der Zeit, bis sie uns hierher folgen. Früher oder später wird jemand merken, dass ich weg bin, und die beiden Polizisten sitzen ja nicht zum Spaß vor meiner Haustür.«

»Diese Drambel.« Zahnlos grinste Veits Mund dem Pfarrer entgegen.

Karl-Friedrich Hochapfel verstand: Ohne bemerkt worden zu sein, hatte sich Fritz Veit an den beiden Polizisten vorbeigeschlichen. Und dann war er mit dem Pfarrer im Schlepptau einfach aus der Kirche rausspaziert, deren Vordereingang gänzlich unbewacht war.

Fritz Veit dachte wohl dasselbe und nickte: »Bevor die wos merken, is de Schose schon längst rum.«

Hochapfel hoffte, dass die Sache, die rum sein würde,

nicht sein irdisches Dasein betraf, und er bat still und mit geschlossenen Augen seinen Schöpfer um Beistand.

»Du host doch schuld an dem Schlamassel«, blaffte Veit ihn an.

Der Pfarrer war sich seiner Schuld, zumindest so eindeutig, nicht bewusst und wandte die Daumen seiner gefesselten Hände mit fragendem Blick auf sich selber.

»Ja, du! Ich hör's noch, als wie wenn's gestern gewesen wär: Blutschande, Unzucht, keinen Augenblick länger darf das so gehen! Das host du doch gesproch'n, oder?«

»Ja, aber ich konnte doch nicht ahnen, dass du den Wagner gleich mit der Axt erschlägst.« Hochapfel ließ alle Vorsicht fahren und achtete nicht weiter auf seine Wortwahl. »Und den eigenen Sohn fortjagst und wie einen Schwerverbrecher dastehen lässt.«

»Der war nit mein Sohn.«

»Aber du hast ihn wie deinen Sohn großgezogen. Und wenn du an dem Abend nicht die Wahrheit erfahren hättest, hätte sich auch nie etwas daran geändert, oder?«

»Verflucht! Der Scheißkerl! Verdient hatte er's. Und wennde mich frägst, war ich noch viel zu nett zu emme.«

Hochapfel ahnte, dass die Rede von Karl Wagner war. Unweigerlich stellte sich ihm die Frage, was wohl geschehen wäre, wenn Fritz Veit an diesem Abend, als Karl Wagner starb, nicht so »nett« gewesen wäre. Er brach die Überlegung ohne Ergebnis ab. »Ich kann dich ja verstehen. Dieser Schock. Und was den Johann angeht, hast du recht gehandelt. Nicht auszudenken, wenn er mit seiner Halbschwester noch weitere Kinder gezeugt hätte.«

»Der Wagner hätt's verhinnern können. Von Anfang an. Aber ne, das Schwinn lässt de beiden noch heiraten.« Fritz Veit fuchtelte gefährlich mit der Flinte herum.

Hochapfel zog sicherheitshalber den Kopf ein. »Ich bin ja deiner Meinung, dass das beendet werden musste. Aber warum nach so langer Zeit noch weitere Menschen sterben müssen, verstehe ich nicht.«

»Nein? Das verstehst du nit? Du scheinheiliger Pfaffe! Ich honn mir die Finger schmutzig gemacht und was unternommen. Un du? Weigerst dich, dem Kind von der Magda de Nottaufe zu geben. Fein gemacht, du ... du ...« Fritz Veit suchte vergeblich das passende Wort, um seiner Verachtung für den Pfarrer Ausdruck zu verleihen.

Er hatte in die Augen seiner Schwiegertochter Magda gesehen, in die Trauer und die Verzweiflung. Er hatte dabei zugesehen, wie es sie zeriss, dass ihr Mann ein Mörder sein sollte. Sie und das Kind auf Nimmerwiedersehen verlassen hatte. Er hatte dabei zugesehen, wie das Kind in ihren Armen starb, während er ihr sagen musste, dass der feine Herr Pfarrer es nicht taufen würde. Er hatte in die Augen seines Sohnes geblickt, als er ihm am Wasserhaus zum letzten Mal »Lebewohl« sagte an diesem Morgen. Jawohl, sein Sohn! Er hatte dem Rotzbengel das aufgeschlagene Knie gepustet und ihm Flitzebogen aus Weidenstäben gebaut. Nicht der Wagner. Der war doch an allem schuld. Hatte das Leben so vieler Menschen auf dem Gewissen. Der Gedanke daran, wie es dazu gekommen war, dass seine Frau den Johann vom Wagner bekommen hatte, machte ihn rasend. Der hatte lediglich erhalten, was er verdiente, und davon noch nicht annähernd genug.

»Hast du überhaupts eine Ahnung, was es mich gekostet hat, dem Johann zu sprechen, dass hä nie widder nach Haus kommen kann? Angelogen honn ich emm. Honn emm gesprochen, dass hä keine Minute überleben tät, wenn hä sich nit vom Dorfe fernhält. Obwohl ich's besser wusste.

Ich honn meinen einzigen Sohn davonne gejagt, wie nen räudchen Köter. Hast du eine Ahnung, was mich das gekostet hat?« Rotz sammelte sich in den Furchen von Fritz Veits Gesicht. Er saß noch immer auf dem Strohballen, doch sein Kopf hing so tief, als drohte er abzufallen.

Karl-Friedrich Hochapfel sah zu Boden und ließ die Schultern hängen. Müde hob er den Blick und sah Fritz Veit an. »Vielleicht hast du recht. Genügend Leben sind zerstört. Es ist an der Zeit, damit aufzuhören. Was willst du jetzt tun, Fritz?«

Fritz Veit zuckte die Achseln und blieb stumm. Ein unregelmäßiges Schluchzen schüttelte seinen klapprigen Körper.

»Willst du uns beide umbringen? Der Sache ein für alle Mal ein Ende machen? Ist es das, was du willst?«

Fritz Veit blickte mit tränenüberströmtem Gesicht auf. »Ich will nur noch eins: Ich will, dass du nie vergessen tust.« Dann hob er die Mündung der Flinte unter sein Kinn und drückte ab.

*

»Verdammt!«, hörte Edgar Brix Matthias Frank fluchen. Er sah, wie der Kommissar stehen blieb und lauschte, während sie alle in die Richtung blickten, aus der der Schuss gekommen war. Mit ausgebreiteten Armen bedeutete er den Männern, die sich rechts und links von ihm in einiger Entfernung durch den Wald kämpften, stehen zu bleiben und ruhig zu sein. Der Knall hallte in den Berghängen wider. Wenn ihm sein Gehör keinen Streich gespielt hatte, kam der Schuss von der anderen Seite des Tals. Doch in dem engen Tal konnte der Schall sich gebrochen haben und seinen Ursprung beinahe überall haben. Er lauschte erneut, doch es folgte kein weiterer Schuss. War es wirklich sinnvoll, die Suche hier fortzuführen? Er grübelte noch über die Möglichkeit, die Suche abzubrechen, als er in einiger Entfernung schrilles Gebell vernahm.

Auch Blume war durch den Knall aufgeschreckt worden. Mit einer Armbewegung forderte er die Männer auf, ihm in die Richtung zu folgen, in der er den Hund vermutete. Das Fiepen und Bellen wurde lauter, mit jedem Schritt, den sie sich durch den dichten Wald kämpften. Der lichte Laubwald wurde von einer undurchdringlichen Mauer von eng stehenden Tannen abgelöst. Hier war kein Durchkommen. Ohne Zögern entschied der Kommissar: »Rechts herum!«

Edgar, Lukas und die Polizisten folgten ihm. Wie sich herausstellte, hatte der Kommissar intuitiv richtig entschieden: Das Gebell kam näher. Ungefähr 100 Meter, bevor sie die Hütte erreichten, fing Blume sie ab. Edgar nahm besorgt zur Kenntnis, dass ihre Wunde wieder blutete, doch der Hund hatte bewiesen, dass er über mehrere Leben verfügte, Albrecht hingegen hatte nur eines. Die Männer rannten sternförmig auf die Hütte zu, Frank nahm seine Waffe in den Anschlag, die Uniformierten sicherten rings um die Hütte und gaben nach wenigen Minuten Entwarnung: »Alles ruhig. Hier ist keiner mehr.«

Edgar war als Erster bei der Hütte. »Albrecht? Bist du da drin? Albrecht?« Er rief durch die hohle Hand gegen die verschlossene Tür. Keine Antwort. Er zerrte an der Tür, doch ein Schloss versperrte sie. Edgar nahm Anlauf und trat mit voller Wucht gegen das Holz. Eine Idee, die er sofort bereute. Die Hütte war stabiler, als man es ihrem baufälligen Äußeren nach vermuten durfte. Die Tür bewegte sich keinen Millimeter und Edgar tat der Unterschenkel weh.

Jetzt versuchte es Lukas. Mit der breiten Schulter stemmte er sich gegen die Tür, doch auch diesem Versuch hielt die Tür ohne Weiteres stand.

»So kommen wir doch nicht weiter, treten Sie mal zur Seite.« Matthias Frank zielte auf das Schloss. Nach drei klirrenden Schüssen, die Blume mit Quietschen und Grollen quittierte, gab das Schloss nach. Edgar stürmte den anderen voran in die Hütte. Albrecht lag bewusstlos am Boden. Er hatte stark aus einer Kopfwunde geblutet. Sein Haar war blutverkrustet und sein Gesicht kreidebleich. Edgar versuchte zu erkunden, ob es noch weitere Wunden gab. Doch in der dunklen Hütte war nicht allzu viel zu erkennen. »Wir müssen ihn raustragen. Hier drin kann ich nicht genug sehen.«

Lukas ließ sich nicht lange bitten. Er packte sich Albrechts schlaffen Körper, der wenig später draußen auf dem Waldboden lag. Er stöhnte. Edgar war erleichtert. Wenigstens waren die Lebensgeister noch da. Er fühlte den Puls, der sich schwach, aber gleichmäßig gegen die Halsschlagader drückte. Der Blutverlust war nicht unerheblich, aber schwerer wog Edgars Befürchtung, dass Albrecht einen Schädelbruch erlitten haben könnte. Dann war es nur eine Frage der Zeit, bis das Hirn lebensgefährlich anschwellen würde. Albrecht musste unter allen Umständen so schnell wie möglich in ein Krankenhaus. Wie auch immer er sich des Gipses entledigt hatte, die Gnade der Bewusstlosigkeit ersparte ihm furchtbare Schmerzen.

Matthias Frank erfasste die Situation mit einem geschulten Rundumblick. Er wies einen der Polizisten an, zum Auto zurückzulaufen und den Notarzt zu holen. Mit etwas Glück hatte der in der Zwischenzeit seinen Weg dorthin gefunden. Im Laufschritt entfernte sich der Polizist.

Frank blickte auf seine Armbanduhr. »Es wird mindestens eine halbe Stunde dauern, bis die wieder hier sind, wahrscheinlich länger. Schafft er das?«

Edgar sah ihn besorgt an. »Keine Ahnung. Er hat einen schlimmen Schlag auf den Schädel bekommen. Aber er braucht auf jeden Fall etwas zu trinken. Können wir irgendwo Wasser auftreiben?«

Lukas Söder sprang auf und blickte hektisch nach rechts und links. Edgar ahnte seine Überlegung: Der nächste Bachlauf schnitt vermutlich keinen Kilometer entfernt sein Bett in den Berghang. Lukas rannte in die Hütte und kehrte mit einem verbeulten Schöpflöffel wieder. Dann schüttelte er den Kopf und warf den Schöpflöffel achtlos zur Seite. »Damitte verschütt ich alles, bevor ich zurück bin.«

»Ich hab hier noch …«, einer der Polizisten trat zögernd nach vorne und nestelte unter seiner Uniformjacke herum. Nach einer gefühlten Ewigkeit zog er eine kleine Flasche Bier aus der Innentasche seiner Jacke und reichte sie an Edgar. Der betrachtete erst den Polizisten und anschließend die Flasche skeptisch. »Wenn wir ihm jetzt Bier einflößen, können wir ihn auch gleich umbringen.«

Doch Lukas zögerte keinen Augenblick. Er schnappte sich die Flasche, schlug den Kronkorken an einem Stein ab und verschwand mit wehendem Hemd. Matthias Frank sah den Polizisten an, der wiederum den »Das wird ein Nachspiel haben«-Blick schulterzuckend quittierte.

Edgar hätte sich ohrfeigen können. In der Eile hatte er völlig vergessen, seine Tasche mitzunehmen. Im Moment konnte er kaum mehr für seinen Freund tun, als seine Hand zu halten und den Puls zu fühlen. Der blieb Gott sei Dank stabil und Edgar machte sich daran, Albrecht die Lage so angenehm wie möglich zu gestalten. Ein Polizist hatte vom Holzstapel neben der Hütte eine Baumscheibe herangerollt, auf die sie Albrechts Beine hochlagerten. Der andere opferte seine Uniformjacke und schob sie unter seinen Kopf. Albrechts Gesicht war kreideweiß unter dem getrockneten Blut. Er atmete flach. Edgar knetete die gesunde Hand. »Halt durch, Albrecht, halt durch«, flehte er beinahe tonlos den alten Mann an. »Was soll ich denn machen, wenn dir was passiert? Und Fiona? Du kannst uns jetzt nicht im Stich lassen.« Die Gedanken in seinem Kopf überschlugen sich.

Die übrigen Männer standen hilflos umher.

Matthias Frank konnte nicht länger tatenlos zusehen. Er ging in die Hütte, um das Innere zu untersuchen. Nach kaum einer Minute kam er schnaufend aus der Tür. »Das stinkt ja bestialisch da drin. Als sei da jemand gestorben.« Sein Blick traf den von Edgar Brix, der nachdenklich nickte. Zeitgleich ging den beiden Männern ein Licht auf. Das Schicksal, das Albrecht um ein Haar in der Hütte ereilt hätte, hatte wenige Wochen vorher der Holländer durchlitten. »Aber wie ist er auf die andere Seite des Tals in den Wald gekommen?« Frank sprach laut aus, was auch Edgar durch den Kopf schoss. »Wir haben keine Spuren gefunden, die darauf hinweisen, dass er dorthin transportiert worden wäre. Und wenn er sich halbtot durch den Ort geschleppt hätte, wäre er doch bemerkt worden.«

Edgar nickte. »Und was ist, wenn Sie die Spuren nicht gefunden haben, weil es keine gab? Was ist, wenn er nur noch wenige Meter schaffte, bevor er in der Böschung starb, weil man ihn in die Nähe der Fundstelle transportiert hatte – in einem Schäferwagen zum Beispiel?«

Frank nickte nachdenklich. Das würde zumindest erklären, wie der Schäfer in der Sache mit drin steckte. »Der

Schuss!«, sagte er unvermittelt. Auf seinem Gesicht war Sorge zu lesen. »Wenigstens wird der Pfarrer bewacht. Um den brauchen wir uns im Augenblick nicht auch noch den Kopf zu zerbrechen. Doch ich wüsste zu gerne, woher der Schuss gekommen ist.« Frank schaute bedrückt drein, dann schüttelte er sich. Alles Zweifelnde fiel von ihm ab und er blickte so selbstsicher in die Gegend wie zuvor.

Nach erstaunlich kurzer Zeit kam Lukas Söder völlig außer Atem angerannt. Sein Hemd war offen und über dem Hosenbund glänzte sein nackter Bauch vor Schweiß. Er balancierte die Bierflasche wie ein Heiligtum, als er sich keuchend neben Edgar hockte. Vorsichtig reichte er ihm die Flasche. Edgar hob Albrechts Kopf an und benetzte tropfenweise dessen Lippen. Bloß nichts von dem kostbaren Nass verschütten, dachte er. Albrechts Lippen öffneten sich ein wenig und Edgar schüttete behutsam etwas Wasser nach. Gerade genug, dass der Mund benetzt wurde und sich Albrecht nicht verschlucken konnte. Edgar war beruhigt, als er beobachtete, wie sich der Schluckreflex einstellte. Er goss behutsam kleine Mengen der Flüssigkeit zwischen Albrechts schmale Lippen.

»Ich lauf noch mal, wenn's nottut«, bot sich Lukas Söder an, obwohl er noch nicht wieder bei Atem war.

»Ich denke, das wird es nicht brauchen. Es kann nicht mehr lange dauern, bis die Sanitäter hier sind«, beruhigte Edgar mehr sich selber als den verschwitzten Lukas Söder.

»Hier, trink noch etwas«, sagte er leise zu Albrecht. »Gleich kommen die Sanitäter und dann hast du es überstanden. Nicht mehr lange. Das schaffst du jetzt auch noch.« Obwohl Albrecht keine Regung zeigte, war Edgar sich sicher, dass seine Worte irgendwo in dem leblosen Körper in seinem Arm ankamen. Doch die Minuten zogen sich wie eine Ewigkeit. Lukas konnte nicht stillstehen und rief: »Ich lauf denen entgegen! Damitte se uns au finden.« Der Kommissar entließ ihn mit einem Nicken.

Edgar leistete stumme Abbitte bei Lukas Söder. Der junge Kerl war weiß Gott keine Leuchte, aber er hatte seinen Fehler bereits mehr als ausgebügelt. Wieder zogen sich die Minuten endlos, während sie auf Lukas' Rückkehr warteten. Albrechts Atem wurde immer flacher und zu Edgars größter Sorge auch unregelmäßiger. Wenn sein Kreislauf jetzt kollabierte, würde die Fahrt bis in die Klinik ein Wettlauf mit der Zeit werden. Es hätte nicht viel gefehlt und Edgar hätte sich Albrecht auf die Schulter geladen, um den Sanitätern wie Lukas entgegenzulaufen. Er wusste, dass er nicht die Konstitution hatte, einen kräftigen Mann wie Albrecht zu tragen. Und Albrecht hätte eine solche Tortur vermutlich nicht gut vertragen. Aber Edgar konnte keinen Augenblick länger Ruhe bewahren. Er fürchtete, dass jede Minute des Wartens Albrechts Zustand bedrohlich verschlechterte, und ihm war klar, dass er jeden Augenblick eine Entscheidung zwischen »Tod und Teufel« würde treffen müssen. Allzu oft hatte er sich gefragt, was sein Vater mit diesem Ausdruck meinte, der ihm so seltsam antiquiert vorkam. Jetzt hatte er zumindest eine Ahnung. Er erinnerte sich an den Stolz in den Augen seines Vaters, als er die Urkunde mit der Doktorwürde, gekleidet in einen schwarzen Umhang, vor einem applaudierenden Publikum entgegennahm. Sein Vater hatte sich eine Träne aus dem Augenwinkel gewischt und ihm jovial auf die Schulter geklopft, ohne ein Wort des Lobes zu verlieren. »Ich wünsche dir, dass du nie eine Entscheidung zwischen Tod und Teufel treffen musst.« Das war alles, was er zu sagen gehabt hatte, das musste ausreichen. Jetzt war es so weit.

Der Wunsch seines Vaters war nicht in Erfüllung gegangen. Er wollte gerade ansetzen, dem Kommissar und den verbliebenen Polizisten zu erklären, dass sie versuchen mussten, Albrecht in Richtung Krankenwagen zu transportieren, als er Lukas Söder aus einiger Entfernung rufen hörte. »Hier entlang, wir sind gleich da!« Edgar seufzte. Zwei Sanitäter mit Trage kamen keuchend um die Ecke gerannt, ein Notarzt mit Koffer stolperte am Ende seiner Kräfte hinter ihnen her. Lukas Söder klatschte in die Hände, als würde er einen Wettläufer im Endspurt anfeuern.

Edgar nahm dem Notarzt den Koffer ab. »Ich bin Arzt, kommen Sie erst mal zu Atem.« Zielsicher fand er, was er brauchte, und hängte Albrecht an eine Glasflasche mit Kochsalzlösung an, die er Lukas Söder in die Hand drückte. Die Sanitäter hievten Albrecht mit der nötigen Vorsicht auf die Trage und der ganze Trupp machte sich auf den Weg zurück zur Jagdhütte.

»Papa!« Fiona kam mit zwei weiteren Polizisten im Schlepptau angerannt, als sie kaum noch 100 Meter von der Hütte entfernt waren. Sie beugte sich kreidebleich über die Trage. »Papa!« Sie sah Edgar flehend an. »Ist er …?«

Edgar schüttelte den Kopf. »Er lebt. Aber er muss jetzt schleunigst ins Krankenhaus. Ich fürchte, er könnte sich eine Schädelfraktur zugezogen haben, und das wäre ernst.« Er nahm Fiona vorsichtig zur Seite, damit die Sanitäter mit Albrecht auf direktem Wege zum Krankenwagen kamen. Lukas Söder hing mit der Flasche an ihnen dran wie ein Säugling an der Nabelschnur.

»Er wird doch wieder gesund?«, fragte Fiona.

Edgars Nerven lagen blank. Sie war so nahe dran, in Tränen auszubrechen, dass Edgar zur Notlüge griff: »Albrecht ist ein starker Kerl, den haut so schnell nichts um. Wart's ab: Morgen sitzt der schon wieder aufrecht.«

Sie sah ihn dankbar an. Edgar vermutete, dass sie seine Schwindelei durchschaute. Genauso wie er zog sie sie im Augenblick der Wahrheit vor. Aber was war schon die Wahrheit? Ein Augenblick konnte alles verändern und in diesem Moment zumindest war Albrecht noch am Leben. Das allein zählte.

Während sie dem Krankenwagen gebannt hinterhersahen, trat Matthias Frank auf sie zu. »Kommen Sie, ich nehme Sie mit. Wir fahren dem Krankenwagen hinterher.«

Edgar hielt Fiona die Tür auf und rutschte neben ihr auf den Rücksitz. Blume huschte noch eben mit durch die Tür und quetschte sich neben Edgar. Durch die heruntergekurbelte Scheibe wies der Kommissar einen der Polizisten an: »Es gab einen Schuss in unmittelbarer Nähe. Haben Sie doch auch gehört?« Der Polizist nickte. »Gut. Ich denke, er kam von der anderen Seite des Tals. Ich bitte Sie, dort nach dem Rechten zu sehen. Für heute gab es für meinen Geschmack genug Notfälle, aber ich habe so eine Vermutung.«

Lukas Söder, der nach dem Verladen von Albrecht etwas hilflos in der Gegend rumstand, schob sich nach vorne. »Ich komme mit. Ich kenn mich aus.«

Der Polizist sah den Kommissar fragend an. Der nickte und sagte: »Das ist eine gute Idee. Herr Söder kann Ihnen helfen, sich im Gelände zurechtzufinden. Anschließend machen Sie mir bitte Meldung. Ich bin im Stadtkrankenhaus.« Dann startete er den Wagen und fuhr mit quietschenden Reifen an.

Edgar suchte im Reflex Fionas Hand, als der Kommissar den Wagen in einem dem unwegsamen Gelände unangemessenen Tempo aus dem Wald lenkte. Kurz darauf hatten sie den Krankenwagen eingeholt. Als sie in normalem Tempo wieder asphaltierte Straße unter den Reifen hatten, zögerte Edgar kurz, als er registrierte, dass seine Hand noch immer auf der von Fiona ruhte. Er zog sie langsam herunter. Fiona sah gedankenverloren aus dem Fenster. Sie hatte von alledem nichts mitbekommen. Edgar wusste, dass ihre Gedanken in dem Krankenwagen mitfuhren, der mit Blaulicht und Sirene eine Schneise durch die Straßen Kassels schnitt und dem Polizeiwagen im Gefolge den Weg bahnte. Noch nie vorher war Edgar der Weg von Wickenrode nach Kassel so lang vorgekommen.

*

»Hören Sie, Hunde dürfen hier aber nicht hinein!« Die Empörung stand der fülligen Schwester ins Gesicht geschrieben. Ihr Zeigefinger deutete auf Blume, als sei sie der Träger aller gemeinen Krankheiten, für die man kein Heilmittel kannte. Ihre Miene brachte unmissverständlich zum Ausdruck, dass Blume hier nicht erwünscht war.

Edgar Brix hatte keine Lust, zu diskutieren. Seit Stunden hatten sie sich nun schon die Hinterteile im Wartebereich plattgesessen und schlechten Kaffee getrunken. Fiona war einmal kurz eingenickt. Jetzt hielt sie sich mit Mühe aufrecht. Edgar blickte in tiefe Sorgenfalten und dunkel umrandete Augen, die ihr zuzufallen drohten. Doktor Zeidler hatte sie nach der ersten Untersuchung darüber informiert, dass es Albrecht – den Umständen entsprechend – gut ging. Wie es aussah, hatte er riesiges Glück gehabt. Sein nordhessischer Dickschädel hatte den Schlag besser weggesteckt, als die Platzwunde am Kopf vermuten ließ. Doch der alte Mann war dehydriert und hatte viel Blut verloren. Und zu allem Unglück hatte er wohl bei dem Versuch, sich des Gipses zu entledigen, aus einem glatten einen komplizierten Bruch gemacht. Der Arm musste nun operativ gerichtet werden. Daran war allerdings in seinem Zustand nicht zu denken. Er würde eine ganze Weile im Krankenhaus bleiben müssen. Jetzt hieß es, Daumen drücken, dass er bald aufwachen würde.

Matthias Frank hatte nach noch nicht mal einer Stunde das Krankenhaus wieder verlassen und war zurück nach Wickenrode geeilt. Das wenige, was Edgar seinen knappen Informationen entnehmen konnte, war, dass sich wohl in der Scheune des Schäfers zum zweiten Mal ein blutiges Drama abgespielt hatte. Mehr hatte er in der Eile nicht aus Frank herausbekommen können. Und obwohl er als Arzt dem Wohl aller verpflichtet war, bündelten sich alle seine Gedanken in dem Zimmer, in dem Albrecht Schneider mit den Folgen seiner eigenmächtigen Ermittlungen kämpfte.

Nach geschlagenen sechs Stunden tauchte endlich die beleibte Schwester in der ordentlichen Uniform auf. Sie teilte ihnen mit, dass Herr Schneider jetzt wach sei. Übermüdet, wie er war, verspürte Edgar wenig Lust, mit ihr darüber zu streiten, ob Hunde und Krankenzimmer in unvereinbarem Widerspruch standen. Schnurstracks zog er mit Blume und Fiona an ihr vorbei.

»Das ist strikt verboten. Ich rufe die Polizei«, wetterte sie. Sie war es offensichtlich nicht gewohnt, dass man sich ihren Anweisungen widersetzte. Jetzt musste sie hilflos mit ansehen, wie der Mann, der behauptete, Arzt zu sein, den verlausten Köter mit in das Krankenzimmer nahm. »Ich hol die Polizei!« Ihre Stimme hallte schrill durch den kahlen Krankenhausflur.

»Nicht nötig, die ist bereits da.« Matthias Frank eilte durch den langen Gang herbei. Er sah zum Fürchten aus. Übermüdet, verdreckt und mit Blut besudelt. Die Schwester starrte ihn an, als wäre er ein Geist, während er mit erhobenem Ausweis an ihr vorbeieilte. »Zimmer 211?«, fragte er knapp. Sie nickte nur, immer noch vor sich hin starrend. »Wenn sich der Zustand von Herrn Hochapfel ändert, möchte ich umgehend Bescheid wissen.« Frank fasste ihren Unterarm. Sie quittierte diese Geste mit einem fassungslosen Blick, als die vor Dreck und Blut starrende Hand ihre makellose Uniform berührte. »*Herr Hochapfel* ... hören Sie: *Hochapfel*. Er ist gerade eingeliefert worden. Es ist wirklich wichtig, dass Sie mich informieren, sobald er ansprechbar ist.«

Sie nickte verstört. »Aber der Hund ...« Sie deutete hinter Frank her, der sich auf dem Weg zu Zimmer 211 befand. Bevor er die Tür hinter sich schloss, rief er ihr zu: »Der Hund ist ein wichtiger Zeuge in einem Mordfall.«

Fiona und Edgar flankierten bereits das Bett. Albrecht Schneider wirkte plötzlich seltsam zerbrechlich. Das fahle Gesicht verschwand auf der blütenweißen Bettwäsche. Er stöhnte leicht, während Blume, mit den Vorderpfoten auf das Bett gestützt, seine Hand leckte.

»Hast du Schmerzen?« Fiona beugte sich dicht an sein Gesicht und strich ihm zärtlich eine Haarsträhne aus dem Gesicht.

»Durst«, vernahm Edgar fast unhörbar. Er griff die Schnabeltasse auf dem Nachttischchen, fasste behutsam unter Albrechts Hinterkopf und flößte ihm vorsichtig etwas von der Flüssigkeit ein. Albrecht schmatzte, was Edgar als Aufforderung verstand, noch einen Schluck nachzugießen. Ein zufriedener Ausdruck verscheuchte das

Abwesende in seinem Gesicht, während sein Kopf wieder in das Kissen sank.

Edgar stellte die Tasse ab und schien Matthias Frank jetzt erst zu bemerken. »Wie sehen Sie denn aus?« Er musterte den Kommissar von oben bis unten.

»Ach, fragen Sie nicht. Irgendwo hier im Krankenhaus beugt sich gerade ein Pathologe über einen Mann mit weggeschossenem Schädel, und die Psychiater kümmern sich um einen Pfarrer, der nur noch wirres Zeug faselt. Aber das kann Ihnen ja der Herr Söder erzählen, ich hab für heute genug. Ich geh heim!« Der Polizist hatte alles Drahtige eingebüßt. Er wirkte erschöpft und unzufrieden. »Mit dem Pfarrer ist wahrscheinlich vor morgen keine Unterhaltung zu führen. Wenn überhaupt. Der Kerl hat unmittelbar neben Fritz Veit gesessen, als der sich den Schädel weggeschossen hat. Die Reste von seinem Hirn klebten ihm überall im Gesicht. Seitdem starrt er vor sich hin und redet wirres Zeug. Immer das Gleiche. ›Nie vergessen. Nie vergessen.‹ Ich glaube nicht, dass wir den so schnell wieder auf die Beine bekommen wie unseren Herrn Schneider hier. Der scheint ja wirklich nicht kleinzukriegen zu sein.« Fionas Seitenblick verriet, dass sie den Vergleich unpassend fand. Er winkte ab. »Tut mir leid. Ich bin wirklich kaputt. Ich geh jetzt nach Hause. Morgen sehen wir weiter.« Er verabschiedete sich mit einem Nicken und verließ das Zimmer.

Edgar sah Fiona an. »Albrecht braucht jetzt Ruhe. Wir sollten ihn schlafen lassen.«

Sie erhob sich widerwillig von der Bettkante, während ihr Blick an Albrecht hing. »Ich komm morgen früh wieder, Papa«, hauchte sie ihm ins Ohr. Albrecht grunzte zur Antwort.

Mit einem Anflug von Neid spürte Edgar das Liebevolle ihrer Worte. Und die Zärtlichkeit, mit der ihre Hand die Wange ihres Vaters entlangstrich, erzeugte ein Gefühl, das er nach einigem Widerstand als Eifersucht identifizierte. Edgars Erinnerung blieb stumm, als er darüber nachdachte, wann ihm das letzte Mal ein Mensch einen solchen Augenblick geschenkt hatte. Er beobachtete Fiona weiter dabei, wie sie sich ganz dem Abschied von ihrem Vater widmete. Er bemerkte, dass sie den Augenblick auskostete. So benahm sich niemand, dem es egal war, wenn das der letzte Augenblick dieser Art sein sollte. Eine Trauer beschlich Edgar, die nichts mit dem leidenden alten Mann im Bett zu tun hatte. Unmittelbar nachdem ihn das schlechte Gewissen im Nacken packte, wurde er wütend. Wann in seinem Leben hatte er sich dieser Gefühle entledigt? Er ahnte, dass die Antwort näherlag, als ihm lieb war, und er schüttelte den Gedanken ab.

»Komm, Fiona. Es ist schon spät. Die holen sonst wirklich noch die Polizei und lassen uns rauswerfen.« Er grinste verlegen und spürte eine Unsicherheit, die er schon verloren geglaubt hatte, während ihm Fiona ihren Blick zuwendete.

Draußen am Taxistand trennten sich ihre Wege. Fiona wollte die Nacht in ihrer eigenen Wohnung verbringen und am nächsten Morgen als Erstes wieder ins Krankenhaus kommen. Edgar hielt die Tür ihres Taxis auf. Bevor sie einstieg, sagte sie: »Ich bin ganz schön wütend auf dich.« Sie betonte jedes einzelne Wort.

Edgars Herz hüpfte. Etwas in ihrem Tonfall nährte die Hoffnung, dass er Gelegenheit bekommen würde, alles wiedergutzumachen. Zumindest ein Hoffnungsschimmer, dachte er, während er in das nachfolgende Taxi stieg. Erst, als er es sich mit Blume auf der Rückbank bequem gemacht hatte, kam ihm in den Sinn, dass er seit dem Tag, an dem er Friedberg Söder angepumpt hatte, noch immer nicht dazu gekommen war, Geld abzuheben. Verschwitzt und verdreckt, mit einem verwundeten Schäferhund an der Leine, konnte er von Glück reden, wenn er nicht am Ende des Tages auch noch bei der Polizei landen würde. Doch zunächst behielt er das für sich und ließ sich nach Wickenrode kutschieren. Durch das sanfte Ruckeln in den Schlaf gewiegt, nickte er auf Höhe der Stadtgrenze Kassel ein.

WICKENRODE,
VIER WOCHEN SPÄTER

Ein warmer Septembertag, wie aus dem Bilderbuch, strahlte in den Hof von Albrecht Schneider. Die Sonne zog in flachem Bogen über das Tal und hatte an Kraft eingebüßt, trotzdem wärmte sie den blanken Oberkörper von Lukas Söder. Der hatte das Hemd zur Seite geworfen und hackte Holz. Ohne Unterlass sauste die Axt auf die Holzscheite nieder, die sich mit krachenden Fasern der Gewalt beugten. Albrecht und Edgar saßen auf der Bank neben den Hasenställen und sahen dem jungen Mann zu, wie sich sein kräftiger Oberkörper hob und senkte, während er die Axt schwang. Er war jetzt erst eine kurze Weile so zugange, doch neben ihm häufte sich bereits ein ordentlicher Stapel. Albrecht würde gut durch den Winter kommen und er war Lukas mehr als dankbar, dass er ihm so viel Arbeit abnahm, auch mit den Tieren. Selbst die Kartoffeln im Keller wären niemals ohne Lukas' Hilfe dort gelandet. Albrecht konnte sich gar nicht genug bedanken, doch die Hilfsbereitschaft des jungen Mannes schien grenzenlos.

Edgar vermutete insgeheim, dass es immer noch etwas mit Lukas' Versäumnis zu tun haben könnte. Schließlich hatte es Albrecht in arge Bedrängnis gebracht. Doch das war nur eine Vermutung. Vielleicht, dachte Edgar, ist der Lukas einfach ein unglaublich hilfsbereiter Kerl.

Die beiden Männer saßen schweigend auf der Bank und lauschten. Zwischen die dumpfen Einschläge der Axt und das Poltern der Holzscheite mischte sich das Geräusch von Geschirrgeklapper, das durch das geöffnete Küchenfenster drang. Der Duft von gebratenen Zwiebeln wehte durch die laue Septemberluft heran, und Edgar lief das Wasser im Mund zusammen. Als ihm die letzten Ergebnisse von Fionas Kochkünsten in Erinnerung kamen, sank seine Vorfreude augenblicklich.

»Schuhsohle oder Pappkarton? Was denkst du?« Albrecht knuffte Edgar mit dem rechten Ellbogen, der nicht in Gips verpackt war, in die Seite.

»Häh?« Edgar schaute ihn fragend an.

»Na, das Schnitzel. Was denkst du? Wird das arme Schwein heute zum zweiten Mal in der Pfanne sterben?«

Edgar verstand. Er lächelte und enthielt sich weise einer Äußerung. Bestimmt war es taktisch klüger, nicht an Fionas Kochkünsten herumzumäkeln. Immerhin sorgte sie dafür, dass Edgar in den Wochen, seit Albrecht wieder aus dem Krankenhaus entlassen worden war, so etwas wie ein Familienleben zuteil wurde. Ein Zustand – und das wurde ihm erst jetzt schmerzlich bewusst – den er lange vermisst hatte. Was wogen da schon verkochtes Gemüse und zähes Fleisch? Edgar wurde alleine davon satt, sich nicht jeden Tag wie ein Flüchtling im Niemandsland zu fühlen. Und dann war da natürlich noch Fionas Gesellschaft. Die von Albrecht natürlich auch, aber das war etwas anderes. Sie war so … ach, dachte Edgar, über manches muss man sich erst mal nicht den Kopf zerbrechen. Noch nicht. Im Moment genoss er die Situation so, wie sie war, und hoffte, dass dieser Zustand so lange wie möglich anhalten würde.

Blume grunzte. Sie hatte sich in einer schattigen Ecke zusammengerollt. Eine vorwitzige Fliege hinderte sie daran, ihr Schläfchen fortzusetzen, und widersetzte sich dem verzweifelten Schnappen der Hündin. Auch ein Ortswechsel änderte nichts daran, die Fliege hatte sich ein Opfer auserkoren. Blume seufzte und legte sich schicksalsergeben auf die Seite. Edgar registrierte den liebevollen Blick von Albrecht, der auf der Hündin ruhte, während er mit einer Stricknadel die juckende Haut unter seinem Gips bearbeitete. Blume erwies sich in der Tat als der einzige Glücksfall unter all den unglücklichen Ereignissen der letzten Wochen. Dennoch war es Edgar erstaunlich leichtgefallen, das Geschehene zu verdrängen. Er hatte sich, kaum dass die Polizei den Hof von Nathan Gunkel geräumt hatte und Lukas mithilfe seines Vaters die unsägliche Hütte im Wald niedergerissen hatte, wieder in seine Arbeit gestürzt. Leider hatte er vor zwei Tagen bereits den dritten Totenschein innerhalb weniger Wochen ausstellen müssen. Der Sommer war lang und heiß gewesen. Anscheinend hatte die Hitze den Alten, Bluthochdruckgeplagten schwer zugesetzt. Erst an diesem Morgen hatten die Kirchenglocken Manfred Kuhfuß heimgeläutet. Genauso wie der alte Möller war er plötzlich und unerwartet verstorben, und Edgar blieb mal wieder nur übrig, »unerwartetes Herzversagen« auf dem Totenschein zu notieren.

»Ja«, sagte Albrecht, als hätte er Edgars Gedanken gelesen, »man sollte das Leben genießen, so lange es geht. Ist schneller vorbei, als man gucken kann.«

Edgar nickte. »Hast du was von Herrn Hochapfel gehört?«

»Irina Platzek hat ihn in Merxhausen besucht. Aber er brabbelt nur unverständliches Zeug vor sich hin.«

Edgar nahm sich vor, bei Gelegenheit dem Klinikleiter der Psychiatrie in Merxhausen eine Verlegung vorzuschlagen. Viele Dorfbewohner erkundigten sich nach dem

Pfarrer, doch Edgar konnte allzu oft keine gute Nachricht übermitteln. Die Staatsanwaltschaft hatte wegen seines Zustandes davon abgesehen, Anklage zu erheben. Zumindest war das die offizielle Version. Edgar vermutete, dass sie schlichtweg keine Lust hatten, sich mit einem Kirchenvertreter vor Gericht zu streiten. Wie solche Verfahren ausgingen, war hinlänglich bekannt. Wozu also einen verwirrten alten Mann vor den Kadi zerren?

»Ich hab grad gedacht: Wie wäre es, den Pfarrer in Helsa im Altersheim unterzubringen? Dann können ihn seine Schäflein wenigstens besuchen.«

»In der Genese? Ja, warum nicht. Klingt doch vernünftig. Denkst du, die lassen ihn gehen?«, fragte Albrecht.

»Er ist ja nicht verurteilt und auch nicht mit Beschluss in Merxhausen. Also, warum sollten sie ihn dabehalten? Solange er keine Gefahr für sich und andere darstellt.«

Albrecht zog die Augenbrauen hoch. »Na ja, was das angeht ...«, eine wiegende Handbewegung sprach von Zweifeln, »immerhin hatten wir vier Tote, und ihm wär's auch fast an den Kragen gegangen. Also, was die Gefahr für andere angeht ...«

»Natürlich trägt er Mitschuld. Aber immerhin hat er selber nie Hand angelegt. Und was er wusste, fällt unter das Beichtgeheimnis. Also, nachzuweisen ist ihm nichts. Und mal ehrlich: Wem soll er jetzt noch schaden?«

»Hast ja recht. Aber ich an seiner Stelle könnte mir das alles nicht verzeihen. Wer weiß, der Johann lebt vielleicht noch irgendwo und glaubt immer noch, dass man ihn für einen Mörder hält. Jetzt ist sein Vater tot und er wird es nie erfahren.«

»Wenn ich die Geschichte richtig verstanden habe, ist Johanns Vater im Jahr 1938 hier mit einer Axt im Schädel gestorben.« Edgar deutete auf die Stelle, an der Lukas die Scheite spaltete. »Und was den Hochapfel angeht – glaub mir, der ist bestraft genug.«

»Du sagst es. Aber der Johann hat nie erfahren, dass der Wagner sein Vater war. Zumindest machte er mir nicht den Eindruck, dass er verstanden hat, was der ihm mit der Flasche Holunderblut zu verstehen geben wollte. Oder wenn er es verstanden hat, hat er es anscheinend nicht geglaubt. Wer weiß, was der Holländer mit dem alten Veit besprochen hat, dass der ihn kurzerhand in der Hütte eingesperrt hat.«

»Das ist eine der Fragen, die sich vermutlich niemals klären werden. Und da wir nicht wissen, was der Veit und Johann bei ihrem letzten Treffen am Wasserhäuschen besprochen haben, wird sich auch nie klären, ob der Johann dem Wagner geglaubt hat, an dem Abend in der Kneipe.«

Edgar zog sein kleines, schwarzes Notizbüchlein aus der Hosentasche und blätterte es bedächtig durch. Albrecht beobachtete ihn mit einem schrägen Seitenblick.

»Wir müssen also davon ausgehen, dass der Veit den Holländer in die Hütte gesperrt hat und ihn da mehrere Tage gefangen hielt.«

»So sieht's wohl aus.«

»Aber wie ist der dann auf die andere Seite des Tals gekommen?«

»Auch wenn es sich nicht mehr beweisen lässt, aber ich glaube, dass der Gunkel ihn im Schäferwagen rübertransportiert hat. Dann haben sie den armen Teufel laufen lassen, nachdem der sicher über Tage weder Essen noch Trinken bekommen hat. Und das Ergebnis kennen wir. Einen Toten im Gebüsch, der keine Spuren von Gewalteinwirkung aufweist, wie ich vom Kommissar gelernt hab.« Albrecht grinste schief.

Edgar kratzte sich das Kinn und blätterte in seinem Notizbuch. »Aber wir haben den Toten doch erst Wochen später gefunden.«

»Klar. Die beiden sind davon ausgegangen, dass früher oder später jemand über die Leiche stolpert. War aber nicht so. Ich denke, der Veit wollte, dass man den Toten findet und glaubt, es sei der Johann, damit die Geschichte auf diese Weise ein Ende findet. Dummerweise tat ihm niemand den Gefallen, zufällig über die Leiche zu stolpern, und da hat der Schäfer nachgeholfen und seine Herde dahingetrieben. Dass bei dieser Gelegenheit noch sämtliche Spuren vernichtet wurden, war mit Sicherheit auch kein Zufall.«

»Hmm. Ist tatsächlich möglich. Ziemlich vertrackt die Geschichte. Schade, dass so viele Fragezeichen bleiben.«

Albrecht nickte.

Lukas Söder hielt sich ächzend das Kreuz. Die Axt lehnte am Hackklotz und er wischte sich mit dem Unterarm den Schweiß vom Gesicht. »Wisst ihr, kluges Geschwätzer machen is eine Sache, aber ich würd sterben für'n Bier.«

Edgar sprang auf und verschwand im Haus. Wenig später kehrte er mit drei Flaschen zurück. »Ist ja noch ein bisschen früh am Tag, aber hoffen wir doch mal, dass heute keiner mehr sterben will und ich Wochenende habe.«

Albrecht sah in zweifelnd an. »Na, davon gehen wir mal aus, oder?«

Edgar verteilte die Flaschen. »Das Essen ist übrigens in zehn Minuten fertig, sagt Fiona.«

Durch das geöffnete Fenster drang ihre Stimme nach draußen: »Jawohl! Und dieses Mal sitzt ihr zügig am Tisch. Nicht, dass wieder alles kalt wird.«

Die drei Männer wechselten einen wissenden Blick, Albrecht zuckte nur die Schultern. »Na dann: Prost!«

Die Flaschen klirrten, und Blume sprang hin und her auf der verzweifelten Jagd nach der vorwitzigen Fliege. Lukas Söder rülpste laut. »Jetzte is besser!« Er schnappte sich die Axt und schlug auf das nächste Scheit ein, als wolle er an diesem Tag noch einen neuen Rekord aufstellen.

Edgar konnte seinen Neid nicht verbergen: »Alle Achtung! Der hat einen Elan!«

»Hättst mich mal sehen sollen in seinem Alter. Den hätte ich locker in die Tasche gesteckt.« Albrecht schnalzte mit der Zunge.

»Ja, ich glaube, in dem Alter hätte dich auch niemand drei Wochen im Krankenhaus festhalten können.«

Albrecht nickte zustimmend. »Kannste drauf wetten. Aber so ist das, wenn man alt wird. Kann von Glück sagen, dass ich noch nicht neben dem Gunkel, dem Möller und dem Kuhfuß im Acker liege.«

»Ja, mein Lieber, das hätte auch anders ausgehen können. Ich hoffe, das wird dir eine Lehre sein. Hin und wieder um Hilfe zu bitten, ist keine Schande.«

Albrecht klopfte sich mit dem Fingerknöchel gegen den Schädel: »Nordhessischer Geburtsfehler. Und außerdem hoffen wir doch wohl alle, dass sich eine solche Situation so schnell nicht wiederholen wird.« Er zog die linke Augenbraue hoch und schob die Stricknadel wieder unter den Gips.

Edgar teilte diese Hoffnung nur bedingt. Der Grund, der ihn hierher aufs Land getrieben hatte, war doch der, solche Situationen nach Möglichkeit nie wieder erleben zu müssen. Und doch hatte er seit der Praxiseröffnung mehr Leichen gesehen und Totenscheine ausgestellt als im ganzen letzten Jahr seiner Tätigkeit in der Klinik von New Haven. Auf dem Wickenröder Friedhof musste bereits eine neue

Reihe angelegt werden. »Vielleicht liegt es an mir? Vielleicht bringe ich Unglück?«, sagte er leise.

»Jetzt mach aber mal halblang. So was will ich nie wieder von dir hören. Du kannst nichts dafür. Was vor einer halben Ewigkeit hier passiert ist, hat doch schließlich den ganzen Mist wieder hochgekocht.«

»Ja, die Vergangenheit. Hat sich die Polizei eigentlich noch mal dafür interessiert?«

»Ach, wo denkst du hin. Bücher zu und gut ist. Die haben den Mörder, was gibt es denn da noch zu fragen? Die sind doch froh, wenn sich die Bekloppten vom Dorfe gegenseitig ausrotten.«

»Ich finde, jetzt tust du ihnen aber Unrecht. Der Frank hat sich wirklich redlich Mühe gegeben.«

»Hah, redlich! Du sagst es. Wenn es nicht um den toten Holländer gegangen wär, hätte der sich nicht annähernd so ins Zeug gelegt. Was wissen wir eigentlich über den?«

»Nicht viel. Er stammt aus der Nähe von Utrecht. Das ist alles. Einen Namen wollte der Frank mir nicht verraten. Vielleicht hatte er Angst, dass wir versuchen, etwas herauszufinden.«

»Und? Würden wir?« Albrecht knuffte Edgar auffordern in die Seite.

»Weißt du, es würde mich schon interessieren. Aber wem nützt das? Wenn Johann den Mann beauftragt hat, wird er seine Schlüsse daraus ziehen, dass der Mann nicht lebend nach Holland zurückgekehrt ist, oder?«

»Vielleicht ist es das, was der Veit damit bezweckte?«

»Vielleicht.« Edgar wurde es leid, sich weiter den Kopf darüber zu zerbrechen. Er blätterte gedankenverloren in seinem schwarzen Notizbuch, als er an einer bestimmten Seite hängen blieb.

»Sag mal, Albrecht. Die Geschichte mit dem Schäferhund von deinem Vater. Die ist nicht wahr, oder?

»Nö. Rex ist friedlich im Wohnzimmer verstorben. Ein gutmütigeres Vieh konnte sich niemand vorstellen. Als Wachhund so etwas von ungeeignet.« Albrecht Schneider grinste breit.

Edgar warf ihm einen bösen Blick zu und hob fragend die Schultern.

»Ich hatte das Gefühl, diese Geschichte könnte dich dazu bewegen, etwas loszuwerden, was dir ganz offensichtlich schwer zu schaffen machte.«

Edgar Brix nickte und schwieg. Aus der Küche tönte fröhlich: »Essen ist fertig!«

Später am Tag notierte Edgar in der Mitte einer leeren, weißen Seite in sein Notizbuch: »Albrecht Schneider niemals unterschätzen.«

DANK

Ich danke meinem Ehemann Horst dafür, dass er mich jede Minute aus vollem Herzen unterstützt hat, auch dann noch, als ich ihm erklärte, dass mein Krimi vor der Kulisse eines vergessenen nordhessischen Bergarbeiterdorfes spielen würde.

Ich danke meiner Lektorin Claudia Senghaas für ihre Unterstützung und die liebevolle »Geburtshilfe«.

Nicht zuletzt danke ich den Chronisten des Helsaer Geschichtsvereins für die Versorgung mit historischen Fakten.

Darüber hinaus habe ich mir zwei Freiheiten genommen: Jeder Wickenröder wird bemerken, dass ich das »nordhessische Geschnuddel« als Zugeständnis an die Lesbarkeit geglättet habe. Und da der katholische Ritus mehr Dramatik birgt, habe ich die Wickenröder Kirchengemeinde kurzerhand konvertiert.

*Weitere Titel finden Sie auf den
folgenden Seiten und im Internet:*

WWW.GMEINER-SPANNUNG.DE

Landarzt Edgar Brix ermittelt:

1. Fall: Heimläuten
ISBN 978-3-8392-1860-0

2. Fall: Elsternblau
ISBN 978-3-8392-2023-8

3. Fall: Elendsknochen
ISBN 978-3-8392-2308-6

4. Fall: Osterlämmer
ISBN 978-3-8392-2367-3

WWW.GMEINER-VERLAG.DE
Wir machen's spannend

DIE NEUEN

ISBN 978-3-8392-0154-1
AM INN

ISBN 978-3-8392-2730-5
AUGSBURG UND BAYERISCH-SCHWABEN

ISBN 978-3-8392-0155-8
FÜNFSEENLAND

ISBN 978-3-8392-0158-9
HARZ

ISBN 978-3-8392-0160-2
MIT HUND NORDSEEKÜSTE NIEDERSACHSEN

ISBN 978-3-8392-0159-6
LÜNEBURGER HEIDE

ISBN 978-3-8392-0161-9
NIEDERRHEIN

ISBN 978-3-8392-0163-3
OSTSEE MECKLENBURG-VORPOMMERN

ISBN 978-3-8392-0164-0
OSTSEE SCHLESWIG-HOLSTEIN

ISBN 978-3-8392-2626-1
SACHSEN

ISBN 978-3-8392-0156-5
FÜR SENIOREN BODENSEE

ISBN 978-3-8392-0157-2
FÜR SENIOREN NORDSEE SCHLESWIG-HOLSTEIN

ISBN 978-3-8392-0166-4
SÜDLICHE WEINSTRASSE UND PFÄLZERWALD

ISBN 978-3-8392-0166-4
SÜDTIROL

ISBN 978-3-8392-2838-8
USEDOM

ISBN 978-3-8392-0168-8
WIESBADEN RHEIN-TAUNUS RHEINGAU

GMEINER KULTUR

WWW.GMEINER-VERLAG.DE
Mensch, Kultur, Region

Zeitfracht Medien GmbH
Ferdinand-Jühlke-Straße 7,
99095 - DE, Erfurt
produktsicherheit@zeitfracht.de